长篇反腐小说

浊流

沧流

唐大伟 著

贵州出版集团
贵州人民出版社

图书在版编目（CIP）数据

沧流 / 唐大伟著. -- 贵阳：贵州人民出版社，2025.3. -- ISBN 978-7-221-18859-5

Ⅰ．I247.5

中国国家版本馆 CIP 数据核字第 2025P72G97 号

沧流
CANG LIU

唐大伟 / 著

出 版 人	朱文迅
责任编辑	杨雅云
出版发行	贵州出版集团　贵州人民出版社
地　　址	贵阳市观山湖区中天会展城会展东路 SOHO 公寓 A 座
印　　刷	天津联城印刷有限公司
版　　次	2025 年 3 月第 1 版
印　　次	2025 年 3 月第 1 次印刷
开　　本	787 毫米 ×1092 毫米　1/16
印　　张	18
字　　数	276 千字
书　　号	ISBN 978-7-221-18859-5
定　　价	49.00 元

如发现图书印装质量问题，请与印刷厂联系调换；版权所有，翻版必究；未经许可，不得转载。

第 一 章

1

苏小糖与清凌市委书记田敬儒的第一次见面是在利华纸业有限公司原料场的火灾现场。

接到这条新闻线索时，苏小糖正在洗手间，她一手拿着手机看新闻推送，一手握着电动牙刷，满嘴牙膏沫接电话的样子有些滑稽。撂下手机和牙刷，抽出一条洗脸巾，抹净脸上的牙膏沫，胡乱地绑了个马尾辫，抓起相机包，拎起外套，苏小糖迅速地冲向楼下。

因为职业习惯，苏小糖总会提前把采访要用的所有东西准备好，放在最顺手的地方。这个习惯被她从京都带到了清凌。

利华纸业发生火灾，是苏小糖接任《环境时报》驻清凌市记者站站长后收到的第一条新闻线索，这已经是她来到清凌的第五天了。前四天，苏小糖一直处在躁动之中，这既有初到清凌的陌生感，也有刚刚离开京都的失落感，更多的则是对那份理不清、道不明的身世之谜的惶惑，以及失恋的情绪低落。她希望迅速地投入到紧张的采访中，用繁忙的工作排解杂乱无章的思绪。

"嘎吱"一声，一辆出租车停在了苏小糖身边。苏小糖钻进车里，说：

"师傅，利华纸业原料场！"

司机在后视镜里看了苏小糖一眼，问："姑娘，你是记者吧？"

苏小糖瞪大眼睛，惊讶地反问："您怎么知道的？"

司机笑着说："看你背着相机就猜到了。这不刚送完俩记者，利华原料场着火了，记者们都向那儿冲呢！记者们的鼻子可灵了，哪儿有事往哪儿跑！"

苏小糖笑了。记者们常说自己长着鹰眼睛、狗鼻子、兔子耳朵、鸵鸟腿，意在表明自己对新闻事件的敏感及行动的迅速。这种感觉颇像猎人捕捉猎物，始终保持一种"进攻"的态势。苏小糖暗自庆幸，这位司机还算嘴下留德，没像香港等地把追踪明星隐私的娱记与动物联系在一起，称之为"狗仔队"。

司机说："利华现在好像封锁现场了，听说市里的大领导们全去了，到处都是警察！你知道吗？"

"知不道啊！"苏小糖又瞪起了眼睛，停顿了一下，补充一句，"那更值得去了。师傅，劳驾开快点儿您哪！"

司机加了加油门，问："听口音姑娘是京都人，'知不道'又像冀东话，姑娘到底哪儿的人？"

苏小糖乐了，心里暗说这位司机更适合当记者，走一路，问一路，颇具记者"打破砂锅问到底"的劲头，索性胡编乱造说："我妈京都人，我爸冀东人！"

虽然是玩笑，苏小糖心里却是一叹，要是被老妈米岚听到自己这样说，估计又得挨顿训斥。离开京都的前一天晚上，母女两人仍然处于冷战状态。

离利华纸业的原料场还有一段距离，苏小糖隔着车窗便看到了浓浓的黑烟借着风势滚滚而上，焦煳的味道挤过车门、车窗的缝隙，径直往她的鼻孔里钻。这样的感觉并不美妙，让她想起小时候看过的恐怖片，片子里面各路妖怪在作法的时候都是伴着黑烟滚滚，然后再为害人间。

通往利华纸业原料场的道路被多辆警车从中隔断，众多警察全副武

第一章

装，严阵以待。苏小糖一眼看到了扛着摄像机、背着照相机的几位同行站在路中间，他们正与一个官员模样的男人争论着什么。

司机无奈地拍拍方向盘说："姑娘，没办法了，我只能送你到这儿了。你也瞧见了，根本不让过去。记者都拦在那儿了，就甭说我这辆出租车了！"

苏小糖应了一声，扫码付钱，走下车，悄悄地绕到同行们身边的一辆车旁，听他们的谈话。

官员模样的男人大约四十岁，中等个头，身材略微有些肥胖，他苦口婆心地劝说记者们："你们都是远道而来的客人，今天我要一尽地主之谊，为你们接风洗尘，请大家快上这辆面包车。咱们统一乘车，统一行动。"

记者们七嘴八舌地说：

"曹部长，您就别破费了！我们大家都是为了这场火赶来的，'作业'交不上去，回头我们都得挨批！"

"就是嘛！曹部长，您的好意，我们大家心领了，改日再讨扰吧！"

"就是就是，来日方长嘛！您得先让我们把活儿干了。"

…………

"那可不行，那可不行！"曹部长舞动着双手，比救火还要急切地说，"各位可都是无冕之王，绝对不能怠慢了。我一直想把各位请到一起聚一聚，今天正好人齐，脸面、场面、情面全有了！谁要是不去，就是不给我老曹面子！小赵，愣着干吗？快点儿把记者们请到面包车里……"

曹部长指着旁边的一个男人，示意抓紧请记者们上车。随后，他伸手拉住了一个高个儿黄头发的女记者："小洋人，你可是驻清凌的老记者了，得给大家做个表率！"

被称作"小洋人"的女记者满面堆笑，对几位同行说："我说各位，今天大家给曹部长个面子吧！曹部长都说到这份儿上了。"

同行们还是表示着相同的意思："不行，交不上活儿，对上面没法交代。"

"小洋人"说："这事好办，回头让曹部长给咱设计一条好新闻，能拿奖的那种。曹部长这方面可是行家。"说着她第一个钻进了面包车。

其余的记者们，你看看我，我瞧瞧你，这才在曹部长和宣传部另外几个人的劝说之下，不大情愿地钻进了面包车。

苏小糖一直待在旁边，默默地听着众人的言语。她认出来，众人口里的"曹部长"正是清凌市委宣传部部长曹跃斌。

市委宣传部一把手亲自出面挡驾，这可不常见。正常情况下，安排一位副部长跟记者们沟通也就可以了。市委宣传部部长亲自劝说，反而证明了一件事：火场肯定有"大鱼"！

苏小糖决定：钻进"火海"，挖掘真相。

火灾现场比苏小糖想象的还要杂乱。

火场警戒线外围观的群众七嘴八舌地议论着，对着火场指指点点，许多警察正在维持秩序。苏小糖绕过警察，一溜小跑钻进了火场。还有一些距离，就看到一条条巨大的火舌在原料垛上不断地翻腾着、舔舐着，烟气卷着热浪肆无忌惮地向四面八方弥漫。十多辆消防车停在现场，身着防火服的消防战士手持水枪不断地向起火的原料垛喷射着……

此时正是初春，北方的寒气还未完全退去，热浪却炙烤得苏小糖脸颊阵阵发烫。她一眼看到了现场头戴安全帽的清凌市委书记田敬儒、市长何继盛，还有一些人应该也是清凌的市领导和相关部门负责人。当下，这两位清凌主官正与消防指挥官商量着灭火方案。

火场上的田敬儒与电视新闻里的一样，高大、儒雅。他的神情却与电视里截然相反，两道浓眉紧紧地拧在一起，面色凝重。他的脸上落了不少的灰屑，这星罗棋布的一个又一个黑点，像是脸上突然长出的许多雀斑。

何继盛像电视里看到的一样，西装笔挺，只是衣服上也沾了不少的灰屑，黑色的皮鞋被厚厚的灰土和泥水包裹着。他绷着脸，偶尔厌恶地拍打几下身上的灰尘。苏小糖暗笑，刚到清凌便听说这位继盛市长有洁癖，不管是家里、办公室，还是自己身上都容不得半点灰尘，皮鞋总是擦得锃亮，亮到苍蝇落上都打滑的程度，今天看来果然名不虚传！

苏小糖站到田敬儒身后，仔细地听着他们在说些什么。

消防指挥官说:"报告首长,现在风势正在加大,火势也明显加剧了!"

田敬儒急切地说:"这个时候还报什么告!快想办法!附近就是居民区,风向要是一变,大火借着风势就过去了,老百姓可就遭殃了!绝不能让老百姓的生命财产受到损失!你们经验丰富,灭火才是第一要务。"

何继盛皱着眉说:"江源这个老总当的,这时候他倒不见踪影了!原料场怎么离居民区这么近?我们上次来利华时,原料场也不在这个位置啊,什么时候搬到这里来的?为什么搬到这里来?利华对消防安全也太不上心了,对咱清凌的老百姓太不负责任了!"

田敬儒看了何继盛一眼,说:"继盛市长消消火,当务之急是把火灭了。其他事,火灭完了再追究吧。"

何继盛说:"我们大会小会上强调了无数遍安全生产和消防工作,完善应急预案和防范措施,严格落实安全监管责任和企业的主体责任,天天揪着耳根子讲,怎么就不往心里走呢?安全生产专项整治的效果就是这?风险隐患排查的效果就是这?"

谁都能看得出,何继盛市长是真生气了。这事换成谁当市长也是一样生气,水火无情,仅仅烧了企业的原料场已经是不小的损失了,万一火势借着风势控制不住,造成人员伤亡呢?生命至上,人民的利益高于一切,不应该仅仅是一句口号,而是当政者的行为准则。

田敬儒这个当书记的,心里面的气一点儿也不比何继盛小。他是大会小会强调,要切实维护清凌人民群众的生命财产安全和社会大局稳定,对待安全生产工作要有"时时放心不下"的责任感,绝对不允许有一丝懈怠、一点放松,否则将会造成不可估量的后果,愧对党和人民的重托。可眼下大家是在火灾现场,根本不是查明原因、严肃追究责任的时候。何继盛市长提出的问题,他也想问一问。不,他要问的可能更多,比如两个月之前在利华进行的消防演练难道当成小孩子的过家家游戏了?全市大会上签订的安全生产责任状是不是都不作数了?全市的风险隐患排查都是走过场摆样子吗?……可这不是现在要问的问题,当务之急是把眼前的火灭掉。他问消防指挥官:"能不能像森林灭火那样,打开几条火道,把集中的火头分散开,然后分头灭火?"

消防指挥官答:"正在采取的就是这个办法,截断火源控制火势,先把四周的原料垛打透,设置隔离带,再用多支水枪集中喷射起火的原料垛。"

田敬儒说:"那就按这个办法来,一定要控制好火势,必须保障周边居民的生命财产安全!绝对不能让老百姓受损失!"

消防战士们按照指挥官的命令不断调整灭火方式,与风魔、火魔战斗。

苏小糖一时看傻了眼,被人撞了一下才发现自己成了多余的人,而且还碍事。她突然意识到,自己太冒失了。这里是火灾现场,采访确实重要,可更重要的是救火。她现在非要采访的行为,简直就是给现场的救火人员添乱。

继续待在火场,掌握第一手资料,还是暂时撤离,不给救火人员添乱?犹豫之间,又有一个人撞到了苏小糖。

这次撞她的人是一个一脸娃娃相的小战士,看样子年纪不到二十岁。他正在用力地拖着水带,跟着水枪射手向火场靠近。苏小糖未及多想,跑上前去,和小战士共同拖起了水带,帮助最前端的水枪射手射出一条真正的水龙。

人们都进入了忘我的状态,眼里只有肆意吞吐的火舌,想着的事只有灭火。谁都没有注意到苏小糖。

田敬儒焦虑地扫视着每支水枪的战果,无意间发现了没戴安全帽的苏小糖,他大吃一惊,高声喊道:"嗨!那是谁,怎么不戴安全帽?!"火的爆裂声和人们的吆喝声吞没了田敬儒的声音,他急忙跑过去,摘下自己的安全帽扣在了苏小糖的头上。

秘书古凡紧紧跟随在田敬儒身后,注意着他的安全。

一脸烟灰的苏小糖冲着田敬儒咧嘴笑笑,一拍头上的安全帽说:"谢谢田书记!"

"谢什么谢?"田敬儒脸冷得像冰,"立刻给我下去!"

第一章

"可这……"

"少废话！来人——"田敬儒喊来一个消防战士，让他接替苏小糖，不由分说，将苏小糖扯到了火场外围，训斥道，"一个女孩子，你跟着凑啥热闹，不要命了？出了事怎么交代？"

苏小糖又咧嘴笑笑，说："没事儿！田书记，我参加过救火，有经验！"

"胡扯！有经验也不行！"田敬儒说，"救火是消防队的事，你跟着添什么乱？你是哪个单位的？你们领导呢？怎么让一个小姑娘跑火场来了？"

苏小糖倔强地一甩头，辩解道："我不是小姑娘！不，我是说……我……对了！"苏小糖突然想起自己的身份和职责，急忙掏出记者证递过去，"田书记，我是《环境时报》的记者，我叫苏小糖。"

田敬儒心里一惊，皱了一下眉，说："记者？记者怎么跑这儿来了？"

苏小糖瞪大眼睛，抿嘴一笑，说："这有什么奇怪的？记者就应该在突发事件的第一时间到达第一现场，这是记者的职责所在呀！"

田敬儒说："记者的职责是采访，但现在不是采访的时候！再说，谁让你一个小姑娘救火了？出了事怎么办？"

苏小糖立刻回应："谢谢田书记提醒！我现在就采访您，清凌出现这么重大的火灾，民众都在期盼了解灾情实况、救援经过，请您谈谈对这场火灾的看法，以及清凌市在安全生产和消防方面有什么具体的措施，可以吗？"说罢，迅速地掏出了录音笔，按下录音键。

田敬儒绷起脸，不悦地说："火情这么紧急，采什么访？你……你这简直是胡闹！是添乱！当务之急是什么，知道吗？"

"知不道！"苏小糖像斗架的小公鸡似的扬起圆润的下巴。

"你说什么……知不道？"田敬儒诧异地打量起苏小糖。

"看什么您哪？"苏小糖也有点诧异。

"你哪儿的人？"田敬儒问。

"我哪儿的人重要吗？"苏小糖以为田敬儒在故意转移话题，她当然知道自己在火场确实就是添乱，可她身上的那点傲骄被激活了，讽刺道，"对您来说，当务之急是救火。可对我来说，当务之急是要知道怎么失的火！您刚说记者的职责是采访，我采访就是在履行我的职责，可您怎么又说我是胡闹呢？而且那边不是也有记者在采访吗？"苏小糖指指不远处正在拍照和录像的两个男人说，"凭什么他们能采访，我就不能？"

此时，那两个人也正把目光投向田敬儒和苏小糖，毕竟在清凌，敢跟市委书记"叫板"的人可是难得一见。

见到苏小糖指向他们，两人中个子稍矮些的立即低下了头，另一个高个子居然迎向苏小糖的目光，对她露出了一丝笑意。

这让苏小糖更是揪住不放了，再问田敬儒："为什么他们能采访，我不能？我采访是为了及时回应民众关切，制止谣言传播。"

堂堂市委书记怎么可能会被一个小记者难倒呢？田敬儒皱皱眉，稍稍缓和了下语气，耐足了性子，说："是我用词不当。可你看看眼前这种情况，我哪有时间接受采访？那两个人……不是记者，是消防队在为了查明事故原因留存资料。这样吧，宣传部的曹部长负责向媒体通报情况，你去采访他吧。"不等苏小糖再说什么，田敬儒回头招呼身边的工作人员，"小古，火场危险，要保护好这位记者同志的人身安全，把这位记者同志送到曹部长那儿去。"

秘书古凡听到指令，马上向旁边的人招手，两个人高马大的男人立刻小跑过来，一人架起苏小糖的一只胳膊，用不着她的双脚和地面产生什么摩擦力，就已经身轻如燕地"飘移"出了火场……

看着苏小糖被架走，田敬儒的目光胶着了似的收不回来。这个梳着马尾辫，穿着牛仔装和运动鞋，活泼的外表和率性的脾气怎么看都像个大学生的小记者，给他留下了深刻的印象。小记者勇闯火场，不知是该夸她勇敢，还是该骂她添乱呢？总之，出发点可能是好的，但添乱也是真的。

但田敬儒想不明白，这位苏小糖记者一口地道的京腔，怎么会突然冒出一句冀东味儿的"知不道"。当然，这些他也没时间细想，不过是一瞬间脑海里的念头罢了。

· 第一章·

人们的一阵欢呼声使田敬儒猛然惊醒,他随声看去,火场里最高的那簇火头被灭掉了。

2

苏小糖并没有按照田敬儒的要求真正离开。

两个彪形大汉刚把她"拎"到一辆车前,她就死死地抓住车门,威胁说:"你们不能为了控制舆情,粗暴阻挠媒体记者正常履职。这是在剥夺记者的正当采访权,更是限制人身自由,是违法行为!如果你们再逼我上车,我就要到相关部门投诉你们!你们清凌市委这样做是违法的!"

两个大汉看看秘书古凡,古凡看向苏小糖,一脸无奈,他只好摆摆手,示意两人放开苏小糖。

古凡说:"记者同志,您误会敬儒书记了,书记不是剥夺您的采访权,您也瞧见了,火势那么大,现场很危险!您一个小姑娘在火场里到处跑,出点什么事怎么办?再说句您不爱听的,您在现场会影响救火进度的。"

旁边的两人也附和说:"记者同志,您就听听劝,咱们都是为了您好,为了保障您的人身安全。水火无情啊,万一您出点事我们这罪可就大了!"

苏小糖知道人家讲的是实情,自己闯进火场的确有冲动成分,现在想想确实有很多不妥之处。她的嘴巴便软了下来,说:"我这不是让你们抬出来了吗!干吗非要逼着我上车呢?不让我采访,我听你们的;不让我进火场,我也听你们的。但是火场以外也不让我待吗?我待在火场外总不会影响救火吧?你们这样不依不饶,是想把我赶出清凌吗?那也好,我这就回京都交差,说清凌不许我们进驻!"

"不不不!您别误会了!"古凡慌忙赔起笑脸说,"清凌非常非常地欢迎您!可是敬儒书记不是说了,曹部长负责向媒体通报情况吗?我们是想把您送到曹部长那儿去,您别误会呀!"

009

苏小糖说："我用不着您送。曹部长我们是老熟人了，我可以自己去。这儿的事情够您忙的了，您是敬儒书记秘书吧，他那边忙翻天了，您赶紧去。还有这两位，赶紧救火去，不要管我了您哪！"

古凡为难地笑笑，说："可是……您不能再进火场了，您要再进去，我跟敬儒书记没法交代。"

"放心吧您哪！"苏小糖说，"烟熏火燎的，你们请我进我都不进了！"

这一次，她讲的是真心话，她是真不会再进火场了。理由当然不是烟熏火燎，而是担心自己成为救火现场的移动障碍物。

看着秘书古凡和那两个人不放心似的三步一回头地走了，苏小糖无奈地笑了笑。事实上，在火场里她就想到自己应该出来，因为那时她意识到，从田敬儒及其部下们的嘴里她不会得到任何有用的东西。根据现场了解到的情况分析，火灾事件后面一定有大新闻，绝对不是当初想象的那样简单，仅仅是安全生产和消防方面出现了什么问题。既然有隐情，那么清凌当局必定会统一口径，形成堡垒一样的同盟。这是她在采访中经常遇到的状况。她清楚要想探明真相，一是能够进入堡垒，二是从堡垒外围寻找突破口。另外她明白，火势严峻，自己在火场只会妨碍消防员救火，起不到一点灭火作用。

距火场中心几百米开外，每隔一段距离就有警察把守，还用红蓝相间的带子围起了一圈又一圈的警戒线。最外圈的警戒线外站满了围观的群众。苏小糖若无其事地走过去，出了警戒线，混进了围观的人群中。

很多人在现场听出或看出了苏小糖的身份，纷纷靠拢过来，七嘴八舌地问开了。

"你是记者呀？里面怎么样，烧成啥样了？有人受伤吗？"

"你是市里的记者吗？好像只有市里的记者才让进。今晚清凌新闻能播不？"

"放火那女的抓起来没？"

"听说市委书记、市长，还有市里的其他大领导都来了。他们怎么说的？这事怎么处理？是罚放火的，还是罚利华？"

"老板逮起来没？应该枪毙他！"

苏小糖根本来不及插话，人群中就有人接着回答了：

"江源能让人逮起来？市里领导、有头有脸的那些人都和他称兄道弟，谁敢抓他？警察长几个脑袋？今天敢逮他，明天就得卷起铺盖走人。"

"都烧了才好呢！董文英怎么没一把火把江源烧死，把利华公司烧得片甲不留！"

"这就叫报应，人不报天报，天不报人报！"

…………

通过众人的议论，苏小糖渐渐明白了，这场火灾是人为纵火，纵火者应该是一个名叫董文英的人。

"董文英为什么放火呢？"苏小糖扫视着众人问道。

"有仇呗！"一个三十多岁的女人回答。

"什么仇？"苏小糖又问。

那女人还没开口，就被旁边的男人拉过去了。男人骂骂咧咧地说："你知道啥？有的没的就瞎说。身上穿铁甲了，还是脑袋上顶钢盔了，就不怕挨闷棍？"女人白了男人一眼，似有不服。不过倒也很听男人的话，扭身闪到一边，不作声了。

众人却没有因为男子的呵斥而停止谩骂。一句句夹枪带棒，刀光剑影，矛头直指利华纸业有限公司和清凌市委、市政府，直指市里领导不作为、乱作为。

"新闻里讲中央让搞蓝天保卫战、净土保卫战、碧水保卫战，到了咱清凌一战没一战。"

"别的咱不管，主要是清凌江的水，那可是咱老祖宗留下的风水命脉，弄脏了清凌水就是要咱清凌人的命！"

"可不，以前咱清凌的江鱼是啥味道，现在又是啥味道？"

"江鱼受影响，咱们的生活也受影响啊！要怪就怪那些厂子，那才是病根。"

"利华这么干肯定是违法的！"

"你懂啥就乱说，人家要是违法公安不抓人？"

"别的不敢说，肯定违反环保法。"

"咱清凌就没有懂这个环保法的人吗？赶紧用这个法治治利华！"

"肯定有人懂，咱清凌能人也不少，可就算懂了哪个敢治他？"

……

显然利华纸业有限公司原料场大火事件成了清凌百姓心头一件大快人心的好事。这种议论充斥在苏小糖的耳朵里，直到原料场上空的浓烟散去才渐渐地减弱。

清凌市的夜晚虽然比不上京都的繁华，却也称得上别具特色。点点华灯的映衬下，城市的轮廓变得柔和起来，整个城市渐渐地安静下来，比大城市更多了些宁静和素朴。在这份宁静和素朴当中，人心也渐渐沉静下来。

从火灾现场返回公寓，一个又一个谜团，密布在苏小糖的心头。董文英是怎样的一个人？她为什么要纵火？她与利华纸业有着怎样的仇恨？清凌百姓为什么对这场人为的火灾拍手称快？清凌市委、市政府为何对火灾新闻采访如此排斥？利华纸业老总与清凌市委书记、市长有着怎样的关系？除了安全生产和消防、环境保护，这里面又有什么样的幕后新闻？这条"大鱼"藏得有多深？……

苏小糖把这些问题逐条记在采访本上。

她启动笔记本电脑，进入电子邮箱，怀着一种已经淡化了的伤感，再次查看了贺翔发送来的那封只有九个字的邮件：我们还是做好朋友吧。

她脑海中不由自主地出现了一连串的问号。此时，他在加拿大的什么地方？现在那里是什么时间呢？那里的夜晚会不会和清凌的初春一样有些冷呢？他会不会和我想他一样地想我？几个念头闪动间，苏小糖的眼睛潮湿了，她使劲地眨眨眼，防止泪水不争气地掉下来，随即轻轻地拉动鼠标，她终于选择了删除邮件。

打开文档，苏小糖记下了来到清凌第五天的日记。

第一章

NO.1 心情指数：★★★☆☆

今天是我到清凌以来最疲累的一天，也是最有收获的一天。一条大大的"新闻鱼"正在清凌市里欢蹦乱跳地游动着，且看我怎样使出浑身解数，将它抓住吧！每当遇到好新闻，这样的激情和冲动都会让我心潮澎湃，难道这就是传说中的"职业病"？

可偏偏一大清早就收到了贺翔只有九个字的分手电子邮件，影响心情！

邮件可以删除，记忆可不可以删除呢？

浪漫主义者认为，金钱买不来爱情！可在我面对的现实中，金钱却是通往爱情之路上的玫瑰、香水、机票，以及绿卡。五年了，五年的感情终究敌不过富家女的物质诱惑、留学赞助。最可悲的是，一个男人居然没有面对这个事实的担当。带着虚伪的笑容，貌似真诚地说"对不起"，又怎么能掩盖得住那些突然增加的名牌服装和突然做下的留学决定？

人的脸皮上面覆盖着多少层的面具？面具戴得久了，会不会和皮肤黏在一起？普希金在诗歌中写道："一切都是瞬息，一切都将会过去；而那过去了的，就会变为亲切的怀念。"贺翔，请你跟随那段感情一起消失在我的世界里吧！能滚多远滚多远吧！越远越好，最好跑到外星球上去！

唉，我想家了，想老妈和老爸了！

老妈的心真狠，连个电话都不打给我，还是老爸知道嘘寒问暖。难道仅仅是因为我的追问？任何人都有知道自己出身的权利呀！我怎么就不能知道呢？老妈还想要瞒我一辈子吗？直到二十八岁，我才知道自己居然不是老爸的亲生女儿！这样的事怎么想都像一部虚构小说，或者是一部煽情电影，为什么会发生在我身上？为什么呢？

印象中我的同学都是独生子女，只有我家是两个孩子。虽然那时我的年纪还很小，可是对父母为了再要个孩子而吵架的情形仍然有些记忆。那时老爸总是像做了错事似的求老妈："要不咱再生一个吧，管他是姑娘还是儿子呢！"老妈总是板着脸不说话。直到有一天晚上，老爸喝醉了，一反常态地摔东西，老妈才改变了态度。那时计划生育管得特别严，为了使

013

我成为"残疾孩子",符合生育二孩的要求,老妈想出了一个"好办法",居然让刚刚读小学的我喝完红酒去参加体检。面无表情的女医生把冰冷的听诊器放到我的胸口,眼皮都没抬就说我有心脏病。她怎么就闻不到我嘴里的酒气呢?这样的作假应该在那时就已经很盛行了吧!可怜的弟弟小粒,他应该感谢我,要不是他老姐我冒着酒精中毒的危险,这世界上还能有他?

其实最难过的人不是我,应该是老爸。他一定是知道真相的,可还是对老妈那么好,对我也那么好。我记得有一次他喝醉了嚷嚷:"小糖就是我的亲生闺女,到什么时候我都得对她好!"当时我怎么就没听明白这话里的意思呢?如果我是老爸的亲生女儿,老爸用得着那样说吗?一定是心里憋闷得不行了,借着酒精发泄呢。老爸是个好人,虽然他没权没势又没钱,但是有一颗世界上最善良、最正直、最能包容别人的心,他从来没偏向过小粒,有什么好东西都向着我来。知道我申请到清凌做驻地记者,老妈只是愣了愣神,根本没放在心上,反而是老爸拉着我的手,一个劲儿地说:"要不咱找领导说说,咱一个姑娘家,就别去那么远的地方了。"老爸不知道,这次来清凌是我特意向崔主编申请的。老爸越是这样说,我越是觉得不安,越是觉得难以面对他。

唉,老妈为什么不肯告诉我真相呢?

拖着一身的疲惫,田敬儒从火场回到办公室。他靠在沙发上,长长地嘘了一口气,觉得全身的力气都在火场上用尽了,四肢瘫软,一动都不想动。他闭起眼睛,想小寐片刻,身体很快在这种意念中渐渐得到了放松,睡意袭来。

朦胧中,田敬儒的脑海里不断地翻腾着火场上杂乱无章的景象:浓重的烟雾、奔跑的人群、惊恐的喊叫、肆虐的火蛇、跳跃的水柱……这景象与他在清凌一年执政生涯的片段相互纠葛、相互叠加、相互撕扯,编织成了一张理不清、扯不断的大网,铺天盖地罩下来。他想摆脱这张网,用尽全身的力气向前奔跑。他不时地抬头向上张望,发现原本湛蓝的天空突

第一章

然变成了没有星星的夜空，烟雾、人群、火蛇、水柱全部消失了，四周空寂，只剩下呼啸的风声和偶尔传来的一声狼嚎。他无助地呼喊着，风声中传来同样的呼喊，仿佛山谷的回音。他继续向前飞奔，眼看就要逃出大网，却被一条大河挡住了去路。河水和天空一样漆黑如墨，河中有一叶白色小舟在风浪中驶向他，似要载着他驶向彼岸。就在这时，大网突然坠落……

田敬儒打了个冷战，睁开眼睛，擦了擦额头的汗水，稳了稳神。刚才的梦境让他有种不祥之感。他摇摇头，安慰自己，不过是个梦，何必想那么多。可是看看现实，他却不由自主地叹息了一声。到清凌工作已经整整一年了，自己可谓兢兢业业、克勤克俭，不敢有一丝的懈怠，使这个城市一年来发生了较大的变化。然而说不清为什么，他的内心总像扒了修、修了扒的城市马路，没有安稳的时候。

他想，或许是因为还没有完成省委施书记、省纪委严义书记交给自己的重任吧。责任重大，压力山大，面对责任，再大的压力他也要扛起来走下去。

他起身沏了一杯茶，顺手在办公桌的电话机上按下了利华纸业公司老总江源的手机号码。铃声响了很久，却无人接听。按了重播，还是无人接听。田敬儒的心火蹿上来了，"啪"的一下摔了电话。想喝口茶浇灭那团火，茶还是热的，心火没灭，嘴又被烫了一下。他在办公室里来来回回地走动，心里咒骂起江源：利华纸业闹出这么大的乱子，这个平时最爱出风头的小子却没了踪影，不但没了踪影连个电话也没有。不但没有电话，连我打过去的电话竟然也不接听。至于发过去的微信消息，更是如石沉大海。

可即使江源再目中无人，也不能把企业丢在一边不管不顾吧？企业是企业家的立身之本、发展之源，是企业家的责任所在。利华这个企业是谁的？有了效益，是江源的！出了问题，他这个企业家就可以不管不问，全部成了清凌市委、市政府的？市委、市政府确实应该为企业服务，但不能也不应该变成企业的"保姆"。处理好政府与市场、政府与社会的关系，是优化政府治理、建设人民满意的服务型政府的重中之重。看来，构建"亲清"（亲近、清白）政商关系，清凌市要走的路还有很远，要去解决的问题、克服的困难也很多。

3

利华纸业有限公司是田敬儒的前任市委书记引进清凌的重点招商引资项目。

关于引进利华前前后后发生的事情，田敬儒是从清凌市一些同志的情况介绍里，一些关于利华的各类资料里，抽丝剥茧、重新整合、慢慢理顺得来的。这里面有多少人讲了实话，有多少人是欲言又止，有多少人是真假参半，有多少人夹杂着个人利益，资料里的真实和完整程度有多少，田敬儒没有过多分析，他只是从中得到了一个大致的轮廓和来龙去脉。

当年利华纸业到清凌投资之前，一度被经济发达城市和地区拒之门外。原因不言自明，造纸工业是一个产量大、用水多、污染较为严重的行业。造纸工业要实现绿色低碳发展，就要提高准入门槛、淘汰落后产能。除了转变生产方式，优化调整产业结构之外，还要加强清洁生产，注重节能减排，推进资源高效循环利用，坚持不懈地开展废水、废气和固体废物的综合防治，构建全防全控的污染防治体系，才能有效控制污染问题。但这一切的前提是企业需要投入大量资金并严格遵守制度规范。所以，造纸工业的引进具有较高的风险性，这也是各个城市和地区谨慎引进的主要原因。

说句实在话，如果不是因为经济发展相对落后，急于通过招商引资实现经济的提速发展，当年清凌市可能也不会引进利华。客观评价，当年的领导是在巨大压力下引进的这家企业。前有标兵，后有追兵，如果不采用"弯道超车"的办法，怎么能实现超速发展？"弯道超车"，是当年常常被提到的一个词，的确令人振奋。

有人振奋，就有人清醒。就在引进利华纸业刚刚启动之时，一封原市级老领导的联名信送到了当时的市委书记、市长及众多市委常委手中。老领导们在信中痛陈利害："绿水青山就是金山银山"，这是中央统筹经济发展与生态环境保护做出的重大决策，是造福人民泽被子孙的大事。清凌市要与中央保持一致，如果引进利华纸业，假如环保措施不到位，实施效果差，将来必然会影响到清凌老百姓的生存环境。全国各大城市引入造纸企业都是格外慎重，清凌市委、市政府的领导不能为了自己的政绩，不管不顾清凌百姓的生活，更不能吃祖宗饭、砸子孙碗。这样的政绩要不得，这样的领导干部也当不得！

这封联名信将了当任领导一军。

让利华纸业入驻清凌，必然会带来可观的利税，促进经济发展。但如果利华真如老领导们信中所言，将来某一天真的对清凌市的环境造成了污染，当任市领导便会成为清凌的千古罪人。

完成眼前的各项经济指标和维护百姓的长久利益哪个更要紧？发展经济和保护环境哪个更重要？种种矛盾反复纠葛，一支支削尖锃亮的矛头直指当时的市委书记。

时任市长何继盛的态度十分鲜明：要相信老领导们对清凌的关心关注，尊重老领导们的意见和建议。个人意见，暂缓利华纸业引进。

两个字"暂缓"，对利华纸业进驻清凌按下了暂停键。

市里老干们连声为市长何继盛拍手叫好，评价他是一个对党、对人民、对清凌长远发展高度负责任的好市长，是一位有能力、有魄力的优秀共产党员。

可接下来，如何才能完成省里确定的各项经济指标？如何实现清凌市经济的高速发展？一系列问题被上任市委书记逐条提出。如果利华纸业上马，每年可以上缴多少利税，可以安置多少社会闲置人员，可以建设集原料、运输、仓储、物流产业链集群模式等一系列数字和前景也被摆到了市委常委会的桌面上。

而这些，都是作为市长的何继盛必须直面的问题，也是他在任能否干出政绩的衡量标准，绕不过去。而且，政府是在党委的领导下进行工作的，市长在重大决策问题上跟市委书记唱反调，也非常影响班子的团结。因此在之后召开的市委常委会上，何继盛的表态就与之前有了明显不同：市政府坚决与市委保持高度一致，拥护市委关于利华的各项决定。

市委书记、市长共同推进利华纸业上马的决定，左右了别人的想法，原来打算在常委会上说出一二三的其他市委常委们彼此对视了之后，三缄其口，沉默不语了。最后，清凌市委常委会会议上全数通过了利华纸业进驻清凌的议题。

但市委书记、市长也不能罔顾市里老干们的意见。老干们虽然已无权力，但还有影响力，尤其是那几个老领导，上能跟省委领导说得上话，下面市里不少干部甚至常委领导也是他们在任时提拔起来的。综合各方的意见，上任书记在会议上强调："污染防治需从源头抓起，利华纸业在清凌上马的首要条件就是环保达标。污水处理系统必须完备，必须全面通过上级环保部门验收，所有环保事宜全部完成才能上马。"

利华纸业也铁了心要在清凌投资兴业，投入重金购置了防污治污设备。清凌市委、市政府主要领导，相关部门责任人亲自把关建设，各项治污指标全部通过了环保部门的检验检测。几经周折，利华纸业终于在清凌顺利投产了。当年年底，存于清凌百姓心中的疑虑很快被欣喜取代。千余名闲置人员成了利华纸业的正式员工，五险一金样样齐全。

全市纳税最高企业，热心公益事业，助老助残助困助幼，哪里都有利华的影子。很快，利华纸业有限公司和公司董事长江源在清凌成了电视有影、电台有声、报纸有名、网络红榜的明星企业、明星老总。

老百姓看到的是实惠，工资提高了，福利待遇上来了，市容改善了，困难群体得到帮助了，市里领导也因此成了清凌百姓心中的清官、好官。

然而，仅仅几年时间，利华纸业引发的问题就陆续暴露了出来。

田敬儒接受组织安排到清凌任职的时候，利华纸业的口碑已经是毁誉参半，而关于当初引进利华的说法更是层出不穷。

"当年的市委书记就是得着了利华的好处，要不然能不顾市里老领导

第一章

们的联名请愿也要支持利华上马？当年继盛市长可是坚决反对的。"

"何大市长开始是跟老领导们站在一起，可后来为啥改变了态度，肯定是后来也得了利华的好处。"

"这事谁知道呢？听说利华有背景，在上面有人罩着，书记市长又能怎样？清凌谁都拦不住。"

……

产生各种猜测和说法的核心问题只有一个：利华果然出现了污染问题，而这正是之前市级老领导们担心的问题。

田敬儒到清凌市任职之后，人们都在观望，新书记会怎么处理利华纸业存在的问题。都说新官不理旧账，人们都想瞧一瞧，敬儒书记这个新官理不理旧账。

一年时间过去了，人们看到田敬儒这个新官不但理旧账，还理得像模像样，有板有眼。

田敬儒任职的第一周，召开了清凌市生态环境保护大会。之后，出台《清凌市关于深入打好污染防治攻坚战的意见》，开展减污降碳专项行动、推进美丽清凌建设行动……各种行动开展得有声有色，一切似乎都在朝着田敬儒制定的方向发展。

除了这些针对环境保护的措施，其他方面田敬儒也没闲着，他通过在京在省的"朋友圈"，求助老领导、老朋友，在招商引资中围绕数字经济、生命健康、新材料等新兴产业找路子。一年时间，已经与多家央企、民企、行业龙头企业完成对接，签订协议。

要引进新企业，不能忘了老企业。田敬儒想，对于利华这样的原有企业最好的方式是采取"柔和"处理，而不是"一刀切"，要不然，千余名职工的生存怎么办？已经形成的产业链怎么办？何况，利华董事长江源也一再承诺坚决整改利华的污染问题，还清凌人民绿水青山。

然而，今天的一场大火将清凌市委、市政府推到了"悬崖"之上。想到放火的人，田敬儒的心仿佛被一只无形的手给揪了一下。纵火者董文英那张与其年龄不相符的、布满皱纹的、神经质的面孔，在他眼前过电影似的跳来跳去，他耳边回响着市长何继盛咬牙切齿的画外音："放在过去，这个姓董的女人就应该枪毙！至少判她个无期！"在火场那会儿，田敬儒也把纵火者恨得咬牙切齿，可是现在冷静下来，想想董文英为什么要纵火，再想想老百姓为什么对这场火灾欢欣鼓舞，他的心里一酸，接着又是一痛。

董文英已经被公安局缉拿归案了。不，不是缉拿，董文英放完火压根儿就没有离开现场。她冲着漫天大火手舞足蹈，对闻讯赶来的警察哈哈狂笑，挑衅似的喊道："火是我放的，你们抓我呀，快抓我呀！"

茶已经凉了，田敬儒端起茶杯一饮而尽，左右权衡，前后思量，终于拿起电话听筒，按了一串号码。

"老吴，我是田敬儒。"

电话那端传来清凌副市长兼市公安局局长吴威的声音："敬儒书记，您好！"

"利华火灾现场处理得怎么样了？"

"现场没什么问题了。"

"纵火的人叫董……"

"叫董文英，已经拘留了。"

"接下来怎么处置？"

"按正常程序走，董文英已经达到刑事立案标准，我们案件侦查终结，就移送给检察院，再由检察院向法院起诉。"

"她这个事儿……得判刑吧？"

"那应该是跑不掉的。犯纵火罪，尚未造成严重后果的，处三年以上十年以下的有期徒刑；致人重伤、死亡或者使公私财产遭受重大损失的，处十年以上有期徒刑、无期徒刑或者死刑。具体怎么判，看法院吧。"

"哦……"田敬儒有意沉吟了一下，说，"这个董……董什么来着？"

"董文英。"

"对。听说这个董文英是自己主动让你们逮捕她的。"

第一章

"确实是的。敬儒书记有什么指示？"

"事关法律，我指示什么？我只是想提醒你们一下，利华的事很敏感，董文英的情况也很复杂，需要慎之又慎！"

吴威顿了一下，说："明白了！敬儒书记，我们这边请您放心，做侦查终结报告时，我再向您报告。"

"好。"

田敬儒挂了电话，陷入了沉思。片刻后又把秘书古凡叫了进来。

"小古，利华火场上那两个照相摄像的人是消防队的吗？"

"书记，那两个人是清凌传媒中心的记者，拍照那个是《清凌日报》的冯皓东，摄像的是电视台才来的新面孔，我还不知道叫啥。"

"宣传部不是把记者都拦在火场外面了吗？"

"外来媒体曹部长没让进火场，本地媒体的人是曹部长为了留存资料特意安排的。这也是为您着想，您在救火一线得留点影像资料。"

"还有一件事，那个叫董文英的纵火嫌疑人，在现场的表现有些蹊跷……你，明白吗？"

"明白。我会跟吴威市长保持沟通。"

十分钟后，古凡电话打到了吴威的手机上。

"吴市长好，您现在方便吗？"

"稍等。几分钟后，我给你回。"

吴威是聪明人，自然从"方便"两个字里听出古秘书有要事跟他讲。在清凌古秘书不仅仅是古秘书，很多时候，古秘书更代表着市委书记田敬儒。

于是几分钟后，有了如下对话：

"吴市长，我这不代表官方，只代表我个人。我当时在火场听现场群众说，这个纵火的董文英是主动说自己放火的。"

"董……是，是的。"

"那么，她纵火是不是有什么个人原因呢？"

"公安办案肯定会探寻嫌疑人的犯罪动机，您说的个人原因……得看调查结果。不过，董文英在利华纵火这个案子，我们公安是前期，接下来检察院和法院那边，恐怕……古秘书你能明白吧？"

"明白，吴市长您辛苦了，你们是第一关，工作做好、做细、基础打牢，很不容易。"

"可不，这个董文英也有可怜之处。"

"您说得对。有什么需要我做的，吴市长您随时吩咐。"

曹跃斌刚把茶杯端到嘴边，办公室的电话就响了。看到 0001 的号码，曹跃斌刚刚才放松的神经立刻又紧绷了起来。

"好，我马上到。"放下电话，曹跃斌叹了口气，小声嘟囔，"我老曹早晚得累死！"转念间又振作起来，市委书记召见，多好的事，别人都在想破脑袋找机会跟书记接触，恨不能变成狗皮膏药粘在书记身上呢。当然，在清凌市除了大秘古凡常年跟在书记身边，就连市委秘书长、书记的司机也不是能够时刻跟在身边的，就更不要提其他人了。

田敬儒看上去性格柔和为人亲和，实际上却是原则性极强的一个人。自到清凌以来，与清凌各界的接触都仅限于工作关系，这样做当然是非常合理的，既"亲"又"清"，守住了底线、把好了分寸。

一直在机关工作的曹跃斌深谙官场的规矩，一级之间就是天壤之别，规矩错不得，更乱不得。他清楚自己虽然是市委常委、宣传部部长，在外面风风光光，可在市委书记面前说话做事却如履薄冰。从骨子里，曹跃斌对田敬儒有些畏惧，这种畏惧首先来自田敬儒所处的位置——清凌市的最高首长；另一方面则是田敬儒为人为官的作风，永远是工作第一、责任第一，一向是只对事不对人，犯在他手里，不管是谁都得挨收拾。自己四十多岁的年纪，正是事业发展进步的黄金年龄，如果稍有不慎把市委书记得罪了，仕途不说画上句号，也得进入冰冻期。

书记这么急切地打来电话，是不是宣传上又出了什么岔子？想来想去，很有可能是《环境时报》的记者出现在火场的事。

苏小糖出现在火场的事，已经有人在电话里通知了曹跃斌。这个记者

·第一章·

怎么混进火场的他并不知情，怎么走出火场的，他却了解得一清二楚。他原来想，如果田敬儒不提，这件事就轻轻压下，以后再发生同样的事件自己注意就是了，好歹自己也是个市委常委、宣传部部长，做事总要留些面子。现在他分析，自己想错了，一把手就是一把手，总能从小处发现大问题。记者闯进火场，本来很正常，记者就是搞新闻的，出现在新闻现场无可厚非。可《环境时报》的记者是重要媒体的记者，这样一来，事情就可大可小了。往小了说，就是一个小记者进了火场找新闻；往大了说，却是宣传部门的把控不严，如果有负面新闻出现在报纸上、网络上，必然会影响清凌市对外的良好形象。现在正是清凌发展的关键时期，对于一个宣传部部长来说，出现这种事是工作中的重大失职、失误。曹跃斌在心里感叹，看来一顿批评是在劫难逃了。这件事本来应该是自己向市委书记主动汇报的，既然没有及时汇报，现在只能是主动检讨了，或许能有所弥补。事已至此，也顾不得什么面子不面子了，别惹恼了一把手才是最要紧的事。

这样一想，曹跃斌的脑门顿时涌出了一层汗水，他拿出一粒口香糖扔进嘴里，使劲地咀嚼着，消除嘴里的异味，然后气喘吁吁地跑向了田敬儒的办公室。临进去之前，他从裤兜里掏出一张纸巾，把嘴里的口香糖吐了进去，包好又放进裤兜里，稳了稳神，推开门。

他一脸堆笑地问："敬儒书记，您找我有事？"

田敬儒站起身，说："跃斌啊，不是我说你，非得有事，你才能来我办公室？"

曹跃斌抹了抹额头上细密的汗珠，带着一脸的歉意，说："哪能呢？我……我应该主动向您汇报工作！"

田敬儒关切地说："看你忙得，坐下擦擦汗。"说着他自己先坐下了，递给曹跃斌两张纸巾。

曹跃斌坐在田敬儒对面，恭谨地接过纸巾，擦着汗，身子略微向前倾了一下，说："胖人就是不行，一动一身汗。瞧您这体形保持得多好。"

田敬儒指了指他说："哈哈，是不是刚才喝了蜂蜜？嘴巴这么甜，这么会夸奖人！"

曹跃斌跟着呵呵一乐，精神上有所放松。他一抬眼，猛然发现田敬儒写字台的便笺纸上写着大大小小的"环境时报"四个字，那显然是田敬儒的字迹。又一层细密的汗珠顿时从额头沁了出来，他觉得手脚有些发凉，屁股底下也像长出了钢针，刺得身子跟着疼了起来。

看来自己的猜想没错。不等田敬儒开口，曹跃斌抢先说："敬儒书记，我是来向您负荆请罪的！"

田敬儒明白他要说什么，却装作不懂地问："负荆请罪？跃斌，你这是唱的哪出戏？"

曹跃斌带了一丝哭腔，说："敬儒书记，我犯大错误了！《环境时报》的记者闯进火场了，这事全怪我！我光顾着招呼那些大媒体的记者了，手忙脚乱，一时就把《环境时报》这张小报给忽略了。"

田敬儒最初听到曹跃斌要负荆请罪，心里还是有几分满意的，这正是他把曹跃斌找到办公室来的原因。但"小报"两个字，令他瞬间收回了脸上的笑意。他看了曹跃斌一眼，语气上微微有些动怒，说："跃斌，你要注意下自己的观点！《环境时报》是小报吗？它在环境报道方面是具有专业性和权威性的，读者想知道哪儿的环境出了问题，都得先看它！现在国内国外有多少人在盯着这张报纸，你知道吗？一旦清凌在这张报纸上出现了什么负面新闻，会造成多大的影响，你想过没有？"

曹跃斌不住地点着头，说："是，敬儒书记您批评得对！我……"

田敬儒打断他的话，说："俗话说，县官不如现管。这就好比你这个宣传部部长管教育，有人走后门要把孩子送进重点高中，送礼都往校长那儿送，有几个往你这儿送的？一样的道理嘛！"

曹跃斌的脸腾地红了，猛地站起身，说："敬儒书记，市七中周校长受贿被查属实，我也有责任，是我监管不力！"

田敬儒摆摆手，示意曹跃斌坐下，说："我就是打个比方，你提那事干吗？你呀！"

曹跃斌支支吾吾，窘迫得不知道说什么好，不停地搓着手里的纸巾，眼见着搓成了纸条。

田敬儒停顿了一下，语气平和地问："跃斌，《环境时报》驻咱们市的记者是不是有变化？我记得原来是个男的，怎么突然出来个女孩子？"

曹跃斌说："这个……应该是新换的人，我马上查，马上查！"

田敬儒说："查不查的无关紧要，关键是要处理好地方政府与上级媒体之间的关系。现在清凌正处在快速发展的关键时期，媒体的力量不容小视！媒体的作用是什么？帮忙鼓劲！营造良好的发展氛围离不开媒体。有效地利用媒体宣传清凌好的做法、好的政策，把清凌推出去，把客商引进来，把项目做起来，是你们宣传部门工作的重中之重！"

曹跃斌连连点头称是，一个劲儿地擦着额头上不断涌出的汗珠，宣誓似的说："敬儒书记，您放心！回头我就去查这件事。正常的采访报道我们当然欢迎，但是某些媒体刻意抹黑生事，我们也绝不惯着！我向您保证，绝对不会让清凌的负面新闻出现在媒体上，坚决保证清凌的良好对外形象不受任何损害！"

看着曹跃斌有些可怜卑微的样子，田敬儒欲言又止，摇头苦笑了一下："跃斌啊，时代在变，传媒也在改变，我们的宣传部门要紧跟形势、转变观念，传统媒体、网络媒体、各种新媒体都要重视起来。"

曹跃斌连连点头："书记，您说得太对了。现在传媒太复杂了，有些记者是真能添乱啊！当前，我们清凌发展一片大好，人民群众正干劲十足呢！作为人民群众最信任的媒体，他们应该真正负起责任来，多报道正能量的事，不然有些素材就会被别有用心的西方媒体利用的。"

对于最后一句，田敬儒也颇为赞同。

回到部里，曹跃斌也在心里苦笑。他笑的是自己，担任市委常委、宣传部部长这几年，自己在两任书记、一任市长之间的夹缝中搞平衡。很多时候是在装傻，而且要厚脸皮，还要会邀功，真是难啊。他经常对下属说："宣传部好像做的都是虚事，但我们要把虚事做实、做成、做精。这就需要工夫，要学会策略处理。"可他心里清楚，很多时候，自己最擅长的策略就是委屈自己。

4

曹跃斌从田敬儒的办公室出去很长时间了，田敬儒还在盯着自己在便笺上随手写下的"环境时报"四个字，脑海里浮现出苏小糖娇小的身影。那个冒着危险冲进火场的小记者穿着牛仔装，梳着马尾辫，看起来就像一名在校大学生，清清纯纯，外表上说不上有什么地方特别招人注意，可却是透着一股子精灵劲儿。如果非要找出什么特点，应该是那双大而明亮的眼睛，闪闪发光，骨碌乱转，好像整个人的灵气全聚在了那双眼睛上。再有就是那股子初生牛犊不畏虎的冲劲儿，倔强要强，与自己年轻时何等相似！最有趣的是一口地道京腔里夹杂的那句冀东口音"知不道"，听起来那样亲切。这样总体一想，田敬儒愈发觉得让曹跃斌去了解一下苏小糖的想法是正确的。

多年来，因为清凌地处偏远，加上经济落后，生活条件差，驻清凌的媒体记者大多都是男的，一个个像走马灯似的来来去去，没有几个能待长久的。苏小糖之前的《环境时报》驻清凌记者是一个人高马大的中年男子，像个典型的东北大汉，其实人家是河南人，性情很是直爽，喜欢大碗喝酒、大块吃肉、大声说话，酒过三巡，便与人拍着肩膀称兄道弟，甚至田敬儒、何继盛的肩膀他也敢拍。

可即使是个男记者也不喜欢做驻清凌的记者，原因不言自明。那么，苏小糖这个年轻的女孩子为什么会从首都来到偏远的小城市清凌？是报社的硬性安排，还是她向往小城市的安宁，抑或有亲属在清凌？她名字的最后一个字是哪个Tang？苏小糖？苏小棠？苏小堂？苏小唐？田敬儒又在便笺上写开了，最终在"苏小唐"三个字下面画上了重重的横道——父亲姓苏，母亲姓唐？一定是！中国人常常这样给孩子取名字，父姓在前，母姓在后，把父母的姓氏都加在里面。这样琢磨来琢磨去，田敬儒不禁哑

第一章

然失笑，笑完又摇了摇头。市委书记居然会对只有一面之缘的小记者用了这么多的心思，他自己都觉得匪夷所思了。

难道，这仅仅是因为那句"知不道"，还是因为自己存下了一个心思？他想，可以从苏小糖这个小记者身上找到新的突破口，有些事从媒体的角度去揭开盖子也是一步好棋，用媒体来逼迫出真相，逼得某些人自乱阵脚。至于其他角度，他还要仔细下一番工夫，既要完成好组织上交办的任务，又要保证平衡并不容易。

当然，或许还包含了他对苏小糖莫名其妙的好感。

田敬儒对"知不道"这种句式的敏感，源自他童年和少年时代在冀东度过的日子。冀东人习惯将"不知道"说成"知不道"。乡情乡音总是一个人挥之不去的情愫，苏小糖的出现，触动了田敬儒尘封多年不曾触及的往事。

和许许多多60后一样，田敬儒的少年时代和青春岁月充满了磨难与艰辛。可他觉得自己是压力虽大却又幸运的一代人。踩着60年代尾巴出生的他，通过高考改变了命运，经历了改革开放的巨大变革，赶上了分房的好福利，在市场经济和现代企业制度建立后，获得了更大施展抱负的空间，他觉得自己这一代人虽然吃过很多苦，但确实是被命运眷顾的一代。

田敬儒的童年和少年，既是物资匮乏的年代，又是简单纯真的年代。

他感激那个时代，更感激老父亲的决定。当年，如果不是家境贫寒得难以度日，如果不是老父亲突然决定搬离冀东，到京都郊区投奔姑姑，全家人是否能够平安地逃脱那场震惊世界的大地震，团团圆圆地生活在一起，简直不堪设想。

人们常说经历决定性格，性格决定命运。原生家庭的温馨和善，使田敬儒性格柔和包容。贫困生活里经历的一次次赤裸裸的欺骗和伤害，又使田敬儒嫉恶如仇。两者在他身上矛盾交融，最终汇聚一体。

那些年月，田家是村里数得着的困难户，家徒四壁，孩子也多，又陆续到了发育长身体的时候，家里的粮食常常不够吃。瘦弱的母亲从不和家人一起吃饭，她总是说："你们吃，你们吃。做饭的还能亏了嘴？我在厨房吃过了。"田敬儒和弟弟们以为母亲真的吃过了，每次都将应该属于母亲的那份吃得干干净净。直到有一天，田敬儒看到母亲居然在背人处，悄悄地吃着没有一点粮食的糠菜团子！他的喉头一紧，转身跑出去，一面饮泣一面抽打自己的嘴巴。

母亲闻声跟出来，问田敬儒怎么了。他回过身抱住母亲放声大哭，说："妈，以后我再也不叫饿了！往后再不许你吃糠菜团子了！"

母亲含泪笑笑，说："傻孩子，你跟弟弟们正长身子，理应多吃点儿。妈身子长成了，少吃几口不碍事。你用功念书，将来出息了，挣钱了，妈再可劲吃，天天吃香喝辣，天天大鱼大肉。"

有那么一段时间，田敬儒读书用功简直到了古人"头悬梁，锥刺骨"的程度，满心里只有一个念头：等出息了，挣钱了，让妈天天大鱼大肉，可劲吃，吃个肚溜圆，吃得满嘴油……

田敬儒读书用功，弟弟们也同样用功。可越是这样，家境越是窘困，因为只有父亲一个人挣的那点钱，不但要维持一家人的吃穿用度，还要维持他和弟弟们的学业。接到大学录取通知书那天，想到上大学不仅学费成问题，吃饭住宿都需要很大的花销，田敬儒悄悄哭了一场。他擦干眼泪，断然决定这大学不念了，早点参加工作，可以让弟弟们继续上学，也好减轻父亲的负担。话一出口，从没对他动过手的父亲举起巴掌便劈头盖脸地打在他身上，骂道："好不容易考上大学，你还不念了？你想和我一样干一辈子苦力？现在穷是穷一时，要是不念书，没出息，那是穷一世。你白念了那么多书，这样简单的道理你知不道？"

田敬儒倔强地说："知不道！"

母亲气得浑身发抖，指着田敬儒的鼻子说："你要是不去念大学，就别当我的儿子！我没有你这样眼窝子浅的儿子！"

田敬儒如遭当头棒喝，突然醒悟，接受了父母的意见。

走进大学校园，田敬儒时刻提醒着自己，一定要给三个弟弟做出表率。人穷志不能短，日子一天天地熬下去，一定会有好过的一天，只是万不能让外人看了笑话。他发愤学习，事事都要在同龄人中争第一。

  只有一件事，田敬儒总是落在同学们的后面，那就是吃饭。每当到了开饭的时间，同学们都急忙奔向食堂。田敬儒却照旧埋着头，啃书本，做笔记，全身心地投入到学习之中。等同学们都吃完了，陆陆续续地回到教室，他才悄悄拎上咸菜罐，打上三两饭，躲在食堂的角落，头也不抬地吃着咸菜拌饭。虽然国家对大学生有生活补助，但田敬儒知道家里的困难，几个弟弟都还在上学，因此他能省则省，把领到的补助和从嘴里抠下来的那点伙食费，几乎都给家里寄去了。

  按道理，这样一个陷入生活窘境的家庭本应该享受城市贫困家庭补助的。可生性倔强、饿死不低头的父亲就是舍不出这张脸。他总是对儿子们说："你们都记住了，人活在世上，全身上下都用布包着，就露着这张脸，无论怎么样都不能让这张脸脏了，宁可身上受累，也不能让脸上受热！"

  眼看着家里的大小伙子，一个个比赛似的进入高中，进入大学，仅靠老父亲赚钱，老母亲糊火柴盒，根本应付不过来，要了一辈子脸面的父亲低下了头。他哈下腰，赔着笑，走进了街道主任的办公室，请求："领导能不能考虑给我们家办个贫困补助？"

  街道主任叼着烟，用眼角余光不屑地瞧了瞧一身煤灰的老人，不冷不热地说："你们家有四个活蹦乱跳的大小伙子，只要不馋不懒，日子还能不好过？"

  "孩子们都上学呢。"

  "供不起就别念了嘛！哪头着急顾哪头，日子都过不下去了，还念哪门子书？"

  "孩子们读书上进着呢……"

  "甭说了，困难的群众太多啦！您没瞧见？大家都在排着号地申请困难补助呢，得有个先来后到！我再了解了解情况，回去等通知吧您哪！"

  父亲退出街道主任的办公室，一步慢似一步地向回走，腰上好像系着铅坠，弯得更低了。

  老友劝说父亲："老哥，现在谁还管你真困难假困难？领导那是跟您要礼呢。要不就送点吧，现在时兴这个，您拎上两瓶好酒，准能成事。"

父亲笑得比哭还难看，说："兄弟，我要是有买酒的钱，我还申请啥困难补助啊？不为别的，丢不起这张脸！唉……听天由命地等吧，万一老天开眼呢？"

街道的通知一直没有来。

忽一日，老友对父亲说："行啊，老哥，困难补助弄下来了？看，我给你支的招数有用吧？礼送到位了事就成了。"

父亲苦笑说："别逗了，这好事还能落我身上？"

老友不高兴了，说："别人都知道了，你咋还瞒着我呢？"

父亲说："我瞒你干吗？根本没那事儿啊。行了，兄弟，别拿老哥开心了。"

老友不满地哼了一声，自顾自地拉着车走了。

后来还是那位老友搞清楚了，得到困难补助的是一个与田敬儒父亲同名同姓的人。怎么这样巧？老友好奇心萌生，拐弯抹角细一打听，原来那人是冒用田敬儒父亲的名字得到的补助。就是说，街道主任是以田敬儒父亲的名义从上边申请了补助款，然后给了那个根本就不困难的人，领到钱的人是街道主任的亲戚。

气愤之下，父亲捶头痛哭。但他只恨自己没本事，让老伴和孩子跟着吃苦受气，对徇私枉法的街道主任却无可奈何。

田敬儒得知这一消息后，第一个念头就是回去跟那个混账王八蛋主任拼个你死我活。后来虽然冷静下来了，却不止一次在梦里将那主任给千刀万剐了。年轻的他曾经问自己，只能在梦里"解决"这种人吗？

田敬儒喜欢历史，高中时读到1896年李鸿章出访八国，在德国通过X光拍照，李鸿章清清楚楚地看到了左脸上残留的子弹，李鸿章惊奇地称之为照骨术。至此李鸿章成了中国第一个做X光检查的人。X光给了李鸿章极大的震撼，他从未想过有一个机器能透过皮肉照见人的内里。接下来所见的有轨电车、电梯等等，更是让李鸿章感叹科技和工业的力量。

从一段段历史中，田敬儒相信科技就是生产力，希望有朝一日能为国家

第一章

的科技发展贡献力量。也由此萌发了考大学时报考科技专业的念头，结果却阴差阳错进入了经济系。家里人都以为他毕业后可能会从事金融工作，或许做个财务之类。他又一次让大家意外了，他学而优则仕，走上了仕途。

不过，业余时间他的爱好仍然是关注科技，机器人、高端电子、国外的先进技术都是他偏爱的方向。他曾想，既然没有实现梦想做个科研工作者，那就在工作中多倾向于科技型企业。国家发展也是一点一滴做出来的，他能做一点是一点。

田敬儒一步一步走上了领导岗位，这自然与他的素质和能力有关。另一方面，也与他对贪官污吏的刻骨仇恨不无关系。同学聚会时曾经议论说，如今的官场成了烂泥潭，进去一个陷一个！官员现在是高危行业，诱惑太多，围猎太多，稍有差池，不仅自己扔进去不说，连后代子孙都受影响。有本事干别的吧，别在是非之地待了，能跳就跳出来。

田敬儒却不认同，他跟识他、用他、一直扶持他的省纪委书记严义持一样的态度："有正义感和责任心的人，都应该争取进入仕途。我们进去把烂泥淘出来，让那潭水变得清澈，不是很好吗？"

说来似乎有点狭隘，田敬儒就任清凌市委书记后，头一把火烧的居然是小小的街道办事处。当然，这也得益于他有个好"助手"，与他同时到清凌任职的市纪委书记章鹏。说起来，章鹏能与他同来清凌还是他向老领导严义开口要的人。章鹏年龄四十多岁，到清凌履职前是省纪委副秘书长。他以前一直负责的是案件审调工作，业务能力很强。调任副秘书长后不久，戴上了省纪委常委的帽子，也算是仕途上的进步。但副秘书长这个岗位却属管家性质，不合他的胃口，心中不免郁郁。他与田敬儒关系向来不错，因此当田敬儒提出要他到清凌任职市纪委书记时，二人自然一拍即合。

也怪那些街道办事处自己不小心，撞到了田敬儒的枪口上。清凌市区二十五个街道办事处，在"低保"问题上，竟有十个办事处遭到了群众的举报。其中比较典型的是，某街道书记的外甥一面开着歌厅一面吃着"低保"；某街道主任的大舅哥两口子分别在两个社区吃"低保"，有人问起来，就说离婚了，事实上两口子正恩恩爱爱地经营着地下麻将馆；而某街道一对老夫妻常年在菜市场捡人家丢掉的烂菜帮子，或去饭店要点剩饭剩菜，老头儿有病没钱治，眼睁睁死在了家里，"低保"却与他们无缘……接到举报，田敬儒立刻指定市纪委书记章鹏和分管民政工作的副市长牵头，相关部门组成十个调查组，展开了全面大清查。结果是，在二十五个街道办事处中，有十个书记、十三个主任、七个副主任、五个民政助理被拿下。按照惯例，这些人通常会被降级使用。田敬儒脸一黑，说："这种人心里装着党和人民吗？他们早就背离了初心。如果他们有朝一日爬了上去，会不会还要继续祸害老百姓，继续给我们党抹黑？我的意见，按照党规党纪，从严处理！"

纪委书记章鹏给田敬儒竖起了大拇指，两人的想法再次达成了一致——惩前毖后，治病救人，才能充分发挥惩治震慑、惩戒挽救、教育警醒的功效。

小小街道办事处虽然不足挂齿，却是最贴近市民群众的基层组织，与党和政府在老百姓中的口碑形象息息相关。一下子处分了这么多人，集中起来不啻是一场地震。田敬儒旋即博得了全市百姓的交口称赞。而接下来的两件事，更使他的声望达到了令人仰望的高度。

· 第 二 章 ·

1

　　第一件事，原建委主任陶承林利用职务之便，贪污受贿，放高利贷，涉及金额达几千万元。

　　陶承林是原清凌市人大常委会主任的侄子，又是清凌市卫健局局长的妻侄女婿，在清凌的关系盘根错节，可说是典型的地方官二代。

　　案件调查刚刚开始，省里、市里说情的纷至沓来。有些人干脆追到了田敬儒的办公室和家里去求情：睁一只眼闭一只眼算了，常在河边走，哪有不湿鞋的？得饶人处且饶人嘛！

　　至于向章鹏说情的人更是层出不穷，更有甚者从省里找到领导给章鹏施压。章鹏把这些情况向田敬儒汇报后，田敬儒只说了一句话："要依法依规依纪，达到处理一人、教育一片、治理一域的效果！"

　　最难缠的是陶承林的叔叔、原市人大常委会主任，老头儿平时走路噔噔的，说起话来中气十足，比年轻人还要精神几分。那天却拄着根拐杖，颤颤巍巍地来到田敬儒的办公室，一进门，"扑通"一声跪在了田敬儒面前，老泪纵横地说："敬儒书记，今天我舍出这张老脸，求你放小林一马。我这一辈儿兄弟五个，可到小林这辈儿只有他这一个独苗，是我们陶家的血脉单传。小林虽说是我侄子，可我拿他和亲生儿子没有两样，对他甚至超过了我的两个女儿。他今天违法违纪，理应受到处罚。可是念在我为党、为清凌当了一辈子牛马的分上，求您开恩，饶了他这一回吧！他收的拿的我们都还回去，他贪的占的我们都补上，该罚的补的我们也都交上，您看行不行？"

按说市委办公楼进门处就有保安，还有那么多的领导和工作人员，老爷子根本不可能没有任何招呼直接进到他田敬儒的办公室，可老爷子不但进来了，而且进来之前，只有秘书古凡提前通知了田敬儒。其他人就都看不见这么个大活人，还是故意不通知他？其中的原委，田敬儒不用细想也能明白，明白了就更愤怒：清凌真是病了，而且病得不轻，病到非治不可的程度了！可田敬儒得把一腔的愤怒压下去，城市得病必须治，但也得搞明白是什么病才能治好去根。

他蹲下身扶起老爷子，说："您老这是要折我的寿啊！您是清凌的老领导，更是我的长辈前辈，我承受不起啊！"

老爷子语中带刺地说："可您现在是清凌市委书记，权力大得很，想收拾谁就收拾谁，一点也不顾及我们这些快要入土的老东西了！"

田敬儒苦笑了一下，说："老主任，您别说气话。您也当过市级领导，关于权力的使用问题，您比我明白。是我想收拾谁就收拾谁的吗？反过来说，有人犯了法，那也不是我要收拾他，是党纪国法要收拾他，是正当权益受到损害的广大民众要收拾他！您可能认为我在讲空头大道理，那么好，咱爷儿俩说句实在的，您见得多，您教教我，这事我该怎么办？如果我开了口子放过他，党纪国法能不能放过我？老百姓能不能放过我？中纪委、省纪委、市纪委难道是摆设？如果您是市委书记，您会怎么办？"他的语气越说越重。

老爷子没词儿了，叹息了半晌，丢下一句："你看着办吧！"摇着头出去了。

事后田敬儒跟纪委书记章鹏一通气才知道，这位老领导在章鹏的办公室里也演了这出苦情大戏，不过对章鹏的手段更加老辣，除了苦情还加了些咒骂。

章鹏感叹："按常理，这事根本不应该发生。老领导在市委书记和纪委书记办公室跪哭、闹骂，这事要传出去，咱俩这是目无尊长的反面典型了！"

田敬儒说："为老不尊，却用道德绑架你我，置党纪国法不顾，这是一位老领导、老党员应该做的事吗？可见，省委施书记、省纪委严书记对清凌的担忧，绝非空穴来风，很多情况比我们想象的更复杂。看来，清凌是要来一次彻底的大体检了！"

章鹏说："严管就是厚爱，监督就是保护。"

结果当然是陶承林受到了应有的制裁。清凌百姓拍手称快，甚至送了田敬儒一个外号——铁腕书记。

另一件事是关于干部使用方面的。

发展和改革局的老局长退休前夕，多名官员排着队地找到田敬儒，这个想意思意思，那个要表示表示，目的都是要接任局长这个职务。田敬儒的回答也都是一样："这事我一个人说了不算。"

按照常理，安排干部，一把手说了不算，鬼才相信！于是众人纷纷猜测：田敬儒心目中是不是有人选了，或者上边某位领导要安插亲信……

但是，接下来的事实是，田敬儒当真没有自己说了算。他干脆谁都没提，只是责成组织部门深入到发改局，除了大会小会对现有干部进行了民主测评，同时还找了每个干部、每个职工单独谈话，征求意见。结果发改局副局长谭枫得票最多、呼声最高、评价最好，顺理成章地接任了局长一职。

这事在清凌又一次引起了轰动。

提起谭枫，清凌官场上的人都清楚，他三十多岁时因为业绩突出，被公开选拔为发改局的副局长，是个工作能力强、自身素质高的好干部。据群众反映，发改局的担子有一多半扛在他一个人的肩膀上，可他愣是在副局长的位置上原地踏步了整整十年！官场有些人私下流行一个段子："不跑不送，原地不动；只跑不送，平级调动；又跑又送，提拔重用。"谭枫多年得不到重用，被清凌官场之人总结为典型的不跑不送之结果。

滚滚

谭枫升职，不仅让清凌官场的人们吃了一惊，谭枫本人也是丈二和尚摸不着头脑。他无论如何也想不明白，自己上面没人，又没送礼，局长这个锅盖一般大的帽子怎么就落到自己头上了。而无论公众还是谭枫本人，无不认为这是田敬儒导演的一场好戏。但是田敬儒怎么就看中了木头疙瘩似的谭枫了呢？

下面的故事是谭枫自己讲的。

他说他坐在局长这个位子上，真有点惶惶不可终日的感觉。他思量再三，认定自己不能平白无故当这个局长，这不符合"规矩"，也不符合"潮流"。既然置身官场，又怎么能是个例外呢？他求亲靠友借了十万块钱，办了一张银行卡，借着汇报工作的机会，忐忑不安地放在了田敬儒的办公桌上。

田敬儒立刻绷起脸，问："我听说你爱人是全职在家，孩子上学正是用钱的时候，当了这么多年副局长，也没捞着油水儿，而且你好像也不会捞，日子过得紧紧巴巴，哪来的这么些钱？不会是刚当上局长就学会捞了吧？"

谭枫的脸腾地红了，说："敬儒书记，我对天发誓，这钱不是捞的，说实话，是……是我借的。"

"借的？"田敬儒问，"那你拿什么还？是不是打算学着捞啊？捞完了再还？"

"不不不！"谭枫的脸涨成了猪肝色，急切地表白说，"敬儒书记，我要是捞一分钱，不说对不起党的培养、群众的信任和您的支持，干脆我就对不起祖宗，对不起良心！这一点，您如果怀疑，我……我马上辞了这个局长！"

"好啦好啦！"田敬儒这才脸上有了笑模样，"我相信你，可你好像不大相信我呀。你怎么就不想想，如果我想通过安排干部捞一把，能轮得上你来当这个局长吗？"

谭枫的眼睛一下子湿了，叫了声敬儒书记，喉咙随即哽住了。

田敬儒拿起那张银行卡塞进谭枫的衣兜，拍拍他的肩膀说："这个钱，从哪儿借来的，回头立刻还给人家。这件事天知地知、你知我知，我们谁也不要跟任何人讲,就当没有发生过,今后也不要再发生!希望你别让我看走了眼,对我你也别看走了眼。好不好?"

谭枫除了点头一句话也说不出来,想说的话全被眼泪泡住了。

无论事实如何,无论当事人的人品和动机如何,这种事总是见不得人的。可是谭枫到底还是说出来了。他说他如果不说出来,会难受一辈子。他一点都不在乎人们因为这件事会怎样看他,他只想告诉人们,敬儒书记是多么好的一个人!多么好的一位领导!

人心是一杆秤,人脸是一面镜子。

田敬儒正是通过人们的脸色,看出了自己在清凌人心中的位置。到任后连续烧的几把火,使他觉得整个清凌都变得暖融融的了。那时无论开什么会,只要自己一讲话,会场上就会群情振奋,不时会发出一阵阵会心的笑声和掌声;走在大街上,认识不认识的总会有人围拢上来嘘寒问暖;市委工勤老刘头儿,竟然把平时一块儿下棋、跳广场舞的老伙伴儿分成几拨,悄悄带进市委院里,他一出现,老刘头儿便得意地对老伙伴儿们说:"瞧见没?那个就是敬儒书记!"

是啊,人心是一杆秤,人脸是一面镜子。"知不道"何时,这秤偏了,这镜子歪了。似乎好像大概可能……还是因为他到清凌已经一年时间了,可利华纸业的污染问题没有得到彻底解决吧。试问,谁愿意看着母亲河受到污染,谁愿意自己的家乡失去了往昔的绿水青山呢?

田敬儒真心希望清凌好,他在这里主政,这里好他才能真正好,他何尝不希望这里天蓝地绿水清人和呢?

可他知道,自己要解决的问题太多了。首先就是解决利华的问题。他不是没想过彻底关停,那样最彻底,也可以最快速地"去根治病"。可利华的一千多名工人怎么安置?一千个工人涉及的是一千个家庭,如果关停,他们的生活怎么办?还有那一整个产业链,原料、包装印刷、销售、物流,以及由此带动起来的餐饮住宿。表面看只是一家企业,但因为规模庞大,触角已经深入到清凌的方方面面。可以说是牵一发而动全身,绝不是简单一关就能了之的，如果弄不好，还可能会引发出新的问题。

这些，别人可以不想，甚至利华老总江源可能都不会想，可田敬儒不得不想，他得从全盘考虑解决办法。

他想找到万全之策，可是，太难了。

他明显地感觉到，利华纸业的这场火，烧热了清凌的天，却烧冷了清凌人的心。他知道改革和经济发展是要付出代价的，但是这种代价值得吗？这种代价是不是太大了？如果时间能够倒流，他真想跟前任好好谈一谈，把问题解决在萌芽状态。

时间只会向前，永不回头。

利华纸业发生火灾的当天下午，曹跃斌的电话打进了苏小糖的手机，他说在火场怠慢了苏记者，请苏记者谅解。

苏小糖客客气气地说："曹部长贵人事多，小糖刚到清凌，本应该先去拜望您，还得请您谅解呢，改天我一定去宣传部拜访您。还有，之前我加您微信您一直没通过，没想到，您加过来了。"

曹跃斌说："是吗？你加过我？肯定是手机系统出问题了，我怎么没看到啊？我之前那个手机是真不行了，这不，刚换的手机就好使了。说起来，清凌市委宣传部和《环境时报》可是多年的老关系了，苏记者虽然刚到清凌，但也不是外人。这样吧，选日不如撞日，今天晚上我做东，招待苏记者，算是为您接风洗尘。"

苏小糖说："谢谢，不过今天我已经约了人了，要不改天吧。"

曹跃斌不好再说什么，放下了电话。

苏小糖来清凌之前，她的前任曾向她介绍过清凌的总体情况，并且把曹部长的微信名片推给了她。不过，她的好友申请没有任何的回应。对此她并不着急，她相信迟早会跟这位曹部长见面的。

对于加不加得上微信好友、被谁删除拉黑、发过去的消息有没有得到回复这类事，苏小糖可没那么玻璃心。一切随缘，缘来惜缘，缘尽送缘，绝不攀缘。人家不把自己放在心上，她才不会傻到念念不忘呢，她可不为难自己。

她不过是暂时离开京都，成了驻清凌记者。已经有一些原来的业务往来"朋友们"停止了跟她的"晨安"互动，拉黑好友者也有那么几位。微信也是一个修罗场，看得见人性和人心。至于曹部长，如果觉得她苏小糖"有用"，说不上哪天就会主动加她呢，结果果然如她所料。

来到清凌好几天了，苏小糖对这个城市仍然觉得十分陌生。幸好网络发达，她才不会发愁呢。清凌市政府办的网站维持了较为正常的更新速度，这里可以了解一些清凌的时事。当然，她心里跟明镜一样，从政府网站上了解到的内容，都是经过领导签阅审批的，看到的多是太平盛世的景象，听到的多是国泰民安的赞歌，倒不如在网上看些胡言乱语来得更有趣。当然，网上的消息还要仔细甄别，这也是考验媒体人的一门重要功课。

2

习惯于在网上冲浪的苏小糖很快查找到了各种关于清凌的消息，并被热热闹闹的氛围所感染了。差不多一段时间就有更新，虽然有些内容在言语上未免极端，却可窥得其背后隐藏的蛛丝马迹。各种App上的信息，铺天盖地，不断更新。

信息的内容涉及方方面面，从清凌哪家麻辣烫是最好吃的提问到今年房价会不会下降的分析，从聚会自带酒水、自带家属的通知到转让健身器材的广告，从招工信息的通告到对自来水管里淌出黑水的抱怨……

自来水管里淌出黑水？这让她立刻记起了自己在清凌河边闻到的那股隐隐的恶心刺鼻的臭味。

一些内容更是直言不讳：

*市领导目光短浅，只看到眼前利益，不考虑长远发展。清凌有啥？就有

039

沧浪

点好水。要不老祖宗为啥给清凌取这个名字？咱以前的清凌是清凌凌的水、蓝莹莹的天！现在的清凌是黑乎乎的水、灰蒙蒙的天！以后还咋生活呢？

*污染是为了发展，招商是为了经济。清凌的官老爷们即使造成再大的污染，上级也不会处罚，反而会提拔重用，你想告都告不赢。有意见也得在清凌待着，有本事你出去，就省得天天吸毒气、喝毒水了！

*现在出去的人还少吗？再过几年，清凌就是老年城市了。年轻人出去了谁还回来喝臭水、闻臭气？钱赚不到，环境还不好，为啥要留下来？为了被污染的环境把身体搞坏了？

*别站着说话不知道腰疼，有能耐你当市委书记、市长试试，让你当你也这么干，要不怎么升官？要不那些经济指标怎么完成？指标就是进步的台阶，指标就是提职的法宝。

*市领导要政绩，企业老板要效益，这时候谁还顾得上环境好不好？顾得上老百姓生活得好不好？这些全都是利益关系。人家当领导的又不会在清凌养老，拿到政绩了，拍拍屁股滚蛋了。到时候再查，人家也说不是人家任上的事，人家任上时好着呢。坏事都是别人做的，功劳都是他们自己的。成绩单交上去了，凭咱这些老百姓能把人家否了？做梦去吧。

*咱们还是应该公平地看人。污染是存在，可财政收入增加了，咱们的工资也涨了。大家想想几年前的清凌什么样，再看看现在的清凌什么样，市容市貌确实变好了啊。说出话来得讲良心，不能一棒子打死。

*已经烂透心的苹果，你还能指望做出好罐头？！清醒点吧朋友，思维太肤浅了。指望市领导为老百姓着想，那是做梦！人家想的全是怎么往上爬，怎么当更大的官！

第二章

　　*发展就得以污染作为代价吗？当官的一个个衣冠楚楚地坐在台上，小嘴巴巴地说得好听，肚子里长得全是花花肠子。说来说去，全都是为了自己爬上更高的位置，哪里还顾得上老百姓的死活？

　　*仁义为先，所谓得民心者得天下。希望市领导们能真诚地对待自己的良心，那样你们才会有内心的安宁……

　　一段观看人数极少的视频解说，把苏小糖带进了深深的思索中。

　　从小我就向往绿色的军营，那一身国防绿是我一生最大的梦想。每一次看到那一身身绿军装，我总是忍不住多看几眼，即使走远了我也要看着他们远去的背影很久很久。为此，好朋友经常取笑我，但我却不在乎，总是看得不亦乐乎。绿色的军装、绿色的军营、绿色里面的那一颗颗鲜红赤诚的心都是那样让我感动。只可惜，此生我无缘进入军营了。接受体检时，我才知道，自己身体的许多指标都是不合格的。我无法接受这样的结果。我从小身体就是健康的，父母身体也是健康的，为什么我的身体指标会不合格？当我泪流满面时，医生悄悄地告诉我，那是因为我一直在喝清凌江的水，吃清凌江水浇灌的米。这两年全市参军青年体检合格率在逐年下降，与清凌江受到污染有直接关系。清凌的父母官们，你们看得到一个青年人滴血的心吗？你们看得到清凌人日渐衰弱的身体吗？你们是在拿百姓的身体做本钱，换取发展，换取政绩，换取官位啊！这样的清凌，真的没人管了吗？

　　在利华原料场火灾现场看到、听到的一切，和在网上看到的一切，使苏小糖终于在脑海中勾勒出了那条新闻大鱼的轮廓。火灾事件中安全隐患只是表象，其背后则是环境污染造成的沉重代价。最关键的可能还是清凌市委、市政府领导在政绩观上的偏失和具体决策上的失误。而要进一步去探寻这些真相，就需要进行深度的调查和采访。可是突破口在哪里呢？利华纸业？清凌市委书记田敬儒？市长何继盛？环保局？纵火者董文英？……按道理，这样的选题，上一任记者站的前辈不会一点也不知道，可他为什么没有关注，准确地说为什么没有报道出去呢？而且对自己也没有提示过一二。其中的种种，不用脑子也能想明白，绝不简单。可复杂的究竟是什么？是他不想写，还是不敢写，又或者有人不让他写？

苏小糖蹙紧了眉头。

苏小糖的个人简历很快放到了田敬儒的办公桌上。

京都——这个小记者果然来自京都！田敬儒翻看着苏小糖的简历，下意识地对这个小老乡有了一种无法言说的亲切感。想起先前猜想苏小糖名字的一幕，他的脸上不由自主地显出了一丝笑意。

曹跃斌注意到了田敬儒情绪上的变化。

田敬儒很快收回了笑意，问："记者们对那场火灾都持什么态度？"

曹跃斌一笑，明白敬儒书记指的是上级媒体的记者们。他答："咱们什么态度，他们就什么态度。换句话说，敬儒书记什么态度，我就什么态度；我什么态度，他们就得什么态度。"

田敬儒满意地笑笑，说："你呀……你用了什么招数，让他们和咱们一个态度？"

曹跃斌见田敬儒心情不错，放开了胆子说："投其所好，各个击破呗！大餐吃着，小酒喝着，桑拿洗着，歌厅唱着，红包拿着……"

田敬儒眉头皱了一下，问："红包？"

曹跃斌慌忙解释："记者们的口味不一样，有的说相机需要配个变焦镜头，咱就得给买。还有说要去东南亚开会——去东南亚开什么会？就是旅游潇洒去了！可咱也得给出飞机票钱。不然怎么办？有一个应对不好，把事情真相添枝加叶地捅出去，就够咱喝一壶的了！这帮记者，简直就是蝗虫，见秧就咬，见苗就吃！"

田敬儒问："花了不少钱吧？"

第二章

曹跃斌叹道："这帮家伙，胃口越来越大，这次总共加起来，二十万都没打住！年初财政拨给宣传部的那点办公经费全拿去'灭火'了，往后很多事都得赊账了。"

田敬儒明知故问："灭火？灭什么火？灭火是消防队的事，要花钱也应该是利华，他们捅出了天大的窟窿，让咱们政府买单？难怪都说媒体要整顿，这样下去还了得？你这样的做法是助纣为虐。"

曹跃斌只好苦笑着说："敬儒书记您应该知道，出了突发性事件，要想控制住媒体，那就等于是灭火呀！某种程度上讲比灭火还难。有些记者可比大火难处理多了。您知道现在外界都叫我啥吗？消防队长！"

田敬儒很不悦，说："除了用钱，宣传部就不能想出点新办法？中央、省里的宣传思想文化工作会议的精神有没有吃透？有没有真正地贯彻落实到位？清凌在宣传思想文化工作上的新气象新作为就是这？"

曹跃斌无奈地说："您批评得对。这些年，媒体、新闻人群体都出现了两极分化，一部分靠辛苦打拼才能换取仅能谋生的薪水，另一部分利用手中的媒体权力轻而易举地实现发家致富，以舆论监督之名，行敲诈勒索之实敛财，或者靠发关系稿、人情稿、有偿新闻，以及各种排行榜、年度人物等新闻、公益活动牟利。"

田敬儒说："就是这少部分人成了新闻行业的害群之马，几颗老鼠屎坏了一锅粥。你们呢，还对这些老鼠屎听之任之，一味纵容！"

曹跃斌连连点头："您批评得对……我回去马上研究，立即整改。"其实他心里想说，会议精神是一回事，实际做起来是另一回事。何况，"红包"办法是何继盛市长亲自下的指示。他一个宣传部部长敢说市长的做法不对吗？他不敢，只能是书记市长两边讨好，然后又两边都不是人。

他只是可怜自己那帮兄弟们。为了控制住舆情发酵，网监那些同志都是几天几夜没合眼，才把关于利华火灾的各条新闻给压制了。基本上是发现苗头就立马"和谐"。结果表扬没有，仍是一顿批评。可他还不能反驳，只能虚心接受，坚决改正。

幸好田敬儒转移了话题，问："那个苏小糖是不是像其他的媒体记者，也让你给'灭火'了？"

　　曹跃斌说："这个真没有！我给记者们搞的那些娱乐活动，她是敬谢不敏，统统拒绝。我以为那丫头喜欢单独行动，亲自打电话请了一回，人家说起话来软绵绵的，有礼有节，可就是不接受。不过到今天为止，她还没做什么让咱们不愉快的事情，火灾的事也没有出现在《环境时报》上，他们的微信公众号、网站上都没发。"

　　田敬儒点点头，说："那就好。"

　　曹跃斌再度表达了决心，道："敬儒书记您放心，我已经安排人在暗中监视她了。她要真不识好歹，我也有办法处理。"

　　田敬儒的脸色立时冷下来，加重语气说："曹部长，刚才跟你说的那些是白说了。你以为你是谁，美国的中情局还是苏联的克格勃？宣传部作为主流意识形态的守门人，职责是通过宣传教育，把人们的思想统一到党的路线、方针和政策上来，统一到全市发展经济、发展社会各项事业这一中心工作上来。对内宣传是这样，对外宣传同样如此。无论对内对外，都要做耐心细致的思想政治工作，动之以情、晓之以理！谁让你去当特务搞监视去了？如果让人发现了，再给你加上一条曝光，你不是自找麻烦吗？我一再地跟你们讲，要跟媒体搞好关系，要和他们交朋友。只有这样才能使他们理解我们的难处，支持我们的工作。特别是这个苏小糖，一个女孩子，初出茅庐，刚到清凌，满腔热忱，不懂得行内规矩，做事难免出格。我们要帮助她、爱护她。你倒好，监视人家，把人吓着怎么办？简直是乱弹琴！"

　　曹跃斌顿时愣在那里，不知该如何接下田敬儒的话茬儿。

　　稍有空闲，曹跃斌便会拿起小喷壶，给办公室里的花花草草浇水，再拿起小铲子、小剪刀，剪枝、施肥，一通操作行云流水。

　　除了市委常委、宣传部部长，曹跃斌还是清凌市民间团体"花卉协会"的名誉会长。这个会长，曹跃斌当得名副其实，只要到他的办公室瞧一眼就能看出他这个会长有多么称职——那简直是花团锦簇、郁郁葱葱、芳香袭人，堪比花房。办公桌上摆放着一盆来自美洲的金琥，金黄色的硬刺，有着美洲虎的气势，在阳光下散发着异样的光彩。窗台上、地板上，摆放着文竹、吊兰、绿萝等各种植物，彰显着主人对植物的喜爱。谈起各种花卉的特性、产地、种植的门道，曹跃斌更是如数家珍。最为难得的是，他办公室内的花草全部是曹跃斌自己侍弄的，他很少假手于人，可见其痴迷的程度。

田敬儒对苏小糖的"爱护"之言，引起了这位"爱花惜花"的宣传部长的深层思考。

田敬儒家住省城，通常去省里开会才回去住上一晚，平时都是住在清凌。田敬儒到清凌工作后，从来没有过任何的花边新闻。一些想往敬儒书记身边靠的女人都会被他这位"冷书记"给冻回去。这样一来，大家摸清了田敬儒的脾气，谁也不敢轻易有所动作了。这次田敬儒偏偏对一个驻地小记者这样有兴趣，而且关爱有加，莫非来自京都又像学生的女孩子，才对"冷书记"的胃口？

脑子转来转去，他又觉得这个想法不对，实在是有些小人之心了。他想，没准儿田敬儒跟苏小糖早就认识，两家是世交？或者这位苏记者是个官二代、官三代之类的？敬儒书记这样做是在提醒宣传部关照苏小糖吧？

曹跃斌提醒自己：千万别惹苏小糖。

3

苏小糖人在清凌，心里却一直惦记着京都的老妈老爸。小时候的生活片段，像被激活了一样，不时地从什么地方蹦出来，触动着她已经极为敏感的神经。

清晨，苏小糖赖在被窝里，突然想起，小时候好像在总是上着锁的抽屉里见过老妈和一个陌生男人的合影，而且老妈在相片里和那个男人很亲密，眼睛也是笑眯眯的。因为偷看照片，老妈对苏小糖不但大吼大叫，还实行了"武力制裁"。当时老妈的情绪为什么那么激动？那个男人和老妈是什么关系？他会不会就是自己的亲生父亲……

放在枕头边的手机突然响起来，是20世纪60年代美国著名的和声四重唱演唱组 The Brothers Four 舒缓、清新的《离家五百英里》，手机屏幕上"老妈"两个字随着音乐不停地闪烁着。

苏小糖迅速地按下了接听键，可她既没像平时一样开口叫"老妈"，也没像接到别人电话时说"您好"，沉默了一下，才问："老爸好点儿没？精神状态怎么样？"

母亲米岚像是根本没觉察到苏小糖态度上的冷淡，语气像平常一样："好多了，能拄拐下楼了。精神状态也不错，成天听《贵妃醉酒》呢！你一个人在外面，要讲卫生，经常洗手，每次洗手要超过二十秒。现在各种支气管炎啦，流感啦，传染性都很强，要时刻注意做好防护。对了，还要注意安全，水、电、煤气用完要关好，特别是煤气要检查一下是不是漏气，前几天我们院里一个小护士在出租房差点煤气中毒，老楼隐患太多了。晚上一定要检查好门窗是不是关好了，晚上严禁到外面乱跑。"

苏小糖听到这些叮嘱，眼睛一热，鼻子一酸，眼泪就淌了下来，她抽了一下鼻子，说了句"知道了"，又不作声了。

米岚在电话那头叹息了一声，说："你就跟我怄气吧。翅膀硬了你就飞吧，我看你能飞多远！唉，在外面散散心也好，人家在加拿大，哪能记得你？贺……"

没等"翔"字从米岚嘴里说出来，苏小糖条件反射似的坐了起来，眼泪由淌变成了哗哗地流，着急地说："妈，您别跟我提他。谁再跟我提他，我跟谁急！"

米岚说："行，我不提他，你真能忘了那个白眼狼才好呢！婚姻的事，不能总是拖着。你都二十八了，再不抓紧，明儿就真成老姑娘了！有合适的，就交往一下，谁也不能在一棵树上吊死。"

苏小糖抹了把眼泪，带着浓重的鼻音，问："妈，您啥时候能告诉我真相？"

第二章

米岚沉默片刻，说："行啦，不说了，领导查岗呢……记住，一天喝一袋牛奶，晚上泡泡脚，小姑娘千万别着凉了！"

电话里随即响起对方挂断的"嘟嘟"声。

苏小糖瞪大眼睛，撇了撇嘴角，无可奈何地放下了电话。

在苏小糖的记忆里，母亲米岚在家里一直是说一不二。小时候，常常是她和弟弟苏小粒在家里玩得正欢，母亲一进屋便会瞪起眼睛，指着家里的各处大声训斥："你们就是老天爷派来治我的吧，这个家让你们弄得又脏又乱，简直就是猪窝！怎么会生出你们这样的孩子？奸懒馋滑让你们占尽了……"

苏小糖和苏小粒吓得像是见了猫的老鼠，一起躲在父亲苏忠民身后。父亲两只胳膊护着一双儿女，嘿嘿地笑着说："这就收拾，甭生气了您哪！"

母亲吼着父亲："你就惯着他俩吧，快让你惯上天了！俩孩子疯，你也跟着疯。疯吧！你再这样惯着，他俩明天就得上房揭瓦了！"

父亲继续嘿嘿地笑着，给苏小糖姐弟俩使个眼色示意赶快撤退，自己则默默地收拾起屋子。母亲却一把推开父亲，说："谁让你收拾了？慢得像头牛！我自己收拾，你们不糟蹋别人的劳动成果我就知足了！"

苏小糖和苏小粒彼此悄悄地做个鬼脸，溜了出去，剩下父亲一个人耐心地听着母亲的唠叨呵斥。

别看母亲在家凶，在外面却是另外一个样。对待病人，母亲总是面带微笑、轻言细语，年年被评为医院的十佳医生、市里的先进工作者，还有这模范那优秀的。有的小患者对苏小糖说："你妈妈真好，总是笑眯眯的，我要是你妈妈的女儿多好呀！我可真羡慕你呀。"

苏小糖当着外人的面什么都不说，心里却带着气，回到家里，她坐在凳子上噘起小嘴，嘟囔母亲是个两面派，对外"真善美"，对内"法西斯"。

母亲板起脸说："两面派？哼，你们以为我愿意做这个两面派？我的累你们是知不道，在医院对着领导赔笑脸，对着患者也要赔笑脸，难道在家里还让我不自在呀？"

在这个严母慈父的家庭里，自小到大苏小糖得到的关爱更多的是来自父亲苏忠民。

得知父亲被撞，苏小糖第一个赶到医院，伸出了胳膊，说："我给老爸献血！"血型的检查结果惊住了苏小糖，她顾不得去按住还冒着血滴有些疼痛的针眼，顾不得去理会后来赶到父亲身边的母亲和弟弟，傻傻地呆立在那里，脑袋里先是一片空白，后是一团糨糊。

母亲以为她是因为父亲突然遭遇车祸给吓着了，也没放在心上，忙着去照顾苏忠民。

等到事情都安顿好了，苏小糖红着眼圈儿把母亲叫到了没人的地方，说："妈，您告诉我，为什么我不是老爸的亲生女儿？我到底是谁的女儿？"

母亲愣了一下，神情极不自然地摸了摸苏小糖的额头，说："这孩子，胡说什么呢？都这么大了，没长脑子啊？他不是你爸谁是？你不是他亲闺女他对你那么好？他是不是贱？他图啥？图你花他钱、图你往死里气他、图你是他活祖宗？"

苏小糖当然知道父亲对她的好，可她更相信科学。她甩开母亲的手，说："妈，爸对我好我知道，但是血液化验报告都出来了，您和爸的血型根本生不出我这样的血型。我根本就不是老爸的孩子……您把真相告诉我，我有权知道真相！我是成年人了！我是中华人民共和国的公民，我要民主，我要知情权！"

米岚眼睛直直地盯了苏小糖一会儿，又闪开了，沉默了良久才说："肯定是化验部出错了，得空时我带着你们重新验，让他们主任亲自验。现在我没空跟你胡扯，你爸等着我过去照顾呢。"说完转身走了。

苏小糖没有去拦母亲，她直勾勾地盯着母亲的背影，觉得母亲的腰身没有原来挺拔了，个头也像矮了些。她蹲下身子，捂住脸颊，泪水从指缝间淌了出来。她心里明白着呢，重新验，老妈可是有本事拿出符合遗传学的化验单的！老妈在医院里可是业务尖子，老妈的号可是专家号，院长都敬着老妈呢。母亲这样讲、这样做，恰恰证明自己果然不是父亲的亲生女儿。

就是从那天起，母女俩开始了冷战。

如果不是这次意外，苏小糖做梦也想不到对自己那么好的老爸，叫了

第二章

二十八年的老爸，居然不是自己的亲生父亲，母亲又不肯道出其中的原委。而差不多同一时间，相处了五年的男朋友扔下一句"对不起"，就跟着一个富家女飞往加拿大留学去了。接二连三的变故，使苏小糖备受打击，一时晕头转向，清醒过来才感到疼痛。那疼痛并不剧烈，但若隐若现、若即若离。于是她想到了逃离与自我放逐。

恰巧《环境时报》驻清凌的老记者因故调回京都，苏小糖没同任何人商量，主动向主编崔明请缨，到清凌去做驻地记者。崔明原本不打算安排女记者到清凌，一来清凌比较偏远，跟京都比起来各方面的条件和生活的便捷程度差很多；二来女孩子在外面有诸多不便。虽然说男女平等，但在派驻这件事上他还是习惯于选择男同志。可是苏小糖铁了心要去清凌，要么电话，要么面谈，死缠烂打，不屈不挠，一副不成功决不收兵的架势。崔明跟她消磨不起，只好同意了。

当然，这也与苏小糖跟男友分手的事有关，崔明同意她去清凌，也有让她换换环境散散心的意思。如果知道清凌等待着苏小糖的将是一场大火，以及由此衍生的种种事端，说出花儿来他也不会放苏小糖去那种是非之地的。作为普通公民，崔明希望天下太平，而作为媒体宿将，他明白只有是非才能让他和他的报纸充满活力。当下纸媒艰难求生，如果没有这份信念支撑，恐怕他和苏小糖等诸多同人早已经离职了。他只是不忍心让苏小糖旧愁未解，再添新怨。

殊不知，苏小糖却正为清凌的是是非非而兴奋得忘乎所以。

苏小糖想在清凌写出漂亮的深度报道，想抓住利华火场的鲜活"大鱼"，就必须采访到当事人董文英。对于采访董文英的内容，苏小糖已成竹在胸，心里早就拟好了采访提纲：对利华纵火的原因是什么？与利华有什么仇恨？对清凌当前的环境污染情况怎么看……

可她每次提交到看守所的采访申请，得到的答复差不多都是：请等通知。

董文英是最佳突破口，苏小糖要想拿到第一手资料，这个当事人的采访必不可少。可是眼下除了按程序提交采访申请，她暂时还真没想出好办法。

没有办法，也要想出办法。这是苏小糖给自己的命令。

比起苏小糖，更煎熬的人是董文英。

看守所里的董文英第一次体会到了失去自由的滋味，她数着指头过日子，数着太阳升起落下，数着过去了一天又一天。她隔着铁窗看外面，看到树叶从嫩绿变成了碧绿，而后又是深绿，吹进看守所的风里开始夹着丝丝的暖意了。她知道，春天浓郁了，夏天走近了。她想，现在外面的人们衣裳一定穿得单薄了些，一些贪美的年轻女孩儿估计已经穿上了裙子，世界又开始是花红柳绿了。

外面的世界多好啊，自由自在的才是人间。看守所里的日子，就不是人过的日子。话又说回来，好人谁进看守所？她自己不也是因为纵火才进来的吗？她也算是罪有应得了，人都得为自己的行为负责。失去自由的她负责了，可是别人负责了吗？真正的罪人还在外面逍遥自在呢！罪人能逍遥一时，能逍遥一世吗？她相信，这世上会有因果报应。谁犯下的罪，谁自己偿还，总之最后都得还清了，谁也甭想欠下一分一厘。

转念一想，董文英又觉得外面的日子没什么值得留恋的，对她来说，关在里面和待在外面有什么区别？活着还是死了有什么区别？人这一辈子，活着为个啥？就是为了能一代一代地延续下去，不能断了香火。可还有谁来延续自己的生命？她的幸福已经被人连根拔掉了，她还活着就已经被终结了生命。因为她再也没有儿子了，更不可能享受儿孙绕膝的晚年幸福了……这样一想，那股已经扎了根的恨意一次又一次涌上了董文英的心头，她咬紧了牙关，两眼直勾勾地冒着冷光，喷着火气。

董文英在利华纸业有限公司原料场着火的当天就被拘留了。她不懂法，但也清楚做了这么大的事，肯定是会被判刑的，至于判多久，她就不清楚了。她只是恨自己太笨了，没能亲手烧死江源。她恨自己是个没用的妈妈，什么都做不好，没有保住家里的鱼塘，没能拦住儿子去找江源理论，没能保住儿子的命，更没有为儿子报仇雪恨。

董文英确实是故意放火的，而且蓄意了一阵子。她早早就准备了一桶汽油，因为怕别人发现，她用家里的豆油桶装着。对于这份"聪明"，她自己很满意。听说江源那天会去原料场视察，她就开始行动。她偷偷潜入了进去，默默地等着，直到看见几辆小车进了原料场。按照事先设计好的办法，她先把汽油浇到利华的原料垛上，然后点了根烟，再把火柴往原料垛上一扔。跟电视剧里演的一样，那火一下就着了。她想，原料场可是利华的命根子，火势一起，江源就会带着手下来救火，她就可以把他推进火场中烧死，他要是想从火堆里跑出来，她就抱着江源一起滚进火堆里，跟着他一起烧死，烧成灰，让他给儿子偿命！

那天风很大，火借风势，整个原料场很快都被烧着了，赤焰灼天。火光里，她好像看到了儿子，他的脸上、身上全是血，儿子在说自己不想死，说还没活够，还没给爸爸妈妈尽孝……她对着火光里的儿子说："儿子，妈妈给你报仇来了。"

但是，跑出来救火的人中，根本没有江源。反倒是消防车辆来得很快，市里的领导也来得很快，大火被扑灭了，自己也毫无意外地身陷囹圄。

她恨老天不公，让江源逃过了一劫。她盼着能走出看守所的那一天。盼着老天再给她一次机会，以命抵命，彻底了断。

4

市委办公室通知：晚上八点召开市委常委扩大会议。

接到通知，常委们和需要参会的领导们都在心里犯起嘀咕：敬儒书记怎么突然破例了？

前一任市委书记召集常委会通常都是在每天晚上的中央新闻联播之后。如果是白天召集开会，时间一定是星期天或节假日。其指导思想：作为人民公仆，就是要比人民多吃苦，晚上开会不一定，白天一定不开会。时不我待，只争朝夕，把有效的时间都放在工作上，开会可以利用休息时间嘛。

051

沧浪

田敬儒到清凌后，反其道而行之：白天开会不一定，除非特殊情况晚上一定不开会，至于周六周日节假日是否开会视工作需要而定。为什么？大家都是人，都有普通人的七情六欲和生活习惯，工作时间之外，都要过普通人的日子，饭要正常吃，觉要正常睡。此外，会会亲，访访友，带带儿孙，享享天伦之乐，对家庭、对个人、对工作都有好处。否则搞得大家紧紧张张，人不人，鬼不鬼，没个好心情，二十四小时都绑在工作上，也未必有什么高效率。当然，对于自己他则是另外一套工作方式，基本上除了每天固定的半个小时太极拳锻炼身体，他的时间都用在了工作上，甚至回家的时间也只是安排在省里开会时才会回去住一晚。

来到清凌之前，老领导严义对他的叮嘱时时回响在他耳边：要不负众望，不负人民，给清凌经济打个翻身仗，还清凌绿水青山。他当然明白老领导的所虑所指所忧，更明白老领导后一句的双重意义，即是还清凌的生态绿水青山，也是还清凌的政治绿水青山。正是为了助他一臂之力，严义书记才会把爱将章鹏送到了他身边。

重担在肩，田敬儒不想也不能浪费属于工作的时间，他跟时间较劲，跟工作较真。他甚至把自己的早餐时间也变成了工作时间，相对固定时间的政企早餐会，党代表、人大代表、政协委员和市级老领导的早餐会。每次早餐会邀请不同的人，听听来自各方面的不同声音。他个人认为这样的轻松交流是有成效的，效果体现在企业家们提出的问题和建议，有市场开拓、援企稳岗的想法，有品牌打造、企业发展的设想，有电力保障、减税降费、行业规范的实际问题，可以说涵盖了诸多行业共性，以及企业个性的问题，为接下来经济的发展提供了最真实的第一手资料；体现在代表们、委员们、市里老领导们讲出了清凌老百姓关注的热点、堵点和难点，工作中解决问题可以有的放矢。

虽然田敬儒的会议新政只是针对市委常委会，但上行下效，全市上下都换成了这种相对规范但宽松的工作方式。没有人统计这种方式提高了多少个百分点的工作效率，但可以肯定的是，干部们的心情都很舒畅，起码不必担心大晚上正跟亲朋吃着饭，或者已经钻进了被窝时，突然接到电话要去开会。当然也有不舒畅的，一些人再也不便以开会为由"自由活动"了。对此，曹跃斌怀着宣传部部长应有的责任感，高度评价说："敬儒书记这种人性化的工作方式，不仅极大地改善了工作环境，减轻了心理压力，提高了工作效率，而且也极大地促进了大家的家庭和睦与社会和谐。"

正因如此，今天破例开夜会，常委们和参会领导们心里都为之一沉，猜测肯定与利华纸业那场大火有关。于是各自取消了早已经约定好的私人活动，有人甚至晚饭都没来得及吃，便匆忙赶到了常委会议室。还有几位参会领导授意自己的秘书从古凡那里探听点消息，结果当然是一问三不知。这种事，古凡自然会闭紧嘴巴，作为"全市第一大秘"，管住嘴巴是必修课。

田敬儒和何继盛的脸色默契统一地难看，使会议还没开始，会议室便弥漫开了一股沉重的气氛。常委们预料得不错，会议议题只有一个——加强全市安全生产和消防工作。果然，是关于利华的那场火灾。

会议最先由副市长、公安局局长吴威发言。他客观地通报了火灾的处理结果和善后情况，以及纵火嫌疑人董文英的情况，最后说："目前，董文英经过鉴定，患有间歇性精神疾病，已经被送往市精神病院接受强制治疗。"

在座参会的大小领导听到都愣了一下，纷纷看向田敬儒和何继盛。见田敬儒面无表情，何继盛也只是眉毛稍稍抖动了一下，对此事都不做表态，众人瞬间收回了目光，脸色恢复如常。

分管工业的周副市长分析了清凌市工业企业在安全生产和消防工作方面存在的问题，提出下一步整改措施。

应急局、工信局、消防局等相关部门分别做检讨。

何继盛表情沉痛地对利华和相关部门的不作为、不负责进行了深刻的批评："要深刻汲取利华火灾事故的教训，举一反三、警钟长鸣，坚持最高标准、最严要求，全面开展全市安全生产和消防隐患大排查大整治，进一步压实安全生产责任，坚决防止重特大安全事故发生，坚决维护清凌的安全稳定。"

田敬儒先是提出了问题："除了安全生产、消防安全存在问题，在座的各位有没有想过，利华之所以被人纵火，周边的群众拍手称快，很大一部分原因是利华造成的环境污染影响了老百姓的正常生产和生活？"他扫视了一圈众人，在沉闷压抑的气氛中又缓缓道，"这起火灾既是安全生产、消防的问题，又是环境保护的问题，为全市环境保护敲响了警钟，暴露了我们在环境管理上重视程度不够、在项目审批中对环境风险把握模糊等问题。从当前暴露出来的问题来看，我们存在风险源识别不清、累积性长期性风险预测不准、风险应急方案无可操作性等问题，严重点说，是我们没有把中央对环境保护工作的要求真正落到实处……"

田敬儒话音未落，何继盛就接话了："说起来，利华出现火灾事故，我有不可推卸的责任。当年引入利华是我把关不严格，利华纸业项目从引进到开工，直到出现一系列的问题，作为市长，我有不可推卸的责任。"

除了纪委书记章鹏，其他常委都是清凌官场的"老人"，引进利华时的会议也都参加了，便都七嘴八舌地往自己身上揽责任做检讨，连警备区张政委都说自己有责任。

田敬儒苦笑了一下，屈起手指敲敲桌子说："好啦好啦！今天不是民主生活会，也没有时间做这种毫无意义的自我批评。责任该是谁的就是谁的，争也没用。咱就说老张——"他指了指警备区张政委："这事儿又没动枪动炮，你有什么责任？关于责任问题，我就是顺便说说，以后有时间咱再仔细清算，到那时，对不起，用清凌的话说，谁的孩子谁抱走！今天把大家召集来，首先我们确定一下，利华等企业的污染问题要不要进行彻底的整治？究竟应该怎么治？"

常委们面面相觑，谁也不敢开口。这种时候，众人全不见了在各自下属面前颐指气使的威仪，倒和课堂上的小学生一样了。

何继盛说："这事是环境保护问题，难道不是指标问题吗？上边指标压得紧，一年一个台阶，硬逼着你上。有条件上，没条件也得上。不干是错，干了也是错。加上环保问题，就是错上加错。不过，这些抱怨话说说就算了，我们还是要按照中央、省里的要求，对利华等企业的污染问题进行彻底的整治，坚决与中央、省市委保持一致！"

第二章

其余的常委闻言一下子"活"了，纷纷表态：

"就是！坚决与中央、省市委保持一致！"

"本来嘛！"

"可不是嘛！"

"我早就说……"

…………

田敬儒咳嗽了一声。大家立刻闭嘴，又将目光齐刷刷地转向田敬儒。

田敬儒是真咳嗽，咳完了抬起头，奇怪地看着那些目光："嗯，怎么啦？看我干吗？接着说呀！"

何继盛说："还是请敬儒书记讲吧。"

田敬儒也不客气，说："看来大家的意见基本一致。就像继盛市长说的，利华的事，我们都有责任。利华当年通过了所有的审批就是具备了上马的资格，环评等事宜也通过了验收，都是符合环境保护的要求。而且有一点还是要肯定的，这个项目确实为清凌的经济发展做出了贡献。至于说利华在环保方面存在的问题，不止一个专家认为，如果投资到位、设备齐全、管理得当，利华的排污达标是没问题的。可是问题还是出现了，而且很严重。这究竟是谁的责任？要我说谁都有责任。但要说第一责任人，还是利华的老总江源，他必须出面承担他们公司应该承担的责任。按我刚才说的，他的孩子他必须抱走！"

何继盛一声没吭，脸板得像块铁，显然也是动了真气。利华火灾前前后后，他不但让分管市长、市政府秘书长、自己的秘书、相关委办局领导给江源打电话，他自己也给江源打了数次电话，全是无人接听。一问利华方面，就说是联系不上。他怎能不生气？

田敬儒接着说道："当务之急是立即着手解决两个问题，一是对内怎么办，二是对外怎么办。"

田敬儒有个特点，从不把要讲的话全部讲出来，总是留下一半让别人讲。但是因为他讲话深具引导性，所以别人讲出来的，恰恰就是他要讲而没讲的那部分。今天也是如此，他提出的对内和对外两个问题，常委们轻而易举地就明白了他要说什么，于是便都毫无顾忌地、十分踊跃地接下了话茬儿，名副其实地"一致认为"：对内要严肃处理利华纸业发生的环境污染问题，坚决把中央环保要求落到实处；对外要消除不利于清凌形象的影响，对新闻媒体和试图上访的群众要严防死守，自家的问题解决在自家门里。

"好哇！"田敬儒对常委们的热议鼓了两下掌，"家丑也是丑，不是关上门它就变美了。所以对这个丑，该动刀子还得动刀子，一点都不能手软！不过我同意大家的意见，家丑还是不要外扬了。因为利华这场火灾，很多媒体都围上来了，关于外宣这一块，曹部长，这个工作就得你们宣传部去做了。"

曹跃斌张张嘴，差点儿把憋了一肚子的苦水倒出来。

就在今天上午，曹跃斌拿着请款报告去找何继盛。何继盛一看报告，脸就阴沉了下来，说："市财政现在有多紧张你知道吗？花钱的地方太多了，市政工程要钱，民生工程要钱，大家都跟我伸手，我又没有印钞机，你们就不能自己想想办法？"

曹跃斌苦笑着说："我也知道财政紧张，可是您……"他想说是您让拿钱堵住记者的嘴巴，现在怎么又不认账了？可这话他只能在心里说，不敢明着讲。

何继盛也苦笑了一下，说："现在市财政是真没钱，这月的工资恐怕又得月底才能发了。这样吧，先打个折，批十五万吧。"

曹跃斌赔笑着，接过何继盛签了字的请款报告。回到市委便向田敬儒诉苦："敬儒书记您看，我请了三十万，结果就批了十五万，这点钱能干好啥？当初是继盛市长建议我们用钱解决问题，可钱呢？我现在是里外不是人，两头受气呀！"

当时田敬儒只是摇摇头，什么都没说。他从内心非常反感用钱堵媒体的办法，也不止一次地公开批评。但是宣传部门又该怎么做、又能怎么做呢？现在，他在常委会会议上把这个问题给端出来了。

曹跃斌无语，田敬儒又点了他一句："跃斌同志，你怎么不说话？"

曹跃斌只好支吾着说："关于媒体……这个工作……是，我们宣传部一定那什么……不过，媒体的嘴不是那么好堵的，因为这里有个原则问题。"

田敬儒说："什么原则？怎么不好堵？别人是怎么做的，多学习、多借鉴，与媒体搞好关系，联络感情。宣传部门也可以向政府部门取取经，请教一下是怎么跟上级相关部门打交道的，这方面，咱们继盛市长很有经验的。"

何继盛皮笑肉不笑，一言不发。

常委们也是一言不发。

田敬儒接着说："你们知不道吧？有人传言，有些市请上级有关领导吃饭，一桌饭就花了十万！继盛啊，你听没听说有这回事？"

何继盛脸一下子红了，尴尬地笑笑，说："唉，那也是没法子，估计也是为了拿项目要资金！"

田敬儒说："继盛市长……你看你脸红什么呀？人家传言的又不是我们清凌。"

曹跃斌突然明白了田敬儒的用心，书记这是在帮他呢。

田敬儒又说："跃斌，听说利华火灾那天，你们请记者吃饭了，一桌花了多少钱？"

曹跃斌做出一副心疼状说："哎呀，三千多呢！"

田敬儒轻轻一笑，不作声了。

会议室里空气又一次紧张起来。

曹跃斌偷眼看看面无表情的何继盛，说："那还是用我们的办公经费垫的呢，接下来我们就得要饭去了。"

田敬儒说："你别在这儿哭穷，我可听说你们打了请款报告了！"

曹跃斌假装支吾道："那什么……继盛市长批了。不过……那什么……"

何继盛急忙接过话茬儿，说："是，我批了，批得少了点儿。可是办公经费干什么花了，你也没跟我说清楚。回头你再打一个报告，把情况说清楚。"

田敬儒指指曹跃斌："你看，继盛市长多支持宣传工作。跃斌同志，不要辜负继盛市长的期望。好了，咱们接着往下进行……"

· 第 三 章 ·

1

清凌五月，最后一场倒春寒刚刚结束，一夜之间，嫩黄的柳叶便顶破黑黢黢的树皮钻了出来，街道两侧的桃树不等抽出叶片，倒先开出一团团粉里透白的花来。

春意恼人，但春意也让人兴奋。苏小糖早晨醒来，伸了个懒腰，拉开窗帘。窗外绽放的桃花让她吃惊地张大了嘴巴，以为自己是在梦中。揉了揉眼睛，确信无疑了，顿时来了兴致。草草地吃了早饭，她要放松一下，到清凌江边去踏春，顺便看看这条江到底污染成了什么模样。

在苏小糖的认知经验中，水污染一般是科研人员通过一些玻璃管和仪器，还有什么培养基之类，在显微镜下发现的。毕竟，绿水青山已经成了人们的共识。为了验证自己的推测，她特意选择了距离清凌市中心较远的江边，毕竟市中心的江边她早就见识了，虽然不是特别清澈，但从视觉上观测问题应该不大。可是当她到达了郊区的清凌江边，她发现自己的经验太小儿科了。

清凌江的晨色是一种暧昧的灰调子，江面笼罩着一层薄雾，太阳躲在雾霭后面，懒洋洋地不肯出来。这样的景色本应是极为美丽的，颇像带着贵族气息慵懒舒展的妇人。只是这"妇人"有着严重的体臭，刺鼻的臭气

第三章

混合着腥气一个劲儿地往人们的鼻孔里钻。苏小糖脚步匆匆径直走向江边，探头看着江面，塑料袋、废纸片、易拉罐、方便筷子，甚至一些死鸡死鱼的尸骨，各种各样的漂浮物在江边荡来荡去。

猛然想到自己寓所里的自来水，其水源完全有可能就来自这条江，苏小糖差点儿呕出来。踏春的兴致烟消云散，一股强烈的愤懑和着腥臭的气味堵塞在心头，使她感到一阵阵头晕目眩。她不敢再看下去，逃也似的上了江堤，冲着远处清明的天际连做了几次深呼吸，心里才稍微松快了一些。但她随即想起网上那篇适龄青年由于水污染而参军体检不合格的文章，心又紧了起来。刚看到那篇文章时，她想过要找到贴文章的人，但又意识到清凌市虽然不大，可如果没有技术手段，要找出一个隐身匿名的人，无异于大海捞针。而现在这根针仿佛就在眼前。公允地说，不可能清凌全市的适龄青年想参军体检全不合格，情况真那样严重，国家早就出手了。但，不严重不等于不存在，如果有不合格的情况确实存在，那么会不会就在江边这一带，与每天闻着这种水臭有关系呢？

怎样才能验证那篇文章的真实性呢？苏小糖低着头在江堤上走着、想着、琢磨着，忽然脑中灵光一闪，转身喊住与她擦肩而过的一位老汉："大爷，劳驾问您一下，江边这片居民区归哪儿管？"

老汉回过头说："归社区，归街道，归区里，归市里管呗。"

苏小糖又问："这个区叫什么区？"

老汉说："这不靠着江边吗？就叫沿江区。"

苏小糖再问："请问沿江区武装部您知道在哪儿吗？"

老汉说："倒是不远，就在这片居民区后边，穿过去能到。"他又给苏小糖比画了一番怎么走。苏小糖说了声："谢谢您哪，大爷！"她下了江堤，转弯抹角，一路打听，二十分钟后，找到了沿江区武装部。

武装部是一栋小楼加小院，楼内空空荡荡，静静悄悄，只有一个青年军官在值班。从肩章上看，一杠二星，是个中尉。

苏小糖犹疑了一下，问："同志，请问你们首长在不在？"

中尉警惕地打量了一下苏小糖："您找首长有什么事？"

苏小糖说:"我是记者,我想了解一下……哦,您先看看这个——"说着掏出记者证递过去。

中尉立刻肃然起敬地站起身,敬了个军礼,说:"对不起,记者同志,今天全区预备役集训,部长和政委都到现场去了,其他战友也去了。您想了解什么情况,说说看,我能帮上忙吗?"

苏小糖说:"我想了解一下我们这个区适龄青年应征入伍的情况。"

中尉说:"入伍情况……您想问他们入伍后的家庭情况,还是他们在部队时的表现?"

苏小糖说:"不,我只想了解一下征兵体检合格率是多少。"

中尉为难地笑笑,说:"我是新调来的,这个情况我也不太清楚……哎,要不您可以到医院去问一问。"

苏小糖乐了,说:"对呀!我怎么没想到呢?谢谢您呀中尉同志。"

中尉下意识地摸摸肩章,也乐了,说:"看来您对部队很了解呀。"

苏小糖得意地一歪脑袋,说:"那当然,记者嘛,什么都得了解。"

又一番转弯抹角,一路打听,苏小糖来到了沿江区人民医院。

医院大厅里,病人和病人家属们熙来攘往、摩肩接踵。苏小糖想,难怪人们常说,医院才是最繁忙的地方,堪比火车站、菜市场。想想人活着可真是难,起早贪黑地赚钱,就是想过好生活,但是如果生了大病,钱就得像自来水一样在医院里花出去。

她有点犯难:这事儿得找谁问好呢?看哪里都是人多。她就在医院乱晃着,路过口腔科门诊室,她发现里边只有一位老大夫,戴着花镜在看手机。苏小糖只是探头看了一眼,老大夫立刻来了精神,热情招呼起来:"来来来!快请进,快请进!"说着话,习惯性地拿起检查口腔用的口镜,"牙疼还是怎么了?"

苏小糖笑了,说:"谢谢大夫,我牙不疼。"

老大夫奇怪地看着苏小糖:"那你……"

苏小糖说:"我想跟您了解点情况。"

老大夫不悦地放下口镜,说:"了解什么情况?"

第三章

苏小糖照例掏出记者证递给老大夫，把在武装部说过的话又说了一遍。

老大夫说："这事儿你应该找领导啊。不过你找也白找，他不可能跟你说实话。"

苏小糖机巧地迎合道："这一点我想到了，所以才找您嘛。听说您德高望重、为人正直，最是敢说实话！"

老大夫的眼睛在花镜后面一下子睁大了，问："这么说你知道我？"

苏小糖偷看了一眼老大夫胸前的标牌，笑笑说："您不是郑大夫吗？"

老大夫说："是啊。你听谁说的？"

苏小糖说："这个……要保密，这是我们媒体的规矩。包括您跟我说了什么，我们同样要给您保密。"

"是嘛。"老大夫笑了一下。显然，他也明白这是个玩笑。他拉过一把椅子，请苏小糖坐，自己也坐下来，叹了口气说："要说小青年想参军，体检不合格，这事是尽人皆知啊！光是一个沿江区，这一年来的不合格率就达到了百分之三四十。有些小青年原先不知道自己有病，这一体检才知道……唉，作孽呀！"

"您说谁作孽？"苏小糖问。

"你们不是《环境时报》的吗？"老大夫诡秘地眨眨眼，压低声音说，"清凌的环境好坏，你们不知道吗？谁作孽，还用我明说吗？"

"您是说……"

老大夫刚要说什么，一个穿着白大褂的青年女子出现在门口，用手指敲了敲敲开着的门，说："郑大夫，你出来一下。"

"就来，宫主任。"老大夫歉意地对苏小糖点点头，出去了。

苏小糖坐在那儿，隐约听到了外面的声音。

"郑大夫，她是谁啊，你工作时间跟她聊得这么欢？"

"宫主任，她是记者，想了解点情况。"

"记者？知道是记者你还敢胡说八道，又是让她找领导，又是体检不合格？你就不怕风大闪了舌头？满嘴跑火车！"

"宫主任，我的年纪跟你父母差不多了，你……说话也太……"

"我跟你说郑大夫,你别动不动'端出'我父母来。年纪大不代表水平高,更不能代表一个人的能力和素质。作为一名主任,我有权力更有责任监督和管理你的行为。你要是再这样不讲原则地乱说,一旦出了事,你自己兜着不算,我也得跟着倒霉,全科的奖金受影响,到时候全科的人都找你算账!"

"我……"

"你什么你?赶紧打发她走!"宫主任说完,气呼呼地走开了。

老大夫走进来,脸色通红,使劲地喘着粗气,小声地骂着:"小丫头片子,才当了几天官,鼻子翘到天上去了!你说说这算咋回事吧,隔行如隔山,外行人管理内行人,不懂技术的管技术,还说什么搞定人就搞定一切,还不是倚仗有个好老子?"

苏小糖知道,郑大夫不会再对她说什么了。不过可以确信,网上那个匿名文章并非空穴来风。那么清凌市委、市政府对此真的一无所知吗?难道还像火灾事件一样藏着掖着?

半个多世纪前,著名诗人卞之琳写下这样两句诗:"你站在桥上看风景,看风景的人在楼上看你。"现在的苏小糖差不多也是这样,当她悄悄地追寻着清凌江的污染之源时,有人也在悄悄地追寻着她。

但她一点儿都不知道。

几经周折,苏小糖最终也没能在看守所采访到董文英。不过,她得到了最新消息:董文英经鉴定患有精神疾病,已经被看守所直接送进了市精神病院接受治疗。

这个结果有些意外了。

因为在苏小糖对董文英身边人的调查采访中了解到,董文英是一个精神正常的人,虽然儿子去世后受了一些刺激,但思维正常、行动正常,一切都很正常。那么,好好的一个人,怎么进到看守所后,突然成了精神病?难道是董文英真的因为受到刺激精神出了问题,又或者是董文英逃避法律制裁使出的"手段"?如果是后者,她得有多么大的能量!既然能把自己变成"精神病",她又何必去利华纵火呢?何不借助背后的"能量"去制裁报复利华和利华的老总江源呢?这份鉴定也太反常了,里面究竟有什么隐情呢?

一时之间,苏小糖真的懵了。事情的转变有点匪夷所思、难以理解了。

苏小糖索性改变方向。她径直走进清凌市委办公楼,因为手持记者证,她没费周折便敲响了曹跃斌的办公室大门。

曹跃斌正拿着剪刀侍弄花花草草,闻声说了句"请进"。

苏小糖推门进来,说:"曹部长,您好!我是《环境时报》记者苏小糖。"

曹跃斌连忙放下剪刀,打量着眼前的女孩儿,热情地说:"哟,是苏记者啊!久闻大名,《环境时报》的首席美女记者,来,快请坐。"

苏小糖说:"曹部长,过奖了您哪。"她坐在沙发上,打量着花花草草,惊讶地说,"曹部长真是绿色环保啊!瞧您这间办公室,简直就是一个小型的花房。这花开得太漂亮啦,还挂着水滴呢,是滴水观音吧?"

曹跃斌哈哈一乐,将茶杯放在苏小糖面前,说:"苏记者好眼力,正是滴水观音。"

苏小糖说:"您的这些花虽然都是常见的花草,但是非专业人士还能养得这么好的,可是第一次见着。"

曹跃斌说:"过奖了。我就这一个嗜好,没事时就喜欢弄个花花草草,天生就是爱花惜花的人,没办法啊。我是打心眼儿里喜欢这些,一摆弄上花草,我的心情就好得不得了。我老婆说,我上辈子肯定是个种花匠。"

苏小糖说:"您这个爱好可真高雅,也是真性情。要是领导们都像您一样关心绿色事业,关心环境保护工作,那可真是老百姓的福气了。"

曹跃斌说:"我这都是普通的花花草草,上不了台面。不怕苏记者笑话,我这里的花草大多数都是别人扔进垃圾堆里让我捡回来慢慢给养活的,我像不像个捡破烂儿的?不说这些闲话了,说正事。要说老百姓有没有福气,那得看经济发展得怎么样,得看老百姓的生活水平提高了多少,最主要得看腰包鼓了多少。经济是压倒一切的中心嘛!"

苏小糖说:"您说得有一定的道理,不过,还得看综合指数,绿水青山就是金山银山，用环境的含绿量来提升经济含金量，点绿成金才是良性发展，您说对不？"

曹跃斌哈哈一乐，说："苏记者说得都对，不愧是《环境时报》的记者啊，句句不离环境保护。你来清凌时间短，还不了解这里的情况吧，要不我给你介绍一下？"

苏小糖说："您太客气了，一口一个苏记者的，您直接叫我小糖就行了。"

曹跃斌说："好！小糖这个名字很亲切嘛，甜蜜度十个加号！"

苏小糖脸庞略显微红，说："我今天过来，就是想请您帮我联系一下市委敬儒书记，我想给他做个专访。"

曹跃斌愣了一下，说："真不巧了，今天敬儒书记去省里开会了。早知道苏记者……不，小糖记者来采访，我一定帮你提前联系。咱们清凌可以宣传的东西太多了，要不这样，我先帮你琢磨几个新闻点？"

苏小糖眼睛一转，说："好呀，洗耳恭听。"

曹跃斌说："俗话说得好，火车跑得快，全靠车头带。就说我们清凌吧，敬儒书记没来之前，全市的几家本地企业半死不活的。招商引资成果并不明显，除了利华等几家，不，不提利华了。总之，清凌之前大型的招商企业基本没有几家，更别说与大央企、大民企的合作了，甚至连之前就在清凌的国企也让外省市给挖走了。市里组织的招商引资队伍还是很壮观的，口号叫得也响亮，请进来、走出去、谈朋友、拉关系，考察企业来了一批又一批，招待宴会举行了一场又一场，特色礼品送了一箱又一箱，合作意向签订了一个又一个，结果呢，竹篮打水一场空！敬儒书记到咱们清凌以后，根据全国地域特点，全市分别成立了多个招商引资专班，市委常委任组长，市领导任副组长，抽调全市年富力强的副处级以上干部为小组成员。打出区位招商、交通招商、环境招商、园区招商、发展招商、团队招商六大招商优势品牌，对清凌市的资源和优势进行了全方位的包装和整合。仅仅一年时间，全市经济实现了迅猛发展，达到了历史的最好水平。现在已经与多家大央企达成了合作的意向，这都是敬儒书记的个人资源，靠他的人格魅力吸引进清凌的。我建议小糖记者可以在招商引资方面做做文章，这方面清凌的好经验、好做法，真值得推广，省报做过专题报道，整版的新闻呢！"他一脸的自豪。

苏小糖耐着性子听完这番"套话式"的介绍，说："清凌市这一年在招商引资方面确实取得了不俗的成绩。但是，据我所知，清凌在招商引资的过程中出现了一些环境污染问题。部分企业的生产废水不能达标排放，不符合国家《污水综合排放标准》，已经给群众的生产生活造成了影响。这些也与中央倡导的环境保护大方向不一致，政绩代表不了环境风险的失控，恐怕环境监察这一关，清凌不容易过吧？"

曹跃斌脸色略微一变，说："事业的发展过程中，总会有这样那样的杂音，我们要看主流、看大方向嘛！"

苏小糖说："主流和大方向不能以环境污染为代价，就说前几天利华原料场着火那件事吧，嫌疑人董文英为什么到利华纵火，我想您是知道原因的。我在调查中了解到的情况是她家的鱼塘受到了利华纸业的污染，导致上万尾江鱼全部死亡，她儿子因此命丧黄泉，她精神上也受了严重的刺激。她好像现在也在接受相关的治疗吧？"

曹跃斌抢过话头，说："苏记者，这事你只知其一，不知其二，任何事都不能只听单方面的说辞，没有调查就没有发言权。董文英家确实出了一些事情，但并不像大家看到的，或者随意乱讲的那么简单，更不像某些人说的那么片面。"

苏小糖说："那请您介绍一下吧。"

曹跃斌说："董文英家的鱼塘受到污染是偶发事件，当时利华的排污设备临时出现了故障，才导致污水未经处理直接排出去。这种情况谁都不愿意出现，董文英家损失不小，利华的损失也不小。而且利华当时就答应赔偿了，可是张君宏……就是那个董文英的儿子，拿着尖刀到利华闹事，扬言要杀死利华的老总。利华的保安当然得拦着，可是打架无好手，动起手来都打疯了，小保安防卫过当，这才出了人命。我也不爱提这些事，按理说，双方都有责任，依法处理就完事了，法律自有判决。但是我们敬儒书记了解情况后，要求必须严惩凶手，提高赔偿额度，他一再强调说，再多的钱也换不回一个活生生的人了。"

曹跃斌的话不能说没有道理，听起来似乎很合逻辑，而且田敬儒对于董文英一事的处理态度听起来也没有问题，甚至是偏向于支持董文英的。苏小糖一时语塞，不知道再问些什么。可她就是觉得有点说不出来的不对劲。

曹跃斌接着说："当着真人不说假话，董文英故意纵火，如果不是鉴定为精神病，估计她得吃上几年的牢饭。法律程序烦琐，现在董文英的案子法院还没最后判决，但按照中国的法律，精神病患者犯法会酌情免除部分甚至全部责任吧？小糖记者，很多事啊，真实情况跟表面看到的不一样。精神病人能跟正常人一样看待吗？你说呢？"见苏小糖不作声，他转移话题，"听口音，小糖记者是京都人吧？"

苏小糖点点头，说："曹部长真是好耳力，您一下就听出我是京都人了。"

曹跃斌说："京都人说话有特点，一口一个您，透着股亲切劲儿。我们敬儒书记也是京都人，不过说的却是标准普通话。小糖，你这个书记的小老乡可得支持我们敬儒书记的工作，支持清凌的发展啊！"

苏小糖说："那是一定的。既然我和敬儒书记是老乡，曹部长您更得支持小糖的工作嘛。据我调查，清凌市的污染问题，已经达到了很严重的程度，这样下去清凌的环境监察是要出大问题的。而且利华等一些企业的排污严重超标，屡禁不止，都是不争的事实。近几年清凌青年入伍体检的合格率呈逐年下降趋势，应该与清凌江水质受到污染有着千丝万缕的关系。您有时间到网上瞧瞧，百姓现在对污染问题是怨声载道。"

曹跃斌说："网上的东西不足为信，就像雾里看花，需要擦亮眼睛。有句话叫树大招风，利华的发展速度很快，每年都是全市的第一纳税大户，难免会招人嫉妒，也可能会引得一些竞争对手使些阴招、损招，这也是客观存在的现象。小糖记者可能听到了一些风言风语，但那不代表清凌环保工作的总体情况，更不能代表清凌全部老百姓的心声。记者采访写稿子，不能以偏概全，也要根据事实说话嘛。"

苏小糖说："曹部长，如何对待环境保护问题，足以体现一个领导的政绩观是否正确，是否与中央保持一致，这是个大问题。招商引资确实能够促进经济发展,但不能对资源搞破坏性开发、掠夺式经营,更不能竭泽而渔。中央曾多次召开会议,强调要自觉把经济社会发展同生态文明建设统筹起来,清凌的做法似乎不符合中央精神!"

曹跃斌说:"你这个观点有些偏颇,清凌当然坚决拥护中央的决定,但地方的做法也是符合地方情况的实际。试想,如果不招商引资,GDP怎么上来?公共事业怎么发展?公教人员的工资待遇怎么提高?老百姓的就业问题怎么解决?"

苏小糖原想再说什么,念头一转,既然采访不到田敬儒,就没有必要再跟曹跃斌比口才,更没必要与他发生什么不愉快,这样反而对自己在清凌开展工作不利。她眨着大眼睛,说:"曹部长说得有一定的道理,但也不算公正。咱们今天就到这儿,改天您联系好了敬儒书记的专访,我再来打扰您。"说完伸出手准备与曹跃斌告别。

曹跃斌握住苏小糖的手说:"苏氏名门,才女如云啊!苏小糖、苏小妹都是苏氏名女啊!小糖记者的聪明和口才,今天也让我开了眼界。难怪小糖记者初到清凌就备受关注啊!"

苏小糖脸色通红,说:"哪里……小糖不敢当!"

曹跃斌面不改色,若无其事地说:"正好到了午饭时间,今天我做东,再把《时政周末》的记者'小洋人'找来,大家聚聚。"

"小洋人?"苏小糖顿时一愣,觉着这个绰号听起来有些耳熟。

曹跃斌忙解释:"小糖记者,你刚到清凌还不了解,'小洋人'本名叫金贝贝,是出名的美女记者。"他对苏小糖别有深意地眨眨眼。

苏小糖不好再推辞,只好说:"那……恭敬不如从命了。"

2

到了饭桌上,苏小糖见到了素有"小洋人"之称的金贝贝,才明白自己为什么听到"小洋人"三个字会有耳熟的感觉。"小洋人"就是在火场上为众多记者做出"表率",先行坐上清凌市委宣传部面包车的那位女记者。

金贝贝身高超出苏小糖一头,与曹跃斌相差无几,身着中性服装,举止动作与男人相似。她得名"小洋人",不是因为她长得漂亮,样子洋气,而是因为她长了一头天然的金黄色头发。苏小糖终于悟出曹跃斌提到"小洋人"时眨眼的含义,不禁在心里骂,男人真是以貌取人,表面夸着赞着,背地却是笑着贬着。

金贝贝并不介意曹跃斌叫她"小洋人",她大声地答应着,谈笑风生,颇具豪爽之气,倒让苏小糖生出了几分喜欢。

席间,除了曹跃斌和金贝贝,苏小糖和宣传部的几位同志都有些拘谨。曹跃斌指着桌上的菜,讲起了段子,别人听了都咯咯地乐。金贝贝不甘示弱,也说了一个,大家都哈哈大笑起来。

苏小糖听了觉得无趣无聊,实在是找不到笑点,但也附和着咧了咧嘴角。她少言寡语,陪在边上的宣传部的几位都只能有一搭没一搭地跟她说上两句,气氛尴尬。席间闹得最欢畅的人就是曹跃斌和金贝贝。菜过五味,金贝贝趁曹跃斌高兴,问他:"上次托你办的事怎么样了?"

曹跃斌说:"'小洋人'的事,当然是恭敬不如从命啦,事情已经办妥了。"

金贝贝笑着对苏小糖说:"小糖,曹部长这人豪爽,特别是对咱们这些驻地记者更是偏爱。小糖在清凌如果有事可以直接请曹部长帮忙嘛。"

曹跃斌说:"谈到帮忙就见外了,这都是你们应得的嘛,你们为清凌发展鼓劲,做出了卓越的贡献,我为你们做点贡献还不应该?不过……我还要批评你,在工作场合你们叫我曹部长,现在是私人时间,你们得称呼我为曹哥嘛!"

苏小糖愣了一下,大眼睛转了转,心想,这个曹跃斌实在是有些过了,毕竟也是一位宣传部部长,工作关系称兄道弟,虽然有拉近人与人距离的作用,但总觉得有些轻浮了。

金贝贝倒是会顺杆儿爬,立刻脆生生地叫了声:"曹哥!"

曹部长哈哈大笑着答应,回了声:"好,好!"

正吃着，金贝贝想起了什么，问苏小糖："小糖，我记得我表妹说她好像有个同学也在《环境时报》当记者。"

苏小糖说："是吗？她同学叫什么名字？"

金贝贝说："这个……我还真给忘了，应该和你差不多年纪吧。"

苏小糖说："和我差不多？《环境时报》和我年纪差不多的还真不少，这个就不好猜了。"

金贝贝说："你瞧，我就笨了，我问问啊。"她按出了微信语音电话，"朱丽啊，我贝贝……我在哪儿？清凌呗……LV包有新款啊，你给我订一个……哎，说正事，你在《环境时报》的同学叫什么来着？"

苏小糖在一边嘿嘿地乐起来了，说："您不用问了，她同学就是我，她叫朱丽——绰号'朱古力'嘛！"

金贝贝把电话递给苏小糖。

苏小糖对着电话跟老同学叽里呱啦地说了一通。放下电话，对金贝贝说："真是巧了，'朱古力'是我大学同寝室的小姐妹，您又是她表姐，没想到在清凌也能遇到这么亲的人，真是有缘！"

金贝贝拍拍苏小糖的肩膀说："那以后我就拿你当表妹啊。咱们姐妹在清凌互相关照、互相支持。"

苏小糖诚恳地点点头，觉得这顿饭吃得还算开心。

宣传部的办公室主任老侯给曹跃斌送来了一只鼓鼓囊囊的大信封。曹跃斌一看就来气了，说："这是寄给敬儒书记的，你送我这儿来干吗？"

侯主任苦着脸勉强笑笑说："部长，你看这上边写着'请市委宣传部转交——田敬儒书记收'嘛。敬儒书记的门我们也不敢进哪，可你就不一样了，跟敬儒书记处得像哥们儿一样了，所以……"

曹跃斌心情立刻愉快起来，脸却仍然绷着，说："不许乱说啊！敬儒书记对我是不错，但也不能乱说啊，是不是？行吧，我交给敬儒书记。哎，这里面是什么玩意儿？"

侯主任说："那咱可不知道。不过我想应该是好东西，你看落款——

田敬儒书记的粉丝。'粉丝'能送不好的东西吗？"

曹跃斌说："那可不一定，现在这社会啥人都有，万一是恐怖分子呢？"

侯主任说："一封信呗，恐怖能恐怖到哪儿去？"

曹跃斌说："知道信封炸弹不？"

侯主任神情一凛。与此同时，曹跃斌也被自己随口一说的话吓着了。二人几乎同时下意识地往后退了两步，真像看定时炸弹一样看着桌子上的信封。

侯主任战战兢兢地说："部长，用不用通知公安局，让防暴警察来处理？"

曹跃斌瞪了侯主任一眼，一本正经地说："不大可能是炸弹……哎，会不会是生物炸弹？"

侯主任摇摇头，说："我不知道啥叫生物炸弹。"

曹跃斌说："生物炸弹就是……它不像真的炸弹那样爆炸会特别响，它是'噗'的一下冒出一股烟，那烟里边有细菌，人一吸进去就会得病，得上就死！"

侯主任这才明白是在开玩笑，便故意说："真的呀？部长，您知识面太宽了！"

曹跃斌哈哈一乐，说："开玩笑呢！咱们国家多安全啊！"

侯主任继续猜测："那这能是啥呢？"

曹跃斌又是哈哈一乐，说："这呀，肯定是精神炸弹！"

侯主任这回惊奇了，问："怎么还有精神炸弹？炸开了是啥样？"

曹跃斌诡谲地一笑，说："炸开了就是狗血喷头！"

侯主任不懂："狗血喷头？"

曹跃斌说："怎么还不明白？就是骂人哪！你拆开信，一看，上面全是骂你的话。不是骂你，他骂敬儒书记，也不是骂敬儒书记，他是骂……反正就是谁拆信他骂谁！"

侯主任疑惑地问了一句："那咱拆不拆？"

曹跃斌说："拆呀！"

侯主任说:"你不是说谁拆信他骂谁吗?"

曹跃斌说:"这是给敬儒书记的信,他骂的是敬儒书记,骂你啥了?"

侯主任说:"你刚才不是说不是骂敬儒书记吗,这会儿怎么又骂了?"

曹跃斌说:"我刚才那意思是……总之,拿来,我拆!"

侯主任讨好地一笑,说:"还是我拆吧。"

信封拆开了,里面装着的却是一幅写在洒金宣纸上的书法作品,是一首古诗:

圣贤将立喻,上善贮情深。
洁白依全德,澄清有片心。
浇浮知不挠,滥浊固难侵。
方寸悬高鉴,生涯讵陆沉。
对泉能自诫,如镜静相临。
廉慎传家政,流芳合古今。

字为行草,但是书家没有具名,也没有诗作者的姓名。

曹跃斌想了想,觉得没什么大碍,立马给田敬儒送去了。

田敬儒正埋头在一份文件中,对那幅书法作品匆忙看了几眼,说:"嗯,字写得不错。谁送的?"

曹跃斌说:"不知道啊。这书法作品上没落名,信封上也只说是您的'粉丝'。"

田敬儒哈哈一乐,说:"我又不是明星,哪儿来的'粉丝'?"

曹跃斌说:"敬儒书记,这您就不知道了吧,现在政界要人也有'粉丝'的,而且'粉丝'还有自己的名号呢。"

田敬儒说:"这个我还真是知不道,听起来有些意思。"

曹跃斌说:"您抽时间上网瞧几眼,您的'粉丝'叫'甜菜'。"

田敬儒说:"'甜菜'?还玉米呢。"

曹跃斌说:"'玉米'是一个超女冠军,叫李什么春的'粉丝'。"

田敬儒说:"看不出来,跃斌对娱乐圈很有研究嘛。"

曹跃斌说:"哪是我研究呀?是我那闺女,学习不上心,整天着了魔似的跟在那些个明星屁股后面跑。唉,也可能是我老了,跟她有代沟了?我就没瞧出来那些偶像有什么吸引人的地方,男孩子羞羞答答、扭扭捏捏;女孩子倒像个假小子,唱出的歌,要么跟牙疼似的,要么跟上不来气似的。一句歌词我都听不懂,我也懒得听,听完头疼。"

田敬儒笑了笑,曹跃斌的话不经意间碰到了他的痛处。他再度看了看那幅字,说:"这幅字还有点看头,一会儿让古凡拿去裱一下,就挂在我这屋吧。"

"不用,您要喜欢,我亲自去装裱店装裱,别人我不放心。"曹跃斌说着,又想起什么,"对了,敬儒书记,还得跟您汇报一件事,前两天《环境时报》的记者,就是那个苏小糖来找我,说是想给您做个专访。"

田敬儒说:"这是好事嘛,推介清凌的好机会。不过专访我就不必了,你跟继盛市长联系一下,可以给他做个专访,重点谈谈招商引资的问题,多多推广清凌。"

曹跃斌支吾着说:"她想……采访环境污染的事。唉,这都是利华那场火引起的,再加上董文英上下闹腾,媒体不注意才怪。这帮记者的耳朵比兔子都长,哪儿有事去哪儿。"

田敬儒说:"采访环境污染的事……平心而论,这个小记者眼睛真毒,发现问题很准。但是,常委会已经达成了共识,环保出现问题要坚决解决,但是采访暂时还是不用了,等问题都解决了再采访也不迟。"

曹跃斌说:"是是是,可现在……苏小糖好像盯住利华和董文英不放了,看样子非得整出点响动才肯罢休。"他瞧了一眼田敬儒,"您别看苏小糖长得娇娇气气像只小猫,采访起来像咄咄逼人分毫不让的小老虎!"

田敬儒绷起脸,说:"什么小猫小老虎的,人家也是在履行自己的职责。《环境时报》的记者最关心的肯定是环境问题,这也是与中央保持了高度一致。我们都应该向这位记者学习,学习人家对环境保护的重视,这方面,我们清凌是有欠账的,是必须还上的!"

曹跃斌说："是……不是……可是……"

田敬儒皱了皱眉，说："你就别在那儿左右不是了，我明白你的意思，苏小糖记者的问题抓得准，这样一来，她就成了咱们手上的小刺猬，捧不得，扔不下，压力最大的肯定是你这个宣传部部长。跃斌同志，你记着，一定不要惹得她把刺都竖起来，一定要确保媒体上不出现任何对清凌不利的报道，坚决树立起清凌良好的对外形象。一切的关键还是要真正重视起环境保护工作，根治污染问题，不能吃子孙饭、砸子孙碗！"

3

回到办公室，曹跃斌冥思苦想。田敬儒对苏小糖的态度为什么突然来了个大转弯，难道上一次的询问只是单纯地想了解苏小糖的情况？难道自己关于"冷书记"与小记者之间的关系的猜测是大错特错的？难道是自己误解了田敬儒话里的意思？不管怎么说，媒体上不出现负面报道才是最重要的。当下最要紧的，是得用心"研究"一番苏小糖，做好"防火"工作。

要想在外宣上不出问题，要把苏小糖采访环境污染问题的念头扼杀在萌芽状态，要想把市委、市政府的宣传意图变为苏小糖的宣传方向，这需要有一个合适的人去运作，去协调，去做"说客"。想来想去，曹跃斌想到了金贝贝，金贝贝可是办这类事的老手，有办法，当然更有着不小的胃口。不过，既然敬儒书记下了指示，自己也就好操作了。

打过电话一个小时后，金贝贝来到了曹跃斌的办公室，恭敬地问："找我来有什么指示，曹部长？"

"远了远了。"曹跃斌一边给金贝贝拿饮料，一边亲热地责怪说，"跟你说多少遍了？不要叫部长。"

"对，曹哥，曹哥！"金贝贝嫣然一笑看着曹跃斌，"说吧，曹哥，什么事？只要小妹办得到的，我义不容辞。"

曹跃斌说："办这事非我小妹莫属。"接着就把对苏小糖的担心之事说了一遍。

金贝贝听罢皱起了眉头，说："曹哥，不是我不帮你，这事我也为难。一来我跟苏小糖没有什么交情，也就吃过一次饭，还是你做的东。二来这个小记者是个'生鹰子'，你别看她刚到清凌，说出话来却句句都在关键处。你也别瞧她表面上柔柔弱弱的，那骨子里可全是桀骜不驯的性子。这事……我怕是办不了，要不你找别人试试？"

曹跃斌问："你说你有难度，那你看谁合适？我合适？敬儒书记合适？"

金贝贝说："这……你得自己找人了。"

曹跃斌说："我就想到你'小洋人'了！你跟苏小糖不熟，难道我熟？不是我当哥的说你，你不能有了困难就退缩嘛。你们都是首都来的，又是同行，而且她跟你表妹还是一个寝室的同学，说起话得比别人方便多少？加上你伶牙俐齿、随机应变，别说一个苏小糖，十个苏小糖也能让你拿下！"

金贝贝说："曹哥，你就给我戴高帽子吧，一会儿把我说蒙了。"

曹跃斌说："你别蒙，这事就落你身上了。"

金贝贝说："唉，曹哥，这事真有难度。要是那些爱伸手的记者，吃点、喝点、拿点就能摆平。只是……这个苏小糖真不好对付。"

曹跃斌说："不好对付才请你出马嘛，有难度、有挑战的事，做起来才更有意思嘛！"

金贝贝说："我真是拿你没办法了。曹哥你说的事，我不好不办。你看这样行吗？我试一试，办成了你高兴，办不成你也别恼我。"

曹跃斌说："看你说的，'小洋人'出面还有办不成的事？"他忙将附带着密码的两张银行卡塞到了金贝贝手里，"一张是给你的，一张是给苏小糖的。"

金贝贝假意推辞说："曹哥，你见外了不是？给苏小糖的，我一定给你送到。这张我可不能收，咱们是多少年的交情了，都是自家人，还用得着这个？"

曹跃斌说："那你是嫌少？曹哥什么时候亏待过你？你放心，只要事情办好了，一定还有重谢。"

第三章

"行,那小妹就不客气了。"金贝贝收起银行卡,诡笑了一下,袅袅婷婷地走了。

关上门,曹跃斌恶狠狠地骂:"这帮吃里扒外的白眼狼!"

在网上浏览关于清凌的各类消息成了苏小糖每天晚上的习惯,也成为她搜集清凌环境污染相关资料的有效途径之一。她在网上看到了许多批评甚至诅咒清凌市委、市政府的文章,但让她意外的是,文章中居然还有写给田敬儒的感谢信。

其中一封信是一位大学生写的,信中写道:

坐在电脑前,我想说说咱们的好书记——田敬儒。也许有人会说,我这是在作秀,是"马屁精",如果你这样说,我不会辩驳,但是请看完我的故事,再下结论,好吗?

我是一名大二的学生,几年前,父母双双失业,急火攻心的母亲身患重病,卧床不起。为了供我读书,为了给母亲治病,父亲一个人扛起了家庭的全部重担。他到处打零工,干过许多工作,在路边卖过炸串,做过家政,当过搬运工、电焊工……只要是能挣到钱,父亲什么活都干。即使是这样,家里的日子过得也是紧紧巴巴。当我接到大学录取通知书的时候,父母既高兴又发愁,高兴的是他们的儿子没有让他们失望,发愁的是怎么筹集巨额的学费。无奈之下,父母把房子卖了,全家人租住在一间小小的平房里。为了减轻父母的负担,我利用暑假到建筑工地做起了搬运工。

没想到,全家人的命运齿轮在工地上发生了改变。市委书记田敬儒在视察建筑工地时发现了我,便把我叫到了身边,问:"小伙子,看你白白净净的,不像建筑工人啊!"我回答:"我是来做短工的,给自己挣点学费。"敬儒书记问我怎么回事,我把家里的情况原原本本地讲了出来。敬儒书记面色凝重,当场记下了我的名字和联系方式。

这次偶遇令我十分激动,我在心里盼望着,说不定敬儒书记会帮助我,会给我的人生带来转机。但转念间又想,市委书记事情那么多,工作那么忙，估计早把我这茬儿给忘了。没料到，仅仅过了几天，敬儒书记就为我家解决了最低生活保障问题，还帮助我父亲找到了工作，安置了住房。我也得到了"寒窗助学"等一系列的帮助。

我想对大家说，我跟敬儒书记素昧平生，却能够得到他这么大的帮助，这让我很感动，更让我们全家感受到了党和政府的温暖。这份温暖是实实在在的，也是贴着心肝的。一滴水可以折射太阳的光辉，一件小事可以看出一个人的品德。我想说，我要说，敬儒书记，您是清凌百姓的好书记！

××大学××系 薄旭 电话：189×××××××

还有几篇以老退伍军人的口吻发表的文章，说的也是田敬儒。

笑星在小品里说：人最痛苦的事，是人死了，钱没花了。而最最痛苦的事，是人活着，钱花没了。我们老哥儿几个就是最最痛苦的人，人活着，生活却没有了保障。我们都已经是白发苍苍的老人了，可是我们也曾经年轻过，曾经光荣过，我们把自己的青春、热血都献给了祖国，身上还残留着当年在战场上留下的炸弹碎片和伤疤。但是由于生活困难，我们成了社会的累赘，被社会所嫌弃。我们也不想舍下这张老脸，但是我们要生存，只能一次又一次地去上访。市委书记田敬儒了解情况后，认为我们这些老退伍军人反映的情况事出有因，晚年生活困难，要求政府给予一些帮助也在情理之中，于是指示民政部门进行了妥善安排。现在我们的生活得到了安置，终于可以安度晚年了。感谢敬儒书记，让我们知道党没有忘记我们这些老军人……

在董文英眼里，田敬儒是一个与企业家称兄道弟的官僚，唯利是图；在受助大学生和老退伍军人眼中，田敬儒是一位亲民爱民的好书记，有情有义；在曹跃斌的话语里，田敬儒一直在关照董文英，仁心仁爱。那么，他究竟是个什么样的人？他有着怎样的政绩观，有着怎样的为官准则？他对清凌环境污染事件有着怎样的想法？……苏小糖在心里画下了一个个问号。

看完网络上的文章，苏小糖照例写下了日记。

NO.2 心情指数：★★★☆☆

距离真的会产生美。待在京都时，总觉得京都堵车不好、地铁人忒多、空气不好；现在却觉得京都哪儿都好，国博好、国图好、大学校园好、老胡同好……样样都好。

特别想吃老妈包的馄饨，薄得透亮的皮儿，没有一星肥肉的馅儿，还有漂着香菜和紫菜的汤，真是馋人啊！

在清凌也听不着梅老先生的《贵妃醉酒》了，要不这时间老爸准会端着大茶缸，哼着："海岛冰轮初转腾，见玉兔，玉兔又早东升。那冰轮离海岛，乾坤分外明。皓月当空，恰便似嫦娥离月宫。奴似嫦娥离月宫，好一似嫦娥下九重，清清冷落在广寒宫……"多美的戏词呀，这么些天没听着喽，心里空落落的。

也不知道老爸、老妈这时候做什么呢。我和小粒都不在家，他们会不会觉得无聊？估计不能，老妈那张嘴一定闲不住，现在可能正"批评指正"老爸呢！老爸又会满脸堆笑地听着。她是有话就得说出来的人，可为什么不肯告诉我身世的真相呢？老妈和那个男人的合影被她藏哪儿了呢？

多久没收到贺翔的消息了……真是没用，好好的，怎么又想起他了呢？

唉……

苏小糖的寓所在清凌的市中心，是一处即将改造的老小区，各家各户拼了命地挤占着公共地盘。楼道里堆满了各种各样的物件，酸菜缸、鞋柜、废瓶烂罐，像个杂货铺，更像个旧物市场，一走过总会担心碰到什么"定时炸弹"，引发出一连串的叮当响声。第一次进到楼里，她的第一想法是清凌市的消防隐患排查整治工作做得不到位，安全隐患就在身边。

苏小糖的门口素素净净，不只是门口，两室一厅的内部也很简单，装修的样式是十几年前的，屋内的设备也是旧有的。唯有布满小猫的淡粉色床单、贴着小猫贴纸的笔记本电脑昭示着，这个房子现在的主人是个女孩子。

尽管这样，苏小糖的自我感觉仍然不错。要知道，父母辛苦了一辈子，在京都也只有一套八十多平方米的房子。社长崔明来过清凌，知道住房条件，计划着再为苏小糖找一处更好的住所。

金贝贝突然出现在苏小糖的寓所。她一进门就环顾起装饰简单的房间，说："小糖，你也太亏待自己了。估计你这房子在驻地记者中能排第一，不过……得是倒着数的。"

苏小糖被金贝贝的话给逗乐了，说："贝贝姐，您说话真风趣。这房子是报社提供的，前任记者就住着。我也懒得再找，直接入住了，只要干干净净住着舒服就行了。"

金贝贝说："什么叫舒服？"她的屁股在床上狠劲地颠了颠，"瞧这床，估计得有个五六年的历史了吧？硬邦邦的。这套沙发，一看就是便宜货，明儿都换了。咱别说什么国际品牌，清凌这儿也没有多少国际品牌，国内品牌总有吧？还有，小糖，你在清凌来来回回地跑，得有辆车，采访办事都方便。"

苏小糖说："您说的我也喜欢，可报社没提供，我自己又没那个资本，想得越多，失落越多。"

金贝贝说："为什么不敢想？敢想才能敢做，敢做才能实现。不是有个词叫心想事成吗？得是心里先想了，后来才能事成。再说了，什么叫资本？你的记者证就是你的资本。你得充分利用自身拥有的资源，提高自身的生活品质。当官用权提高，做生意用利润提高，我们当记者的就得用手中的笔、照相机和摄像机提高。"

苏小糖装傻说："这个……我还真不知道记者证有这么大的作用。"

金贝贝说："你还是当记者的时间短，时间长了就明白了。就说你现在的采访选题——环境污染问题，你要是去采访，肯定能写出轰动性的新闻，肯定能受到领导的表扬，估计还能得点儿奖金。也能得到一些名气，至少在业内会成为名记者。可你想过没，各家媒体的驻地记者为什么不采访、不调查、不写这方面的稿子？你以为人家都没看出来这个问题，还是以为人家写不好这样的选题？错！大错而且特错！不说别人，就说我，我一早就注意到这个问题了，准确点说是一年多以前就注意了，可我不能也不会为了那点鸡毛蒜皮的利益去得罪清凌市委、市政府，要不我还怎么在清凌混？换个角度说，要是你跟污染企业谈谈环境问题，再跟主管部门商量商量，那能得到多少好处？哪边多哪边少，哪头轻哪头沉，这账你算过没？"

苏小糖牵动了一下嘴角，说："看不出来，贝贝姐研究得真明白、真透彻！"

金贝贝说："明白啥？我也是吃亏多了才想明白的。有权不使过期无效这句话，对记者同样适用。"

苏小糖看了看手机，说："贝贝姐，我还有点事儿，得出去一下，要不改天我们再聊？"

金贝贝说："那我就先走了。"推开门，又转回头叮嘱苏小糖，"你把我说的话放在心上。如果你不是朱丽的同学，这话我是无论如何也不会说。咱们都是外地人，又都是记者，在清凌算是最亲近的人了。你信姐的话，环境污染的选题，你先放放。有些事，你初来乍到，不好意思张口，抹不开脸面，姐替你办就是了。回头咱就把这床、沙发，还有别的东西都换了。本来待在清凌这个小城市就够憋屈了，咱们可不能委屈了自己。"

楼梯间传来金贝贝高跟鞋的咔咔声，苏小糖觉得心里有点堵。

4

攘外不易，安内亦难。

火灾事件之后，利华纸业被责令停产整顿。到了这时，江源仍旧是不见踪影，"稳如泰山"。

田敬儒已经火冒三丈了，偏又连续接到群众的举报电话：利华纸业仍在继续生产。

对田敬儒来说，这无异于火上浇油，他脸色铁青地靠在办公椅上，双目微闭。春日的阳光透过玻璃照在身上，他却没有感到一丝的暖意，只觉得一根根刺扎进了大脑，这里疼一下，那里痛一下，让人不得安宁，而这所有的疼痛似乎都是利华纸业引起的。

利华造成环境污染，市委、市政府背黑锅；利华引发火灾，市委书记、市长扑进火场；利华造成负面影响，市领导八方调解，四处讨好。责令其停产整顿，居然成了一纸空文！难怪人们传言，倚仗着其是清凌利税最高的企业，倚仗着安置了千余名职工，江源成了清凌市里横行的螃蟹，不但横行，还要吐着沫地招摇过市。江源真把市委、市政府当作利华纸业的管家、负面事件的遮羞布了？

以前提起污染问题，江源总像是受了一肚子的委屈，口口声声，信誓旦旦，总说企业如何从源头抓好治理，如何投入重金更新设备，如何强化企业内部管理。每次去视察，看到的景象果然也如江源所说，一派井然有序的场景，污水处理设备轰轰作响。可清凌江的污染状况却达到了非改不可的程度，引来了群众刺耳的谩骂，谩骂的主要对象就是利华。谁知道这个江源背地里在搞什么鬼？这些事群众能发现，政府部门就发现不了吗？

利华纸业仍在继续生产的举报是真是假？如果是真，这个江源简直是无法无天了，必须让相关部门查一查，看一下情况是否属实。田敬儒猛地睁开眼睛，拿起办公桌上的固定电话，按下了一串号码，电话还未接通，他又把电话放了回去。

沉思了一会儿，田敬儒再度按下了另一串号码，这次他是让秘书古凡通知何继盛、曹跃斌、吴威、环保局局长柳映青、环保局常务副局长任洪功，说："通知他们，二十分钟后到市委集合，统一乘坐一辆面包车。谁有事，让他们直接跟我请假。"

领导们的秘书不敢怠慢，急忙通知自己的上司。而被通知的所有人都提出了一个同样的问题：啥事让敬儒书记这么急？古凡自然是一问三不知。

越是没有答案，就越想知道原因。大家提前登上了指定的面包车。

第三章

古凡一直在车外等候着。

田敬儒走出市委办公楼，看了一眼古凡，还没进入车内，就听到何继盛问："敬儒书记搞的什么名堂？神神秘秘的。"

车内无人应答。

一个是市委一把手，一个是市政府的一把手，都是清凌市的最高首长，惹不起、碰不得的人物，别说众人同何继盛一样不知情，就算是知情，谁又敢说、谁又能说？在这种情势下，保持沉默是最好的自我保护。

田敬儒上车后，车内更是一片寂静。他坐好，回头环顾了一下，说："突然把大家叫到一起，是因为我这几天接到了举报电话，说利华还在继续生产！我们今天就要突击检查一下，看看情况是否属实。"

何继盛诧异地说："利华不是停产整顿了吗，怎么可能还在生产呢？"说罢转头看着柳映青。

柳映青忙对副局长任洪功说："洪功啊，你……不是，我们不是下达了停产整顿通知书了吗？他们没执行？"

任洪功说："通知书下了，火灾当天就下了，利华也书面汇报了停产整顿情况。"

曹跃斌也跟着说："敬儒书记，他们已经停产了，当天就下通知了。"

田敬儒绷起面孔，说："通知下了，可你们谁到利华看过实际情况了？我们做工作就是下通知、听汇报？工作不能这么干，领导也不能这么当！干部不就是要干字当先吗？"

车内鸦雀无声，众人连呼吸声都压得低低的，生怕弄出火星，点燃空气中弥漫的爆炸物，不小心成了书记的炮灰。

任洪功的电话突然一阵爆响，吓了大家一跳。他嘟囔了一句："这新手机，还不会调静音了！"手里按下了拒接键。

旁边的古凡说："任局长，要不我给您瞧瞧？"

任洪功难为情地说："不麻烦古科长，我自己捣鼓。"低头接着又按了几下手机，揣回了口袋里。

车内继续保持着沉默。柳映青身为环保局局长，是第一责任人，面对书记的批评不能没反应，半天他小心翼翼地说了一句："敬儒书记，是我们的工作没做好。您别急，到了现场就都清楚了。"

田敬儒在后视镜里正好看到柳映青。柳映青个子不高，肚子极大，仿佛倒扣了一口铁锅。最有特点的是他的头发，头顶已经成了不毛之地，却将周围的头发留成长长的一缕盘绕上去掩饰，用刻薄的说法是"地方支持中央"。此刻他正抬起手，在头上绕着，生怕头发垂下来。田敬儒点了点头，示意听到了柳映青的话。再有三个月柳映青就到退休时间了，他遇事不争不抢，只求平稳着陆。工作上的事，十之八九都推给了任洪功。对这位部下，田敬儒是气愤中夹杂着怜悯，怜悯中又掺杂着无奈。

车至利华纸业，径直开到了生产车间。众人鱼贯下车，田敬儒走在最前面，何继盛跟他差着半步的距离，任洪功跟在柳映青身后同样差着半步的距离，曹跃斌、吴威则选择了中间的位置。

田敬儒第一个走进了车间。造纸设备如同沉睡了一般，巨大的身躯纹丝不动，没有了往日的喧嚣和热闹。十几名工人待在车间里，或打扫卫生，或来回走动，不时将目光扫向田敬儒的方向，只是谁都没有走到近前。

任洪功挺直了胸脯，指着肖然不动的生产设备，说："田书记、何市长，你们看，明明是停产了嘛！可还有人说三道四，疑神疑鬼，虚假举报，把不作为的脏水泼到我们环保局的头上来！"

何继盛点点头，说："现在有些人，就是唯恐天下不乱！他造谣一张嘴，我们就跑断腿。敬儒书记，我看这种在非常时期故意搅局、欺骗组织的人，一定要让相关部门好好地查查，坚决制止这种造谣污蔑的行为。"

曹跃斌附和着说："可不是嘛，敬儒书记每天工作这么忙，还有人开这种玩笑，太不像话了！"

田敬儒没有理会他们的说法，径直向前，伸手碰了一下机器，用鼻子哼了一声，说："你们摸一摸，这机器还烫手呢！难道是我们来了，机器就加了温？"

何继盛上前去摸了一下，回头瞪了任洪功一眼，问："怎么回事？"

任洪功脸色一变，说："这……太不像话了！"他指着一位工人说，

·第三章·

"快把你们经理找来，就说市委敬儒书记来检查工作了。"

曹跃斌半信半疑地说："不能吧？利华的人胆子这么大？"伸手放到机器上，又嗖地抽回来，抖动了几下，"妈呀，太烫啦！"

吴威、柳映青，还有随行的秘书们都上前摸了摸，一个个咧嘴咋舌。

生产车间的空气顿时凝固住了，大家面面相觑，继而又都胆怯地望向田敬儒。

闻讯而至的生产经理气喘吁吁地跑到田敬儒面前："敬儒书记，您来了！何市长，您也来了！"

田敬儒拍了下机器，冷笑道："你们就是这么停产整顿的？"他环顾了一下众人，视线在任洪功身上定格了几秒，说，"江源消息还真是灵通啊！"没等众人说什么，他大踏步地走出了生产车间。

半个小时后，印有多部门公章的一纸封条贴上了利华纸业的大门。

关注苏小糖的不只是田敬儒和曹跃斌，还有在利华纸业火灾现场与苏小糖有过一面之缘的《清凌日报》首席记者——冯皓东。那个敢闯火场，还敢与市委书记田敬儒据理力争的《环境时报》女记者，给他留下了深刻的印象。凭直觉，他相信，这个女记者是一名敢于发声的"真记者"。

冯皓东是清凌"名记"，十多年的一线记者，写出过在全国全省都很有影响力的好新闻，是个墙内开花墙外香的知名记者。做媒体时间越久，他就越感到困惑。他困惑于地方媒体记者的定位，困惑于如何做一名合格的新闻人。他曾经跟西方媒体、央媒同行有过接触，发现他们在采访时滔滔不绝地提问，不断地挖掘着新闻背后的新闻。而自己正在和身边的某些同行一样，渐渐满足于"来料加工"式的新闻，为了新闻而新闻，百人一面，百文一篇，专业化的深度报道在地方媒体中成了"稀罕物"。有时候，就算寻找到了让人心动的选题，半夜爬起来调查采访写稿，临了却因为地方媒体的"软骨病"，活活被扼杀在了"摇篮"里。那时冯皓东就会觉得有一只无形的大手在蹂躏着身心，扼住了喉咙，只能挣扎着呼吸，维持着生命最低层次的运转。比如关于环境保护题材，就是个不能触碰的禁忌。

而他耗费几年时间里搜集到的关于这方面的资料，便长久地在他的笔记本电脑里沉睡。

利华发生火灾，按照市委宣传部的要求，冯皓东和电视台的一名记者在现场留存资料，那时他发现火场上突然出现了一个女孩子。他远远看到了苏小糖同市委田敬儒之间在对话，苏小糖的那份机敏、执着和倔强，单枪匹马跑新闻的从容不迫，面对市委书记时的不卑不亢，被人"架"出火场时的据理力争，都令冯皓东刮目相看，心生敬意。套句戏文，他觉得"这个女子不寻常"。

火场现场的资料同冯皓东的预想一样，存留在了他的电脑资料库里。他明白，这不是第一次，也不会是最后一次。

"认识"苏小糖成了他在火场最大的收获。

苏小糖在火场上的一举一动、一笑一颦，苏小糖对董文英纵火事件、对入伍青年体检合格率持续下降真相的一系列调查，冯皓东都了解得一清二楚。"铁肩担道义，妙笔著文章"的责任感和使命感重新回到了他身上，这种感觉让他有些激情澎湃，有股子冲动在血管里来回乱窜，寻觅着一个突破口。

冯皓东毕业于知名大学新闻系，近代中国报刊政治家、新闻思想家，被誉为"言论界之骄子"的梁启超是他的偶像，《新青年》的创办人、主编、主要撰稿人陈独秀是他的偶像，中国共产党的主要创始人之一、主编留日学生总会机关刊物《民彝》创刊号，并为《甲寅》月刊、《新青年》写稿的李大钊是他的偶像……偶像们的力量激励着他，为国家而采写，为人民而书写。

大学毕业后，本来有很多机会留在大城市，可是因为父母的原因，他回到了清凌，他自己的目标中又加入了——为清凌而书写。

毕竟是名校毕业的高材生，刚刚入职时，冯皓东颇受重用。可是很快，因为在国内多家媒体上发表了对清凌有负面影响的新闻，他被雪藏了。从时政记者部调到民生记者部，不是提拔而是原地转圈，还是个部门副主任。十年过去了，当年他带过的小记者都提拔成了其他部门的主任。与他差不多同时入行的记者们有的转行了，更有人成了局长、副局。他呢？成了领导眼里的刺头，重点监控对象。

他的锐气磨没了吗？好像是，又好像不是。十年饮冰，难凉热血。记者的激情在他心里涌动。苏小糖……苏小糖就是这份冲动的突破口！自己应该为苏小糖做点什么，一定要把关于清凌环境污染情况的资料和新闻线索，全部提供给苏小糖。

身份的限制、所处的地位，又使冯皓东犹疑不定。怎样把资料交给苏小糖，才能不露声色？写匿名信、发手机短消息、加微信好友，还是打电话？一样一样地设想，又挨个儿地推翻，万一上面知道这些资料的出处，自己以后在清凌新闻界还有立锥之地吗？甭说新闻界，估计在清凌都难以生存。自己一个人还好办，可女儿呢？父母呢？难道都要跟着受牵连？

冯皓东的一颗心，几下里扯着拽着，揉成了一团，舒展开，又揉成了一团，反反复复，留下了一道道的褶痕。

·第四章·

1

实在想不出头绪，冯皓东就在网络上查找起清凌江的资料来。

真是得来全不费工夫，冯皓东无意间发现的一篇微信公众号文章，打开了他走向苏小糖世界的大门。

一篇标题为《清凌江的自白书》的文章出现在了一个叫"酥糖"的公众号里。文章写得风趣，清凌江成了满腹怨气的妇人，无奈地讲述着自己的悲惨遭遇，"江黑黑、楼脆脆、桥酥酥"一连串的词汇在字里行间穿梭着、跳跃着。文章下面是盖楼似的一层又一层的评论。

清凌江的自白书

我叫清凌江，已经流了 N 多年。本来我是极漂亮的、极有风韵的，水清见底，澄澈如碧，鱼鲜蟹肥，渔农两利。也许是因为这个原因吧，很多很多年前，老祖宗给我取名叫"清凌江"，还说我是清凌人的母亲河。我产的江鱼是出了名的淡水鱼，说句自夸的话，鲜美程度完全可以跟阳澄湖的大闸蟹媲美，这让我自豪不已，可现在我再也不敢自豪了，因为我又

第四章

有了一个新名字："江黑黑"。

其实我一点儿也不喜欢用"江黑黑"这个名字，刚刚听到的时候，我就使劲地翻了几个大浪，发泄了一下心中的怒气。尽管我知道叫我"江黑黑"名副其实，但这个名字让我想起了当年红极一时的楼脆脆、桥酥酥。他们是豆腐渣工程的牺牲品，我是污染造成的恶果，算起来，也是同病相怜的苦命"人"。

有人说，我得名"江黑黑"最应该感谢清凌的父母官。是他们高喊着加速发展的口号，引进了一个又一个排放着污水的企业。这个我不太赞成，他们引进项目也是为了让清凌的百姓快点过上好日子，是为了完成上级的指标，我牺牲点儿就牺牲点吧。可后来我琢磨事情不是我自己牺牲那么简单。大家想一想，如果我受到污染了，老百姓就得吃黑水，吃黑水种出的粮食，吃受了污染的江鱼，这样下来，江边孩子们的身体会坏掉，那以后谁来建设家乡实现清凌的发展呢？别说加速了，像蜗牛一样的速度都难以做到。不信大家可以查一查相关的网上新闻嘛。这样一想，我又觉得我的问题有些严重。不仅仅是污染，深层分析，应该是领导们的政绩观上出了偏差。难道发展是污染的借口吗？让百姓过上好日子是决策失误的理由吗？就算我接受这样的借口和理由，清凌的百姓能接受吗？历史的检验能接受吗？中央可是说绿水青山就是金山银山呢，我这清凌的绿水不就是老百姓的金子吗？

我变黑了之后，听说有些人想去上访，这事我一点儿都不担心。我相信污染企业有充分的本事，能够上下疏通关系，把我受到的摧残变得合情合理，而且还可能合法化。我早就见多了虚张声势、雷声大雨点小的各种调查、治理、整改……你们等着瞧，看我"江黑黑"，将用什么有形或无形的手段，不动声色地"清"起来、"美"起来、"靓"起来！

听说有个记者，正在进行关于我的调查和采访，这很令人讨厌，一定要将这种不帮忙只添乱的行为扼制在萌芽状态，坚决打压这种破坏大好发展形势的恶意新闻。不行的话，可以请"洋人"出马，请各路神仙助阵嘛！

…………

冯皓东边看边笑，笑过后又涌上了一丝无奈。他想公众号的主人一定是清凌人，要不然不能对清凌江的情况了解得这么详细；文字工夫也算不错，要不然不能写得这么有趣；人品也不错，要不然不会有这么强的正义感和责任感。想不到清凌有这样的有心人，自己号称"以笔为枪"，真是自愧不如。他随意看了看公众号的内容和链接，发现多是与新闻和环境污染有关的。再仔细看，他否定了对方是清凌人的想法，因为对方写的地域范围太广了，涉及了全国各地，甚至还有一些国外地区存在的环境污染问题，他便好奇地查了查"酥糖"这个名字，结果竟然找到了一个已经停更多年的博客。博主的图片翻来看去，发现"酥糖"竟然是苏小糖！

冯皓东瞪大了眼睛。这是巧合吗？难道这个公众号的主人就是那个停更博客的主人苏小糖？

此时已是深夜，月亮半隐半现、探头探脑地窥视着什么。冯皓东十分兴奋，他靠着电脑椅背，接连吸了几根烟，喝了几杯浓茶，反复地点击着图片播放器。苏小糖或温柔、或机灵、或搞怪的相片不断地变换着，如同一个调皮的孩子在同大人玩游戏。

既然知道了苏小糖的公众号，就有办法跟她沟通了。冯皓东申请了一个新的微信号，取名"环保先生"，噼里啪啦地在电脑上给《清凌江的自白书》写下了评论：

文章虽显稚嫩，但文笔幽默。赞一个！
个人认为此文有两个闪光点。
一、第一人称的口吻、拟人化的描写，趣味横生。
二、分析清凌江污染问题，没有就污染谈污染，而是深入剖析，将问题归因到政绩观的偏失上、执行中央环保政策偏差上，具有一定的深度。
温馨提示：清凌江水黑，且深，切记小心，期待"酥糖"使清凌江重新焕发出昔时神韵。在下代表清凌百姓表示三百六十五天的感谢！

第四章

写完这条评论,冯皓东终于放下了揉搓了好些日子的心,可以安然入睡了。

第二天,冯皓东发现自己"环保先生"的私信里,"酥糖"留下了一串"脚印"——

* 环保先生,非常感谢您的评论,小女子特来回访。念安。
* 您好像对清凌污染问题有所了解,还请不吝赐教。
* 我的私人微信号,19×××××01。建议加为好友,方便沟通。

冯皓东看到留言,会心一笑,看到苏小糖的微信号,却立刻血往上涌,觉得心像让刀子划了一道,隐隐地渗出血丝。他恨不能把微信这种无形的东西踩在脚下,碾得粉碎,或者像撕纸片一样撕得七零八落。尽管他知道,对于那件痛心的往事,微信这种网络聊天软件起到的只是媒介作用,事情发生的真正原因是感情的枯竭、审美的疲劳和激情的退却。道理想得明白,可他内心依旧充满仇恨,微信聊天似乎成了冯皓东的眼中钉、肉中刺。

冯皓东的前妻叫徐子萌,是清凌市歌舞团的舞蹈演员,长相甜美。当年两人的结合可谓是才子佳人的故事,曾经成了清凌市文化新闻界的一段美谈。刚结婚的时候,夫妻俩情浓意切。时间一天天过去,流水一样冲走了激情、冲淡了温馨。冯皓东待在家里的时候少,在外面跑新闻的时候多;陪着老婆的时候少,琢磨稿件的时候多。徐子萌一边唠叨着冯皓东冷落自己、忽视家庭,一边用打麻将、购物消磨时间。再后来,精神空虚的徐子萌迷恋上了微信交友。

最初聊天时徐子萌三心二意,时常聊着聊着就招呼冯皓东:"老公,来瞧瞧,聊天太有意思了。一个劲儿地问你在哪儿工作,你多大了,长得漂亮不,还问头像是我本人不……"

冯皓东伸过脖子探头看了一眼,说:"无聊。上网学点知识多好,别总聊天,浪费时间。"

以后，徐子萌聊天时不再喊冯皓东了。夫妻两人，一个对着电脑敲敲打打，一个对着手机聊得天昏地暗；一个写得眉头紧蹙，一个聊得喜笑颜开。幸好女儿冯可儿跟奶奶住在一起，要不然连个管孩子的人都没有。

徐子萌渐渐上了瘾，离不开微信了，一时不跟微友们闲聊就像百爪挠心，对着聊天窗口立刻像上了发条的机器，思维敏捷，口若莲花，可以同时跟几个人聊天，还加了数个微信群。

冯皓东逗徐子萌："别是有了网络情人吧？"

徐子萌说："狗嘴里吐不出象牙。"

冯皓东没想到随口的一句戏言，居然成了真。

徐子萌在微信上认识了一个比她小十来岁的男人，小男人的甜言蜜语让徐子萌心动了。一来二去两人见了面，再后来干柴烈火就烧成了一团。

东窗事发后，冯皓东和徐子萌没打没闹，平静地以"换本"的方式结束了婚姻生活，女儿冯可儿离不开奶奶，自然跟了冯皓东。

从此，微信成了冯皓东的"仇人"，能不用就不用。他在公众号私信里给苏小糖发纸条：要不，我们还是用电子信箱吧。随后附上了自己的邮箱地址。

没多久，苏小糖的邮件就成功地到达了冯皓东的邮箱。

环保先生：

您好！

非常感谢您对酥糖本人的关心，对清凌江污染事件采访调查的关心。

您既自称环保先生，相信对清凌污染问题一定有自己的看法，并且掌握了不少的内情。酥糖想对此事进行深入的采访调查，但对清凌环境污染详情不够了解，对环保专业知识所知有限，还请环保先生伸出援手，强力支持！

只是小女子有一事不解，作为一种网络工具，微信有着方便快捷、沟通便利的特点，环保先生为何会没有，还是不愿使用？不如酥糖送先生一个号码，以便日后沟通之用，如何？

酥糖敬字

· 第四章 ·

冯皓东很快回信：

酥糖：

　　微信并不安全，何况我俩关注的是环境保护问题。我担心微信内容成为重点监控对象，反而会引来麻烦。

　　随信附上清凌污染问题部分资料，记得下载，切勿外流。

环保先生

　　苏小糖不再勉强，邮箱暂时成了冯皓东和苏小糖之间唯一的联络方式。对于习惯使用微信沟通的苏小糖来说，还是颇有不便。不过，很快她就收到了惊喜。

　　冯皓东的资料铺天盖地地发送到了苏小糖的邮箱里。一份份资料看下来，苏小糖的心里又惊又喜，资料多得超出了她的想象，时间跨度居然达十年之久，内情内幕更是错综复杂。她心里更对邮箱另一头的"环保先生"多了几分猜疑。她从字里行间觉察出，环保先生似乎知道她的真实身份。那他又是谁呢？自称是环保先生，对清凌污染情况掌握得这么多，莫非他在环保局工作？可细看文笔，他环保知识的专业性又不是特别强，还不时冒出几句外行话。难道是政府机关人员？可又少了点儿政府官员语气里的中规中矩。或者是新闻同行？可她又觉得同行不应该这么神秘……这位环保先生究竟是何方神圣？背后有着怎样的秘密？苏小糖的脑海里，对于这位环保先生是一个问题接着一个问题，一时像是理出了思路，一时却又像是雾里看花，怎么琢磨研究也没能觅着真相。

　　时间不长，两人养成了相同的习惯。

　　冯皓东每天早上洗漱之后的第一件事就是打开邮箱，瞧一瞧有没有新邮件，看到收信箱里的"酥糖"两个字，就会忍不住对着电脑傻笑一阵。若是空空如也，就会涌起一阵失落，猜想苏小糖去哪儿了，忙什么呢……

　　同他一样，苏小糖将关于清凌环境污染的问题一个个地扔给冯皓东，再把自己的想法一个个地抛过去，也不管对方是接是推、是打是让，一味地向前招惹着。

信越写越多，收发频率越来越快，有时这边一封信刚刚发送成功，另一边的信就发了过来。

信写得太频太急，冯皓东说，这电子邮箱也快成微信了。

苏小糖看完上来了倔劲儿，决定押着劲儿，不理冯皓东。可她坚持不了半个钟头，一封信又发了过去，上面只写三个字：坏东西！

环保先生、酥糖的称呼已成了过去时。坏东西、臭丫头，这随意而来的称呼成了冯皓东、苏小糖的代称。

交往久了，苏小糖在信里问：环保先生到底是谁？

冯皓东回答：清凌一村夫。

苏小糖说：再这样藏着掖着，明儿不理您了！

冯皓东回答：时间不早了，别熬夜，免得明儿脸上还长痘。

偏巧苏小糖因为水土不服还真长了几颗痘痘，这封信惊得她一颤一颤的，摸着脸颊，猜他一定是看到自己了，要不怎么知道她脸上长痘了？再问过去：你什么时候看到我了？在哪儿看到的？怎么知道我长痘了？

冯皓东回答：因为你青春，所以才长痘嘛！

苏小糖生气地关了电脑。第二天一早急急地打开，看到了邮箱里的几行字：丫头，今儿天有些凉，穿件厚衣裳，别冻感冒了。

身在异乡，受到这样的关怀，苏小糖的眼睛顿时就热了。出去采访，走在街上，要是有三十几岁的男人多看她几眼，她心里就会猜想，这个是他或者那个是他……回过神来，她又负气似的跺跺脚，心里骂了句"坏东西"。

更多的时候，两个人是在邮件里谈环保、谈清凌江，偶尔也会谈到清凌的官员们。

冯皓东对田敬儒赞赏有加：敬儒书记为清凌发展尽心尽力，立下了汗马功劳。他到任清凌才一年，公教人员工资就涨了不少，社会环境也在改善，清凌也破天荒引进了央企，市容市貌也有改变，这是不争的事实，是谁都不能抹杀的功绩。

苏小糖问：那清凌的环境污染呢？清凌的污染他是始作俑者。他是在片面地追求政绩，"两袖清风"不能遮盖利益驱动，经济增长不能掩饰决策失误，亲民爱民不能成为污染的借口！

冯皓东说：利华等污染企业都不是他引来的，他这个新官能理旧账已经是不容易了。清凌的环境污染是多年积累下来的病根，哪能一下子根治？他也需要时间。何况，许多之前的事，他也不了解，即使了解，也未必是全貌。他面对的不仅仅是一个利华，而是关系错综复杂的利益团体。

苏小糖说：历史自有公判！

冯皓东说：历史也未必公平！如果真的相信我，就要相信敬儒书记，不妨给他一些支持和线索。

苏小糖说：好吧，我会认真考虑环保先生的建议。只是你知道我是苏小糖，我却不知道环保先生是何许人也！

冯皓东瞪大眼睛，盯着电脑屏幕，半晌无语。

2

隐藏是个技术活儿，潜伏是个工夫活儿。这方面冯皓东还处于初级阶段。

《清凌日报》上一篇题为《地方媒体如何发挥监督作用》的评论文章，写作风格引起了苏小糖的注意。文章署名冯皓东。莫非他就是与自己神交已久的知己？一定是他，肯定是他，百分百是他！苏小糖盯着报纸，仿佛要透过报纸上一个个蝌蚪似的汉字看出冯皓东的那张脸。

"冯皓东……冯皓东！"苏小糖重复地念着，顿了一下，借用京剧念白的语气说，"看你这厮还往哪里去？"

这个名字，她可太熟悉了。早在学生时代，她就曾在媒体和网络上读过这位新闻前辈的文章，特别是冯皓东的深度调查，可说是兼具冷静和理性。俗话说："涉浅水者得鱼虾，涉深水者得蛟龙。"无论角度、精度还是厚度，都透露着冯皓东对新闻的敬畏之心和敬业之心。

近几年，她在媒体和网络上都很少见到冯皓东的文章，苏小糖猜想这位冯前辈说不好已经转行离开媒体了。毕竟这些年受新媒体冲击，加上刊发时间和空间受限，以及各种各样复杂的原因，传统媒体一直在艰难求生。由此导致的传统媒体人"离职潮"一波接一波。前景不乐观、薪资福利低、新闻自由受限，各种各样的原因都成为传统媒体人挥泪告别的原因。

苏小糖从大学到研究生的同学中，有一半毕业后直接转行，剩下入行的又有一半不久也转行了。只有十几个人还坚守在传统媒体。即便如此，苏小糖也常常会接到一些劝告：前途、钱途都受限，不如换个赛道。潮来潮去、人来人往才是人生常态。不辞别旧符，怎么迎接新桃？

无法评判别人的选择是对还是错，至少她还想再坚守一下。那样即使有一天真正离开媒体了，也了无遗憾了。

既然已经知道了环保先生的身份，苏小糖再给冯皓东写信，言语间就多了些调侃的成分。她问：您读不读《清凌日报》？喜欢哪位记者的稿件？

冯皓东顾左右而言他，回答：天气好像热起来了，再过些日子就得穿单衣了。

苏小糖暗笑，问：认得《清凌日报》首席记者冯皓东吗？

冯皓东愣在电脑前，不知道如何作答。收信箱显示有一封未读邮件。他按着鼠标，却有些不敢去点。说话直来直去不拐弯、咄咄逼人的苏小糖接下来是继续追问环保先生的真相，还是提出面谈污染问题？说真话还是继续敷衍？见，还是不见？扪心自问，想见，真是想见。他看不到苏小糖的邮件都会心急火燎，一次次地忍住心里疯长的念头，按住想要打通她电话的冲动。可越是这样，却越不敢见面。若是真见了，走得太近，会不会……

冯皓东终于打开了邮件，果然，苏小糖顺着他的猜测来了：

环保先生冯皓东，今天我去清凌日报社见到您了。穿着一身黑色的休闲装，里面是一件同色的T恤，鼻子高高，坐在电脑前不停抽烟的那位就

第四章

是您吧？您得请我吃清凌的特色小吃，算是答谢我为清凌污染事件的调查做出的卓越贡献。也算是答谢我一直写信给您，为您排遣了寂寞，增加了欢乐。……还有，这应该不是我第一次见到您了。如果没记错，利华原料场火灾，我们就曾"见面"了，对吗？

真相被戳破，冯皓东顿时脸颊发烫。如果苏小糖说请他吃饭，他还可以拒绝。现在苏小糖逆向行事，反过来要他请客，"不可以"这三个字，无论如何也说不出来。他对着电脑嘿嘿傻笑了一会儿，末了，回了只有一个字的电子邮件：好！

两人约定在清凌一家名叫"三娘小炒"的小吃店见面。

这是冯皓东第二次看到苏小糖，素白衬衫、牛仔裤，直直的马尾辫，机灵的眼睛眨来眨去的，像是集中了所有的灵气。他瞬间有了一种从未有过的感觉：自己要完蛋，要陷进"网"里了！

苏小糖近距离接触才发现，冯皓东比她在利华火场和清凌日报社看到的要高大。他身材挺拔，眉毛极浓，又高又挺的鼻子成为五官中最突出的部分，整个脸部因此变得立体生动起来，有些混血的味道，只是因为不苟言笑又给那张脸添了些寒意。

两人的脸上都泛起了一丝丝的笑意，一种默契同时从心底泛起。

冯皓东说："你好，我是冯皓东。"

苏小糖说："环保先生，苏小糖给您问安了！您吉祥！"

冯皓东说："一听就是皇城根儿下的格格。"

苏小糖说："您说错了，我是汉族，非旗人也。"

刚刚点好菜，冯皓东拿起打火机，问："抽根烟，可以吗？"

苏小糖本想说不可以，她可是顶讨厌烟的，全家也没有吸烟的。可想到两人是第一次见面，便没有正面回答，而是说："Zippo，名牌打火机！"

冯皓东惊讶地问："你喜欢打火机？"

苏小糖说："不懂，但这是老牌子，见人用过。"

冯皓东来了兴致："Zippo这种打火机实用性强，防风效果好，样式也不错。不过我个人最喜欢的还是 Givenchy 打火机，只有一支，不敢用，怕坏了没地方修。别说清凌，就是在京都上海想找到 Givenchy 打火机的维修也不容易。"

苏小糖笑笑，未置可否。

冯皓东说："对不起，提起打火机，我就刹不住闸了。"

苏小糖问："您搜集了多少支打火机了？"

冯皓东说："你怎么知道我搜集打火机？"转而一笑，"一百多支了。"

苏小糖说："好多哦！"

冯皓东又微微一笑。

苏小糖转入正题，瞪大了眼睛，说："环保先生……不，冯皓东，我们联手做这个新闻怎么样？"

冯皓东摇摇头，给苏小糖的杯里续上茶。

苏小糖想要问为什么，转念间就明白了，她不能把冯皓东拉下水。毕竟自己是《环境时报》的记者，来自外地，实在不行，可以全身而退回京都。冯皓东不同，他的家在清凌，工作也在清凌，亲人都在清凌，他要在清凌生存，能够把已有的资料无条件地提供出来，已经冒了很大的风险，自己绝不能再给他添什么麻烦了。

冯皓东像是看出了苏小糖的心思，向前探了探身子，说："酥糖……我可以这么称呼你吗？"

苏小糖说："直接叫我小糖吧。"

冯皓东说："好！小糖，我必须提醒你一件事，一定要注意采访安全。你的采访选题危险性很高，清凌的环境污染涉及利华等多家企业，并且会牵连一些政府官员。现在他们中的很多人还不知道你要深度采访这事，或者说，他们还没意识到你在进行的这个采访的重要性和威胁性，注意，我说的是威胁性！一旦知道了，就会对你非常不利，甚至可能会……"

苏小糖说："这个我知道，记者本来就是高危行业，报社的同事因为采访受到恐吓是常有的事，男记者还挨过打。"

冯皓东说："恐吓、挨打都是小事，就怕……怎么跟你说呢？总之你记住我的话，千万千万要小心就是了。"

苏小糖一吐舌头，说："胆小鬼，他们还敢杀人不成？"

冯皓东说："你这是初生牛犊不怕虎。相信我，还是小心为妙。就拿利华说吧，据说利华的老总江源有着深厚的政治背景，到底这个背景有多深厚，清凌人所知不多，但江源与市长何继盛私交甚笃确实是真。"

苏小糖问："不是说江源跟田敬儒书记关系好吗？还说何继盛市长当年是反对引进利华的，后来受到了压力才转而支持的吗？"

冯皓东说："怎么可能？敬儒书记到清凌任职才一年，他到清凌时，利华早就引进来。再说了，引进一家企业哪有那么容易，至少也得一两年，利华是敬儒书记前任引进来的，不过与何继盛市长关系非常不一般。绝不是人们看到的表象，至于他当初为什么不同意引进，转而又同意了，有人说是受上面的压力不得已而为之，也有传言是江源'做了工作'，这个'做了工作'指什么，你能明白吧？"

苏小糖点头表示明白，又说："不能啊！从我来到清凌以来看到的事实，是田敬儒书记在竭力维护利华，反倒是何继盛市长对利华很是不满。据说，推荐利华成为十佳企业，就是田敬儒书记提名的，还亲自给江源颁奖呢。何继盛市长的意见是应该重点表彰市里的国有企业。"

冯皓东说："你听到看到的只是表面，敬儒书记是清凌的最高首长，他维护的不是利华这家企业，是全市的民营经济发展，是利华的一千多名工人，是牵一发而动全身，是国有企业和民营企业的共同发展，是对全市民营企业家的支持……总之，他得全盘考虑。"

苏小糖说："你这是对何继盛市长有偏见。人家是一市之长，当然也会全盘考虑。我看他才是个好领导呢，重视环境保护工作，对利华等企业要求严格。"她这样说，当然不是维护何大市长，而是希望借此激出冯皓东的更多"爆料"。

冯皓东说："真正跟江源关系要好的人是何继盛市长，你慢慢调查，了解全面就清楚了。总之，江源这个人不能小视，你别瞧他还不到四十岁，却是个老谋深算、笑里藏刀的人物，做事快、准、狠，在清凌市，乃至全省都是出了名的。"

苏小糖说："我还真没见过江源，听说他把清凌的领导们气坏了，动不动就突然失踪，谁都找不到他。市里要求利华停产整顿，利华明着停产，暗地里却还在开工。书记、市长来了个突然袭击，当场给贴了封条。"

冯皓东说："你的消息还真灵通。江源偶尔失踪倒是真的，关于失踪期间去做什么了，也有各种猜测。不过对于民营企业家这也算正常，说不定人家在其他省市也有企业呢，或者去考察、学习都有可能。其实利华阳奉阴违的事何止这一件，敬儒书记这次是突击检查了，才能看到点实情，他不知道的事还多着呢！"

苏小糖说："这就是他这个市委书记失职的地方，他管的城市出现了问题，他就是第一责任人。"

冯皓东说："这话从政治角度来说正确，但从事实情况分析不完全对。人的精力毕竟是有限的，他又不是神仙，怎么可能事事都知道？何况官场上历来讲究派系，他在清凌没有任何私人关系，全部都是工作关系，下边的官员表面敬着他，实际上也是各有各的心眼儿，各有各的套数。敬儒书记来一年了，对清凌可以说尽职尽责，称得上是好书记。我跟过他的采访，他没有官架子，不摆谱不作秀，务实亲民，百姓的口碑非常高。"

苏小糖说："清凌现在是以污染为代价换取经济增长！清凌市委、市政府对国家环保政策法规的执行力度不够，环境污染监管体制不够完善，部分企业仍然存在污水排放问题，部分河流水质也不达标，这些问题都值得深思，如果不进行彻底整治，真正查出了这些问题，中央会追究责任的。"

冯皓东说："你说的那些问题何止出现在清凌一个地区？不说国内，国外的纽约、伦敦、巴黎，或多或少都存在类似的问题。环境污染是世界性问题，特别在发展中国家更为严重。只不过，全世界都在比较哪个城市、哪个国家发展速度快，忽略甚至是有意回避了发展带来的环境污染问题。其实不仅仅是水源、空气，还有更多的污染我们无法说清楚，却实实在在地影响着整个地球、整个人类。幸好这些年，中央重视环境保护了，各种问题也在逐渐得到解决。肉眼可见，经济发达地区的环境保护工作越来越好了，不过像清凌这样的小城市确实存在环保工作不到位等诸多的问题。"

苏小糖说："全国好才是真的好，中国地图一点儿都不能少，环境保护也是任何一个城市和地区都不能落下的。"

冯皓东说："道理是对的，可清凌还真离不了那些企业，要不然利税从哪里来？国家公务员工资从哪里来？省里下达的经济指标怎么完成？今年省委施书记给敬儒书记下的任务是3000亿，按去年完成的指标算还差600亿。敬儒书记压力山大啊！"

苏小糖撇撇嘴说："您说话两头堵，典型的两面派。"

冯皓东说："我不是两面派，我说的是实情，不信你慢慢了解，了解越多越无奈。"

苏小糖叹息一声，说："唉，那也得找到解决的办法啊。现在清凌的水污染问题已经到了非治不可的程度了，'海纳百川'快成了'海纳百污'了。"

冯皓东也回了一声叹息，说："总之，清凌的情况很复杂。你想为民喉舌、直笔谠论，一定要先注意自身的安全。"

苏小糖一笑，并没太在意。

冯皓东在心里感叹，年轻真好，没受过伤害真好。

苏小糖突然问："你有精神病院的资源吗？"

冯皓东先是一愣，瞬间明白，她想去见董文英了。

3

江源终于出现在了田敬儒的办公室。

江源中等个头，体形有些偏瘦，戴着眼镜，文质彬彬的，初见给人留下的印象，更像是一个知识分子，只是他镜片后面闪烁着的却是商人特有的精明狡黠。他走路时身子向后挺着，显示出一种略带张扬的自信。

江源推门进来时，田敬儒正在签署文件。他径直坐在田敬儒的对面，满脸堆笑，说："敬儒书记，我是向您销假来了。我去欧洲考察刚回清凌，偏偏我不在，原料场着了火灾，给您添了不少的麻烦。"

田敬儒看了他一眼，低头接着看文件，冷冷地说："江董是企业界精英，又不是市里的领导干部，这假跟我销得没有道理嘛！"

江源又是一笑，说："我也是清凌的一分子嘛！您是清凌的最高首长，我是您的子民，自然得向您请示汇报了。"

田敬儒说："您太客气了。"

江源说："我得跟您汇报，我出国时带的是另外一部手机，平时用的那部放在公司了。副总怕我着急上火，压根儿没通知我原料场着火的事，等我回来才知道出了这么大的乱子。"

田敬儒"哦"了一声，还是没抬头。

江源说："敬儒书记，我知道您为利华这场火灾操了不少的心，费了不少的力，您受累了！"

田敬儒冷冷淡淡地说："谈不上操心费力。现在提倡建设服务型机关，我们市委本来就是为企业服务的嘛。"

江源说："来您这儿之前，我刚把副总狠批了一通。一来是问火灾这么大的事为什么不向我汇报；二来是问他为什么不按要求停产整顿，净弄些幺蛾子。"

田敬儒终于抬起了头，把目光投向了江源。

江源接着说："唉！副总跟我说，他是两头怕，怕停产完不成订单，还怕工人的工资不能按时发放，引发群体性上访，所以才……"

田敬儒冷笑两声，说："完不成订单你们怕了，工人工资不能及时发你们怕了，那我清凌老百姓天天闻臭气，清凌江成了脏水沟你们就不怕了？你利华的订单重要，我清凌的老百姓就不重要了？"

江源说："敬儒书记，您别动怒。火灾这事真是偶然事件，与环保扯不上关系。那个纵火犯董文英她就是个精神病，不知怎么就溜进了原料场，发神经放火了。我利华冤着呢，平白无故的，让精神病人给放了一把火，我找赔偿都找不到门，只能自认倒霉。"

第四章

田敬儒对董文英的鉴定结果早就知情，秘书古凡、副市长兼公安局局长吴威分别在第一时间向他汇报了。听到这个结果，他颇为意外，同时也非常不解。他当然希望董文英能得到从轻处罚，但这个"精神病"鉴定结果却是太出人意料了。当时他便叮嘱两人要密切关注董文英的情况，并指示纪委书记章鹏和副市长兼公安局局长吴威就董文英被鉴定为精神病一事进行暗中调查，"全流程调查，不落环节，不落一人！"是他对两人提出的要求。此时，面对江源，他还是装作不知情似的问："董文英是精神病？"

江源连连点头，说："对啊，鉴定结果都出来了。您说我这趟欧洲去的，回来这个上火哟！咱不提那个精神病了，闹心！您亲眼见到过，利华的污水处理设备绝对是全国一流，我们不存在设备上的问题，现在中央倡导绿水青山就是金山银山，我就是吃了豹子胆也不敢跟中央叫板，跟中央唱反调啊！"

田敬儒加重语气说："'绿水青山就是金山银山'，绿水在前面，清凌的水呢？"

江源说："您批评得对。我利华的环保设备不差，关键是技术、管理和人员的素质跟不上。我正在进行整改，清退相关责任人和具体的工作人员。我向您保证，一定不会再出现类似的事件！"

田敬儒说："江董，你不用跟我下保证，你的保证也不是下了一次了。你得弄明白，任何偶然的背后都有其必然性。你江董面对的不是我田敬儒一个人，你面对的是清凌市的几百万老百姓！利华到清凌投资这些年，确实为清凌经济发展做出了贡献，这些我们都清楚，市委、市政府也在尽全力地回报利华。利华在清凌称得上一路绿灯，要风得风，要雨得雨！你江董也是人大代表、优秀企业家了吧？可你回头看看，清凌江成什么样子了？我在京都和省里工作时，曾经不止一次到过清凌，那时清凌江水清得见底，现在呢？你去看看，什么样了？当初你怎么向市委、市政府保证的？一定不出现环境污染问题。可事实呢？你告诉我，事实是什么？"他越说越气愤，使劲地拍了拍桌面。

江源依旧满脸堆笑，说："敬儒书记息怒，我完全理解您的心情。不过，我得为利华叫屈。清凌江受到污染，利华确实有责任，但这不能全算在我们一家企业头上嘛！全市的企业中，利华的污水处理系统应该算是最好的！"

田敬儒说："设备是最好的，可你们是怎么使用的？你给我解释一下，工业污水为什么不经处理直接进入了清凌江？偷排情况为什么频频发生？"

江源说："敬儒书记，您关心的事，正是我关心的事。我这次去欧洲考察就是为了学习他们环境污染治理的经验。人家有很多值得我们……不，是值得利华学习和借鉴的地方，我想把那些做法借鉴过来，让现有的设备真正发挥作用。亡羊补牢，为时未晚嘛！"恰在这时，他的手机响了起来。"什么？赶紧把人给我拽回去！这不是给敬儒书记添堵吗？利华什么时候欠过工人工资？好，我这就回去！"他站起身，"敬儒书记，对不起，我得赶回公司。工资才晚发了几天，就有工人要集体到市委来静坐请愿了。"

田敬儒的太阳穴突然一蹦一蹦地疼起来，他揉着穴位，点点头，示意江源可以走了。

门关上了，办公室内恢复了安静。田敬儒的心却乱七八糟地翻腾起来，一会儿着火，一会儿上访，一会儿企业停产，一会儿记者暗访！还说什么"亡羊补牢，为时未晚"，等到错误的决策造成了重大的损失才寻求弥补，能够掩盖其错误的本质吗？难道权就这样为民所用，利就这样为民所谋吗？

田敬儒感觉太阳穴又狠狠地蹦了一下，他想到江源说董文英已经鉴定为精神病，纵火的原因只是单纯的精神病人的无意识行为。这样一来，董文英倒是可以免去牢狱之苦了。不过，他隐隐从江源的表情中察觉利华纸业似乎与这份鉴定有关。但这样一来，对利华的好处又是什么呢？江源这是要唱哪出戏呢？他相信，吴威一定能够秘密调查清楚这份鉴定。

阳光下，田敬儒隐隐作痛的发根处闪出了银色的光泽……

苏小糖曾经到过清凌市精神病院申请看望董文英，都被院方拒绝了，拒绝的理由无懈可击。一是非亲属不允许探视，二是董文英在封闭治疗期间不允许探视。

冯皓东接到苏小糖的"求助",便着手研究怎么能够到精神病院探视董文英。他先是按照规定走申请程序,结果跟苏小糖一样被院方以"不利于病人治疗"为由拒绝。于是他找到精神病院里自己的一个朋友——心理科李主任,希望能行个方便。李主任很为难地说:"哥们儿,这事儿真不是我不帮忙。经院务会研究,院长拍板决定,董文英属于封闭治疗的重点病人,没有他本人签字同意,任何人不允许探视董文英,哪怕是她的亲属也不行。谁违背这项决定,严加惩处。你想见董文英,得先去做通我们院长的工作。"冯皓东无奈,只好发动自己所有的社会关系,凡是能跟院长扯得上边、有门路的朋友,都一一托付去跟院长商量。有些人在试过之后跟他讲:"实在是抱歉,帮不上忙了。"有些人在一番了解后示意他:"哥们儿,这人不太好见。实在是帮不上你了。我劝你别研究这条渠道了,再想想别的办法吧。"

这一示意之下,冯皓东和苏小糖明白了。董文英的"精神病鉴定"可能果真跟他们猜想的一样,非同寻常!可这个不寻常的原因,他们实在是没想明白,毕竟无论怎么理解,这个司法鉴定的受益方都是董文英,这可是免了她的牢狱之灾。可董文英如果有这样的"本事",又何必冒险到利华放火呢?

百思不得其解,两人就更想见到董文英了,想从她那里得到真相,或者说哪怕是一些线索也好。

这一见可真是不易。

冯皓东实实在在是被难住了。他真心实意想帮苏小糖,奈何使出浑身解数,却没有任何办法。两人都想不到办法的时候,苏小糖甚至说:"要不去找下宣传部的曹部长?万一他肯帮忙呢?'小洋人'有事他都伸出援手了,他对驻地记者确实不错。"

冯皓东摇头说:"那还不如不找呢,反倒是打草惊蛇。曹部长给的好,和我们想要的好不是一个好。"

二人一筹莫展。不料过了几天,市精神病院心理科李主任主动给冯皓东打来了电话:"哥们儿,你说的那事可以办了,人可以见,但得悄悄进行,不能走正常探视渠道,更别让任何人,尤其我们院长知道。"

冯皓东大喜,忙说:"那也很好啊!我们什么时候能见到董文英?"

"等我电话。切记保密!哥们儿我可是冒着砸饭碗的风险在帮忙!"

第二天清晨,李主任的微信消息就到了。"9点半,准时。正门见。说是我朋友,穿朴素点,戴上帽子和口罩。"

苏小糖笑说:"怎么见董文英像地下党接头呢?"

冯皓东说:"能见到就不错了。理解吧,李主任也是为了自保。"

去见董文英的路上,苏小糖特意买了刚出锅的肉包子。冯皓东逗她,人家看病人都是带鲜花水果,你带肉包子,真是不走寻常路。

苏小糖低声说:"听人讲董文英最爱吃肉包子,她儿子也爱吃……"

冯皓东不禁感慨她的心软。

见到董文英的过程无比顺利,苏小糖在心里感叹,"朝中有人好办事"果然不假。

精神病院的李主任以会见两个朋友的名义把他们带进了心理治疗室。然后,又把董文英带到了心理治疗室,再接着他便出去了。"只能给你们半小时的时间,院长开完会就会回来。你们得提前走,我在外面等。"

冯皓东比画了一个OK的手势。

董文英看到苏小糖先是愣了一阵,听了苏小糖的介绍后,竖起了大拇指:"小记者,你真有本事。我老伴都进不来,不过,院里的好心人给我捎话了,说老伴来看过我,但院长不让进来。肯定是利华那个姓江的使手段了,院长都让他买通了。"

苏小糖听到这些,觉得董文英逻辑清晰,实在不像一个精神病人。而且董文英看着竟然比之前在火场时见到的胖了些,气色也好了些,这倒是颇让人有些意外了。之前她还担心董文英在精神病院会不会受到不公正待遇,或者遭遇什么意外。她拿出肉包子,放到董文英手上,"董阿姨,肉包子还是热乎的,您趁热吃点儿。"

董文英眼中泛起了泪花,说:"记者姑娘谢谢你,你有心了。我最爱吃肉包子，这也是我儿子最爱吃的……我已经被鉴定为精神病了，你们还相信我的话吗？真的愿意帮我申冤吗？"

苏小糖郑重地点头。

董文英说："记者姑娘，我家以前日子可好过了。你别看我们家在城边郊区，可日子过得一点也不比城市里人差。我们家有鱼塘，就是在江上圈了一片水域，建了江鱼的养殖基地。我们养的就是清凌江鱼，咱清凌的江鱼名气大着呢，就跟阳澄湖大闸蟹一样，到了市场特别受欢迎。一年收入怎么说也能有个二三十万。我们一门心思地赚钱，想在市里买个楼，娶儿媳妇，抱孙子。可是……"她哽咽着，说不下去了。

苏小糖劝道："董阿姨，您慢慢说。"

董文英说："利华缺德，江源造孽啊，他们也不打个招呼，大晚上，把黑乎乎的废水直接就排出来了，全冲进我们家鱼塘了。我们睡得正香呢，哪知道出了这事？第二天早上到了鱼塘，我的妈呀，前一天还活蹦乱跳的一万多尾大江鱼浮在水面上，全翻了白眼了。那是江鱼吗？那是我们全家的血汗钱啊！那是我儿子娶媳妇的新楼啊！是我们一家人的命啊！我一着急，当时就晕了……我儿子年轻气盛，愣冲冲地跑到利华，想问问怎么回事。利华仗着人多，出来一群保安，先是骂我儿子，后来就动起手来。我儿子一个人怎么打得过他们那么多人……我的儿子，你要了妈的命啦！你把妈也带去吧！妈妈不想活啦！……"董文英再度号啕大哭起来。

苏小糖看着董文英，觉得眼睛里热热的。她问："利华的排污口怎么会在你家的鱼塘呢？"

董文英说，"我们也是后来才知道的。利华有好几个排污口，有的明，有的暗，明的接受检查用的，装样子的；暗的在水下，直接排进清凌江里。其中一个暗的排污口就在我们承包的那片江水下面。要不是我儿子，我们无论如何也想不到，利华把排污口做得那样隐蔽，他们是在建厂时就设下了这个暗排口。我们是后来才弄的鱼塘，哪知道水下还有这样的猫腻啊。天杀的江源，天杀的警察，他们诬赖我儿子，硬说我儿子去厂子时拿了尖刀，哪可能啊，谁能身上总带着刀啊，那是他们硬塞进我儿子手里的。"

"这里面也有警察的事？"

"有人告诉我说是公安局刑警队的事。刑警队是查案子、查证据的，他们诬赖我儿子拿了尖刀，上面有我儿子的指纹。"

在董文英接下来的讲述里，苏小糖了解到村干部也成了江源的帮凶。

"村干部找了他的狗腿子一起出证明说压根儿就没有什么所谓的污染，后来实在骗不下去了，才说具体原因不明。后来又诬蔑我儿子在村里就是无赖，诬蔑我们经常去跟利华讹钱，我们全家都是地痞……天杀的，他们都拿了利华的好处，睁着眼睛说瞎话，他们杀人不眨眼睛啊！"

董文英哭了一阵，情绪慢慢地平复下来，说："记者姑娘，你说孩子他爸傻不傻？孩子死了，他不说替孩子报仇，却背着我收了利华的补偿金。二十万块钱，听起来挺多，可那有人命值钱吗？知道他收了钱，我狠劲儿打他、骂他，骂他只认钱不认儿子，骂他拿儿子的骨头渣子换钱。孩子他爸也不躲，只是一个劲儿地哭。这时他才说，村干部吓唬他，如果他不答应，就像踩死个蚂蚁一样把我弄死。孩子他爸本来就胆子小，被吓得慌了神，这才答应接受补偿。他边说边哭，他越哭，我越使劲打他。后来我打没劲了，我们俩就抱着头哭……记者姑娘，你说钱重要还是命重要？我就那么一个儿子，有再多的钱，能换回我儿子吗？我儿子只值二十万块钱？二十万块就是我儿子的命？钱能换命？要是能换，我把家里的东西都卖了，拿钱换他江源的狗命！"

"那，凶手呢？"苏小糖问。

董文英说："凶手抓起来了，判得很轻，说是防卫过当。而且那人不是真正的凶手，那就是一个小保安，真正的凶手是江源！所以我才要放火，我就想烧死他！想拉着他一起死！"董文英咬了咬牙，"其实我还想烧死公安局刑警队的警察、烧死清凌的大官小官们，省得他们天天在电视里张嘴闭嘴'揭地皮'。地皮都让他们揭没了，清凌江也黑乎乎的了，他们还在那儿作威作福。"

苏小糖愣了一下，心说，什么是"揭地皮"呢？是清凌的方言，还是……她猛地明白了，问："董阿姨，您说的是不是GDP？"

· 第四章 ·

董文英说:"对,就是'揭地皮',电视里天天说的那个'揭地皮',他们以为他们说得快我就听不明白了?哼,我听得真真的呢,就是'揭地皮'嘛!"

苏小糖嘿嘿一乐,说:"我明白了,您说得对,是'揭地皮'。董阿姨,市里没管你这事?"

董文英说:"那些当官的会管我?……清凌人都知道,利华就是那些当官的合伙招来的厂子,要是没有他们做后台撑腰,江源敢那么霸道?江源还是什么慈善家,要我看就是一坨臭狗屎!你瞧着吧,只要我还活着,只要我还有一口气,我一定不能饶了他们,我要为儿子讨回公道,非要他们给我儿子偿命不可!"

…………

纸上得来终觉浅,绝知此事要躬行。

苏小糖全副武装,按照董文英的讲述,又按照冯皓东之前告诉她的路线,来到了董文英家已经废弃的鱼塘,果然,那是清凌江比较隐蔽的一段江面,也就难怪会被利华"看中"了。

几经寻找,苏小糖终于找到了藏在水面下的利华公司"暗"排污口。

尽管已经做好了充分的准备,看到的景象还是让她十分震惊。那是比她在清凌江边所见到的还要恶劣十倍、百倍的景象:散发着恶臭的黑水从排污口出来后,径直流入清凌江,在江面上形成了清浊分明的两片水域。两片水域一直延伸到几十米外才融成一体。黑色水浪与净色的水浪混合的样子有些像梵高的那幅名画《星空》,充满了混乱和震撼。只是《星空》令人震撼的是美丽,而眼前让人震撼的则是触目惊心的污染,还有令人作呕的恶臭。苏小糖捂住鼻子,可臭气还是觅着缝地钻了进去。这种臭不同于在厕所里,或是其他地方闻到的,这是一种非自然界产生的、能入侵五脏六腑的臭气。她一阵恶心,早上吃过的豆浆、油条顿时吐了出来。她强忍着拍了一些照片,抚着胸口返回去了。

苏小糖用微信跟主编崔明汇报了采访选题:

107

苏：呼叫主编，清凌的污染问题实在太严重了，我想做这方面的选题。您先接收一下照片，刚拍的。

崔：好！稍等，我看下照片……这是什么地方拍的？

苏：清凌呀。

崔：我还不知道是清凌？

苏：Sorry，是利华纸业的暗排污口。这家公司有几个排污口，这个暗排只是其中之一，不定期偷排。

崔：污染情况确实惊人……

苏：您还只是看到了图片，要是闻着那味道……甭管您吃了什么好东西，到那儿全能吐出来。我调查了一下，排污口附近的居民夏天都不敢开窗，宁可捂着、闷着。

崔：选题很准，……突破口在哪里？

苏：利华纸业有限公司，就是刚到清凌时，我跟您汇报的那家着火的企业。

崔：嗯，通常污染问题都会牵扯到利益的纠纷，可能还有官场上的权力之争，你一个人在清凌要注意采访安全，一定不能再出像老李那样的事了。切记，保护好自己是《环境时报》记者的第一要务。

苏：放心吧，社里不是给我们买了保险了吗？

崔：你这个小丫头，胡说什么呢？咱宁可不采访，也要保障人身安全！

苏：嘻嘻，小糖听从崔总指挥。

崔：你可得平平安安地给我回京都来，不管你们谁再出事，都得要了我的老命！

苏：好了您哪！您也不老啊，四十男人一枝花嘛！

崔：四十那是十年前。好了，别在那儿贫嘴了，回头见。

苏：再见。

对于崔明所讲的，苏小糖深有感触：记者行业的高危性质、置身突发事件中的艰难处境、隐性采访中的惊悚要素、行使舆论监督时遭到的违法报复……崔明主编所讲的老李就是因为暗访环境污染问题，被企业殴打。打人者边打边嚣张道："记者又怎么样？敢来随便乱问，就敢打死你们！"老李当场断了两根肋骨。幸亏现场还有其他报社的几位同行，要不然能不能活着回来都不敢想象。但更可怕的是一种隐形高危，记者之口之笔要谨小慎微。其中一层要义就是媒体的社会责任，说出去的话，泼出去的水，更何况媒体追逐的、叫卖的传播力和影响力都有一定的危险性。任何的空话、大话、假话、坏话一旦通过媒体流传进社会，看客、哄客、心怀不轨的人、冲动暴力的人都可能借机制造流言蜚语，造成不必要的社会恐慌。所谓"积羽沉舟，群轻折轴，众口铄金，积毁销骨"，真实是新闻的生命，更是记者的责任。

4

真实来之不易。苏小糖从董文英那里得到了一份真实。她还要从利华公司得到另一份真实。可是，她还没进到利华纸业的大门，就被利华公司的保安拦住了。

"哎，你！说你哪！就那个梳马尾的小姑娘，你谁啊？干嘛的？"

"您好，我是《环境时报》的记者，想采访一下你们公司领导。"

"记者也不能随随便便就进公司啊！公司领导是说见就见的吗？你站那儿，等着，我跟领导请示请示。"

保安跑进了警卫室，一会儿工夫又跑了出来。"哎，那个什么记者，我们公司领导说了，不接受采访。"

"我有采访权和知情权！"

"甭跟我说什么权，在我们公司，江董就是权，江董就是天！"

出师不利，苏小糖只得再想办法。她围着利华纸业转圈圈，发现在利华企业的侧门外，排着送原料的车队，她凑到近前，跟人家攀谈起来。

"大哥，您经常给利华送原料啊？"

"嗯，经常送。利华订单多，原料用量大。"

"不是说因为排放不达标，停产整改了吗？"

"前阵子是说关停了些日子。听说后来因为订单太多，加强整改，检查合格了，环保局就又批准恢复生产了。……能开这么大厂的都是牛人，啥事都能摆平。"

"利华给的价怎么样？"

"还行吧，不算高。但是利华就有一点好，直接给现钱，不像有些厂子打白条，有时一拖就是三五个月。"

"那真不错，一会儿我跟您进去看看行吗？"

"那有什么不行的，上车吧！哎……你干吗的？干吗要进厂里看？"

"我想到这儿打工，可有人跟我讲这儿欠工资，我觉得直接问不一定能知道实情，想先进去瞧一眼，再打听打听。"

"看不出来，小姑娘挺机灵啊。"

"嘿嘿！"

这次，苏小糖终于如愿地混进了利华纸业。进入厂区后，她从车上下来，四处查看，很快找到了利华的污水处理车间。车间的门大敞着，她走了进去，这里不但没有其他车间的轰鸣声，更没有工人紧张忙碌的身影。一句话：污水处理系统根本没有使用！

苏小糖心里紧张，表面却装作若无其事，前前后后仔细地看着。

这时，一个年纪在四十岁左右、穿着墨绿色工作服的女员工走了过来，瞧了她一眼。

苏小糖顿时冒出了一身的冷汗，急忙低下头。

女员工突然停下脚步，喊住苏小糖："你哪个车间的？"她向四处张望了一下，压低了声音，"怎么到处乱逛？还不穿工作服。一会儿让那些狗腿子看见了，又得扣工资了！"

苏小糖"扑哧"一声乐了，说："我是跟我哥来送原料的，顺便在厂里看看。这厂可真大！"

· 第四章 ·

女员工说:"厂子是大,可那与咱没有一毛钱关系,都是人家的,关键是得给咱涨工资!"

苏小糖指了下污水处理车间,问:"大姐,那车间怎么不生产呢?"

女员工哈哈一乐,说:"姑娘,一听你这话,就知道你不是厂里人。那是污水处理车间,不管生产。"

苏小糖点点头,说:"我这简直就像刘姥姥进了大观园了,看哪儿哪儿新奇。哎……不对,大姐,污水处理车间也得生产啊,要不然不得排黑水吗?"

女员工说:"你知道得还挺多。排啥水都与咱无关,给咱按时发工资就行了。"

苏小糖又问:"污水不处理,环保局不罚款吗?"

女员工说:"小姑娘真是一根筋,只要打点好了,谁管那些?再说了,大家都是心知肚明,污水处理设备不过是为了应付检查,要是每天都用,得增加多少开支呢?无官不贪,无商不奸,古人早就说过了,咱可甭咸吃萝卜淡操心了。"

这时,旁边又过来了几个人,女员工递给苏小糖一个眼神,快步走开了。

苏小糖不敢迟疑,三步并作两步,赶回了原料场。她脚下走得急,脑筋也没敢得闲。污水处理设备没有按规定在生产过程中投入使用,那么利华纸业是如何通过环保局的检查验收的呢?是否受到过处罚?处罚结果是什么?

她清楚,无论是对董文英的采访,还是利华的暗访,都无法直接指控利华,要想指控江源,她必须找到更确切的证据。

环保局——苏小糖确定了下一个采访目标。

环保局的一把手——局长柳映青还有三个月就"到站"了。退下来的日子一天天地逼近,他就越发灰心,越是觉得几十年的付出与所得实在是不成比例。回头想想,三十年摸爬滚打的官场生涯,每天都是如履薄冰,生怕哪个环节出了纰漏有了闪失。然而,铁打的衙门流水的官,该来的最

111

终还是要来，挡也挡不住。他渐渐地认识到了这一点，说服自己接受这样的事实，改变自己为官为人的宗旨。宗旨改变了，信念便跟着改变了；信念改变了，心态便跟着改变了；心态改变了，行动便也跟着改变了。柳映青昔日雷厉风行的工作作风一扫而光，不管对上对下都是笑容可掬、一团和气。工作上的事则是能拖就拖、能推就推，他渐渐地从官场混进了"麻场"，提前完成了"角色"的转换。

当然，这也与柳映青发现副局长任洪功跟市长何继盛走得近有关系，小道消息都在传，任洪功为了能接上局长的位置，连小姨子都"送"给市长了。这种情况下，他想干脆顺水推舟，送任洪功个人情，也送何市长一个人情。

柳映青的转变称了任洪功的心意。任洪功已经在环保局当了五年的常务副局长。在他眼里，柳映青不论理论水平还是工作能力都远远不及自己，但他在柳映青面前表现出来的，却永远是卑躬屈膝、毕恭毕敬。表面上，他小心翼翼地夹着尾巴做人；暗地里，他又不止一次地梦想着，有朝一日坐上一把手的交椅，实现自己的抱负。现在老局长就要退休了，宝座眼看着就要空出来，任洪功早早就盯上了，可究竟能不能坐上这个位置，他一点儿底都没有。他心里很清楚，在官场上被提拔，首先你自己得行，然后得有人说你行，说你行的人他自己也得行，之后还得有空位子才行。这不单单取决于你的工作能力，更多的是取决于"上面"是不是"赏识"你。他分析，自己欠缺的恰恰正是"得有人说你行，说你行的人他自己也得行"，而具备这种资格的，便是清凌的高层领导们。于是，他极力而又不露声色地寻找着可以显示才干的机会，以图吸引市委书记和市委常委们的注意。柳映青的转变为他创造了很多的机会，使任洪功对接任一把手充满了信心。何况，他现在手里还有一张小姨妹的王牌呢，坐上局长宝座可以说是万事俱备只欠东风。

得知重量级报纸记者到环保局来采访，任洪功凭直觉相信，新的表现机会又来了。市里领导特别是市委书记、市长非常重视外宣，如果柳映青把接待记者的任务推过来，自己能在重量级报纸上崭露头角，展示才华，必然会在市领导的心里加分添彩。

任洪功打开办公室的窗子，嗅着窗外怒放的桃花清香，顿觉心脾阵阵畅快，仿佛那个盼望已久的日子正在一天天地向他走近。

如任洪功所愿，柳映青直接把苏小糖推给了他。

柳映青腆着大肚子，引着苏小糖走向任洪功的办公室，一边走，一边说："苏记者，我马上要到省里开个会，今天就请我们的任副局长接待你，还请你谅解，实在抱歉。"

苏小糖说："您忙。"

早就把耳朵竖起来的任洪功听到柳映青的声音，立马从窗口回到了办公桌前，摆出一副正在看材料的姿态。

柳映青推开门，说："洪功，我要到省里开会，这位是苏……记者。"

苏小糖说："苏小糖。"

任洪功连忙站起身，热情地迎了上去，跟苏小糖握了握手。

柳映青说："对，苏小糖，她想采访一下全市的环保工作情况，你给苏记者介绍一下吧。苏记者，这位是我们的常务副局长任洪功，全局的业务大拿、顶梁柱。"

苏小糖听到一把手这样夸奖自己的副手，看出了任洪功在柳映青心中的地位，更看出了这正副局长之间相处得很融洽。她对任洪功微微浅笑。

任洪功回报一笑。他早就习惯了柳映青各种各样的托词，所谓的到省里开会，不过是为"砌长城""斗地主""打掼蛋"找个合理的借口。可他还是替柳映青圆着谎，说："省里的会，点名要求各市局的一把手到场，我们柳局也是没办法，实在是推不开了。要不然，像你这样的大记者，我们柳局一定会亲自接待的，还请苏记者多多理解。"

苏小糖说："理解，理解，柳局长您忙。"

柳映青做出依依不舍的姿态，与两人告别。

送走柳映青，任洪功将苏小糖热情地让到沙发上，递上一杯热茶，说："苏记者，初次见面，柳局长还出门了，我怕环保局庙小容不下您这位大神仙啊！要不我请示一下宣传部的曹部长，请宣传部接待您？"他拿起了

113

座机电话，像要按下号码。

苏小糖忙摆摆手，说："任局长，您客气了。今天我是专门来采访咱们环保局的，曹部长的工作也很繁忙，我看就不必惊动他了，咱们聊聊就可以了。"

任洪功满面堆笑，放下电话，说："那恭敬不如从命了。不知苏记者在哪家媒体高就？"

苏小糖说："我在《环境时报》，这是我的记者证。"她将记者证递给了任洪功。

任洪功恭敬地接过去，仔细地看了看，说："哟，《环境时报》，很有名气的报纸嘛，专门报道环境问题的报纸，跟我们环保局算是一家人了，还请苏记者多多支持咱们清凌的环保事业，多多帮忙鼓劲啊！"

苏小糖说："支持环保工作是《环境时报》的宗旨，也是我的责任。我是驻清凌的记者，对清凌的环保事业会更加关注，还得请您也支持我的工作，咱们共同合作！"

任洪功说："好！一定支持，一定支持！既然苏记者专程来采访环保工作，我就向您汇报了。"

苏小糖说："任局长，这可不敢当，咱们随便谈谈，想哪儿说哪儿就行，小糖洗耳恭听了。"她掏出录音笔，调好录音键，摆在了办公桌上的记者证旁边。

任洪功指着录音笔，说："一看见录像机和录音笔，我就紧张，说不出话来了。"

苏小糖说："那可不必，咱们就是随便说说。我是报社记者，录音又不播放，不过是为了写稿子时整理方便。"

任洪功对她笑笑，动了动身子，整理了一下衣襟，看了一眼录音笔，轻咳了一声，说："那我们现在开始？"

苏小糖说："请吧，任局长。"

任洪功又轻咳了一声，说："中央强调，打好污染防治攻坚战时间紧、任务重、难度大，是一场大仗、硬仗、苦仗，近年来，随着社会经济的快

第四章

速发展,环境保护已经成了公众关注的热点、焦点问题,社会各界和广大人民群众对环境质量的要求越来越高。保护环境,节能减排,建设环境友好型社会,已经成为各级政府面临的重要而艰巨的任务。清凌市委、市政府对环保工作高度重视,与中央保持高度一致,守土有责、守土尽责,积极倡导节能减排,加大环境保护力度。市环保局在具体的工作中……"

苏小糖听着任洪功报告式的谈话,微蹙眉头,挤出了一丝笑容,说:"任局长,不好意思,打断您一下。我学习过中央关于环境保护工作的精神,也在清凌市政府网站的环保工作报告中读过。"

任洪功愣了一下,脸色有些不悦,不过瞬间又变魔术似的收起了不悦,重新挂上了面具一样的笑容,说:"见笑,见笑。我是想向你介绍一下全局性的情况,既然你已经了解了,我还是接受提问吧。你问什么,我答什么,怎么样?"

苏小糖说:"那我得谢谢您了。任局长,我想了解一下清凌市环保局是如何解决清凌各大企业在生产过程中造成的污染问题的,以及采取了哪些具体的处罚措施。"

任洪功放松地向后靠了靠,说:"这方面,清凌是下了工夫的。为了做好全市各企业在生产过程中的环境保护工作,我们环保局明确要求企业在日常生产中必须坚持制度化、规范化、经常化,防止污染问题的发生,真正把各种污染问题扼制在萌芽状态。从目前的情况来看,全市各家企业的环保意识都得到了明显的提高,污染问题也得到了有效的控制。"

苏小糖说:"据我了解,清凌市仍有部分企业存在环境污染、偷排污水等问题,请问环保局对这类企业是怎么处理的?"

任洪功迅速坐直身体,向前探了一探头,掷地有声地说:"这方面,我们的态度是非常坚决的。我们组成了专家组对存在污染问题的企业进行了会诊,查明原因,了解情况,做到有的放矢,应该依法关停的坚决关停,应该停产治理的停产治理,绝不姑息迁就。"

苏小糖问:"问题企业中包括利华纸业吗?"

任洪功思索着,仿佛在用镊子挑拣着合适的词语,慢吞吞地说:"这个……当然包括，环保局稽查大队已经对利华进行了处罚。"

苏小糖问："我能不能看一下稽查大队关于利华污染事件的处罚单和相关材料？"

任洪功脸色突变，支支吾吾，说："这个……我们不能随便提供给记者。"

苏小糖说："为什么不能提供？"

任洪功绷起面孔，不悦地说："事关机密，无可奉告！"

苏小糖追问："机密是什么？政府部门的工作不是公开的吗？难道这里面有什么不方便拿到桌面上来的东西吗？"

任洪功恼羞成怒地站起来，问："你这么问是什么意思？你到底是不是党报的？"

苏小糖也从沙发上站了起来，满腔正义地说："任局长您是想知道党报的概念，还是想知道《环境时报》的办报宗旨？关于党报的概念，我可以给您解释一下，在国际新闻学研究中，党报泛指所有政党的机关报。在国内新闻学研究中党报专指中国共产党所创办的党的报纸。但我个人认为，在中国的领土上，只要是坚持党的宗旨、坚持为人民服务的报纸都可以称为党报。"

任洪功眼睛一瞪，指着苏小糖，骂道："我看你有点给脸不要脸！我不是来听你上新闻课的，我告诉你，如果是党报，你就给我闭嘴，如果不是就给我滚出去！"

苏小糖只觉得血往上涌，胸脯不停地起伏着，说："任局长，作为党的领导干部，作为一个部门的负责同志，请您懂得尊重和自重！"

任洪功啪啪地拍着桌子，说："我还用你来提醒？一个小记者，我看你是不知道天多高、地多厚了，不知道自己几斤几两了！滚，赶快给我滚！"随即，他抓起摆放在办公桌上的记者证和录音笔，顺势从办公室的窗口扔了出去。

苏小糖的心像要从胸口蹦出来，一下一下跳得很快很重。她与任洪功对视片刻，迅速夺门而出，径直冲到楼下，捡起沾染了污迹的记者证和已

· 第四章 ·

经摔得七零八落的录音笔。她抬头看到，任洪功正握着手机，站在办公室的窗口向下张望。很快，两名保安从警卫室走了出来，四处张望着。

苏小糖觉得心一下提到了嗓子眼儿，难道同事采访时遭遇的暴力事件要在自己身上重演？她快步跑到路边，招呼出租车。

恰巧此时一辆车停到了苏小糖面前，她嗖地钻进车里，急忙说："师傅，快开车！"

司机加大油门，出租车绝尘而去。

车后，两名保安气喘吁吁地跑了几步，手指指指点点，嘴巴一张一合，显然是在咒骂着什么。

苏小糖眼睛直直地望着车窗外盛放的桃花，脑子里一团混乱，就像飞进了一群蜜蜂，嗡嗡地叫着、嚷着，不肯停息；胸腔里像塞进了一大块石头，憋闷得喘不上气来。

这种状态一直到苏小糖推开了自己的公寓防盗门时才戛然而止。所有的委屈立刻凭借眼泪这个媒介，肆无忌惮地、汹涌澎湃地涌了出来。她扑倒在床上，泪水一滴又一滴地落在淡粉色的床单上，把床单上的小猫咪图案晕染成了一个又一个深粉色的泪痕，重重叠叠。

宣泄过后，苏小糖的情绪渐渐地平复了下来，她坐起身子，拨通了崔明的电话。通话中，她极力调整着语气，尽量平静地讲完了她在清凌市环保局的遭遇。她说："总编，我想以《党报为什么要"闭嘴"》作为标题赶出一篇特稿，请您为我留下明天的版面！"

崔明一直静静地握着电话，不再多问什么。苏小糖心里所有的委屈，已经从她带着浓重鼻音的汇报中全部体现了出来，更从她极力控制而又难以隐藏的激动中表现了出来。作为一名资深的新闻人，崔明深知苏小糖的不易，更理解苏小糖的心情，可他更清楚，此刻要做的不是安慰和劝导，而是让苏小糖带着饱满的感情投入到稿件的写作当中去，他铿锵有力地说："版面一定给你留，我亲自审稿！我在京都等你的稿件。小糖，坚强！"

最后四个字，把苏小糖的眼泪再度惹了下来，她哽咽着说："谢谢

117

沧浪

总编！"

　　对着电脑，苏小糖收起了泪水，她完全沉浸在了稿件的写作当中。所有的脑细胞全部被调动起来，午夜时分，一万多字的新闻特稿《党报为什么要"闭嘴"》，发送到了《环境时报》的编辑平台。

　　片刻后，短消息出现在了苏小糖的手机屏幕上：小糖，去休息吧。保重身体，保重自己。老崔。

　　苏小糖觉得心里又是一暖，泪水再度在眼眶里打起了转转，热热的、烫烫的，她抽动着鼻子，这一次，眼泪没有再掉下来……

· 第 五 章 ·

1

　　署名"直言"的特稿《党报为什么要"闭嘴"》在《环境时报》的显著位置发表了。这篇围绕 L 省清凌市存在的环境污染问题和党的领导干部应该树立什么样的政绩观写就的特稿，受到了广泛关注，《环境时报》的网络版、公众号的点击率、转发率、点赞数创下了历史新高，多家媒体、网络媒体纷纷转载。在各种网络搜索引擎上，只要打上"清凌市"三个字，立刻就会出现一整个页面的《党报为什么要"闭嘴"》。
　　这篇特稿引发的轰动效应是苏小糖没有想到的，更是田敬儒等清凌市领导们不愿意看到，又不得不接受的。巨大的舆论攻势犹如夜幕拉下时一点点扩散的黑暗，弥漫在清凌市的上空，沉沉地压住了田敬儒，令他不得不采取严厉的措施。但他却没有选择直接处理。
　　环保局是政府的职能部门，田敬儒要征求一下何继盛的意见。这不仅是权限问题，党管一切，市委直接处理也没有问题。田敬儒还有另一层考虑：据反映，任洪功为了谋求局长一职，正千方百计地讨好何继盛，甚至传言让在歌舞团当舞蹈演员的小姨子经常陪着何继盛喝酒唱歌。当然，这种事，如果没有真凭实据，他这个市委书记也不好直接跟市长谈。有些事很微妙，处理不好节奏和策略反而会引发新的问题。但在任洪功这件事情上，何继盛如果不同意处理任洪功，田敬儒也会毫不客气地跟他摊牌。

何继盛的态度比田敬儒还要激烈："必须处理！敬儒书记要怎么处理这个混蛋？警告还是严重警告？"

田敬儒说："继盛市长怎么看呢？"

何继盛一拍桌子："要我说，干脆撤职！像这种没有头脑、不懂政治、不讲规矩的干部还用他干什么？我的意见，坚决撤职，一撸到底，绝不姑息！"

田敬儒没有思想准备，倒被何继盛的态度将了一军。他沉吟了一下，说："培养一个干部不容易，说撤就撤，不大合适。这样吧，让纪委章鹏那边依规依纪处理吧。"

何继盛从鼻孔里喷出一股粗气，像是很无奈地苦笑了一下，说："书记你说了算，那就让章鹏那边处理，你处理也行。"

田敬儒说："继盛市长，这事不是你我二人说了算，而是要按党纪来处理。"

何继盛说："对，总之要从严处理，清凌还从来没出过这样的事呢！太不像话了！受党教育多年，竟然能干出这种事来？愚蠢、无知、废物、混蛋！又蠢又笨，无药可救！"

何继盛的话刚说完，手机就响了。他拿起接听，对方发出一声音乐般悠长的"喂——"，他急忙走到一边去，对着手机"唔唔嗯嗯"了几声，末了很不耐烦地说："行啦行啦，我和敬儒书记有事，晚上再说吧……好了，挂了。"挂断手机，走回到田敬儒跟前，他嘟囔了一句，"我老婆，真麻烦，天天说的都是孩子的事儿。"

田敬儒的听力特好，那一声"喂"让他即刻听出对方字正腔圆，不像何继盛老婆的声音，倒颇像是任洪功那位当演员的小姨子。市商会和企业家协会搞联欢，邀请市领导参加，歌舞团安排了一些节目助兴，任洪功的小姨子调试麦克风的音量时，就是这样"喂"来"喂"去的，给人印象非常深刻。但他未动声色，只是笑了笑，敷衍道："你呀，市长要好好当，

第五章

爹也得好好当，不能把家里的事全推给弟妹一个人。"

何继盛挥挥手，像要赶走这个话题，说："说正事吧。任洪功作为政府部门领导接待记者采访，所言所行代表着政府的形象。出现了这样恶劣的言行，引发了负面报道，最丢脸的是我这当市长的！不狠狠处理他，往后别人就得跟他学。不过……我还是尊重你的意见，先让市纪委处理吧。"

田敬儒没再说什么。他知道，何继盛的态度是认真的，问题毕竟出在政府部门，这种时候，能够与市委保持一致，说明何继盛很懂政治。也可见，任洪功在他何继盛的棋盘上不过是一枚卒子，丢卒保车，倒是符合何继盛的性格。

"但是敬儒书记，"何继盛又说话了，"媒体出了这样不利于清凌的负面报道，宣传部是不是也得负点责任？"

田敬儒心里一震，明白何继盛想扳回一局，谁都知道宣传部可是归市委管的。但他觉得这太小儿科了，所以不屑置辩，拿起电话吩咐古凡："请曹部长到我这儿来一趟。"

曹跃斌很快来了，一进门，对着田敬儒和何继盛，他强迫着脸部的肌肉拉扯绷紧，向上弯了弯嘴角，抹了把头上的汗珠儿，怯懦地说："敬儒书记，继盛市长。"

田敬儒并不领受那张笑脸，当着何继盛的面，将一沓转载着《党报为什么要"闭嘴"》的报纸摔到曹跃斌面前，说："看看吧，这些上面白纸黑字写的是什么？"

曹跃斌当时就支吾着不知说什么好了。

田敬儒并不在意曹跃斌是否回答，接着说："我天天跟你们讲，经济要发展，舆论宣传应该起到帮忙鼓劲的作用。清凌能有今天的成绩，来之不易，我们要珍惜已经取得的成绩，更应该给未来的发展打下最坚实的根基。可现在呢？你们瞧瞧，这样的负面报道，会给清凌造成什么样的影响？上面怎么看？省里怎么看？兄弟市怎么看？清凌的老百姓又会怎么看？"

曹跃斌哈着腰，说："我知道了，回头我就想办法弥补。"

田敬儒说："你以为这些是《清凌日报》、清凌电视台，你想怎么摆弄就怎么摆弄？这些都是重量级的媒体！你再瞧瞧网上是怎么写的？"他指着电脑显示屏上的网页，"负面新闻就像多米诺骨牌，一个很小的初始能量就可能产生一连串的连锁反应，已经上热搜了，我的曹大部长！这还是清凌第一次上热搜，上了就是负面新闻，典型的反面教材。清凌受损的不仅仅是形象，全市的招商引资和其他各项工作都会受到影响和牵连，它会带来多少不良后果，是我们根本想不到的！"

曹跃斌脸色通红，连连称是，不住地检讨，心中却暗骂："小洋人"太不够意思了，收了钱怎么能不办事呢？你要是摆不平苏小糖就直接说，我另外想办法，现在好了，捅出这么大个娄子，弄得市委书记、市长都跟着生气。干活不由东，累死也无功。我曹跃斌就是累死了，老大、老二不满意，也是白挨累、白受罪。这个宣传部部长要在夹缝之中求生存，实在是太难了。

何继盛说："敬儒书记，您就别着急上火了。这件事恰恰说明咱们在处理同媒体的关系方面还有欠缺，回头让跃斌部长联系一下，让他们说好话嘛！实在不行，我们也可以出面跟他们谈一谈嘛！"

田敬儒听了这番不阴不阳的话，气得七窍生烟，立刻回想起了在市委常委会上的那一幕，心里骂曹跃斌真是不争气，偏偏这个时候在宣传上出了问题。他心里生气，脸上却没表现出太多的不满，说："继盛市长说得有道理！说起来，还是我们在环境保护上出了大问题，与中央的环保要求有了偏差。如果我们环境保护得好，存在的污染问题治理得好，还怕人家写吗？就是让人家写，人家也写不出来。即使写出来了，也是写环境保护的先进做法、是表扬、是赞许。打铁还需自身硬，多从我们自身上找问题吧！"

谁都听得出来，田敬儒这既是在自我批评，更是在批评何继盛。他接着说："同时，我们在外宣工作上确实有不足、有欠缺。《党报为什么要"闭嘴"》最早发表在《环境时报》上，作者署名直言，据我分析，这个直言应该就是他们驻清凌的记者苏小糖。跃斌，你联系一下，请她给继盛市长做个专访。归根到底，这个稿子还是因为招商引资企业利华纸业的污染事件引起的，招商引资、环境污染治理是市政府非常重要的工作内容，

第五章

由市长出面说明一下情况效果会更好。"

曹跃斌自然是举双手赞成。

何继盛虽有些不悦，却因为这个提议是由自己提的，只得勉强点头同意。但是随即，一个由此衍生的念头使他不由得激动起来了。

早在一年前，前任清凌市委书记调离时，市长何继盛就以为自己能够顺理成章接任市委书记的职务。田敬儒的突然而至，使他在官场上的位置停滞在了市长的角色上，这个结果令他如鲠在喉。田敬儒就任清凌市委书记后，凭借在京都成长、学习和工作多年的资源，引进了多家大央企与清凌达成合作，与省里招商引资方向完全一致，省委施书记多次表扬，令何继盛相形见绌。

何继盛跟上任市委书记的关系闹得十分紧张，全省闻名。田敬儒到清凌任职后，何继盛一改之前做法，多数情况下都与市委保持了高度一致，至少在表面上保持了一致。

很快有了收效。省委书记、省长对清凌新一届班子有了异于上届的看法，在全省组织工作会议上，省委施书记甚至提出：以清凌田敬儒、何继盛为榜样，强调班子团结是干事业、谋发展、创和谐的重要基础。

一年时间过去了，田敬儒没有一点要走的迹象。何继盛心急如焚，他太想当上书记了。心病患上了，他便把田敬儒当成了一根长在心里的刺，扎得他疼，想拔出来，但又不知道如何下手。他冥思苦想了很长时间，却始终不得要领，恨得牙痒。

《党报为什么要"闭嘴"》使他发现了一个良机。他通过领导秘书了解领导在办公室之后，拿起座机，拨打了相交多年的常务副省长孔荣天的办公室电话。

电话很快接通了。

"孔省长啊，我是继盛。"

"你小子还用得着跟我报号？我就是再老上十年八年，你的声音我也听得出来啊！"

"孔省长好耳力！"

"哈哈，不行啦，用手机都得把声音调大、字号调大，要不然就听不清、看不准喽。最近清凌怎么样？有什么新发展、新变化吗？"

"那您可要多注意身体啊。您就是操劳太多了，累的。清凌的情况，唉，一言难尽啊！"

"怎么叹起气了？这可不是你的作风！你小子可是敢作敢当、雷厉风行的，有杀气有魄力做大事的人。"

"现在我哪敢啊！一切从大局出发，我个人委屈是小，清凌发展是大。省长是不知道我的难处啊！"何继盛简短地汇报了由利华纸业引起的一系列事件，包括《环境时报》上刊登的特稿，"孔省长，当初引进利华纸业，我是持观望态度的。可上任书记满脑子装的全是形象工程、政绩工程、面子工程，老想着出风头，非要把利华引进来。为了不影响班子的团结，为了清凌的大局，我只能屈服。结果还是我被批评不顾大局，不搞团结！我以为田敬儒书记到清凌了，情况会有改观，会把环境保护工作真正重视起来，结果……唉，现在我真是自责啊！如果当时我能坚持住，顶住压力，把住关口，坚决不同意引进这个项目，清凌就不会出现今天的状况，更不会出现这样严重的负面影响。唉，我辜负了您对我的器重和培养！"

"这个田敬儒简直……这些事你怎么不早告诉我呢？"

"我……这不是怕影响班子团结吗！您也知道上任书记……"

"团结不是一味地迁就、屈从、纵容，更不能目光短浅、不顾老百姓的利益，必须坚决跟中央保持一致……哎，请进……好，我这就过去……继盛，今天我们就谈到这儿，我马上有个会议，找机会我们再好好谈一下这些情况。"

"好，好，再见孔省长。"

放下电话，何继盛站了起来，长长地嘘了口气，走到窗边向外望去，几天前还盛放着的桃花，此时已经纷纷扬扬地飘落下来，粉中带白，白里夹粉，落了一地。他突然想起民间有句话：桃花谢了杏花开。莫非真到了自己一展身手的时候了？

2

　　曹跃斌坐在办公室里，对着桌子上摆着的十几份报纸中篇幅不一、版式不同、字号不等的《党报为什么要"闭嘴"》怄气，他一个字一个字地审阅着这篇特稿，仿佛要从那些横竖撇捺中找到不为人知的秘密。如果眼神能够射出火焰，这些报纸，连同特稿的作者苏小糖怕是早被烧成灰了。

　　最是烦心的时候，偏偏有人不识时务地来敲门。曹跃斌蹙着眉毛，头也不抬，没好气地说："进来！"

　　来人推门进来，脚步轻缓。

　　曹跃斌还是没抬头，继续用眼神"焚烧"着报纸，直到一双擦得光可鉴人的皮鞋出现在他的眼皮子底下，他才条件反射似的站了起来，磕磕绊绊地说："继盛市长……您来了！对……对不起！"

　　何继盛笑容可掬，拍了拍曹跃斌的肩膀，说："跃斌，你看你，紧张什么，是不是我吓到你了？我是见你看报太入神了，没敢打扰你啊。"

　　曹跃斌说："没有，怎么会呢？我不知道是您，我刚才……太对不起了！您快请坐！"说着忙起身把自己的位置让给了何继盛。

　　何继盛顺势坐下，手指头敲了敲办公桌上的报纸，说："你不用解释了，我还不了解你？你这是对工作太认真了，瞧瞧这一沓《党报为什么要"闭嘴"》！"

　　曹跃斌的脸色一下子变得比哭还难看，说："继盛市长，这事……我……"

　　何继盛说："你也坐。"

　　曹跃斌按照指示，坐在了何继盛的对面。他突然觉得这间办公室好像变成了何继盛的，自己反而成了外人，不自觉地向前挪了挪屁股。他整个屁股有一多半悬在了椅子外面，从侧面看去岌岌可危，一不小心就可能椅翻人倒。

何继盛接着说："这事也不能全怪你，我明白你是左右为难。所有这些还不都是形象工程引起来的？如果没有利华纸业的污染问题，哪来的这些负面报道？我平时大会小会总是强调不论是招商引资，还是工业发展，我们都要从清凌的实际出发，要从贯彻执行好中央的政策要求入手，从关注民生着手。事实证明怎么样？我说得有没有道理？就说上次你找我批钱，你不理解，可能还……事实证明，咱们的工作不到位，存在这样那样的问题。花着钱拍媒体的马屁有什么用？饭吃了、酒喝了、钱花了，结果利华的环境污染问题还不是让人给写出来了？！"

曹跃斌没敢搭话茬儿，只觉得人心何其险恶。整个清凌市，谁不知道何继盛与江源情同兄弟？现如今他何大市长却倒打一耙，把责任推到了前任书记和现任书记田敬儒的身上。何况拿钱堵记者的嘴巴不是他何大市长亲自下的指示吗？怎么现在反过来指责别人了？谁嘴巴大谁有道理吗？曹跃斌的后背冒出了一层又一层的冷汗，屁股底下像是长出了针芒，怎么挪动都扎得心慌。

何继盛说："这样吧，既然敬儒书记指示了，你就联系一下《环境时报》的记者，我们找她专门谈一谈，缓和一下关系，必要时，可以做个专访，挽回一下形象，你看怎么样？"

曹跃斌硬着头皮说："好，您这个提议太好了，这个专访一定要做，而且一定要给您做！"

何继盛说："专访要做，但可以给敬儒书记做嘛。书记才是全市的一把手。"

曹跃斌立刻听懂了何继盛的话外音，说："环保局是政府部门，这个专访还是给您做更适合，而且敬儒书记的意思，也是给您做。"

何继盛说："那恭敬不如从命，我就听你们的安排吧。"

曹跃斌心里暗笑何继盛的欲擒故纵，嘴上还得不住地应承。

何继盛这才不紧不慢地站起来，说："那就先这样，到时你带她直接来我办公室。"

第五章

曹跃斌一直陪何继盛走到电梯口。电梯门关闭了，他脸上堆积的笑容才渐渐消失了，没用几秒钟，又变成了一张苦瓜脸，眉毛嘴角都耷拉了下来。他脑子里不停地想着，何继盛既反对宣传，又主动要做专访，唱的是哪出戏？显然，他主动来找自己，明显是在拉拢、在示好、在套近乎。可不管何继盛怎么说、怎么做，市委书记这棵大树自己是抱定了。不过，市长也是万万得罪不起的。这样一来，夹在书记和市长中间，自己这个角色实在是不好当，弄不好就成了猪八戒照镜子里外不是人。唉，人人都说做官好，谁又知道做官的难呢？

何继盛的专访进行得很愉快，交谈也很顺畅，结束采访后回到寓所，对着电脑，苏小糖却觉得搜肠刮肚也找不到专访的兴奋点。整个专访并没有按她设计的方式来进行，何继盛除了满脸堆笑地表示歉意，阐明已经将任洪功交给市纪委处理，表明市委、市政府对此事的态度，便是大谈特谈发展之道。最令她意外的是，在清凌的发展问题上，何继盛的言谈与田敬儒保持了从政治到理论上的高度一致。

苏小糖打开邮箱，向冯皓东讲述了整个采访的经过。

大烟囱：

在忙什么？吃饭了没？

今天我为你们的大市长何继盛做了专访。他的办公室跟人们传说中的一模一样，纤尘不染！专访进行得很顺利，何大市长为任洪功的事向我道歉了，他很会配合采访，极具表演天赋，只是我却找不到什么新闻点。他说的无非是些冠冕堂皇的空话、套话，给你写一段他的录音讲话：

清凌在推进新时代中国特色社会主义上有着特殊使命、特殊责任。迈向新征程，我们将深刻把握新时代中国特色社会主义的本质要求、战略安排和目标任务，坚持新发展理念，坚持改革创新，拿出只争朝夕的干劲，保持滴水穿石的韧劲，努力在推动高质量发展上迈出新步伐，坚持工业、农业、城市建设、民生建设的同步进行。特别要加快工业建设，坚定不移

沧浪

地强力实施"工业强市"的发展战略，使经济步入跨越式发展的"快车道"，奏响发展最强音，奋力谱写"清凌篇章"。

接下来还有呢，当我问到关于利华纸业偷排引发的污染问题时，他这样回答：

虽然利华纸业出现了这样那样的一些问题，但也是情有可原的。当年前任书记坚持引进这家企业的出发点完全是为了推进清凌经济的快速发展。任何地区都是一样，要保持GDP的高速增长，牺牲一些东西是必然的，中国革命取得最后的胜利也是付出了代价和牺牲的嘛。关键是要使清凌经济快速发展，百姓安居乐业，社会和谐进步，这才是本届市政府的工作重心。当然，关于环境保护工作十分重要，清凌市政府坚决拥护党的领导，坚决在思想上、政治上、行动上同党中央保持一致。

我真是有些不懂了，有传闻说清凌市市委书记与市长不和，可何继盛和田敬儒对外表达出的看法、观点非常相似，简直是一个模板压出来的模型，他们的关系给人的感觉也是一团的和气，省里的说法和百姓的评论完全不一样，难道那些传言只是街头巷尾无聊之人的捕风捉影？

先汇报到这儿。想吃胡同口的烤红薯了，大红薯外焦内软，香气扑鼻。我去去就回，你可别流口水！

等你回信啊！

空气清新剂

买了烤红薯，苏小糖很快冲回了楼上，她打开防盗门，甩掉鞋，赤着脚，重新坐回电脑前，一手握着电脑鼠标，一手抓着剥开了皮儿的烤红薯。澄黄黄、软绵绵的大红薯，丝丝缕缕散着香气，直往鼻孔里钻，她咬了一口，被烫得嘶嘶哈哈直叫。

电子邮箱提示有一封未读邮件，她点开一看，正是冯皓东的回信。

大馋猫儿：

如果我没猜错的话，看到这封信的时候，你一定在啃着大地瓜，嘶嘶地抽着气吧？

　　首先祝贺你为何大市长所做的专访圆满"成功"。至于他与田敬儒在发展问题上观点的一致，你千万不要被表象所迷惑，要切记：领导之间的矛盾通常不会表现在外人面前，相反，越是钩心斗角，越要让外人看起来是相处融洽，真正的交锋往往是在桌面底下的。对领导者来说，这既是一门为官艺术，更是政治"秀场"上难以明言的潜规则。

　　此外，你是否注意到他在第二段话中隐含的另一层意思？注意我加了下画线的部分："当年上任书记坚持引进这家企业完全是为了推进清凌经济的快速发展。GDP高速增长的过程中，牺牲一些东西是必然的。"何继盛与利华纸业老总江源的关系是权力与金钱的携手，可他采访中的这些话，实际上是把前任书记、江源，以及敬儒书记都推到了风口浪尖上。清凌在发展的过程中，牺牲的不正是环境吗？何继盛表面上是在为敬儒书记找面子，实际上是把敬儒书记推进了水深火热里。何继盛的用心很深啊！

　　小糖，你写这篇专访一定要慎重，弄不好就会把敬儒书记拉进去。我不能更不想左右你的判断，但你一定要相信，尽管你对敬儒书记一直有成见，不过他的确是一位好官，为人正直、为官清廉、亲民爱民，这方面，希望你的思想不会受到哪个人的左右。你应该仔细地倾听清凌百姓的话语和评判，比如董文英、那个勤工俭学的大学生、退伍老军人……百姓的话才是最真实的声音。咱们想要做出好新闻，就要进得去、沉得住，更要出得来，做出的新闻才能站得住脚，经得起受众和时间的考验。

　　大馋猫儿，慢点儿吃地瓜，别烫着了，不然我还得拎上两瓶过期的罐头去看你！

偷着乐

　　冯皓东的分析确实没错，苏小糖的那篇特稿使何继盛大受启发：借助媒体搞臭田敬儒。

　　其实何继盛早就发现了利华纸业是田敬儒的软肋，田敬儒一方面想彻底整治利华引出的环境污染问题，一方面又顾及由此可能引出的连锁反应。

他田敬儒怕环保出事，怕职工失业，怕产业链的崩坏……他怕什么，说明那正是他的软肋。既然如此，只好从利华下手了。话说，如果不是利华的老板江源对他出手那样大方，如果不是常务副省长孔荣天的明示暗示，他早就拿利华做文章了，好好排演一出精彩大戏。现在权衡利弊，为了战胜田敬儒，他只能得罪江源，牺牲利华纸业，也要把污染事件做大，像多年前流行的"楼脆脆""桥酥酥"一样，闹得尽人皆知，争相臭骂，这样才能把田敬儒推到死角，把罪证坐实，钉死在田敬儒的身上，再把自己摘干净了，做出迫于压力、不得已而为之的傀儡相。如此一番操作，最终才能实现自己的预定目标。当然他不能真的得罪江源，因为他和钱没有仇，而且他知道，江源黑白两道通吃，是个狠角色，什么事都干得出来。此事的难度在于怎样说服江源，忍得一时之痛，以图更大的利益。他相信，自己掌控着江源的"死穴"，江源便只有从命这一条路可选。这样的决定，以《孙子兵法》来说是一招苦肉计，更是借刀杀人的计谋。清凌市里，自己恐怕要委曲求全，事事以田敬儒马首是瞻了，至少表面上必须做到。而且省委施书记那边，还要请孔荣天为自己打掩护、抱不平，如此狠下一番工夫，才能达到想要的效果。

  这天晚上，在江源开办的僻静的江滨酒店，何继盛在江源为他提供的专用豪华套房里，与任洪功那位性感妖媚的小姨子雅雯颠鸾倒凤之后，作为对任洪功被纪委处理的精神补偿，他将一辆跑车钥匙和一张写有手机号码的卡片，同时送给了枕头边的这个尤物。雅雯见车眼开，在何继盛的脸上一连亲了二十多下，嘴里嘟囔着："我才不管我姐夫呢，你也别管他了。谁让他一张臭嘴，惹出那么大的麻烦？是他自作自受，活该！"

  何继盛不无醋意地瞪大了疲惫的眼睛："你怎么知道他嘴臭？是不是让他亲过？"

  "什么呀？什么呀！"雅雯立时满面绯红，"我意思是说他说话没边儿，当着记者胡说八道，这张'臭嘴'给你惹出事儿，你想哪儿去了？真能糟践人！他倒是想亲，就他那德行，门儿都没有！"雅雯亲了一下何继盛，又吻了一下车钥匙，她的两只小手在何继盛身上揉弄起来。

何继盛轻轻推开雅雯的手，勉强笑笑说："好啦好啦，我眼睛都快睁不开了。还有一件事，以后不能打我公开的手机号。有事打这个，你存手机里。"他指了指卡片上面的一串手机号，"咱俩的事必须保密，必须做到！"

　　雅雯娇嗔地问："那还能随时联系到你吗？"

　　何继盛说："双卡手机，当然能联系到。不过，这个号码要保密，只属于你一个人。另外，没有紧急情况，尽量不要打。"

　　雅雯"哦"了一声，心思明显全在跑车上，埋怨着："专属又能怎么样？还不是要把我藏起来，不能见人。"

　　何继盛自然看得出来，说："行啦，说点高兴的，你开车去转一转，让我自己睡一会儿，一会儿我还有事要处理。听话，去吧。"

　　雅雯好像恋恋不舍，其实早已迫不及待了，匆忙吻了何继盛一下，一步一回头地出了套房。门一关，何继盛便听见她的高跟鞋在走廊里敲击出京剧"急急风"似的锣鼓点儿。眨眼间，楼下便传来那辆跑车清爽的引擎声，接着一声喇叭响，车开走了。几分钟后，何继盛的手机专属号码上传来了她的短信："礼物像你一样棒！"

　　何继盛对着手机咧了咧嘴，想笑没笑出来。意思相近的短信他已经收到过三次了，当然都是来自不同的专属手机号码。而他送出去的三台跑车中，有两台来自江源的敬奉。他放下手机，用客房座机通知大堂："请你们江董一个小时后到我房间来一下。"

3

　　江源按时而至。

　　何继盛用浴巾揉搓完刚刚淋浴过的头发，一边对着镜子梳理着，一边对身后坐在沙发里捏着红酒杯的江源说出了自己的计谋。

　　尽管两人说话一向随便，江源听完何继盛的计谋，还是倒吸一口凉气，他瞪圆了眼睛，声线变尖锐了，说："大哥，咱不能这么玩儿，兄弟我可没亏待过你，利华的干股、红包可没差过你一分钱哪。这样做对你、对我、对利华，都没好处！"

何继盛脸色有些不悦，说："一点信任也没有了？我会让利华垮了？我会让你亏了？你就这么看我的？你在清凌的事哪一件不是我帮你摆平的？我们难道不是同盟了？"

江源脸上立刻堆起了笑容，说："没……我没那意思，你怎么能那样做呢？利华也有你一份儿。咱们是兄弟，大哥不可能自残骨肉！"

何继盛脸色微缓，慢吞吞地说："有句话，叫作置之死地而后生，这话你应该知道。"

江源故作调侃道："市长大人，你的意思我明白，可你这样做对利华很不利，这不是把利华往绝处推吗？现在利华已经处在风口浪尖上了，《环境时报》这次是把枪口对准了环保局，捎带着写了利华几笔，要是直接把枪口对准利华，利华还能活吗？想都不敢想！"

何继盛说："我这么做只是单纯为了对付田敬儒，政治权力斗争你应该懂吧。他来清凌一年了，你还没摸清他的脾气秉性吗？那是软硬不吃、油盐不进的主儿！你就说说，他跟你吃过一次饭吗？洗过一次澡吗？"

江源答："饭吃过，这个真吃过！政企早餐会，我是第一批被邀请的企业家，也是他第一个点名谈话的企业家。"

何继盛哈哈一乐，说："我的江董事长，那也叫一起吃饭？你把那个叫一起吃饭？那就是姓田的搞的形式主义，面子工程。你还当真了！那饭能吃出交情？你是在我面前故意装傻，还是故意气我？"

江源说："我哪敢气你啊！我是实话实说，吃过就是吃过嘛。"

何继盛说："早餐会那饭吃了跟不吃没区别。因为人家不会把你跟其他企业家区别对待，不会对你江源高看一眼、厚爱一层。利华不是他引进来的，利华与他的利益没有关系。所以他才下狠手，他说让利华停产就停产，说让整顿就整顿。要不是我这硬撑，你能说重新生产就生产了？我得在背后做多少工作，才能摆平方方面面，这些你都想过吗？他姓田的这还没下狠劲儿，一旦用了狠劲儿，知道了你的那些隐秘事，你再想翻身都难，

第五章

他能直接把你送进深牢大狱！现在清凌是他姓田的天下，如果换成我坐庄，到时自然就是你江源的天下了，清凌还不是由着你折腾？大不了，咱们把利华重新包装，粉墨登场，你还愁赚钱？再说了，我还可以专门为你出台政策，一个政策可以火了一个产业，也能灭掉一个产业，那意味着什么，你不会不懂吧？"

江源当然听出了这些话里的要挟恐吓，拧着眉毛说："可是……"

何继盛说："你就不要再'可是'了，我已经跟省里通了气儿，也接受了中央一级记者的专访，你就等着看好戏吧！"

江源没再作声，心里却翻江倒海地闹腾起来。何继盛突然掉转风向，让他一时手足无措。他深知，企业追求利益的最大化，离不开政府、政策的支持，正是因为如此，自己才会在何继盛和上面的高官身上投下那么大的赌注。但他更清楚，官场上的利益之争与商场上的利益之争是不相上下的，甚至是有过之而无不及，永远都是血雨腥风，永远都是胜者王侯败者寇。何继盛不过是为了自己的利益，将利华"割肉"的可能性并不是没有。他江源只是希望求得利益的最大化，而不希望利华沦为何继盛政治上向上攀爬的牺牲品和垫脚石，而且何继盛竟然会拿隐秘事来要挟自己了，其心可诛，其人可杀！想到这些，他只觉得一股寒意从脚底慢慢升了上来。

对于何继盛的良苦用心，江源未免多虑了，并且将为这种多虑付出代价。

对于江源的疑虑，何继盛则未免轻视了，并且也将为这种轻视付出代价。

其实江源应该意识到：何继盛有一条小辫子抓在你的手心，所以何继盛可以把利华纸业作为攻击田敬儒而使自己上位的砝码，但他绝不至于彻底出卖利华。因为不仅利华有他的一份利益，而且一旦他激怒了你，你会不惜跟他闹个鱼死网破，到时他自己也会吃不了兜着走——如果江源充分意识到了这一点，那么接下来发生的事情就变得很简单了。

其实何继盛也应该意识到：尽管你与江源拴在了一条线上，但江源毕竟不是华尔街的大佬，肯用金钱去买通政治。他可以利用你何继盛的政治野心达到他利益的最大化，可是如果你拿他的经济利益作为政治赌注，拿他的隐秘事来要挟，即使你画的饼再大再圆，你也应该小心不要伤了他的老本儿，要了他的老命，否则他会跟你同归于尽——如果何继盛充分意识到了这一点，那么接下来发生的事情也会变得简单了。

那件事情真的很简单——

利华纸业重新恢复生产半个月后，田敬儒亲自到利华视察，而且带上了电视台、电台和报社的记者。他坐在会议室里，听取了江源的详细工作汇报；走进了车间，了解生产情况和企业实际困难，与工人亲切交谈；走到污水处理车间，查看污水处理设备的运行情况……

《市委书记田敬儒到利华纸业有限公司检查指导工作》的新闻出现在了清凌各个媒体的头条位置，利华多日不见的辉煌再度闪现在了清凌百姓的视野里。一派红红火火的气象，让江源心头的苦闷变成了欣喜。他看到电视屏幕上市委书记与自己亲切交谈的镜头，看到下属们抓拍的敬儒书记与他亲切交谈的合影，浑身上下涌动着一股热流，激动而又兴奋，让他身上的全部细胞充盈得活力四射。

媒体到底是有局限性的。田敬儒在利华"检查指导工作"时，与利华董事长江源不仅在记者们的镜头前亲切交谈，还在众目睽睽之下屏退左右，与江源在一间密室里单独交谈了一个多小时。这一个多小时对于媒体报道是个空白，但对在场的媒体的记者和其他工作人员却是一个神秘的存在。人们完全可以凭借各自的经验去猜想这一小时的秘密，填补媒体不能报道也无从报道的空白。

关于那段空白的传闻当然也进入了何继盛的耳朵。起先他没有太留意，以为田敬儒不过是为了平息利华造成的污染风波，与江源单独谈一谈如何改进排污状况，挽回不利于清凌形象的影响而已。但是紧接着，同样的"空白"一而再、再而三地出现了，通过何继盛的秘书、司机，以及其他所掌握的渠道，不断地传进何继盛的耳朵里。

汇报如下：

第五章

某日某时，分管文教的李副市长去田敬儒的办公室汇报工作，一进门发现田敬儒正与江源低声交谈。李副市长想退出来，田敬儒叫住了他，回头对江源说："江董，那件事咱们改天再谈。"说完亲自送江源出门，在门外又与江源嘀咕了一阵。

某日某时，市政协的杨副主席去田敬儒的办公室汇报工作，一进门发现田敬儒正与江源低声交谈。杨副主席想退出来，田敬儒叫住了他，回头对江源说："江董，这件事咱们先说到这儿，改天找个时间再接着说。"说完亲自送江源出门，在门外两个人又嘀咕了一阵。

某日某时……

够了，何继盛的脑袋都听大了。田敬儒与江源究竟谈了些什么，他无从猜想，但他感觉到江源的屁股正在向田敬儒的板凳上倾斜。

像小孩子赌气一样，何继盛也大张旗鼓地到利华来了一番视察，并且屏退了左右，与江源单独密谈了一个多小时。

他们是真正的密谈。

"听说你最近和田敬儒过从甚密，怎么回事？"

"不太密呀，也就……两三回吧，至多五六回。"

"能不能说说，他都跟你谈什么了？"

"这有什么不能说的？他找我就是谈谈排污设备改造的事，还有企业经营情况的事。"

"就谈这个？"

"对了，还有一次是谈国外的环保经验，谈中央的环境保护政策，谈以商招商。"

"这么简单？"

"这有什么复杂的？"

"你不会有事瞒着我吧？"

"说哪儿去了？我瞒我爹也不能瞒您呀！"

"对姓田的，你得多加小心，别让他利用了。"

"对谁我都得多加小心，谁也别想利用我！"

135

"嗯？！"

江源笑笑，加了一句："当然不包括继盛市长您。"

嘴说不包括，心里已经包括了。这一点，何继盛听得出来。但他不好说什么，只是心里由此生出了一丛乱草，草丛里究竟藏着蝴蝶还是蜈蚣，还需要时间去分辨和验证。

《市长何继盛到利华纸业有限公司检查指导工作》的新闻同样出现在了清凌各个媒体的头条位置。而何继盛与江源单独密谈的一个多小时，同样成了媒体不能报道也无从报道的空白。关于这段空白的传闻也同样传进了田敬儒的耳朵里。

不同的是，田敬儒很高兴。

一连几天，曹跃斌的心情始终处在焦躁气恼当中。

因为连日阴雨不见阳光，曹跃斌办公室的花花草草们都提不起精神，一朵朵的花儿、一枝枝的叶儿，全打着蔫儿，弯着腰。曹跃斌靠着沙发，在心里跟花草对话：这世上也就只有你们懂得我的心，真心实意地陪伴着我。我心里难受，你们跟着打蔫儿；我情绪激昂，你们跟着伸展。仔细想想，这世间的万事万物，就数人最无情无义。用得着、求得着的时候千千万万都是好，恨不得给你提鞋洗脚；转过头用不着了，使唤不上了，又恨不得把你碾到地底下，踩成粉末，不断地摩擦。真不如你们这些花花草草，记得我天天给你们浇水、剪枝的好，忠心耿耿地陪着我。

咔咔作响的高跟鞋声音由远及近，停在了曹跃斌的办公室门前。

接连响过几阵敲门声后，曹跃斌才说："请进。"

进来的是满头金发、人高马大的"小洋人"。曹跃斌心里压住的火气腾地蹿了上来，没抬屁股，右手按住额头，做出一副头痛的模样，说："来啦？随便坐。"

金贝贝装作没看出曹跃斌的冷淡，凑到他身边坐下，问："曹哥，今天怎么了？不舒服了？是不是感冒了？最近流感可有点严重，不行的话您赶紧去医院看一看。"

曹跃斌指指头部，说："没那么严重，就是疼……这儿疼！让人气得头疼了！"

金贝贝笑嘻嘻地说："谁敢气我们的曹部长？胆子可真不小！就不怕曹哥率领清凌的宣传大军予以征讨？"

曹跃斌哈哈一乐，指着她说："除了你还有谁敢气我？"

金贝贝一愣，说："我？我可不敢！不过，我知道是谁气着你了。她不光气着你了，也把我气得够呛。"

曹跃斌说："你这张嘴啊，一定是托生前喝了孙猴子的尿了！"

金贝贝说："曹哥，别拐弯抹角骂人啊，我可没得罪你！"

曹跃斌说："得，我可怕了你们这些驻地记者了。你瞧瞧我都让你们这帮记者折磨成什么样了？铺天盖地的《党报为什么要"闭嘴"》，全是你们这帮驻地记者的杰作！"

金贝贝说："她是她，我是我，我什么时候写过清凌一个不字？什么时候不是帮忙鼓劲儿？曹哥不能一棒子打翻一船人嘛。"说着委屈地噘起了嘴。

曹跃斌说："你也别觉得委屈，当初你是怎么答应我的？一定摆平苏小糖。结果呢？事情怎么就办成这样了？这不符合你'小洋人'的办事风格嘛。"

金贝贝说："曹哥这可是冤枉我了。这几天我去海南了，苏小糖写的稿子我今天才看着。我怕你着急上火，回到清凌，立马就赶过来向你赔罪了。"

曹跃斌说："你赔什么罪嘛，我是让你摆平苏小糖！"

金贝贝说："要能那么好摆平，还能出这事？我早就跟你说过，苏小糖不好摆弄，你瞧瞧，是不是顺着我的话来了？她这是给咱们来了个下马威呢！"

曹跃斌说："那东西……你没给她？"

金贝贝信口胡诌道："我正想跟你汇报呢。人家收了，可第二天又退给我了。"她从手提包里取出两张银行卡，塞进曹跃斌手里，"喏，给你，

137

都还给你，省得你以为我收钱不办事！"

曹跃斌不解地问："她收了怎么又退回来了？"

金贝贝说："你以为别人都跟我一样呀？给个馒头就说香，处处围着曹哥转，事事为着曹哥想。可你呢？高兴了就哥哥妹妹，不高兴就劈头盖脸地损我。"

曹跃斌说："你帮我分析分析，苏小糖为什么收了钱又退回来了？"

金贝贝说："你不明白？"

曹跃斌摇着脑袋，说："我明白问你干吗？"

金贝贝说："那我给你讲件事吧，这事可是真事。某大报三位记者发现了一家企业存在违法行为，专程过去做新闻调查。企业老总听说，当然不同意了，当时给每个人递过去三万元。记者们眼皮子都没抬，硬是推回去了。"

曹跃斌赞叹道："我还真是想偏了，这世界上真就有不吃夜草的马。这样的记者真是有骨气，真是新闻界的脊梁啊！"

金贝贝撇撇嘴角，说："得了吧！企业老总刚开始和你想的一样，愁得快要找根麻绳上吊了，企业那点事儿要是给抖出去，够他蹲个几十年的。这时有明白人给出了主意，每位记者给增加两万，十五万拿过去，调查和采访全都烟消云散了。曹哥，现在传统媒体虽然式微了，可引导风向的能力没差。"

曹跃斌立刻明白了金贝贝的意思，哈哈大笑，说："明白，明白了！"他掂了掂手里的银行卡，"苏小糖是查过银行卡，才把卡还给你的？"

金贝贝模仿着四川口音，说："对头！"

曹跃斌说："看来，人的胃口大小不能用身高来衡量，更不能用年岁来比较啊。"他把银行卡顺手放在沙发上，"看不出，这个小丫头胃口还挺大。这样吧，过几天我让人重新办张卡，无论如何，你一定要把这个苏小糖给摆平了！"

金贝贝说："曹哥，我是上了你的船下不来啦。"

曹跃斌苦笑一声，捡起沙发上的银行卡塞进了金贝贝的手提包里，

138

说："这钱你先拿着花，到时苏小糖的那份，也少不了你的。"

金贝贝心里暗自得意，假意推辞了一番，说："恭敬不如从命。曹哥放心，我盯着她，实在不行，我把我表妹找来，非得让这个苏小糖服服帖帖的不可！"

曹跃斌连连说："那你多费心了。"

送走了金贝贝，曹跃斌依旧提不起精神，他靠在沙发上闭目养神，实际上脑子里没一刻的清净，一会儿是苏小糖的倔强，一会儿是"小洋人"的贪婪，一会儿是田敬儒的批评，一会儿是何继盛的阴阳不定，一会儿又是江源的目中无人……

4

这时，门再度被人敲响。

曹跃斌以为金贝贝又回来了，门开了，他也怔住了——

门外站着的，是笑意盈面的苏小糖。

曹跃斌苦瓜一样的脸上立刻堆起了笑，说："哟，今天是什么风，把小糖记者刮到我这小庙来了？欢迎欢迎！"说着做了个请的手势。

苏小糖推让了一下，顺势走进去，说："曹部长，您这样说我可不好意思了。您是主管清凌宣传工作的最高领导，您这儿可是高门深院，不会不欢迎我吧？"

曹跃斌说："怎么会？小糖是贵客嘛！"他把苏小糖让到沙发上，沏了一杯茶摆在她面前，"上班的路上，我就和司机讲，从家出来时听着喜鹊喳喳叫，今天宣传部一定有贵客到。真让我说着了，这不，小糖记者来了嘛！"

苏小糖呵呵一乐，说："曹部长您太客气了。天下宣传是一家嘛，小糖在清凌，还得承蒙您多照顾呢。"

曹跃斌一语双关地说："哪里话，是咱们清凌需要小糖记者照顾，以

139

后小糖记者对咱们清凌可得高抬贵手啊！"

苏小糖一笑，未置可否，说："今天我来，是有事想麻烦曹部长。"

曹跃斌脑筋一转，想起了金贝贝第一次找他办私事的情景，笑呵呵地说："小糖记者不必客气，有事你说话，你的事就是我的事，你的事就是清凌的事。有什么吩咐，我一定照办，用钱用物，只要你一句话！"

苏小糖说："没那么严重，我就是想请曹部长帮忙约下敬儒书记。前几天给继盛市长做的专访只能代表市政府的意见，我想再跟敬儒书记谈一谈，全面地了解一下清凌的总体情况。您别说不行哟，我知道，敬儒书记就在市委大楼里。"

曹跃斌突然结巴起来，说："那什么……那个……敬儒书记正在接待外商。"

苏小糖一笑，说："曹部长，我刚刚跟敬儒书记一前一后进的市委大楼。"

曹跃斌不好意思地笑了笑，心说苏小糖说话真是太耿直了，连个弯也不拐一下，他抬头看了看挂在墙上的电子钟，说："看来敬儒书记今天的接待结束得很早嘛。现在是九点四十，十点省里的督查组过来检查工作，敬儒书记得亲自陪同。要不……我改天帮你约个时间，想办法让敬儒书记挤出时间接待你，你看行不行？"

苏小糖沉吟了一下，说："那好吧。不过您得抓紧！"

曹跃斌说："一定，一定。"

苏小糖说："差点忘了一件事，曹部长，给您看一条手机短信，昨天发到我手机上的，我给您转发过去。"

曹跃斌心里画了个问号，说："好。"

手机短消息瞬间从苏小糖的手机传到了曹跃斌的手机。

知道记者为什么叫无冕之王吗？因为头上没戴帽子。没戴帽子就容易被风吹雨淋，还可能被天上飞来的砖头砸到！小记者，经常想想应该在什么时候闭嘴！

第五章

曹跃斌看完短信，脑袋顿时大了一圈，骂道："太不像话了！简直太……小糖记者，你受委屈了，你放心，我们宣传部一定会严查这件事，坚决保证驻地记者的人身安全！不，我现在就给公安局那边打个电话，请他们安排专人保护你。"

苏小糖摆摆手说："别，您可别！事情还不至于那么严重。在您的一亩三分地上，还有人真敢撒野不成？您要是非打个电话，还是联系敬儒书记吧，我想尽快采访他。"

曹跃斌举起手，对天发誓似的说："我向小糖记者保证，一定尽快安排你对敬儒书记的采访，而且尽力保障你在清凌的安全！"

苏小糖若无其事地说："我估计这就是个恶作剧，就是我放在心上，您也甭放在心上。我相信有清凌市委宣传部在，我一个小小的驻地记者，安全问题一定能有保障。"

曹跃斌脸上赔笑，心里说：你说的话我能不放心上吗？我敢不放心上吗？出什么事还不是得我兜着！他嘴里溜出来的话却是："小糖记者尽管放心，你在清凌的安全一定有保障！"

苏小糖没再说什么，起身告辞。

关上门，曹跃斌的脑子却乱成了一锅粥。现在他的脑海里全是苏小糖转发的那条手机短信。任洪功的一句"党报闭嘴"，苏小糖就写出了一万多字的特稿，要是这条短消息弄出去，说不好她能写出几万字的特稿，甚至能写出个报告文学。这条短消息会是谁发的？从内容分析像是任洪功，可任洪功不至于蠢笨到这种程度，用这样下三滥的手段吧？不过想想他之前冲动也是什么话都说得出来。难道是江源想给苏小糖点颜色看看？苏小糖调查环境污染的事，估计江源也早就知情了，而且苏小糖稿子提到了利华纸业，也难怪江源动怒。但一个身价多少个亿的老总，让人发匿名手机短消息，是不是太有失身份了？唉，按下葫芦浮起瓢，那头还没消停，这头又出事了。虽说任洪功和江源都有各自的背景，但这回对不住了，这条短消息，自己一定得原原本本地汇报给田敬儒。市委书记这棵大树要是

141

不靠住，自己往后就甭想再有什么发展了。再说宣传是自己主抓，要是驻地记者真出了点什么事，最先倒霉的也是自己。

曹跃斌望向窗外，阴沉沉的天空下，桃树的落花已经混合着雨水，看不出一点儿前几日的风采，只是那绿叶像是在一寸寸地伸展着，渐渐由嫩绿转向了深绿。

理顺了一下思路，曹跃斌没打电话请示，直接去了田敬儒的办公室。人还在门外，个头就在不知不觉间矮下去了一分。他敲敲门，听到田敬儒标准的普通话说"请进"，才推门而入。

田敬儒放下手里的文件，把曹跃斌让到了对面，问："继盛市长的专访做得怎么样了？什么时候见报？"

曹跃斌说："我就是来跟您汇报这事的……"他一口气把情况讲了一遍。

听完曹跃斌的汇报，田敬儒当即答应了苏小糖专访的要求。让他毫不犹豫的原因恰恰是那条匿名的手机短信。在他看来，这种短信简直就是流氓行径、地痞作为，最为人所不齿。他握着曹跃斌的手机，阴沉的脸色如同窗外的天气。

曹跃斌劝解说："敬儒书记，要知道您气成这样，这事我就……"

田敬儒眼睛一瞪，说："怎么，你还想不跟我说了？"

曹跃斌后背一下子被冷汗打湿了，他稳了稳神，说："不是，不是，清凌有什么事，我都不会瞒着您的。我对您……"

田敬儒摆摆手，打断了曹跃斌将要出口的效忠词，说："看来，咱们的干部素质真是亟待提高了。跃斌部长，我明白你的意思。"他拍了拍曹跃斌的肩膀，"跃斌，辛苦你了！"

曹跃斌心头一热，结结巴巴地说："敬儒书记，只要您明白我的心，我……我就是累死也愿意啊！那什么……我还有件事想跟您汇报一下……江源……"

田敬儒神情紧张起来，问："江源怎么了？利华那头又出什么事了？"

曹跃斌说："不是……我的意思是……"

第五章

田敬儒说："有话直说嘛，不用掖着藏着的。"

曹跃斌压低嗓音说："现在有些人说，江董跟您好像走动得过于频繁，无中生有地编造出了一些闲言碎语……您别介意。"

田敬儒淡然一笑，说："既然是闲言碎语，又何必放在心上呢？想多了累呀。闲言碎语总有散开的时候，你就别在这事上伤脑筋了。"

曹跃斌不住点头，心里对田敬儒更加佩服了。这样的胸襟，就是一把手的作风，就是在官场历练多年得出来的风度。要是暴脾气的何继盛市长听到这些，非得跳起脚来骂娘，没准儿还会找人调查一番，到底是语出何人、话出何处，追查个没完没了的。

田敬儒见曹跃斌愣神，以为他还在琢磨苏小糖的专访，说："你也不用为难了。正好明天我没有特别的安排，明天下午两点，你把苏小糖请过来吧。"

曹跃斌因为得到了市委书记的首肯，放下了一颗悬着的心，又因为得到了市委书记的赞扬而受宠若惊。特别是那句"辛苦你了"，让他从脚指头暖到了头发梢儿，走起路来也比先前有了力气。

在京都，米岚听说了《环境时报》记者老李采访期间挨打的事，心里像着了火，回到家就开始吧嗒吧嗒地掉眼泪。苏忠民不明原因，一个劲儿地劝着："单位的事你甭放在心上，患者有病肯定心情不好，听了两句难听话，咱也别当回事，谁让咱当大夫呢，就得容着点、让着点、忍着点。如果遇到医闹了，咱就往贵的仪器设备后面躲，设备坏了医院肯定会出面，那里最安全。再说了，要命的那几年都熬过来了，咱还有啥过不去的，你说是不？"

米岚先是一愣，后是一笑，把为啥上火的事情说给了苏忠民，接着就要给苏小糖打电话。

苏忠民按住电话说："你别打了，报社的事她能不知道吗？你电话一过去，孩子反倒分心，再把她吓着。"

米岚说："你知道什么？她现在一个人在清凌，真要是出了什么事，叫天天不应，叫地地不灵。我正好拿老李这事吓吓她，让她赶紧回京都。"

苏忠民说："小糖性子犟，你能吓得住？"

米岚说："吓不住也得吓！"

苏忠民说："你呀，孩子在身边，你天天跟着又吵又闹，不给个好脸色。离开你了，你又惦记。孩子大了总得自己飞，你能跟她一辈子？"

米岚说："跟一辈子怎么了？哪个当父母的不是一样，从孩子生下来，惦记就开始了，要想不惦记，除非有一天闭上眼睛了，装小匣儿里了，这颗心才能放下！"

苏忠民说："那你也别打了，用微信吧，跟打电话一样，还能省点电话费。"

米岚立刻把视频电话打了过去，娘俩便对着手机视频聊了起来。先是问了几句衣食住行，米岚转入正题："我听说，你们报社记者老李采访时让人打了？"

"妈，你听着的都是旧闻了，那还是我在京都时出的事呢。老李受的是皮外伤，早好了。"

"你别骗我，什么皮外伤？肋骨都折了！"

"那是偶然事件，看把您吓得。要是都那么危险，谁还敢当记者啊？"

"记者可是公认的高危行业，上了排行榜的！小糖，要不你跟报社领导申请申请，咱回来吧。清凌离京都那么远，万一有点什么事可怎么办？"

"您放心吧，我在清凌安全着呢。清凌这儿跟世外桃源似的，特别是前些天，街道两旁的桃花全开了，一团团的，粉粉嫩嫩的，特别漂亮，您要是来了，肯定舍不得走。"

"我一说正事，你就转移话题。你可别拿这事不当真，反正你小心点。一个姑娘家，非得跑那么远，人家都是拼了命往大城市跑，你倒好，反而跑到清凌那个偏远地区去了，这跟古代流放有什么区别？不知道的还以为你犯什么错误，让报社给发配流放了。"

"好啦，知道啦，老妈。这是清凌，不是宁古塔。现在是社会主义了，不是封建社会，还发配流放了！"

第五章

"我告诉你,你可老大不小了,趁早交个男朋友,嫁出去。有人照顾你,我好省点儿心,多活几年。"

"行啦,妈,你让老爸说两句。"

"他有什么可说的,还不是问你吃得好不,睡得香不。"米岚在视频里扭头问苏忠民,"你是不是想问这两句?"

苏忠民点点头,又摆摆手,示意米岚继续。

…………

娘俩聊完了,关掉视频,苏小糖心里暖暖的,眼睛却不禁起雾了。各种情绪扭在一起,纠成了一团。她将这些情绪一个字一个字地敲到了日记里。

NO.3 心情指数:★★☆☆☆

"知道记者为什么叫无冕之王吗?因为头上没戴帽子。没戴帽子就容易被风吹雨淋,还可能被天上飞来的砖头砸到!小记者,经常想想应该在什么时候闭嘴!"

这是《党报为什么要"闭嘴"》发表之后收到的匿名手机短消息,也是我做记者以来收到的第一条恐吓短消息。我猜想,我的同行们一定遇到过类似的,甚至更加严重的情况。但是记者的良知与责任促使他们鼓足勇气,负重前行,承担起了新闻人的责任,以敏锐的视角去探知真相,寻找事件背后的故事。作为他们中的一员,我要与他们并肩而行。

没敢把这条短消息的事告诉给老爸老妈,怕他们为我担心。其实,不管我说与不说,他们都是一样地关心我、疼爱我,哪怕是骂我,那也是疼爱我的方式。至于亲生父亲……我又何必苦苦追问老妈呢?她一定有自己的难言之隐吧。知道或者不知道又有什么关系呢?老爸和我之间的感情,早已经超越了血缘。今生能够做他的女儿,我感觉很快乐,也很幸福。

这条恐吓手机短消息,暂时也不告诉冯皓东了。那家伙心思太细,免得他想东想西的。别看他老是绷着一张脸,其实蛮可爱的。下次回京都,给他选支漂亮的打火机。

145

沧浪

我才不怕什么恐吓呢。今天跟曹跃斌使了个小计谋，故意让他看这条手机短消息，其实是为了成功地采访到田敬儒书记。这个有过一面之缘的市委书记在我的心里越来越像一个谜。不同的人，不同的角度，有不同的评价，像极了芥川龙之介的小说《竹林中》。我要走近他，看看他究竟是怎样的一个人。

明天就是揭开面纱的时候啦，希望专访田敬儒书记会非常顺利！

对了，还要抽时间再去看望一下董文英，再给她带点肉包子。看得出，她确实挺爱吃……估计她也不一定是真爱吃，就是一个念想，她说过，她儿子最喜欢吃肉包子，她是在用这种方式来怀念自己的儿子吧。唉，可怜天下父母心啊！

· 第 六 章 ·

1

　　从政多年，接受过多少次记者采访，田敬儒无从计数。他印象最深的是第一次接受电视台记者的采访。别看他平时大会小会讲话从来没紧张过，可面对着摄像机镜头前突然一亮的小红灯，他的大脑猛地一片空白，全身上下都不听使唤了，声音结结巴巴，手脚无处可放，反复地录制了几次，紧张的情绪才算有所缓解，终于完成录制时，摄像记者和他同时长长地出了一口气。后来，随着身份转换，职务提高，接受记者采访的次数也越来越多，他无论面对的是电视台、报社、电台还是新媒体的记者，无论面前放着摄像机、照相机还是录音笔，他都能从容淡定，侃侃而谈了。
　　只是这一次，想到来采访的人是苏小糖，田敬儒竟不自觉地有了一种莫名其妙的紧张感。这种紧张是从骨头缝儿里一丝丝钻出来的，隐隐约约，朦朦胧胧。苏小糖的马尾辫、大眼睛，不时地在他的脑海里闪现，弄得他整个上午都处在浑浑噩噩、神不守舍的状态中。
　　下午两点，曹跃斌和苏小糖一前一后准时进入了田敬儒的办公室。
　　这一次，田敬儒更加仔细地打量起眼前这个外表看似柔弱，眉宇间却透着英气和倔强的小记者。同在火场时一样，苏小糖梳着马尾辫，穿着朴朴素素、清清爽爽，依旧像个刚出校门的大学生。

田敬儒很客气地伸出右手，说："苏小糖，又见面了。"

苏小糖脸一红，握了握田敬儒的手，说："是啊，敬儒书记，咱们这可是第二次见面了。上一次您没接受我的采访，而且还吓唬我呢。"

田敬儒解释说："那是特殊情况，当时只顾着救火了，还请苏记者谅解。"

苏小糖说："您千万别这么说，我还得感谢您呢，把您自己的安全帽让给了我。"

田敬儒哈哈一乐，说："你给我的印象很深刻，反应机敏，与众不同。来，大家随便坐。"

田敬儒、曹跃斌各自坐在了单人沙发上。田敬儒很自然地向后靠着沙发靠背，曹跃斌的身体则略微向前，有些拘谨。苏小糖独自坐在长条沙发上，正好与田敬儒面对面。

苏小糖说："听曹部长介绍，敬儒书记不是京都人，可您这普通话说得太标准了……"

田敬儒自嘲地笑笑说："我哪里有'太标准'？我是后来搬家到京都的，我是一地道老呔儿——冀东的！有位以小品著名的老艺术家，算是俺们老乡！"接着学了两句那位老艺术家的台词，"你是知不道啊，俺们冀东皮影，那是咋儿好咋好儿的呀！"

曹跃斌率先笑了起来，笑得前仰后合，连连拍手，眼泪都笑出来了。

苏小糖也笑，但只笑了两声便戛然而止了，说："敬儒书记，不对吧，只有冀东人把'不知道'说成'知不道'吗？"

田敬儒说："哎，这应该问你自己呀，你不是也跟我说过'知不道'吗？"

曹跃斌凑趣说："对呀！敬儒书记真是好记性，我都忘了，小糖记者跟我也说过'知不道'，是吧？对了小糖记者，你祖上是哪儿的人？会不会也是冀东的？"

苏小糖脸红了一下，说："我祖上……我也说不清楚。"

田敬儒笑着解围说："跃斌，你这就不对了，怎么能随便对客人的家事刨根问底呢？"

曹跃斌慌忙检讨："是是是，我太不礼貌了。对不起呀，小糖记者。"

苏小糖也替曹跃斌解围："瞧您，曹部长，这有什么呀，值得您道歉？不过我真的不清楚我们家祖上究竟在哪儿。"

不管怎么样，谈话的氛围一开场就很愉快，这让曹跃斌在心里长长地舒了一口气。自从田敬儒决定接受苏小糖的专访，他的心就一直悬着，生怕在采访的过程中发生什么矛盾和冲突。田敬儒是清凌的市委书记，无论他曹跃斌以后想在官场上有什么发展，都离不开市委书记的支持，所以他不想在任何细节上出现差池。带着苏小糖一进田敬儒的办公室，他便有了一种如履薄冰的感觉，小心翼翼地观察着田敬儒和苏小糖的言语和表情变化，生怕苏小糖这位小祖宗再弄出点什么幺蛾子。所幸两个人都是谈笑风生，使他绷紧的神经稍稍得到了一些放松。

不过曹跃斌放松得有些早了，如他所料，和谐的氛围很快被苏小糖打破了。

苏小糖发现了田敬儒办公室墙上的书法作品，她站起身，走到近前，轻声读了起来：

圣贤将立喻，上善贮情深。
洁白依全德，澄清有片心。
浇浮知不挠，滥浊固难侵。
方寸悬高鉴，生涯讵陆沉。
对泉能自诫，如镜静相临。
廉慎传家政，流芳合古今。

苏小糖读罢回过头，对田敬儒一笑，说："真是好诗！敬儒书记每天面对这幅作品，一定深得其中三昧，能不能指点一下？"

不等田敬儒说什么，曹跃斌抢先炫耀着说："小糖记者，我得向你介绍一下，我们敬儒书记清正廉明、亲民爱民，在清凌有大批的'粉丝'，这是'粉丝'专门送给敬儒书记的。"

苏小糖说："哦，'粉丝'送的……敬儒书记，看来您的'粉丝'还真是用心良苦啊。"

田敬儒仔细地看了几眼那幅书法作品，忽然觉出有什么地方不对了，可是究竟是哪儿不对呢……

不容田敬儒细想，苏小糖紧接着说："所谓忠言逆耳利于行，我想敬儒书记肯定是读懂了这首古诗中的寓意，所以把这幅书法作品特意放在办公室，用来作为对自己的警示和勉励吧？"

田敬儒听出了苏小糖的弦外之音，故作轻松地说："哈哈，苏记者讲话就是有个性，含而不露，一语双关。不，应该说一语多关！"

苏小糖说："敬儒书记，您别那么客气，直接管我叫小糖吧，我家人和朋友都这么叫我。"

田敬儒说："好，恭敬不如从命。"他看了看手机上的时间，"小糖，你看我们的采访什么时候开始？"

苏小糖说："占用了敬儒书记的宝贵时间，真是不好意思。我们现在就开始采访，您看可以吗？"

田敬儒点头赞同。

苏小糖掏出采访本、录音笔，说："敬儒书记，今天我想请您谈谈正确的政绩观是什么，正确的决策又是什么。"

田敬儒说："不忘初心、牢记使命，始终把人民放在心中最高位置，完整、准确、全面贯彻新发展理念，努力创造经得起实践、人民、历史检验的实绩，是一个党员干部的正确政绩观。"

苏小糖说："敬儒书记，现在有一种观点认为，决策失误是最大的腐败，对此您怎么看？"

田敬儒反问："你认为我们市委、市政府的决策有失误吗？"

苏小糖机警地还击道："作为记者，我只能客观地反映社会现实和绝大多数人的声音。那么敬儒书记认为你们市委市、政府的决策没有失误吗？"

· 第六章 ·

田敬儒苦笑了一下，说："就像空气中不可能没有细菌一样，没有失误的决策是不存在的，关键是要看我们决策的出发点和落脚点是什么。"

苏小糖进一步问："是什么？"

田敬儒回答："当然是党的事业！"

苏小糖又进一步问："那么以敬儒书记的理解，党的事业具体说应该是什么？"

曹跃斌觉得头皮发麻、四肢冰凉，刚才还谈笑风生的两个人，怎么转眼间就剑拔弩张了？这转折也太快了，都不给人一点儿余地。他看得出，苏小糖显然是有备而来，问题尖锐而刁钻，言辞咄咄逼人。他偷眼瞧了瞧两人的表情，居然都是面带微笑，可这更让他的心悬到了嗓子眼儿，他明白，越是这样的表情，越是容易出事。两个人像是武林高手在较量内功，看似笑意盈面，实际上比面红耳赤还要凶险得多！他想转移一下话题，说："小糖记者，你看，敬儒书记一会儿还要会见客人，是不是抓紧时间换个实际一点的话题？"

田敬儒不悦地向曹跃斌摆摆手说："你别打岔。苏记者提出的问题非常有高度。小糖，我继续回答你。你问党的事业具体是什么，我认为，我们党的事业是人民的事业，即是为了人民、依靠人民、成果由人民共享的事业。"

苏小糖问："就清凌来说，党的事业当务之急是什么？"

田敬儒答："当务之急嘛……在清凌的具体体现应该是，牢牢把握高质量发展这个首要任务和构建新发展格局这个战略任务，持续做活存量、做足增量、做大总量、做强质量，在全面振兴中努力干出更大成效、交出更优答卷。"

苏小糖问："那么请问，高质量发展的目的是什么？"

田敬儒脸上还是笑呵呵的，说："小糖，还要我给你背一遍党的宗旨吗？"

苏小糖说："对不起，但我还是要问。党的宗旨是为人民服务，高质量发展是为了提高人民群众的生活水平。可是清凌目前的经济发展方式，

151

人民群众并不满意，甚至抵触，因为这种方式不但没能给人民群众造福，反而造成了不小的危害！请问，这符合党的宗旨吗？"

田敬儒倏地站起身，走到窗前，凝神看向窗外，显然他在极力克制自己不要发火。

曹跃斌心里也生气，苏小糖提出的问题，跟之前的沟通完全不一样啊，怎么全是现场发挥啊，不，是有备而来。阴一套，阳一套，套来套去就把他这个宣传部部长给套进去了。他背着田敬儒，对着苏小糖又是拧眉又是挤眼，暗示她太过分了。

苏小糖视若无睹，岿然不动。

田敬儒转过身来，出人意料地换上了一脸慈祥的微笑。他就那么慈祥地看着苏小糖，嗓音喑哑地说道："小糖，你刚才的问题很尖锐，有高度有深度。但我不能不说，这问题你问得也很幼稚。说尖锐，是因为你提出了一个我们党员干部都应该仔细思考的问题；要说幼稚，你把这样一个问题提给一个小小的清凌市委书记，你想没想过，我回答得了吗？我是和你父亲一样年龄、一样阅历的人了，我看你也真是像看自己的孩子一样，我特别喜欢你的坦率、真诚、纯洁和泼辣。可是也担着一份心，因为你毕竟还年轻，社会远不像你所看到和想象的那样简单，那样非此即彼、非黑即白。希望你能理解我这番话，即便不理解，也希望你记住它，等你到了我和你父亲的这个年龄时，你就会理解了，这些也是我从年轻走到现在的心得和经验。怎么样，我这样的回答，你满意吗？"说到这儿，他的眼里真的闪出了父亲般柔软的泪光。

苏小糖的眼睛有些发酸，她扭开脸，说："对不起。我是说……我提的问题真的太……您的话我能理解，因为我知道您有您的难处。不过我也希望您能理解我，或者说理解媒体。媒体应该承载一颗社会的良心，所以希望您能够支持我履行一个媒体人的职责。"

曹跃斌本来被这两个人父女般的交流感动得要哭了，听到苏小糖绵里藏针似的宣言，已经流到眼角的泪倏地又收了回去，怯怯地看着田敬儒沉下来的脸色。

田敬儒苦笑了一下，叹息了一声，对苏小糖说了四个字："理解，支持。"

"谢谢您，敬儒书记。"苏小糖适时地站起身，主动向田敬儒伸出了手。

2

苏小糖离开后，田敬儒站在办公室的窗口。他看到苏小糖的身影很快从市委大楼走了出去，她后背挺得直直的，马尾辫随着她走路的姿态一动一摆。苏小糖说过的那些话，在他的脑海里来来回回地翻腾着。突然想起苏小糖评价过的那首诗，他仔细琢磨起那幅挂在墙上的书法作品。看着看着，不禁一震，一种汗涔涔的感觉从他的心底蔓延开来。

送走苏小糖，曹跃斌一溜小跑地回来了，进门就开始检讨："敬儒书记，实在对不起，我没想到苏小糖这样胆大妄为、出言不逊，您大人大量，这都是我安排不周，请您……"

田敬儒回过头，看了曹跃斌一眼，说："你先别忙着检讨，先过来看看，看看这首诗是什么意思。"

曹跃斌看了一会儿，支吾着说："好像是说……清水能当镜子照？还好像……"他挠了下头发，"敬儒书记，您看我研究政策理论还行，这古诗词，我真是……真没研究过。"

田敬儒哼了一声，又问："那你知不知道这首诗是谁写的？"

曹跃斌围着那幅书法作品，左边走走，右边瞧瞧，说："这字体看着面熟，应该是草书，估计可能……大概……是书法家协会谁写的吧？"

田敬儒很恼火，说："我没问你字体。这是行草，我认识！我是问你这首诗的作者是谁？"

曹跃斌脸色红到了脖子根儿，吭吭了几声，说不出个所以然来。

田敬儒长叹一声，嘲讽地说："难怪有人反映，说现在当领导的两只眼睛只盯着钱，不重视文化建设。本来就没有文化，你让他重视文化，这不是强人所难吗？"

曹跃斌急忙说："敬儒书记，我马上查这首诗的作者……"

田敬儒也不看他，摆摆手，长长地叹息了一声。

曹跃斌知趣地推开门，红着脸擦着汗走了。

让曹跃斌冒汗的事还在后头。苏小糖按照先前与主编崔明约定的选题计划，又推出了一篇新闻特稿：《请还一江清凌水》。

如果说《党报为什么要"闭嘴"》还带了一丝丝的个人因素，《请还一江清凌水》则是完全站在了公众的视角上，从利华火灾事件写起，引出董文英家人的遭遇，引出清凌江的过去和现状，全方位盘点了清凌江环境污染问题的始末。客观犀利的语言和专业化的陈述，加上几幅高清照片，清凌江的"污点"全部曝光。该文作者署名仍然是直言。

一个月内，一个三线城市连续"荣登"重量级报纸的重要位置，带来的负面影响不言而喻。

L省环保厅的整改通知、内部通报和专业队伍，几乎在第一时间到达了清凌。

《请还一江清凌水》发表的第二天早上，六点钟刚过，市委常委们陆续接到通知，七点钟准时召开常委会会议。市人大常委会主任和市政协主席被要求列席此次会议。这次，参会领导们提前知道了会议主题：如何化解负面新闻对清凌市造成的不利影响。

会议室里，所有人无一例外地铁青着脸，平时抽烟的不抽了，平时喝水的不喝了，平时喜欢做些小动作的不做了，大家都在等待，看田敬儒怎么把这股子火气发出来，又将采取什么样的补救措施。

何继盛也是十分气愤的样子，尽管他视田敬儒为眼中钉，但他明白，此刻绝对不能流露出一星半点儿的喜悦之情，还得和田敬儒站在同一条战线上，毕竟清凌成为反面典型，他这个市长脸上也无光。这既是政治，也是官场上必须遵守的规则。他猜想着田敬儒会如何处理或者说处置曹跃斌，这个在田敬儒面前摇尾乞怜的哈巴狗、马屁精！好，这回拍马蹄子上了，看怎么挨踢吧！

第六章

曹跃斌像是犯了错的小学生，一直耷拉着脑袋，眼睛直直地盯着地板，恨不得在地板上盯出个大裂缝，好有处躲藏。开会之前，他就在掰着手指头计算，清凌的历史上，有没有因为一篇新闻报道而专门召开的书记办公会，数来数去，发现他自己是清凌历史上的第一个。从见到报道的第一时间起，他就全身冒着冷汗地思考，自己应该怎样检讨，怎样承认错误，怎样求得组织上的原谅、求得田敬儒的原谅。这个时候他甚至开始回忆，在他面前唯唯诺诺的下属们犯了错误时是不是和自己一样的心情，像自己一样手脚冰凉、两腮发烫。他们是采取了什么方法求得自己谅解的？自己在他们身上是不是也能学到一些"绝招"？

按照惯例，会议由田敬儒主持。

田敬儒面无表情、语气平静地说："今天这么早开会，估计大家都知道原因了。"他轻轻地拍了拍会议桌上的报纸，"《请还一江清凌水》登在了《环境时报》的头版头条，在清凌这是打破历史纪录的一个事件。如果我的定性没有错，可以说，这是清凌历史上的一个污点。首先我要自我检讨，作为市委书记、第一责任人，很多工作我没做到位，才会导致负面新闻的出现……"

此时曹跃斌的嗓子眼儿突然像钻进了一根绒毛，他不停地咳嗽起来。他极力地控制着，双手同时捂住了嘴巴，可他越是控制，反而越是咳嗽个不停，一张脸涨成了紫茄子色。他心里不停地埋怨自己，怎么会这么不合时宜地出了状况。

田敬儒停止了讲话，目不斜视，嘴角紧抿。

会议室里，只剩下了曹跃斌的咳嗽声。大家屏住了呼吸，好像能听见自己的心跳声，都用眼角余光瞄着田敬儒。

直到咳嗽声停下来，田敬儒才扭过头，关切地问："跃斌，怎么样，要不吃点止咳药？"

不知是因为受到了关切问候，还是因为不停地咳嗽造成的，曹跃斌的眼睛里泛起了一层亮晶晶的水雾，他抽了下鼻子，说："敬儒书记……对、对不起，这两天有点感冒。"

滚滚

田敬儒对他点了下头，接着说："在这个问题上，我要批评市委宣传部。宣传部负责全市的各类宣传，对内、对外都应该坚持帮忙鼓劲儿不添乱的原则。这次清凌在外宣工作上出了问题，出现了影响极坏的负面报道，宣传部负有不可推卸的责任。"他拿起茶杯，喝了一口，向后靠了靠，"但是，就事论事，在这篇报道上，我负有主要责任。诸位可能会觉得我是书记，当然负有主要责任。但我可以告诉大家，不光是这一个原因。在这篇特稿发表之前，我接受了《环境时报》记者的专访，也就是这位化名直言的记者——苏小糖的专访。这篇稿件里除了清凌的的确确存在的问题，也可能包括一些在我的采访中让她产生的歧义。不管怎么说，这篇报道出现了，如果要记过，我应该记上一大过，我的这个过远在宣传部之上，我的责任比跃斌部长更大。"

曹跃斌心头一热，原本亮晶晶的水雾立刻化成了泪珠子滚了出来，他低下头，大手在脸上揉了一把，手心顿时湿了一片。他清楚田敬儒的这席话是为他承担了责任，扛下了担子。这一刻，他突然有了一种为田敬儒两肋插刀、披肝沥胆的欲望。同时他还听出了田敬儒的潜台词：事情发展到这个地步，何继盛也有不可推卸的责任。如果说田敬儒没发现苏小糖的采访动机，那何继盛呢？毕竟何继盛在田敬儒之前接受了苏小糖的专访。如果何继盛及时处理好了苏小糖的采访呢？如果何继盛把问题解决在了萌芽状态呢？在这件事情上，无论谁说田敬儒有责任，都会认为何继盛的责任可能更重，至少市委书记、市长得各打五十大板。

何继盛当然也听出了田敬儒的潜台词，马上跟着检讨："关于这篇报道，我也要自我批评。我在这件事上也负有一定的责任，毕竟我也按照市委要求接受了苏小糖的专访嘛。"他在"一定"和"按市委要求"几个字上加重了语气，"但事件的主次责任一定要分清，而且一定要严惩不贷，一追到底。"

曹跃斌像是灵光一闪，感觉到何继盛要借题发挥，还可能乘机在田敬儒的头上砸下一榔头。这一榔头真砸下去，田敬儒即便不会头破血流，也会受伤不轻。他突然像小学生回答问题似的站了起来，激动地说："敬儒

156

· 第六章 ·

书记,不管您怎么把责任揽到自己身上,作为主管宣传工作的第一责任人,媒体上出现负面报道的责任也完全在我。我是第一个接触记者的,明知环境污染问题是新闻的敏感点,明知苏小糖曾经采写过清凌的负面报道,还是安排了两位领导的采访,足以证明我的政治觉悟低、工作责任心差。这是我本人玩忽职守造成的恶果,我接受组织上的批评和处理,接受领导和同志们的批评和指正。"

市委常委级别的领导在会议上如同犯错的学生一样进行自我检讨、自我批评,这在清凌的历史上同样是个空白点,大家都有点惺惺相惜。

田敬儒显然也受到了曹跃斌情绪的感染,说:"跃斌同志的态度非常令人动容。我们也都曾经做过批评和自我批评,大多数都是做做样子、摆摆形式,什么时候这么深刻过,这么真诚过?领导干部就应该这样红红脸、出出汗,最终达到洗洗澡、治治病的效果。不能有了荣誉,大家都争着抢着地往前冲,出现问题都是推诿扯皮、退避三舍,生怕惹上什么麻烦。跃斌同志不推不躲,反而把责任全部承担起来,这种精神和态度,很值得在全市领导干部中提倡!话又说回来,清凌是一个整体,不管有了荣誉还是出现了负面问题,都应该由大家共同承担,不能把责任推到一个人身上,特别是作为市委、市政府的主要领导,更要做出表率。"

何继盛一脸的冰霜,端起印有自己名字的茶杯,一小口一小口地呷着。

田敬儒沉吟了片刻,说:"我还要强调,现在不是清算责任的时候,与其关上门自我检讨,分析责任,不如研究事情怎么解决。我们坐在这儿,说破嘴皮子地检讨、自责、后悔,事情已经发生了,稿子也已经上了头版头条,省环保厅的整改通知也下发了,专家组也进驻了。这还是省里的专家组,要是中央的专家组也下来呢?当务之急,大家要想想办法,看怎么才能真正整改,拿出实际效果,这样才能真正解决问题,尽可能挽回负面影响。不管是对省环保厅的专家组,还是对清凌的老百姓,我们总得做出点实际行动吧?总得让上级和老百姓看到这一届班子是做事情的,是经得起考验的!"

大家本来想要仿照曹跃斌的自我检讨进行自我批评,闻言全都把话重

157

新吞回了肚子里，掉转方向，绞尽脑汁地琢磨起消除负面影响的计谋，七嘴八舌地说开了：

"敬儒书记的分析有道理，清凌是我们工作的地方，对本地人来说是故土，对外来人说，是第二故乡，谁不希望自己的家乡好呢？现在关键是要研究如何化解不利影响。大家要想办法，出良策，想真招，用实劲。"

"咱们可以向省里学习，下发整改通知书，进行一些处罚，先把这个风头避过去。毕竟整改不可能一蹴而就，效果也不可能立竿见影。"

"光下通知书和处罚不能解决根本问题，市环保局和有关部门都得行动起来，最起码沿江街道和居民区的地方得处理一下，不能一到江边就看到黑水，一到江边就闻到臭味儿。还有些地方绿苔严重也得想办法处理，实在是影响市容，跟清凌的发展速度、城市建设不协调。"

"单靠环保局恐怕也忙不过来，实在不行可以让教育局和其他部门配合，动员中小学生和公职人员开展'爱护母亲河'行动，捡捡垃圾，顺手清理一下小广告，人多力量大嘛！"

"可以借鉴一些地区的做法，投入一些资金，建设清凌沿江休闲广场。农林局负责种树种草，体育局向上争取一些健身器材，其他部门再想想办法，各方面共同努力，广场就能建得像模像样了。"

"能不能借鉴其他地区的做法，将城区内河道两边都砌上水泥墙，再请一些画匠，建成文化长廊？"

…………

3

人多出"韩信"，智多出"孔明"，书记办公会上的七言八语，不同领域、不同层面的调查和征求意见，随后的市委常委会开下来，《清凌市水污染治理细则》正式出台了。以市委书记、市长任正、副组长的治理小组也正式组建了。

第六章

田敬儒接到组织部门通知，去中央党校参加为期一个月的进修班集中封闭学习。清凌市委的各项工作暂由市委副书记、市长何继盛全面负责。何继盛特意召开会议，强调要坚决贯彻落实好敬儒书记的指示要求，不打折扣、不讲条件、不计代价，打赢清凌市环境污染治理"攻坚战"。

好像一夜之间，清凌的风向变了。关于田敬儒去中央党校进修是为即将提拔为副部级领导做准备的传言，市委副书记、市长何继盛即将"转正"书记的传言，遍布清凌市的大街小巷，就连小商小贩们也都在聊这样的消息。

市里政界商界各色人等见到何继盛的称呼从"继盛市长"变成了"继盛书记"，这让何继盛很是受用，但他却坚决制止了这种说法。"清凌市委书记是田敬儒同志。请大家注意称呼，不要乱叫。我们当前重要的工作，要全部按照敬儒书记的指示办好、做实。"

可大家还是笑着称他："继盛书记。"

直到市纪委书记章鹏组织召开市纪委全体大会，集中学习省纪委下发的《L省规范使用党内称呼的通知》后，全市领导对何继盛的称呼，又从"继盛书记"变回了"继盛市长"。

就在田敬儒到中央党校学习期间，清凌市环境污染治理"攻坚战"全面打响，这一次何继盛创造了新的清凌速度，没出一个月，清凌江边就改头换面了。何继盛在不同场合、不同地点、面对不同的人，不断重复地发表着同样意思的讲话：我们要坚决贯彻落实好敬儒书记的指示要求，不打折扣、不讲条件、不计代价，打赢清凌市环境污染治理"攻坚战"。

在向常务副省长孔荣天汇报时，何继盛话里却是一肚子委屈。言外之意，对于清凌的事业发展，他是有自己想法的，做事情应该脚踏实地，形象工程是经不起时间和人民检验的。可是眼下迫于压力，自己却只能按照田敬儒的指示要求办，甚至讲出了"遥控指挥"一词。这样的词，很快经孔副省长传播了出去。

很快，名曰"和谐广场"的清凌沿江广场，按照市委书记田敬儒"遥控指挥"的要求，以"清凌速度"完成了建设任务，昔日臭气熏天、脏乱的清凌江边，成了园林式带状公园，长廊短亭、小桥流水、绿草如茵、花团锦簇，好一番人间美景。最有特色的是城区内沿江的街道都砌上了一人多高的水泥墙，隔上一段距离，会留出一段空隙，从那儿才能一睹清凌江的"真容"。经过整改，清凌市的环境污染情况似乎得到了明显的改善。

　　清凌市委宣传部邀请国家级、省级各大媒体记者团到清凌市开展采风活动。活动的主题确定为：建设人与自然和谐共处的新清凌。

　　关于是否邀请《环境时报》驻清凌的记者苏小糖，田敬儒、何继盛所持态度截然不同。两人的想法又不是明着说的，都是私下里表示给了曹跃斌。远在京都进修的田敬儒力主把苏小糖请过来，说是要有大家风范，不能因为人家写了负面报道就冷落人家，更不能打击报复，要显示出清凌的宽容大度。何继盛则坚决反对，他的意思可以用一句歌词来表达："朋友来了有好酒，若是那豺狼来了，迎接他的有猎枪！"

　　两位主要领导迥然不同的态度让曹跃斌为难了，琢磨来琢磨去，他终于想出了一个折中的办法：让金贝贝去找苏小糖。这样既把苏小糖请来了，符合了田敬儒的心意，宣传部又脱了干系。人不是宣传部请的，何继盛还能说出什么来？总不能剥夺了人家的采访权吧？总不能让人家来了再给撵走了吧？

　　这次苏小糖给了金贝贝十足的面子，两人一起出现在了记者团里。苏小糖和众记者一样，收到了一份清凌市委宣传部准备的"伴手礼"。

　　记者团在清凌市委宣传部集合，随后按照安排，统一坐上一辆豪华大巴车，去观赏清凌的美景。沿途更有清凌市的主持人坐在先导车内，通过语音同步的形式介绍，车上能清晰听到清凌的基本情况，工业、农业、城市建设进展，招商引资优惠政策，地域文化特色，当然也有环境保护内容等等。

　　在清凌沿江广场最漂亮的一处景观旁，豪华大巴车停了下来。在清凌市委宣传部导游员的"引导"下，记者们下车信步而行。

　　和谐广场上游人如织，既有老人在悠闲散步，又有美丽的少妇陪着丈夫推着婴儿车沿着石板路慢慢行走，更有成双成对的年轻人坐在长凳上窃窃私语。如画的景色中，仅有一点与之不和谐，那就是隐约可闻的一丝丝

第六章

恶臭混合在青草的气息里，径直地往鼻孔里钻。

看到眼前的景象，跟随众人脚步的苏小糖有些不敢相信自己的眼睛。她在接到邀请后，便第一时间调查了清凌"和谐广场"那道墙后面的真相，她不明白的是为什么市民们会愿意忍受着臭味来这里休闲。于是，她故意放慢了脚步，凑到一个五六岁戴棒球帽、一蹦一跳的小男孩身边，问："小朋友，你喜欢在广场上玩吗？"

小男孩看了看她，噘起嘴说："不喜欢！"

"为什么不喜欢啊？"

"这儿有臭味儿，不信你仔细闻！"

"不喜欢为什么要来呀？"

"不来妈妈会被扣工资的！"

"谁扣妈妈工资？"

"领导呗！坏人呗！"

"哦？"苏小糖心里一紧，随即像有一块石头往下一沉，脑袋里一阵眩晕。

这时，原本晴朗的天空，突然刮起了大风，风里夹杂着雨点，噼噼啪啪地打在人们身上。人们四下奔跑，寻找可以避雨的地方，有几位跑得慢的老者，身上的衣服立刻湿透了。

众记者到底年轻腿快，很快钻进了车里，坐在舒适的座椅上，探头探脑地望着车窗外迷蒙的风雨。

苏小糖却和广场上的游人一起挤进了小凉亭里。人们的汗味儿、烟味儿、脂粉味儿，还有孩子身上散发的奶香味混合在了一起。人们一边擦着脸上的汗水，一边诅咒着：

"当官的真是混蛋，为了这帮参观的人，非得让咱们到这个破广场上来溜达。单位、家里一堆正事都忙不过来呢，回头还是得加班干完。"

"估计今天又得忙到后半夜才能回家了！"

"还好意思宣传呢！我看着这堵水泥墙就来气，还什么文化墙、风采墙、廉政墙，要我看就是遮羞墙，还不是怕让人看见了清凌江被污染了！"

一道墙就能把什么都挡住了？当官的怎么就不计算计算，好几公里长的水泥墙，修建花的钱要是用在环境污染的治理上，那会是什么样的效果？"

"你说得不对，光治理的话是治标不治本。要是不抓住源头，再治理也没用，去不了根！"

"源头？源头就是那些大老板，谁敢得罪？"

"听说这'遮羞墙'是市委田书记拍板叫建的，他人不在清凌，却几乎一天一个电话，催着赶快建好，再把媒体都请来，替他吹嘘迅速整改的成绩。"

"你听谁说的？我看田书记不像是这么浮夸的人。这里头不定藏着什么猫腻呢！"

"呵呵，你看他不像？那你看着谁像？老话说'知人知面不知心'，这年头，会装的人多了去了……"

这时众人的议论声被一个稚嫩的哭声打断了，哭喊着的正是之前与苏小糖对话的小男孩。

"我找妈妈，妈妈不见了……呜呜……"

不远处，一个全身湿透的年轻女人顺着哭声跑向凉亭，小男孩冲进雨中，扑进了妈妈的怀里。

苏小糖别过脸，只觉得眼里热烫烫的。

几天后，市委宣传部已经过了下班时间，曹跃斌的眼睛还盯着办公桌上的各种报纸，每份报纸上都有《清凌江水现清凌》或内容相近的报道，办公电脑打开的页面上也是同样内容的文章。看着那些由他策划的杰作，他的心情愉悦到了极点。这哪里是什么报纸、网络新闻啊？这分明是一份份的喜报、一份份的成绩单、一份份的功劳簿。他觉得全身上下的毛孔都打开了，透着舒坦，透着畅快。这样的成绩，来之不易啊！更幸运的是，这里面没有苏小糖的名字，当然，她的笔名"直言"也不知所终。

曹跃斌是真开心啊！他高兴得忘记了一个事实：现在没看到，不等于一天后也看不到。

第六章

苏小糖到底是反向操作了。

各大媒体宣传清凌好做法的报道陆续见报后,《环境时报》却在第二天推出了署名直言的又一篇新闻特稿:《如此治污为哪般》。

冯皓东最先看到了这篇新闻。报道从政府、企业、百姓三个方面,深刻地分析了边污染边治理的现状和后果,以及导致此种结果的根源就是地方领导在政绩观上出了偏差,对中央环保政策的执行不力。他反复地把稿子看了几遍,越看越惊心,越看越害怕,越看越觉得苏小糖真是初生牛犊不畏虎,急忙打电话约苏小糖到"三娘小炒"见面。

苏小糖到达"三娘小炒"时,冯皓东已经在小包间里点好了菜等着她了。见她进来,冯皓东关上了小包间的房门。

冯皓东拉着脸,把最新的《环境时报》放到苏小糖的面前,说:"小糖,你的胆子真大,我看你是跟清凌市委、市政府杠上了!"

苏小糖看了一眼报纸,笑呵呵地说:"看不出来,您这么关注《环境时报》。嗯,螺蛳粉,记性蛮好的嘛,记得我爱吃这东西……臭死你!"她夹起螺蛳粉里的酸笋在冯皓东鼻子前晃了晃,放进自己嘴里卖力地吃了起来。

冯皓东忙躲闪着,以手为扇,一脸嫌弃,说:"慢点儿吃,没人跟你抢。真想不明白,一个小姑娘怎么会喜欢吃这么臭的东西,真服了你了。还是跟你说正事吧,《环境时报》接二连三的负面报道,把清凌的领导们都气坏了,还有那个利华的江源……我得提醒你,你在清凌已经很危险了,要不你回京都避避风头吧?"

苏小糖故意看了看四周,说:"危险?我怎么没感觉出来呢?坏人在哪里呀?"

冯皓东眉毛都拧歪了,说:"你别在那儿装没事。记者团采访结束,别人都在那儿帮忙鼓劲,我翻来覆去没见你写什么,还以为你这回'改正归邪'了呢,结果你还是写了,而且比前两个稿子下手更黑!"

苏小糖嘿嘿一乐,说:"冯首席,您可真是改词高手,'改正归邪'?我还真是第一次听着呢!"

163

冯皓东也是一乐，随即又绷起了脸，说："你别当儿戏，我这是为你的安全着想。你年纪小，经历少，不知道这些人以为清凌天高皇帝远，什么事都干得出来。"

苏小糖依旧笑嘻嘻地说："这些人是谁？是恐怖分子吗？他们还敢杀人不成？这可是大中国，全世界治安最好的国家之一，我会怕他们这些妖魔鬼怪？我这是维护正义。'铁肩担道义，妙手著文章'嘛！"

冯皓东说："我知道你是维护正义。可是你知道吗？这样一而再、再而三的负面报道，对你非常不利。你在每篇稿子里都抓住利华不放，利华的老总江源是黑白两道通吃的狠人，而且他还是个……"他又一次冲动了，想把自己知道的、亲身经历的一些事告诉给苏小糖，又怕吓到她，更怕她再写出什么来，转念间说了一半的话又咽了回去，"总之你听我的，暂时回京都避避风头。"

苏小糖说："我才不怕呢，朗朗乾坤，法治国家，我倒要看看他们敢做出什么事来！"

冯皓东急得把抽了一半的烟掐在了烟灰缸里，说："你怎么就像个孩子似的，死犟呢？"

苏小糖说："清凌有你保护我啊！"

此言一出，两个人的脸腾地都红了。小包间里出现了片刻的寂静。

苏小糖先打破了沉默，说："你也吃点东西，一会儿凉了就不香了。"

冯皓东叹了口气，说："还香呢！满屋都是螺蛳粉的味儿。衣服上都是了，头发上也是了，你闻闻。"

苏小糖果真就闻了闻，说："真香啊！臭香臭香的！哈哈！"

冯皓东说："我现在都担心死了，你还像没事人似的。那你记着，手机保持二十四小时开机，有事随时给我打电话。我的手机也会全天开机，你随时都能找到我。"

苏小糖心里动了一下，她记得曾在一部小说里读过这样的话："如果一个男人真的爱你，他的手机会为你二十四小时开机，在你最需要他的时候可以随时找到他。因为他爱你，所以会时时担心你。"

第六章

着急的人不光是冯皓东，还有田敬儒。

刚刚结束中央党校学习的田敬儒还没回到清凌就在微信里收到了曹跃斌转发的报道，内容都是对清凌环境保护工作的赞誉之词。他当时就给回过去了三个大拇指，以示表扬。

可是，田敬儒刚刚回到清凌，还没来得及当面对宣传部进行表扬。便从省委施书记的电话里得知《环境时报》发表了新闻特稿《如此治污为哪般》。

那天清晨，田敬儒刚刚坐进办公室，拿起水杯，还没来得及喝上一口，办公电话就响了起来。看到是省委书记办公室的号码，田敬儒的后背立即绷直了，音乐铃声只响过了两声，他就拿起了听筒。

"施书记，您好！"

"敬儒书记吗？"

"是我，敬儒。"田敬儒脑袋里嗡了一下，他注意到施书记在他名字后面加上了"书记"两个字，这是前所未有的。以前省委施书记叫他时，总会直呼"敬儒"，听在耳朵里格外地亲切。如果上司在喊下属名字时加上职务，那意味着什么？田敬儒的脑子飞速地运转着，难道清凌又出了什么事？

没容他想太多，施书记接着问："你看到今天的《环境时报》了吗？"

田敬儒这回不光是头大，连心脏也像被人扎了一刀，说："施书记，我……还没看到。"

施书记说："头版头条就是关于清凌的文章，《如此治污为哪般》，看看吧！"

不用看内容，光听标题，田敬儒就明白了七八分。又是那个苏小糖，又是环境污染，这梁子算结下了。中央党校进修期间，清凌的污染治理一直是进行时，怎么治污中又出现了问题呢？他抹了抹额头上涌出的细密汗珠，说："我这就找来看！"

施书记说："你关注一下文章里是怎么写清凌的。为什么发现的问

165

题那样尖锐？为什么能做到条理清晰、有理有据，让人挑不出一点破绽？再想一想，清凌是怎么落实中央环境保护政策的，又是怎么进行环境污染整治的？难道修大墙就能挡得住污染问题了？"施书记突然在电话里叹了口气，声音也低了几度，说，"敬儒，我必须要提醒你，前些日子一些关于清凌的负面报道也有人跟我汇报过，我一再地跟他们说，不要看到记者写了几个字，发了点文章，就对清凌指手画脚，要让他们放手去干嘛。我给了你们清凌最宽松的政策，可你们不能这么干啊！什么遮羞墙！'江黑黑'！这还是天蓝水绿的清凌吗？我大会小会地跟你们强调，经济指标要上去，民生更要上去，环境保护也要上去。要发展，更要绿色发展！难道清凌就是这么发展的？'绿水青山就是金山银山'不只是一句经典口号，更是正确指出了绿色发展的重要性，指出了加强环境保护和可持续发展的重要性。"

田敬儒觉得内衣后背都被汗水打透了，对着电话诺诺连声，却不知怎么解释才好。他已经从"遮羞墙"这三个字里明白了，他在中央党校进修这一个月里，何继盛是怎么"落实"制定的环保治理方案！所有人跟他报告的治污情况，跟真正治污方案的落实情况，完全不一样。欲盖弥彰地办法，只能是自食恶果。可是，现在不是跟施书记解释的时候，只能听着，有机会再详细汇报吧。

施书记说："敬儒，你要注意一下工作的方式方法。有人向我反映，你在清凌大搞一言堂，甚至搞出了'土皇帝'和'遥控指挥'的做法！希望你与市政府的一班人搞好团结。对你，我寄予了厚望，包括推荐你到中央党校培训，希望你认真地想一想我的话！"没容田敬儒回答，他啪地放下了电话。

田敬儒拿着听筒，愣了一会儿神，打电话给古凡："通知曹跃斌部长到我办公室。"

没过几分钟，古凡进来了："书记，联系不上曹部长，电话一直无人接听。"

"部里的人都知不道他去哪儿了？"

"部里也在联系他。"

田敬儒不禁有些恼火，直接用自己的手机拨打到曹跃斌的手机上，听筒里传来一位女士优雅的中音："您好，您拨打的电话已关机。"田敬儒干脆把电话打到了曹跃斌的办公室和家里，可依旧是动听的音乐一遍遍地回响而无人接听。

愤怒的火焰像是要把田敬儒的心烤干一样。他拿起水杯，想要喝口水，可水杯突然脱手，在裤子上翻转了几周，啪地摔到了地板上。水渍缓慢地向四周蔓延着，浸湿了地板，却无法熄灭他心中的怒火。

古凡站在原地，吓得脸都白了。这还是他第一次见田敬儒发这么大的脾气。

4

曹跃斌出现在田敬儒的办公室时，已经是上午九点多钟了，这个时候，他已经知道了《环境时报》发表了新闻特稿《如此治污为哪般》。

因为前一天晚上庆祝外宣工作取得的战绩，闹腾到很晚，曹跃斌一直睡到了第二天上午九点多。醒来才发现手机已经自动关机，直到充上电，重新开机，他才看到手机上数个未接来电提示、数条未读微信消息。他的脑袋嗡的一声炸开了——别的电话可以忽视，没接到敬儒书记的电话，这可是不应该出现的失误，再说了，即使没接到，也应该在看到的第一时间回复，可眼下已经过去了一个多小时了，于情于理也说不过去。

没等他醒过神儿来，副部长的电话就打了进来，怯懦地向他汇报了《如此治污为哪般》的情况，以及敬儒书记找他、古凡秘书找他、好多人都在找他。这下他再也顾不上别的，急忙跑到了田敬儒的办公室。

敲门之前，曹跃斌终于为自己想好了"失联"理由。

"请进！"尽管一肚子的火气，田敬儒还是礼貌地回应了。

曹跃斌轻轻地推开门，蹑手蹑脚地走了进去。

田敬儒抬头看了曹跃斌一眼，没有像以往那样站起身，也没像以往那样说请坐。

　　曹跃斌吊丧似的站到田敬儒面前，耷拉着脑袋，手捂着胸口，说："敬儒书记，我得向您辞职了，这个宣传部部长要是再当下去，我这心脏非得'搭桥'不可了。"

　　田敬儒没好气地说："辞职？遇到困难就辞职，有了好处就往前奔，这就是共产党培养多年的干部？你的心脏要是'搭桥'，我得排在你前面！"

　　这是曹跃斌第一次听到田敬儒说这样的重话，不自觉地又冒出了一头汗珠子，说："唉，这事都是负面新闻闹的。我每天上班都早，七点前肯定到办公室，第一件事就是到网上看一看关于咱们清凌的新闻，结果今天第一眼就瞧见了《如此治污为哪般》。一看完我这心脏就受不了啦，直接去了医院。大夫要求检查时手机得放旁边，检查完才发现，手机还关机了。这不，才……我知道您心里着急，我这一着急就胡说八道，您别生气了。"

　　田敬儒原本积攒了一肚子火气，准备对曹跃斌好好地发一发，他抬头，却看到了曹跃斌比平日略显苍白的面孔，眼睛有些红肿，原本就大的眼袋好像又大了些，印堂发黑，想到这个"救火队长"的不易，心里顿时有些不忍，缓和了一下口气说："你知道我心里着急？我看你是知不道，要不然能让我这么被动？早上我接到了省委施书记的电话。对这一系列的负面报道，书记特别气愤，而且……"他摆摆手，把省委施书记批评自己的那半截话咽了回去，"当务之急，你要做好苏小糖的工作，好好跟她谈一谈，晓之以理，动之以情。你去调查下苏小糖和她亲属的情况，多方位想办法。也可以适当地从《环境时报》上层领导找找关系，坚决停止这种'不帮忙，只添乱'的采访和报道！还有最重要的，全市的环保污染问题必须从根上解决，全市一盘棋，打个攻坚战，倒排工期！不要再搞什么'遮羞墙'了，不要拿老百姓当傻瓜，人民群众的眼睛是雪亮的！"

　　曹跃斌连说："是是是！按您的要求，我回去就办，马上就办。"说罢就要走。他指的办也只能是前半截，后半截的事是市长何继盛的管辖范围，他不能也不敢越权。

· 第六章 ·

"等等。"田敬儒叫住曹跃斌，指着墙上的书法作品问，"你还记不记得这幅字是谁送来的？"

曹跃斌说："这个，好像……当时是办公室拿过来的。"

田敬儒说："那你让办公室调查一下，这幅字到底是谁送的。"

曹跃斌脑门上的那层汗还没落，接着又起了一层，心说当初兴高采烈地送来，时过境迁，人家又没留名，要从什么地方找起呢？嘴上却说："这个……好吧！不过，敬儒书记，这首诗的作者查到了，是唐朝的大诗人，叫崔颢！"

田敬儒说："崔颢是大才子，连诗仙李白都很佩服他。"

曹跃斌鸡啄米似的一个劲儿地点头，道："是，您说得对。"

田敬儒摆摆手说："行了，别在那儿点头了，赶紧去查吧！"

曹跃斌没敢再说什么，三步并作两步走了出去。

回到办公室，没做过多的思考，曹跃斌按照田敬儒提出的八字方针——晓之以理，动之以情，给苏小糖打了电话。

"喂，是小糖记者吗？我是曹跃斌。"

"曹部长，您好！"

"小糖记者有没有时间，中午一起吃个饭？"

"谢谢曹部长，我有几个朋友从京都来了，怕是没时间了。"

"那就一起，我们宣传部负责接待……不，我个人接待。"

"这个不太合适吧，我这是私人小聚，不方便，谢谢您的好意了。"

"小糖记者说得对……是这样啊，你的文章我都看了，也太……"

"曹部长的意思是我的文章太尖锐了吧？"

"不敢不敢！我意思是咱们现行的报道方针应该是以正面宣传为主，负面报道为辅。小糖记者不能只对清凌猛追猛打，也要看到清凌的光明和亮点嘛。"

苏小糖在电话里笑了几声，说："曹部长，您的意思我明白，但您忘记了，媒体具有舆论监督的作用，不能只是一味地说好话，更不能一味地

169

唱高调。"

曹跃斌说："我不是非要你说好话、唱高调，但清凌有很多亮点值得写，你完全可以写写那些嘛。"

苏小糖说："曹部长，我只知道，一个新闻人应该歌颂现实生活中的美好，但绝不能粉饰现实生活中的丑恶！"没等曹跃斌再说什么，她紧接着说，"对不起曹部长，我有一个电话打进来了，我们改天再谈，好不好？"

曹跃斌只好挂了电话。此刻他脑子里像有个空心的象牙球，呼呼有声地转起来，转得眼前一阵阵发黑。他知道这是昨晚喝太多了，一大早又遇上了窝囊事所致。琢磨了一会儿，他暗骂自己真是气糊涂了，刚才就不应该给苏小糖打电话。谈什么谈？那是个犟种，谈了也跟没谈一样，白白浪费了唾沫星子，还不如找金贝贝再试一试。要是再不行，恐怕就得用点特别的手段，把她的嚣张气焰打下去了！

金贝贝开着保时捷，神气活现地出现在了苏小糖面前。

当时苏小糖正沿着清凌江边"和谐广场"的文化墙走着。金贝贝使劲按了几下喇叭。苏小糖以为自己挡了路，忙向路边靠了靠，暗自恼火清凌交管、住建部门连人车分流都没做好，除了主要街道有人行道，好多路都是车流混行，偶尔还可发现断头盲道，真是问题多多。喇叭又响了几声，她皱着眉回头，这才瞧见了车窗里正是穿着一身名牌时装的金贝贝。

金贝贝说："小糖上哪儿去？姐送你。"

苏小糖一笑，说："我随便走走，你先走吧。"

金贝贝说："好些天没见着你了，上车，咱俩聊聊。"她下车把苏小糖推进了副驾驶的位置。

苏小糖坐进车里，看了看车内装饰，说："这车真漂亮，贝贝姐真会享受生活。"

金贝贝说："我也就只能把车弄得漂亮点，谁让我人长得丑呢。"

苏小糖说："贝贝姐谦虚了，你人也很漂亮的，气质特别好。"

金贝贝说："你就甭顺情说好话了，我自己长啥样儿，自己清楚。按

第六章

理儿说，小糖你才配得起这样的好车。俗话都说了，好马配好鞍，这美人也得配良驹。"

苏小糖说："贝贝姐又跟我开玩笑。"

金贝贝说："我不是跟你开玩笑，我说的都是真心话！小糖，你的性子以后得改改，对人对事别那么较真儿。我说的这不较真儿，不是敷衍了事，而是一种艺术！你想想，要是对感情认真，受伤的准是认真的那个人；要是对事情认真，受损的也还是认真的那个人。"

苏小糖一下子联想到了远在加拿大的贺翔，心里不禁一动。她没想到金贝贝会说出这样的一番话，虽说玩世不恭了些，但仔细一想，确实也符合这个社会的现实。算是鸡汤，也可以说是毒鸡汤。

金贝贝接着说："做人不能太较真儿，做记者更是。小糖，记者是高危行业，每年究竟有多少记者挨打挨骂，估计没人统计过。所以在我看来，有多大的危险，就应该有多大的回报，记者应该是高收入行业。可高收入在哪里？想靠那点工资和稿费实现高收入，那是做梦！特别是这几年，咱传统媒体都难到什么程度了？纸媒停刊了一家又一家，关于这方面的报道别人是看看笑话，咱看了心里难过。媒体里面的难处，只有咱媒体内的自己人知道。可我在这一行做习惯了，做别的我也做不来，也没那个本事。但是，咱们当记者有行业优势，我们要使其物尽其用。为什么不利用记者这一行业优势，为自己换取更大的利益呢？"

苏小糖笑笑问："贝贝姐这台车是不是靠发挥优势得来的？"

金贝贝说："这个可以是，但这个真不是，哈哈！对了，差点忘了——"她拿出一张银行卡塞给苏小糖，"这是宣传部曹跃斌部长让我捎给你的，放我这儿很长时间了，我这人粗枝大叶的，一直拖到了现在。这是密码，你直接换张卡，然后把这个扔了。"

苏小糖把银行卡推开，说："还是请贝贝姐还给曹部长吧，就说小糖谢谢他的好意。另外，请转告他，小糖知道什么时候可以伸手，什么时候不能伸手。"她拉开车门，径自下车，头也不回地向前走去。

苏小糖没走多远，身后传来了汽车急转弯的声音。

·第 七 章·

1

黄昏的时候，云霞曼妙的姿态如同织女刚刚印染完成的金红色丝绸，有些艳丽，有些妖魅，柔滑地抚摸过素洁的天空，勾勒出各异的形态。云霞映照之下，房屋、树木，以及田野都沐浴在了一片安详之中，这样的景色往往会使人自然而然地进入平静。

此时，田敬儒的车子正行驶在开往省城的高速公路上。他坐在车里，没有心思欣赏窗外的美景，上下眼皮亲密地团结在一起。如果不仔细看，会认为他睡着了，稍一留意却能发现，他的眼睫毛会不时地微微抖动一下。同时抖动的，还有那些高效运转的脑细胞，里面正不停地回放着由苏小糖引发的"清凌大地震"的林林总总。在这些回放中，让他深度思考的是省委施书记的批评。

按照常理，田敬儒完全可以把种种愤怒转嫁到何继盛身上，毕竟市委常委会上最终制订的方案非常可行，如果按照方案执行，环境污染的问题即使得不到彻底的解决，也会取得一些肉眼可见的实际效果，更不会出现那么大的笑话。何况，关于何继盛在大会小会上讲"贯彻落实好田书记的指示要求"诸如此类的言论也没少进到他的耳朵里，这些栽赃嫁祸、阳奉

第七章

阴违的伎俩，他怎么会看不明白？但是木已成舟，事已至此，他愤怒又有什么用？有愤怒的精气神，不如想出彻底解决的办法。

田敬儒也可以把这种种愤怒转嫁到苏小糖身上，应该很生苏小糖的气，对她产生敌意，或者是恨意、仇意。毕竟苏小糖给他造成了"大麻烦"，把清凌的"丑事"传到了全国，把他与何继盛之间原本隐蔽的矛盾激化了，更引发了省委施书记的不满和批评。但是说不清为什么，田敬儒从气得七窍生烟变得渐渐平静下来，直至在内心深处欣赏起苏小糖刚直不阿的性格，以致对她发不出脾气，甚至莫名其妙地对苏小糖在清凌的安危还有了隐隐的担忧。他一再地向曹跃斌强调，对苏小糖一定要晓之以理、动之以情，以说服劝慰为主，绝对不可以采取强硬措施，更不能搞打击报复。他也认为自己对苏小糖的态度有些不可思议，难以理解，在自我分析后，他给了自己这样一个理由：一切只能归结为苏小糖的性格与他年轻时有着太多的相似之处。

遥想当年，田敬儒刚刚入仕，曾是何等的书生意气，刚直不阿，凡事坚持己见，绝不曲意逢迎。因为这种性格，他得罪了很多人，并且不被上面的某些"头儿"们看好。也是因为这种性格，他遇到了生命中最重要的一个贵人——现任省纪委书记严义。严义非常欣赏他，极力地促成了他和妻子沈放的婚姻，此后更在他的成长道路上给予了很多的关照和支持。他到清凌任市委书记时，严义书记的叮嘱全部烙在了他的心上：要不负众望，不负人民！给清凌经济打个翻身仗，还清凌绿水青山。

想到严义书记，田敬儒的心里有了一些暖意。多年来，每当他遇到了困难，严义书记总会及时地伸出援手。作为回报，田敬儒一点点地收敛起了又倔又硬的脾气，遇到事，会试着冷静之后再处理。一年又一年，官场生涯的磨砺，将他原有的棱角渐渐地磨平了。唯一没变的，是他对工作的那份兢兢业业、任劳任怨的劲头，对腐败的深恶痛绝。特别是在抓工业方面、招商引资方面他独树一帜，创造了多个全省之最。正是因为不断地积累，一年前他才能平稳地坐上了清凌市委书记的位子。

即便坐上了这个位子，田敬儒依然不敢有半点懈怠，他紧紧抓住清凌

沧浪

一切可开发利用的优势奋起直追。一年时间，清凌的经济增长速度从全省倒数第三进入正数前三，可是没想到同样是一年时间，因为多年遗留的环境污染问题没有得到彻底解决，却又引出了一连串的严重后果！

官场有个说法叫"新官不理旧账"，田敬儒做不到，他认为"新官"更要善于理"旧账"。在其位当谋其政，既然手中的权力是由人民赋予，那么心里就要装着一本"人民的账"。对于前任留下的工作，只要符合党的事业和群众利益，符合实际情况，就要遵循客观规律，尊重群众意愿，下真工夫解决问题，而不是"与己无关"，要一以贯之地把各项事业推向前进。当然，还要按照施书记和严义书记的要求，要把重大决策终身责任追究制度及责任倒查机制落到实处，在任要算"发展账"，离任不留"糊涂账"。

这些天田敬儒觉得心里十分憋闷，他总想找一个没人的地方吼上几嗓子，或者找个沙袋狠狠地打上几拳，酣畅淋漓地发泄一下。偏偏这种憋闷却不能有一丝一毫的声张，更不能在任何人面前表现出来，他只能暗自忍受着。他清楚地知道，在清凌，他的一举一动都会受到别人的关注，说句通俗点的话，八百双眼睛盯着他呢！不，或许比八百双还要多得多！

每个人在脆弱的时候都渴望得到安慰，即使官场上貌似坚强的男人也不能例外。在尔虞我诈、钩心斗角的官场之上，大家都戴着面具，没人敢将自己的伤口暴露给他人，没人会真心地帮他人缝合伤口，多数是恨不能在他人伤口上撒上一把盐才痛快。这是官场的险恶之处，也是人性的险恶之处。陷于这种状态的时间久了，田敬儒渴望找到一个倾听者，能够给他心灵上的疏导和慰藉。

田敬儒十分庆幸，自己有这位亦师亦友的好领导。在事前沟通好之后，他决定晚上到这位知心的领导家里去说说自己的心里话，也想了解一下省里对清凌及他本人的真实看法。

严义家的邻居们多为省里的领导。田敬儒是个做事稳妥的人，尽管事前与严义已经约好，为了避人耳目，他还是等到天完全黑下来，才让司机把车停到小区外的隐蔽之处。

第七章

保姆打开门,径直把田敬儒请进了严义书记的书房,这也是多年来他一直享有的待遇。这位与田敬儒有着二十多年交情的老上司是打心眼儿里喜欢他的,表面看似对他与别人是一视同仁,私下里却是视如嫡亲。田敬儒也恪守着这种低调,有意地将两人的关系隐藏起来。此举让严义对田敬儒的偏爱又增加了一分。

田敬儒走进书房时,严义正靠在躺椅上养神,听到推门声,他坐直了身子。田敬儒一进门,他就站了起来,走上前,紧紧地握了握田敬儒的手。

这一握把田敬儒的心握得一热,他鼻子立刻泛起了一阵酸意,轻轻地说了句:"严书记好。"

严义将他让到了被阳光晒得有些褪色的布艺沙发上,说:"好,好。敬儒,快坐下。"他自己随即坐在了田敬儒身边的另一张沙发上。

保姆将刚刚沏好的茶放到了田敬儒面前,只说了句"请用茶",就懂事地退了出去。

严义注视着田敬儒,关切地问:"最近家里怎么样?小放还好吧?她还经常到孤儿院里做义工吗?"他一直管田敬儒的爱人沈放叫小放。

田敬儒说:"家里都好,小放还是经常去,她觉得跟孩子们在一起很开心。"

严义说:"那就好。敬儒,这些年你也不容易。有时候,因为那件事,我总觉得亏欠了你。唉,人生苦短……我明白,你们两个心里挺苦。"

田敬儒说:"您别担心,这么多年,我和小放都习惯了。"

严义叹息了一声,问:"最近清凌什么样?又有什么新情况?"

田敬儒低下头,叹了口气,说:"严书记,我……真不知道从哪儿说起……"

严义摆摆手,说:"你不说我也清楚,清凌的任何一丝风吹草动我都在关注着,何况是出了这么大的负面新闻。省委常委会上,施书记就差没点名批评了,震动不小啊!"

田敬儒说:"施书记给我打过电话,谈了这事,只是我……真觉得自己……"

严义一笑，说："你觉得自己委屈是不是？"

田敬儒说："严书记，这么多年您是看着我成长起来的，对我的工作态度和事业心，您比谁都清楚。现在工作压力太大了，我不怕累，就怕……唉！先不说利华这个倒霉的企业不是我引到清凌的，我是接了个烫手的山芋。上任书记当初引进利华，那也是省里压下来的，经济指标是一级压一级……"

严义长嘘了一口气，苦笑着摇摇头。

田敬儒接着说："现在出了负面报道，却全推到我一个人头上，全都成了我的不是了！"

严义一笑，亲切的眼神如同在看一个孩子，说："倔脾气又来了？"

田敬儒不好意思地说："不是倔脾气，是觉得窝囊，这个市委书记当得受累不讨好。我到清凌才一年时间，清凌在全省的GDP增速排名从倒数第三到了前三，工业产值排名现在是第二，这在清凌的历史上是从来没有过的。我不图谁说我劳苦功高，但也不能说我只顾自己的政绩，不管民生吧。还弄出了'遥控指挥''一言堂'的罪名，我……真是太难了！"

严义沉默了片刻，说："敬儒，先喝口茶。"

田敬儒喝了一口茶，又叹了一口气，说："严书记，我是没敢跟您说，这一年，我的心都要操碎了。小放最知道，到清凌工作这一年，一个月我最多能在家住个一两晚，没日没夜地在清凌摸爬滚打。小放惦记我，偶尔过去陪我两天。受的苦、挨的累我不想跟谁说，说了也没有意义。要想做出点成绩，就得有付出。但总不能炒豆大家吃，砸锅一人赔吧？有时想想，我真……不想干了！"

严义脸色一沉，说："敬儒，你要是这样说，我也得批评你几句了。不能动不动就扔出'不干'这句话嘛！你是共产党的干部，是人民公仆，是清凌的一把手，要对自己说出的话负责，更要对上级负责，对人民负责！这话只许当着我说，绝对不可以再说第二遍！你简直……"他没再说下去。

田敬儒脸色通红，忙解释说："我也就是在您面前说。对不起，我放肆了。"

严义说："我明白你的感受，但是你要冷静地对待问题、解决问题。

· 第七章 ·

你以为施书记给你打电话说几句就是不认可你的工作了？错！大错特错！你还是没完全理解，他这样处理也是不得已而为之。你要站在他的角度想问题。难道有常委在会议上批评你人在京都'遥控指挥'清凌，强迫市政府大搞形象工程，他这个省委书记听而不闻？难道说省委书记看到了清凌的负面新闻，能装作没看见？难道他不希望清凌实现大发展，不希望全省的百姓安居乐业？都是盼着好的。但出了问题，下面有多少双眼睛在盯着，作为省委书记他总要有所作为，你明白吗？"

田敬儒猛醒似的挺直了脊背，说："我明白！"

严义说："其实施书记这个省委书记很难，比你我都要难太多了，也比我们都辛苦，我就没见他休息过一天，不是在工作，就是在工作的路上。中央非常重视环境保护工作，这是功在当代、利在千秋的大事业。人类是命运共同体，环保出问题，人人都是受害者。你任清凌市委书记这一年时间付出的努力，清凌各项事业取得的成绩省里领导有目共睹，他不过是说了你几句，你就听不得了？你也是一名老党员了，应该明白省委书记的批评对你未来的发展也是一种考验，不能只听表扬嘛！"

田敬儒像是吃了一颗定心丸，情绪比刚刚见到严义时明显好转了，说："严书记，谢谢您！"

严义说："你小子啊，谢我干吗？现在关键是你要顶住压力，从根子上给清凌好好治治病。现在倡导绿色发展、低碳经济，要把清凌这方面落下的'功课'补上。当然，经济指标也要完成，保持住良好的经济增长势头，绝对不能拖全省的后腿，更不能给施书记脸上抹黑。清凌市的环保工作要从根上治病，你懂了吗？"

田敬儒下保证似的说："我懂了！严书记，您放心，我一定按您的指示去做！"

严义问："关于那些事，有什么新线索吗？"

田敬儒说："有。这方面章鹏同志的工作做得非常细……"

两人又深谈了一会儿，田敬儒站起身告辞。

严义也站起身，笑着拍了拍田敬儒的肩膀，说："好好干吧！"

从严义家里出来，田敬儒告诉司机："直接送我回家吧。"他再度闭上眼睛，只是这一次，没用多长时间，他便发出轻微的鼾声，进入了梦乡。

2

苏小糖也进入了"梦乡"，不过她的梦是个噩梦。这个梦从崔明的电话开始。

她正趴在电脑前写着清凌环境污染特稿之四，手机屏幕上的卡通小猫儿随着音乐不停地扭动起来。她皱了下眉，心说，讨厌的电话，打断了思路，待会儿一定把手机关了。再看一眼，见是崔明办公室的号码，脸上立刻笑出了一朵花。

苏小糖笑嘻嘻地说："崔总，您好，是跟我催稿子吧？放心，明早一准儿给您交稿！"

电话另一头，崔明的声音却像压着什么东西，低沉地说："小糖，这几天在清凌怎么样？"

苏小糖脱口而出："很好呀。崔总完全可以把心放在肚子里，我向伟大的毛主席保证，明天一定把稿子发到编辑平台上……"

崔明打断了她的话，说："小糖，暂时先别写了。"

苏小糖在电话这头瞪大了眼睛，问："不写了？为什么不写了？崔总，出什么事了？"

崔明咳了一声，说："这个……你就听我的，暂时停止一切关于清凌的行动，包括采访、调查和写稿。"

苏小糖脑筋一转，问："崔总，是不是清凌有人动用了什么关系，给您施加压力，所以……他们这样做太过分了，这是限制新闻自由，这是……"

崔明说："怎么对我你就不要管了，我能处理好，也能顶得住。我现在是担心你，你在清凌人单势孤，一定要注意安全。不，你还是回京都吧，明天就回来！"

第七章

苏小糖说:"可我……崔总,清凌环境污染事件背后还有许多新闻可以挖,我不能把做了一半的调查说扔就扔了!您再给我一周时间,一周后我一定回京都,好吗?"

崔明说:"唉!你这个倔丫头,怎么和我当年一个样呢?"

苏小糖说:"崔总,您答应了?"

崔明说:"好吧,但你也得答应我,一定要特别注意安全,给我平平安安地回来!"

苏小糖不住地点头,嘴里吐出了一连串的"嗯嗯嗯"。

放下电话,苏小糖怔了一会儿,琢磨事情未必像崔明说的那样严重,至多是清凌有人在上面找了一些"说客"。现在的媒体经常会犯"软骨病",得病了就得歇歇,养好精神,等阳光晒足了,吸收了足够的钙质,骨头长硬了,再接着干活。再说了,按照崔明的性格,见着好稿子,他准会两眼放光,比小猫儿看到'猫罐罐'还有精气神儿呢。这几年,一些媒体经常给记者下广告任务,崔明却始终坚持自己的观点:记者就是要做好自己的本职工作,要不然专门成立广告部做什么?他一个人把部门的广告任务全包了,让手下的记者们没有创收方面的压力。这也使苏小糖下定决心,一定要把清凌污染问题深挖下去,把新闻写足了、写厚了、写实了,作为对崔明赏识自己的一份回报。

苏小糖一再对自己说,清凌的治安状况一向很好,民风淳朴,绝对不会有什么安全隐患。自我安慰了一阵子,她以为可以静下心来,脑子里却仍旧乱成一团。关于同行们被打骂,甚至被某些地方机关传唤的事,像是削尖了的竹签,径直往她的脑子里插。她的两只大眼睛盯着笔记本电脑屏幕,一直到夜幕降临,肚子咕噜作响,也没再写出几个字。于是她索性关了电脑,决定到和谐广场去看清凌市剧团的露天演出,放松一下紧绷的神经。

还没走到搭建好的简易演出台,苏小糖就听到了熟悉的京胡声。走到近前,看到坠髻争妍的演员,听到字正腔圆的京剧,她立刻神清气爽,随意地坐在几位显然是票友的老者中间,双手轻轻地为演唱者击节叩板。

这一刻,苏小糖觉得清凌真好,清凌的夜晚更好!

179

谁都无法预见将来会发生的事,就像听着京剧的苏小糖无论如何也想不到,危险正在她清凌的"家"门口等着她。

吃过一碗热辣辣、酸溜溜的酸辣粉,苏小糖觉得精气神又回到了身体里,她干脆从和谐广场步行回到了寓所。进入楼宇门,还没走到"家"的那一层,她就听到了两个男人的对话。

甲:"你说现在这帮记者们像不像疯狗?逮着什么都得咬一口。"

乙:"甭研究那个了,管她是记者还是啥呢。咱是赚谁的钱服谁的管,总之咱得把上头交代的事办好了。不是说这小丫头在屋里吗,怎么这半天都没人开门呢?"

甲:"这会儿出去了呗。咱就在这儿等着,她还能不回来了?"

乙:"对了,把照片找出来瞧瞧。"

甲:"你别说,这丫头长得挺好,特别是眼睛挺好看,挺大的。"

乙:"你啥品位啊,就这还好看?扔人堆里一下就没了!"

甲:"行了,除了姚明谁扔人堆里都找不着。"

乙:"你别抬杠了。这丫头挺好认的,你瞧瞧这些相片里,全是梳着马尾辫。还大城市来的呢,怎么看都土,比土老帽还土!"

甲:"行了你,没完了,人家这叫朴素!我告诉你,待会儿你手轻点儿,老大可交代了,吓唬吓唬就行,可不能搞出人命来!"

乙:"看不出来,你挺知道怜香惜玉嘛。"

甲:"狗嘴里吐不出象牙!"

乙:"你那才狗嘴呢!"

……………

苏小糖的心怦怦地狂跳起来,脚仿佛被什么拽住了似的凝固不动,身子微微发抖,刷地冒出了一身冷汗,呼吸急促,不住地在问自己:怎么办?怎么办……逃,要赶紧逃,不能被他们逮住了,要不然后果不堪设想。她哆嗦着正要转身向下走,又听到了两个男人的声音。

甲:"咦?刚刚我好像见到有个女的进楼门了,像是扎着马尾辫。"

乙:"你看清楚没有?是她吗?"

第七章

甲:"嘘——别吱声。"

楼梯间里变得鸦雀无声了。

苏小糖瞬间改变了主意,她连续做了几次深呼吸,将系在头发上的橡皮筋抽了下来。头发散落下来,挡住了她本来就小的一张脸。她耷拉着脑袋,装作有气无力地向上走。

两个青年男子瞧了一眼低着头走上来的苏小糖,急忙转过身,装成串亲戚的,敲着她的防盗门。苏小糖也不理会,眼睛盯着楼梯,若无其事地继续向上走,拐来拐去,径直上了天台。

关上天台小门的一刹那,苏小糖的眼泪哗地掉下来了。天台上的风很大,在她耳朵边呼呼地叫着,像是一个怪兽炫耀着威风。夜色中,星星眨着眼睛,瞧了苏小糖一眼,又瞧了一眼。她背靠着天台通向楼梯间的小门,调整着激烈的心跳,对自己说:别怕,他们没认出来,一点儿都没认出来!幸亏自己脑子转得快,要是刚才直接往楼下跑,他们准会追上去,到时可就惨了。两个大男人对付一个小女子,不死也得没了半条命。接下来要怎么办?在天台上待一晚上?得冻死。去别人家?也不认识谁啊……对了,给冯皓东打电话。她哆哆嗦嗦地从牛仔裤兜里掏出手机,却看到屏幕上黑黑的一片,按下开机键,还是黑黑的一片。她生气地叉着腰,嘟囔着:"什么时候没电不好,偏偏这个时候没电,破手机、坏手机!"越是这样想,她越是觉得委屈,眼泪借着大风,漫出了眼眶。

天台上的风还在继续刮着,一会儿传来什么东西被刮跑的叮叮咣咣声,一会儿传来楼下汽车的刹车声,一会儿又传来野猫的叫声。平时听起来柔柔顺顺的猫叫,在夜晚却显得特别恐怖,惊得苏小糖身上起了一层鸡皮疙瘩。她双手环抱住肩膀,来来回回地搓着,想以此增加一些热量。

人在最危急的时候总会急中生智,更会铤而走险。苏小糖忽然灵光一闪,既然上来的时候他们没认出自己来,下去的时候,估计也不一定能认出来。如果他们已经走了,自己就直接开门进去;如果他们还在,自己就从他们眼皮子底下溜出去,然后再想办法。

苏小糖抹干了脸上的泪水,把头发整理了一下,像先前一样,耷拉着

沧浪

脑袋，若无其事地走下楼。走到"家"门口时，两个男子看了她一眼，她的心扑通扑通狂跳着，呼吸压得极轻，生怕呼出了一口气都会惊到两个男子。她不急不缓地往下走，好像去散步一样的平常，直到走出楼门口，听到身后的楼宇门传来"啪"的一声，她才抬起脚，摆动双臂，使出吃奶的劲儿向前跑去……

霓虹灯给夜色中的清凌涂上了一层魔幻般的胭脂，鲜艳而醒目，迷离而魅惑……一切平凡的、不如意的、丑陋的、肮脏的、败坏的东西，都被遮掩在灯光背后了。

苏小糖麻木地奔跑在灯光里，她的身影穿过小巷，穿过闹市，穿过人群。她脑中一团混乱，老爸、老妈、贺翔、冯皓东、崔明、田敬儒、曹跃斌、董文英、金贝贝、何继盛、任洪功、两个陌生男子……一张又一张熟悉或不熟悉的面孔，一件又一件接踵而至的事件在她的眼前交替重叠。

机械向前的双脚将苏小糖带到了华灯装饰着的清凌桥，她慢慢地停下脚步，觉得两条腿像是灌了铅，死沉死沉的，仿佛已经不属于自己了，拽着扯着跟自己闹着别扭。她有气无力地伏在汉白玉的桥栏杆上，歪着头，枕着胳膊，呼呼地喘着气。汗水已经打湿了内衣，桥上吹过的夜风很快抽走了身上的汗珠儿，她的后背泛起了一阵阵寒意，冷飕飕的。寒意混合着凄凉的心情，她鼻子一酸，眼泪再度溢出了眼眶。这一刻，她觉得自己变成了童话故事里可怜的倒霉蛋，孤孤单单，无所依傍。几个月里人生中的种种变化、采访中遇到的困难、感情上的波折，一起涌上了心头。她的眼泪大滴大滴地滑过脸庞，滚过手背，滴在清凌桥的栏杆上，落入不停流淌的清凌江中。她越想越是觉得委屈，越想越是觉得难过，越想越是觉得无路可走，抽抽搭搭的哭泣渐渐变成了小声的呜咽。

一对恋爱中的男女从她身边走过，男的小声说："你看那女的，准是失恋了，没准儿想跳江。"女的说："别胡说八道！你看她披头散发、哭哭啼啼的，没准儿是个精神病。"男的说："要不过去看看？"女的说："你认识她呀？少管闲事！"

第七章

他们的对话一字不落地飞进了苏小糖的耳朵里，反而让她放开了心怀：我为什么要压制情绪？为什么不允许自己哭泣？为什么要为难自己？这里是清凌，现在是夜晚，这个陌生的城市里谁会认识我？谁会关心我？谁会在意我？就算发疯、发狂、发癫，至多是让人瞧瞧笑话，又能怎么样？总是压抑着、克制着，好累呀……她抱住桥栏杆开始放声大哭，眼泪一滴一滴在脸上汇成了小溪。

苏小糖哭得意气风发，哭得声嘶力竭，哭得如同洪水泛滥……

夜色中，一个孤单女孩子撕心裂肺的哭声，引起了过往车辆和行人的注意。司机们放慢车速，摇下车窗，不住地向苏小糖张望。有几个行人干脆停下脚步，窃窃私语，好像在观看一场精彩的演出。她却无所顾忌，放开了嗓门，放开了情绪，尽情地宣泄。

突然，一辆车"嘎吱"一声停在了苏小糖的身后，车上下来一个男人，从背后一把抱住她。她一惊，脱口喊了声："妈呀！"狠狠地对准那个男人的手腕就咬了下去，一只手向后用力揪着那人的头发，不管不顾地拼命撕扯。

男人抓住她的手，嘴巴贴近她的耳朵，说："小糖，快松开，是我，冯皓东！"

苏小糖立刻松开了嘴和手，转过身，扑进冯皓东的怀里，抡起小拳头，一下紧似一下地打在了他身上，接着哇哇地大哭起来。

冯皓东抚着苏小糖的后背，安慰着："别哭，别哭，这么大了还哭鼻子让人笑话，知道吗？"

苏小糖不好意思地抬起头，抽抽搭搭地说："知不道！"

冯皓东说："你就会说'知不道'。快上车吧，瞧你冻得跟筛糠似的。"说着把苏小糖塞进车里。

围观的人们这才三三两两地散开了，笑嘻嘻地谈论着，说着小两口生完气又和好如初之类的闲话。

坐在车里，苏小糖的身子不住地抖着，哆嗦着问："咬疼了吗？"

冯皓东一笑，说："要不我也咬你一口，看疼不？"

苏小糖伸出胳膊，说："咬吧您哪！"

冯皓东作势要咬，末了，却在上面轻轻地亲了一下。

苏小糖脸上一热，抽回了手。

冯皓东的脸也热了起来，脱下衣服，披在了苏小糖的身上，又打开了空调。车子向前驶去，他盯着前方，问："臭丫头，手机干吗关机？不是告诉你二十四小时开机了吗？一点儿记性也没有。"

苏小糖从纸巾盒里抽出一张纸巾，擦了下鼻涕，说："不是我关的，是它自己关的。"委屈的眼泪紧接着又淌下来了。

冯皓东说："它真是出息了，还长手了？"

苏小糖瞪了冯皓东一眼，委屈地说："没电了，这也怪我？！"

冯皓东一笑，说："怪我，怪我，这话问得真没水平。是我着急了，刚才去你家看见俩男的在门口来回晃，就觉得准没好事。怕你万一撞上，打电话通知你，却怎么也打不通。我猜你没在家，心急火燎地开车四处找，但怎么找也找不到。平时觉着清凌挺小的地儿，找人时就变得没边没沿了。幸亏我长了个心眼儿，到桥上转了转，要不还找不到你呢。怎么了，受什么委屈了，哭得惊天动地的？"

苏小糖的眼泪又掉下来了，说："我也看见那俩男的了！"她把事情的经过讲了一遍。

冯皓东脸色一沉，说："没想到他这么快就动手了。"

苏小糖机警地问："他？他是谁？何继盛、任洪功还是江源？"

冯皓东反问："你为什么不猜田敬儒和曹跃斌？"

苏小糖摇着头，说："不可能是他们俩，绝对不可能。"

冯皓东说："算你还有点脑子。田敬儒不可能做出这种下三滥的事，曹跃斌和任洪功没那个胆儿。如果我没猜错，应该是江源的人。"

"为什么你不猜何大市长？"

"因为他暂时还不至于。"

苏小糖低下头，觉得清凌的空气中弥漫着恐惧，此刻恐惧正不断扩大着它的领地，沿着车缝钻进了车里，向她逼近。她拽了拽披在身上的带着冯皓东体温的衣服，像是给自己披上了一层铠甲。

冯皓东安慰她，说："别害怕，有我呢！"

苏小糖心里一热，眼睛又湿了。

车停在了一个小区里，冯皓东说："下车。"

苏小糖问："这是哪儿？"

冯皓东说："我家呀。"

苏小糖瞪大眼睛，说："您把我带家去，这……合适吗？"

冯皓东说："有什么不合适的？三更半夜的，要不你去哪儿？先在我这儿住一宿，明天再想别的办法。"

苏小糖扭了一下身子，说："我不去。"

冯皓东笑了笑，说："你不是怕我吧？"

苏小糖被他猜中了心思，不好意思地低下头，小声说："我才不怕你呢，我是想回家。"

冯皓东盯着她，说："还回家呢，你以为这是京都啊？你已经让江源的人给盯上了，回去是找死！我告诉你，江源可不是个简单的人物，官场上跟市长称兄道弟，黑道上也是一呼百应。就算你不怕死，也得为你爹妈想想，你要是有个三长两短，让你爹妈怎么办？"

苏小糖被冯皓东说得哑口无言，心知自己确实无处可去，只好顺从地跟在冯皓东的身后，上了楼。

3

打开门，按亮灯，轮到冯皓东脸红了。离婚后他就把女儿冯可儿送到了长托幼儿园，可儿周末回家两天，多是在奶奶家度过。家里只有他一个大男人，衣服、书报、杂物扔得到处都是。茶几上，一个巨大的茶色水晶烟灰缸里挤挤挨挨地塞满了烟头。沙发上，一条黑色的平角内裤和两只各分东西的白色袜子可怜地蜷缩着。他三步并作两步，捡起内裤和袜子，揉成了一团，藏在背后，结结巴巴地说："你……随便坐。"随即指着苏小糖的脸，哈哈大笑起来。

苏小糖一愣，摸了摸脸颊，问："我脸上怎么了？"

冯皓东已经笑得上气不接下气了，拿着内裤和袜子的手捂住脸，又马上皱着眉把手里的东西放到了背后。

苏小糖被他笑得不知所措，转过身子，对着镜子一看，自己也哈哈大笑起来。此时，她的脸上东一道黑，西一道黑，特别是嘴唇边上恰好左右各有几道，简直就是一只"大花猫"。她忙问："洗手间在哪儿？"

冯皓东一边哈哈笑着，一边把她带进了洗手间。

苏小糖打开水龙头哗哗地洗了起来。

片刻，冯皓东又进来了，他把一套红色的丝绸睡衣放在毛巾架上，说："你直接洗个澡吧……别嫌弃，这是我前任老婆的睡衣，新的，没上过身，你将就着穿一晚吧。"

苏小糖应了一声，脸一下热了。其实她是宁愿自己再买一套新的穿，也不想穿别人的，即使是没上过身，但毕竟还是别人的。可是想到已经麻烦冯皓东这么多，实在不好意思再麻烦，便只好应承下来。她把洗手间的门闩好，脱下已经潮湿发黏的衣服，打开了热水喷头。湿热的水从头顶倾泻而下，温柔地滑过脸、脖颈、胸口……

在外面忙着收拾房间的冯皓东耳朵里塞满了浴室里传出的声音，先是穿着拖鞋的走动声，接着是窸窸窣窣的脱衣服声，然后是水冲泻下来的哗哗声……他压抑了很久的身体猛地颤动了一下，脑子里幻化出了浴室里那个曼妙的身体。突然，他像被惊醒了一样，责骂自己：怎么能这么下流呢？脑子里都想什么呢？简直成流氓了。他冲进厨房，打开水龙头，让凉水打湿脸颊……

穿着睡衣的苏小糖从浴室出来，看到冯皓东坐在沙发上抽烟，头发上滴滴答答地淌着水，像是突然意识到了什么，她红着脸向上拽了拽睡衣的领口，怯懦地问："我住哪个房间？"

冯皓东只瞧了苏小糖一眼，偏偏就看到了她大"V"型领口处的一片雪白，他的心跳又开始加速。他低下头，把烟头按进刚刚洗好的烟灰缸里，

第七章

起身推开一扇门,说:"你住可儿的房间吧。"

苏小糖说了声"晚安",嗖地进去了,打开灯,锁好门,又把卧室里唯一的一把椅子堵在了门口。

冯皓东盯了几秒钟可儿的房门,长出一口气,转身坐回沙发。一会儿又觉得如坐针毡,在客厅里转了几圈,折回到自己的房间,三下五除二脱下衣服,躺在床上,闭上眼睛,脑子里浮现的却依旧是苏小糖胸口的那片雪白。他翻来覆去,烙饼一样地折腾着。

另一个房间里,苏小糖也是很晚才睡着。她做了一个梦,梦里两只黑色的大狗不停地追赶着她,她拼了命地向前跑,跑过了一座又一座山峰,来到一条清澈见底的大河边,两只黑狗同时消失了。她长长地松了口气,采下河边的野花,编成了一个美丽的花环戴在头上。她赤着脚走进水里,金红色的小鱼在她的脚边游来游去。这时,来了一个男子,走进水中,将她轻轻地抱到河岸的草地上。白云下,清风里,两人倒在了绿油油的草地上,男子的唇一点点地滑过她的额头、眼睛、脸颊、嘴唇、脖颈……男子的嘴唇一路向下,弄得她一阵阵酥痒、一阵阵战栗。她想看清楚他的脸,却无论如何也睁不开眼睛,只是觉得那男子好像是贺翔,又好像是冯皓东……

省委常委会上施书记对田敬儒的不点名批评,很快传到了何继盛的耳朵里。这使他的心里有了一些无法言说的畅快,畅快之后,他又觉得意犹未尽,认为得到的效果和最初的设想差距有些过大,而且田敬儒离风口浪尖还差那么一点点的距离。他清楚,绝对不能小看这点距离,再推一步能置人于死地,可退一步却会无声无息。省里看来还得再下些工夫了,说起来自己跟常务副省长孔荣天已经是捆绑在一起了,接下来,还要捆得更紧密才行。要趁热打铁,利用这接连出现的负面报道把田敬儒彻底搞臭,彻底撵出清凌。

就在何继盛坐在办公室里思考这些问题时,手机铃音提示来了一条微信。他打开一看,专属手机号码注册的微信上,雅雯发来一条颇具暧昧的笑话。

何继盛脸上露出坏笑,眼前浮现出那个尤物玲珑有致、性感十足的小模样，回微信：大馋猫！

对方立马回了微信：喵喵，要抱抱！

何继盛热血沸腾，回想起以往销魂的情形，微信说：晚上八点，老地方。

对方回微信：不许失言！

何继盛苦笑了一下，想起去年交往过的那个莹莹，老是在微信里说要跟他保持"永横的恋情"，结果没到一年就"横"住了。他心说这些90后们怎么全是错别字，便给雅雯回了两个字予以纠正：食言！

晚上两人几番云雨后，气喘吁吁地躺下了。何继盛搂着那个可人的尤物，闭着眼睛，脑子里又开始琢磨起事来。

雅雯突然说："听说田敬儒让省委书记给批评了？"

何继盛睁开眼睛，说："你消息蛮灵通的嘛，关心起政治了？"

雅雯说："不是我灵通，是我姐夫，这些日子他天天都窝在家里，就琢磨怎样能报复田敬儒，恨得牙根儿都发痒了，今天跟我说起这事时还念叨上头怎么不枪毙了姓田的呢！要我说，看报纸的人还是少，辐射面小！"

何继盛心里一动，说："作用还小呀，你说什么作用大？"

雅雯立刻来了精神，嗖地坐了起来，说："继续在网络上炒作啊！持续上热搜呀！咱不说别的，只是这个'瓜'那个'瓜'地炒作、爆料，多大的领导、多大的明星，不都是停职的停职，歇菜的歇菜，说踩缝纫机就进去踩了？现在短视频才是最火的，得在短视频的平台上同时炒作。"

何继盛一笑说："网络这玩意儿我还真不太了解。老喽！到底是比我年轻二十来岁啊，你是不是没事就在家上网聊天找帅哥？"

雅雯抡起小拳头打在何继盛的胸口，说："你坏死了，人家给你出主意，你还拿人家说笑！在我眼里谁也没你帅！"

何继盛抓住雅雯柔若无骨的手，说："这不是逗你玩儿吗？不过说真的，网络这东西你明白吗？"

雅雯说："当然明白呀，现在团里也没什么演出，没事我就玩手机。也不是我玩，现在谁不玩手机啊，老头老太太们还玩呢，玩得还贼溜呢，

第七章

也就你们这些当领导的没时间玩。对了，我现在也是个不大不小的网络红人呢，'粉丝'也有十几万人呢。"

何继盛早就动过用网络对付田敬儒的念头，只是没想好由谁去操作、怎样去操作。雅雯一说，他的心里就有了数，脑子里的想法也成了形，这般那般地叮嘱了一番。

雅雯越听眼睛睁得越大，越听越有神采，等何继盛说完，她脸上的表情已经换了七八样，问道："这么做，不是把利华纸业也给卷进去了吗？江源知道了不得生气呀？我……我可不敢惹他。"

何继盛说："你怕什么？有我呢！你就按我说的去做。咱们这是冲着田敬儒去的，又不是对付江源。我这么做是为了谁？还不是为了给你姐夫报仇？总之你就按我说的弄吧！"

雅雯哼了一声，轻轻地揪住何继盛的鼻子，说："我可不管我姐夫，我可是为了你！你让我干什么我就干什么。不过，我手机都用半年多了，是不是要换最新款了？刚出的新款手机内存大，性能好，像素也高。"

这回轮到何继盛揪住雅雯的鼻子了，说："瞧你这点小心眼儿！手机不过是个小意思，我再给你弄个新款笔记本电脑玩儿吧。"说着拿起手机打给江源。

听到市长想要新款手机和笔记本电脑，江源自然是连连点头，答应第二天就把最新款的送过去。

何继盛又叮嘱了一句："最好是白色的，看着干净。"

江源不住地说："是，是！"

江源做梦也想不到，他送给何继盛的手机和笔记本电脑会给利华带来灭顶之灾。

冯皓东还在被窝里就接到了社里的紧急采访通知，他急忙套上衣服往外赶，刚关上门，走下一层楼，噔噔噔又跑了回来，打开门，三步并作两步，从冰箱里取出一个面包、一杯酸奶放在茶几上，在旁边留了一张小纸条：

沧浪

　　小懒猫儿，我去采访，你老老实实待在家里。这些东西先垫垫肚子，中午回来给你带好东西吃。大烟囱。

　　中午，冯皓东拎着比萨回到家，却是人去屋空。他推开可儿的房门，红色的丝绸睡衣叠得整整齐齐，摆在单人床上。除了屋子变得格外整洁，根本看不出苏小糖曾经在这里住过一晚的迹象。他像失去了什么，颓然地坐在沙发上，取出一根烟，用力地吸了起来。低头时看到早上的纸条下面增加了一行字，字体粗犷，笔迹圆润，脸上立马有了笑意，自言自语地说："没想到这个小丫头，写字倒像个大男人的手笔。"

　　大烟囱，谢谢你昨晚的盛情款待，给你添了不少的麻烦。清凌这么大，我可以找到藏身之所的。放心吧，我一定注意安全。酥糖。

　　冯皓东从纸条的内容分析，苏小糖一定没有离开清凌，而且依着她的性格也不可能离开。可她能去哪儿呢？他开车跑到了苏小糖的寓所，紧紧关闭的防盗门迎接着他；他来到清凌桥，桥上车来车往，唯独没有苏小糖的身影；他来到和谐广场，也不见苏小糖的马尾辫……她在清凌没有亲属，没有同学，没有朋友，能去哪儿呢？他灵光一闪——酒店，她一定藏在哪家酒店了。可是能在哪家呢？他决定挨家试试，清凌的十几家大型的酒店都走遍了，一次次地问，却一次次听到查无此人。

　　这期间，他一次又一次地拨打着苏小糖的手机，一次次被告知：您好，您拨打的电话已关机。

　　天色渐渐暗了下来，灯光开始统治这座小城。冯皓东开车重新回到了苏小糖的寓所楼下，万家灯火中，属于苏小糖的窗口漆黑一片。他再一次按下那串熟悉的号码，他决定，如果这次再打不通，就立刻报警，这么一个大活人，总不能说不见就不见了吧？

　　没想到这一次居然拨通了。

　　苏："喂，冯皓东呀。"

第七章

冯："我的姑奶奶，你跑哪儿去了？我找你半天了！手机也关机，你是不是想把人急疯啊？"

苏："嘿嘿，我手机好像有点问题，充电时自动关机了，刚开机呀。我现在在一个很安全的地方，他们做梦也找不到的地方。"

冯："找不到你？他们如果决心找到你，掘地三尺也能把你挖出来。赶紧告诉我，你在哪儿。"

苏："我……哎，水开了，我接壶水，一会儿给你回电话。"

电话里传来了一串嘟嘟声。冯皓东的脑袋里打上了问号，自己打开水？苏小糖总不能跑到什么学生宿舍吧？一定是跑到小旅店去了，这个自以为是的家伙！

冯皓东的车很快出现在了清凌市有名的小旅店一条街——桃花巷。打听到第四家旅店，果然看到正往房间走的苏小糖。

冯皓东叉着腰，瞪着眼睛盯着苏小糖，眼睛里像是喷着火。

苏小糖大眼睛转了一圈，歪着头说："这地方居然也让你给找到了，你真是神了！"

冯皓东推着苏小糖走进房间，关上门，继续瞪大着眼睛，质问起来："你知道什么人住这种地方吗？"

苏小糖也瞪大眼睛说："这里是旅店，当然是客人住喽！冯首席，我们才分开十几个小时，您的IQ明显下降了。"

冯皓东说："别在那儿贫嘴。你以为就你聪明？我告诉你，这条街叫桃花巷，桃花在中文里代表什么，你明白吗？"

苏小糖脸一红，说："代表清凌桃花多呗，清凌的桃花本来也漂亮呀。桃花就桃花，关我什么事！"

冯皓东说："我再告诉你，这里鱼龙混杂，什么事都有，什么人都有！"

苏小糖不屑地说："这样不是更好吗？古人不是说，'小隐隐于野，大隐隐于市'？他们做梦也想不到我能藏在这里！"

恰在这时，传来了急促的敲门声。

苏小糖觉得自己的心脏猛跳起来，她嗖地跑到冯皓东的身边，双手紧紧地拉住了他的胳膊，眼里写满了紧张。

冯皓东拍了拍她的胳膊，示意她不要怕。他打开门一瞧，两男一女，说是查房。

冯皓东再也不瞧第二眼，直指着苏小糖的鼻子骂道："你个臭娘们儿，骂你两句就离家出走。立马跟我回去，要不然看我怎么收拾你！"

苏小糖低下头，双手捂住脸，肩膀不住地抖动着。

冯皓东接着又骂道："就知道哭，再哭把你腿打折了！让你跑，我看你往哪儿跑？三天不打上房揭瓦！"

对方见状，彼此对视几眼出去了。

关上门，苏小糖抬起头，哈哈大笑，笑得挤出了眼泪，说："冯皓东，不当演员白瞎了您哪！太能装了。我的妈呀，笑得肚子疼了。"

冯皓东依旧绷着脸，冲着门口喊："你还敢跟我犟嘴，没边了你！"回头对苏小糖挤了挤眼睛。

苏小糖停下笑，擦擦眼泪，问："刚才那几个人是干吗的？"

冯皓东说："敲诈的。"

苏小糖不解地问："敲诈什么？"

冯皓东说："还能敲诈什么？钱呗！人家以为你是妓女我是嫖客，来讹钱的。"

苏小糖抡起拳头捶在冯皓东的胸口上，说："做人能不能善良点儿？有您这么往人身上泼脏水的吗？"

冯皓东说："你再不走，人家可就当真了！"

苏小糖说了句"烦人"，急忙收拾起自己的东西，顺从地跟在冯皓东的身后，走出了桃花巷。

当天晚上，为了压惊，冯皓东找出了一瓶珍藏的茅台，平时滴酒不沾的苏小糖第一次喝起了白酒。

咽下一口酒，苏小糖吸着凉气，说："这酒好辣啊，鼻子都受不了了！"

冯皓东哈哈一乐，说："你是用嘴喝还是用鼻子喝？"

苏小糖说："别欺负人啊，他们欺负我，你也欺负我！"她的眼睛立刻就红了。

冯皓东急忙伸手擦去了苏小糖脸上的泪水，说："瞧你，我是逗你玩儿呢。你啊，就是在蜜罐里长大的，没受过委屈。今天我给你讲讲我的故事吧……"他低沉的嗓音极富磁性，讲起了自己的事业、婚姻，讲起了种种的如意、不如意。最主要，讲起了他为什么会有那么多关于清凌环境污染的资料。"那些资料都是我用前程换来的，跟我同期入职的同行，至少是个正科，还有混到机关，提拔到副处、正处的。只有我还是个所谓的事业副科，就是个事业八级管理岗。我的职称评定也总是被卡，你懂为什么吧？"

苏小糖点头。

"再给你看看我的伤。"他把衣服撩起来，一条刺眼的刀疤赫然出现在后背上。

苏小糖问："是利华的江源？"

"那时利华还没来呢，是别的企业老板找人对我下的黑手。只砍伤我，但不至于要了我的命。"

"报警啊！"

"报了，但警方说监控看不清楚。"

"然后呢？"

"没有然后，不了了之。"

苏小糖沉默了。

冯皓东说："我开始关注清凌环境污染的时候，你应该还在读大学，我的资料也是从那时开始搜集的。刚开始，我意气风发，以笔为刀，但是，我的稿子在本地根本发不出来，从社里到宣传部的领导一个个都找我谈话，后来……"

苏小糖不再插话，默默地听着，跟着他叹气、大笑、无奈、落泪。

冯皓东像哄孩子一样地说："小糖乖，咱不哭，咱这算什么难啊？比咱活得难的人太多了。跟残疾人比，咱们四肢健全；跟孤儿比，咱们父母都在身边；跟失业人员比，咱们每月都能领着薪水；跟农民工比，咱们风吹不着雨淋不着。所以，咱们得知足，咱们活得不错了！咱得学着放大快乐，缩小不幸，是不是？人啊，只要能过得了自己这一关，说得服自己，就啥都不是事。"

苏小糖点头，讲起了自己为什么从京都来到清凌，讲起了曾经的爱情故事，讲起了自己的梦想……

记不起是怎样的过程，两人端着酒杯从餐厅转移到了冯皓东的大床上，似乎在半梦半醒的状态下，两张热烫烫的唇粘在了一起。像在梦境中一样，冯皓东的唇一点点地滑过苏小糖的额头、眼睛、脸颊、嘴唇、脖颈……

温暖的阳光穿透蓝色的玻璃窗，漫不经心地照在苏小糖红润的脸上，一只白皙的脚丫儿从被窝里踢了出来。

冯皓东眼睛直勾勾地盯着苏小糖。

苏小糖像被这种目光吵醒了，抬起长长的睫毛，目光恰好定格在了冯皓东的身上。

冯皓东抽回目光，对着镜子举起手里的剃须刀，绷紧下巴，转动脑袋，在脸皮上小心地刮着，一道又一道。刮一道，就露出了一道青色。

苏小糖浅笑，脑袋钻进了被窝里。

冯皓东拽下肩上的毛巾，胡乱地擦了两把，坐在床边，撩开被子，将残存着香皂味道的脸贴到了苏小糖的脸上，在她耳边轻声地说："小糖，你是一个小妖精。"

苏小糖就势咬了一下他的耳垂，说："你是一只大野兽。"

冯皓东的激情被苏小糖的这句话再度唤起，他嗖地钻进被窝，紧紧地搂住她，说："我就是一只大野兽，我来吃小妖精了。"

…………

4

《列子·说符》曰："人有亡斧者，意其邻之子。视其行步，窃斧也；颜色，窃斧也；言语，窃斧也；动作态度，无为而不窃斧也。俄而抇其谷而得其斧,他日复见其邻人之子,动作态度,无似窃斧者。"

这个故事在曹跃斌身上重演了,当他在网上搜到文章《形象工程害死人》时,第一个想到的就是苏小糖,心里骂道:这个苏小糖,简直就是清凌的克星,是我老曹的死敌!《环境时报》上不能发表文章,就跑到网上兴风作浪!

令曹跃斌头皮发麻的是,整篇文章矛头直指田敬儒,说清凌市委领导为了搞什么政绩工程,捞取政治资本,不顾广大干群反对和清凌的实际,利用手中的绝对权力一意孤行,引进有污染隐患的招商项目。形象工程、污染工程、官商勾结成为文章三个部分的小标题。文章的最上端是一幅漫画,画上的一个人头戴乌纱手拿官印,儒雅的外表与田敬儒极为相像。另一个人则点着头,哈着腰,手里握着厚厚的一沓钞票和金条,瘦削的身材像极了江源。文章的下面是多达上千条的评论,内容更是五花八门。他看得脑袋生疼,拿起电话,通知办公室把网监办蒋主任找过来。

曹跃斌深知网络具有传统媒体无法企及的传播优势,特别是负面新闻发酵起来速度惊人,不夸张地说就是爆炸式的传播。因为主抓宣传工作,逼着他不得不关注网络上关于清凌的只言片语,稍有空闲他都会到网上搜寻一番,瞧瞧是不是有了风吹草动,是不是出现了负面新闻。偏偏怕什么来什么,红得发紫的热搜像贴刺眼的膏药,正好贴在了脸蛋儿上。他急忙又在搜索引擎上查找了一番,值得庆幸,这样的文章还只出现在了几处,他现在只希望能趁早将"火头"扑灭。

就在这时,蒋主任推门进来了,看到曹跃斌沉着一张脸,他脑门儿涌出了一层汗珠,支支吾吾地说:"曹部长,我……"

曹跃斌指着电脑问:"这个,你看见了没?"

蒋主任说:"我已经安排人去处理了。"

曹跃斌说:"那就好。另外马上联系公安部门上技术,给我盯着,发现哪儿冒头了,赶紧给我掐灭了。"

蒋主任说:"已经排班了,二十四小时轮岗,歇人不歇电脑。"

曹跃斌说:"给我盯紧了,最近出的事太多了。"他脑袋向后靠在椅子上，闭起了眼睛。

　　蒋主任说："好的，部长。"刚走两步，又折了回来，"曹部长，删帖公司说如果不能马上支付费用，他们就不接受业务。现在删帖是明码实价，资金……"

　　曹跃斌长出一口气，说："先回去盯着吧，资金的事，我再想办法。"蒋主任悄悄地出去了。

　　曹跃斌想起这些事就是一肚子的气。现在消除负面新闻的成本越来越高，传统媒体、网络媒体，哪个都不敢忽视，要想摆平就要用钱。市政府拨的资金有限，花钱的地方多得数不清，到头来受憋的还是他这个宣传部部长。有时候，凭着关系和面子，各单位、各部门都能拿出来一些钱意思意思，但总归是解决不了根本问题。说穿了，消除这些负面新闻是为了谁？还不是为了书记、市长的脸面！按照他的想法，应该设立专项资金用在负面新闻的封杀上，不过这个想法怕是一时半会儿难以落实。何继盛多次说让他用钱摆平，可到了批钱的时候却总是摆出一副不冷不热的面孔，要点钱就像是刮肠割肉。

　　想到这，曹跃斌觉得应该把新情况向田敬儒汇报一下。多请示、勤汇报是他从政多年的心得，也是他从一个基层干事做到宣传部部长积累下的经验。

　　田敬儒办公室的门虚掩着，曹跃斌敲敲门进去，田敬儒正在看文件，对他点了下头，他静悄悄地坐到了沙发上。真是难得了，平时书记的办公室里总是一个接一个的人，各种请示汇报。难得书记居然没人打扰了，田敬儒很快从文件上抽回了目光，指着对面的椅子说："跃斌，坐那么远干吗？咱俩有距离也产生不了美！"

　　曹跃斌一笑，抬起屁股，坐到田敬儒对面的椅子上，说："我得向组织上靠拢靠拢，听老婆话跟党走嘛。"

　　田敬儒说："听老婆话是你的私事，我不能干涉。跟党走是必须的，无条件的。"

　　曹跃斌说："都是必须的，无条件执行。"

第七章

两人哈哈一乐。

田敬儒问:"最近宣传上怎么样?《环境时报》那边没问题了吧?"

曹跃斌说:"没问题了。"

田敬儒说:"那就好!"他呷了口茶,等着听曹跃斌的汇报。他心知网上关于清凌的事,曹跃斌一定会向他汇报。

曹跃斌真是顺着他的思路来了,说:"敬儒书记,今天网络上又出了点问题。网上发现了一些不利于市委的文章,我已经通知网络信息管理办公室马上去处理了。"

田敬儒说:"嗯,对这种别有用心、毫无根据的网络谣言,是应该及时处理。"

曹跃斌说:"您也看到了?"

田敬儒说:"办公室刚汇报完。他们只是汇报,反应还是没你快,我还没打电话问你,你就已经开始处理了。"

曹跃斌心里微微得意了一下,说:"这是我们宣传部应该做的。敬儒书记,我怀疑这篇文章又是苏小糖弄的。"

田敬儒一笑,说:"又是苏小糖?你怎么想到她了?"

曹跃斌气哼哼地说:"除了她还能有谁?一看那风格就是她写的。现在《环境时报》那边停歇了,她编了一筐的特稿没处发表,就打起了网络的主意。她跟咱们是较上劲了,不整出点事不罢休啊!"

田敬儒摇摇头,说:"别激动,这事应该不是她干的。"

曹跃斌挺了挺身子,瞪着眼睛说:"不是她还能有谁?"

田敬儒一笑,问:"要不我去调查一下?"

曹跃斌脸一下热了,说:"不敢!敬儒书记,苏小糖个人的具体情况正在调查,一有结果,我就向你汇报。"

田敬儒说:"抓紧吧,我们急需还原一些真相。查个人就这么困难吗?只是在京都调查一下,又不是到国外查。"

曹跃斌的脸更红了,屁股底下像是坐了针芒,不安地晃了晃身子。

田敬儒心里又生出了一些不忍,说:"我能确定这篇文章不是苏小糖

197

发的，也是根据她的行文风格分析出来的。她写稿子条理清晰，最喜欢用实例说话，而且一向只对事不对人。这篇文章……"他喝了口茶，把后半句"这篇文章是针对我来的"收了回去。

曹跃斌迟疑了一下，说："那能是谁呢？"

田敬儒说："可能性太多了。总之，弄不好……毛主席说过，星星之火，可以燎原。"

曹跃斌不住地点头，心里头却长了草。一个苏小糖都没摆平，面对庞大的网络，他觉得自己变成了童话故事里与巨人搏斗的小矮人，使出了全身的力气却不及人家动动手指头。

和许多大老板差不多，江源的办公室也是轩敞豪华，并且附有舒适的休息间。不同的是，江源的休息间里还有一间密室。密室入口的外表是一个书柜，贴墙立着，转动书柜便会现出一扇门。门内的小天地只供他一个人受用，连他的情人们都进不去，她们甚至都不知道有这样一个去处。在这间密室里，他可以充分地卸下防备，心驰四极，神游八荒，自觉忽而是玉皇大帝，忽而是美国总统。当然有时也是男歌星、男影星，抑或是与女歌星、女影星……这要取决于他每次进入密室前的兴奋点是什么。今天进入密室前他曾浏览小报，无意间看过某女星的花边新闻，于是某女星从他所看过的影片中跳出来，刚要与他缠缠绵绵，手机不合时宜地响起来了。

电话是一个朋友打来的："快上网看看，利华上网络头条了！"

江源打了个哈欠，颇为不耐地说："上头条还不好？免费做广告了。"

对方说："利华快成'污染门'了，让人爆料了，哥们儿你还有心思说笑话！"

江源一惊，急忙起身，出了密室进入休息间，又出了休息间来到办公室，打开笔记本电脑，刚在网页上敲下"清凌利华纸业"几个字，一连串的信息便在屏幕上显示出来了，《形象工程害死人》独占鳌头。他随意点击了几条，原来放松着的一张脸，越绷越紧，越绷越吓人。再看了一些网民的评论，一腔怒火简直像要把他烧着了一样，网民们不断地把各种恶毒的字眼喷向利华纸业。有人干脆骂起了江源，说他就是吃肉不吐骨头的黑社会，吃喝嫖赌抽、坑蒙拐骗偷占全了，硬是把清凌江弄得污浊不堪，把清凌百姓推进了水深火热之中，他应该趁早滚出清凌，滚出L省，滚出地球。还有人将江源的祖宗八代骂了个遍，下面居然盖起了一层层的评论"高楼"，还假托其他各省各国之名发来了贺电。

江源坐在巨大的办公桌后面，随手拿起水杯狠狠地扔了出去，水洒了一地，空空的水杯在地板上转了几圈才慢慢地停了下来，无辜地躺在那儿。他盯了杯子一会儿，像是不解气，在办公桌上使劲拍打了几下，才用力地向后靠在椅子上，闭起眼睛。他的脑子飞速地运转着，分析着铺天盖地的负面新闻会给利华和他本人带来的不利影响，以及可能会带来的利益损失。

前段时间，因为《环境时报》上的报道，省环保厅会同市环保局，安排专业人员组成调查组到清凌实地调查，多地点采集水样，全面分析水质。分析结果一出来，清凌江变黑变臭、COD超标的罪名全都记在了利华纸业的头上，企业几度停产。想到这些，江源的心里极度不平衡：企业生产时上缴利税，市领导们皆大欢喜，那停产造成的经济损失谁能给补上？还不是企业自己承担！现在《环境时报》安分了，省、市的环保部门也不来找麻烦了，网络却又跟着凑热闹。他分析了半天，琢磨着要想把网上的负面新闻压下去，就得把涉及的人全部调动起来，共同对付这些负面新闻的不利影响。负面新闻涉及谁？田敬儒的名誉、何继盛的利益……与田敬儒的关系表面上一团和气，却与自己没有利益上的粘连，未必能指望得上。最应该指望的还是何继盛，只要这棵大树不倒，就算弄出了狂风暴雨，过一阵子还是会风平浪静的。

他拿起电话，打给何继盛："市长大哥，我是江源。"

对方压低了声音说："我正在开会，半小时后到我办公室谈。"

·第八章·

1

江源坐不住了，自己驾车，赶到了何继盛的办公室。王秘书见到他，堆出一脸笑容，把他请进去，随手关上了门。

江源一个人待在何继盛的办公室里，一会儿坐在沙发上，一会儿站起来，一会儿东看看，一会儿西瞧瞧，一会儿摆弄起办公桌上庄重的国旗、党旗，不得安宁。

等了好一会儿，办公室的门开了，进来的人除了何继盛还有李副市长。李副市长本想汇报工作，看到江源，打了个招呼，对何继盛说了句："市长，我过会儿再来汇报吧。"转身出去了。

门关上了，何继盛坐到江源对面，问："江董怎么了？一脸的苦大仇深。"

江源气哼哼地说："有人对利华开炮了，我还笑得出来？"

何继盛说："又是省环保厅来找麻烦了？"

江源狠狠地说："他们敢！"

何继盛不阴不阳地说："估计也不敢，现在江董事长可是敬儒书记身边的大红人喽。"

江源脸上立刻堆起了笑，说："市长大哥，到什么时候我也是你的跟班啊，怎么成了他田敬儒身边的红人了？你别听人胡说八道。"

何继盛整理了一下衣襟，说："我也是开玩笑，别当真。说吧，出什么事了，惹得我们江董事长不高兴了？"

江源指着何继盛办公台上的电脑，说："就这东西闹的。刚才有个哥们儿打电话我才知道，网上现在全是利华纸业污染问题的新闻。"

何继盛从沙发上站起来，坐到电脑前，一脸质疑地说："不能吧？早上网络信息管理办的蒋主任向我汇报，说发现了关于敬儒书记的负面新闻，已经删除了。怎么才删除了那个，又出了利华的负面新闻？"

江源走到何继盛身边说："现在网上到处都是，跟得了传染病似的，在搜索引擎上打上'清凌利华'，能出来几十页的内容提示。我全都看了，都是一个叫什么《形象工程害死人》的新闻。内容是针对田敬儒的，可是评论、转发，炒来炒去、拐来拐去就把利华给捎进去了，现在枪口全掉头冲着利华来了。我就纳闷了，谁吃饱撑着了，没事编这些东西？"

何继盛诧异地问："针对敬儒书记的新闻，怎么会转到利华上去了？"显然，这个结果跟他最初设计的方向明显不一致，整个跑偏了。

江源说："网上的东西就这样，转来转去就变模样了，指鹿为马的事还少啊？"

何继盛感叹一声，说："看来，你是跟着吃瓜落，跟着倒霉了。"

江源说："市长大哥的意思是……"

何继盛说："前些日子《环境时报》的事你忘了？"

江源说："那事能忘吗？差点儿没把我折腾死。那个死丫头苏小糖也不知道跑哪儿去了，我安排的人守在她家门口几天了，死活是没见着人。京都那边的消息说，死丫头人没回去。大哥的意思是，这事又是她干的？"

何继盛安慰说："这个说不太好，不过，你也别为这事上火，真要是查下来，第一个要追究责任的是市里的决策者，利华至多是个连带责任。"

江源眼里闪着寒光，咬了咬牙，说："之前我只想吓吓她，既然她给脸不要脸……哼，要是让我找着那个小丫头片子，我非得把她生吞活剥了不可！"

何继盛拍拍他的肩膀，安慰说："江董，别太着急了，真要是因为这事把姓田的调离了，像之前我们谈过的一样，未尝不是件好事。"

江源看了何继盛一眼，发现他的目光同往常不太一样，那是一种踌躇满志、胜券在握的眼神，心里不自觉地咯噔一下，说："对网络这玩意儿，我是一点儿办法也没有，还是请市长大哥想想办法吧。利华是咱兄弟俩的，受了损失，我亏你也赢不了。"最后一句，他不像是说的，更像是从牙缝里挤出来的，有了威胁的意味。

何继盛郑重地说："江董事长放心，我不会坐视不理的，我这就给小蒋打电话。"当着江源的面，他把电话打给网监办的蒋主任，一顿狠批之后，明确要求：必须把网络上关于清凌的一切负面新闻封锁住，绝对不能扩大影响，绝对不允许给清凌和全市的重点企业利华纸业造成不良影响。

两人又谈了一会儿，江源总算满意地离开了。

送走江源，何继盛走到办公室的窗前，凝望着窗外的景色，厚重浓密的绿色已经覆盖了清凌的街巷，彰显着一种霸气。已经取得的战果和渴望一统天下的斗志使他激情满怀，全身充满了力量，他仿佛看到田敬儒已经成了热锅上的蚂蚁，来来回回地乱窜着；仿佛看到自己沿着市委办公楼内的红色印花地毯走进装饰一新的市委书记办公室，那间办公室，要按照自己喜欢的风格重新规划设计，在规定框架里弹自己的曲子可是他的长项。

何继盛的眼里又闪出了刚才被江源无意间发现的光芒。其实对于他来说，变化的何止是目光，还包括心情、感觉和状态。一切都按照他最初设计的方向发展着，在网络上引发的热潮和讨论是他全力谋划的结果。常务副省长孔荣天在多个场合不露声色地为他鸣不平，使他得到了不少省委常委的理解和同情，也让省委施书记对他另眼相看，这是他委曲求全的结果、伏低做小的结果、以退为进的结果，更是他热切盼望的结果。他心里像是开出了一朵花儿，轻轻地摇曳着，散发着淡淡的芳香。

但是，何继盛却忽视了网络负面新闻给江源带来的利益损害，以及江源在利益受损后可能暴发的急风骤雨，忘记了最浅显的道理：利益链条上的共享者，永远是一荣俱荣、一损俱损。

事实上，何继盛并未真正把江源放在心上。在他眼里，所谓的企业家、

·第八章·

商人，不过是权力游戏的边缘人，自己在清凌随随便便搞出一个地方性政策就能把一个生龙活虎的商人、一个企业甚至一个产业链"玩死"。从政多年，他接触过太多像江源一样的商人，他们见利忘义、唯利是图是本色，必须压得死死的，才能真正掌握在自己手里，要不然就会像墙头草一样摇摆不定，说不定还会唱一出"叛变"的大戏，这是他何继盛绝对不允许出现的。他必须让江源和同江源一样的清凌商人们明白，谁才是清凌真正的"老大"。

网络上的文章被删除时，雅雯曾经打专属手机号码给何继盛，娇滴滴地问他能不能使用一些行政手段干预一下，当时就被他给骂了："你怎么不动动脑筋？那不是等于告诉别人，文章是我找人弄的吗？"雅雯在电话里委屈地哭出了声，说："人家也是一时着急嘛！"何继盛说："别在一棵树上吊死啊！继续在别的地方发，就不信弄不死他！"

就在何继盛心花怒放的时候，雅雯的电话又打进了他的专属手机号码："在忙什么呀？"

何继盛故作深沉地说："也不看看现在是什么时间！工作时间，你说我能忙什么？"

雅雯在电话里立刻腻歪了起来，声音嗲得人骨头都酥了。她说："我开车经过你办公室楼下，心里想你就打了个电话，想也不让人想呀？"

何继盛哈哈一乐，说："不能光在心里想，要使大劲地想，动实招地想，要想出实实在在的真效果。"

雅雯说："你脑子里想什么呢？打个电话也像做报告，全是官话、套话。"

何继盛一本正经地说："想你洗澡时的样儿呢。"

雅雯的声音立马更甜腻了，说："晚上等你啦！"

放下电话，何继盛满脑子全是温热的水冲过雅雯玲珑有致的身体的情景，身体不由得产生了一阵阵的冲动。

…………

当天晚上，何继盛心情大好，和雅雯从包房走出来，到餐厅的小包间里去吃夜宵。江源听到手下人的汇报，忙不迭地跑进包间作陪。

沧浪

江源和何继盛两人说话的时候，雅雯摆弄起了白色的手提电脑。江源一眼认出了那正是自己送给何继盛的电脑，何继盛当时说要白色的，他就猜到了是给雅雯用。他问："小嫂子喜欢上网？"陪在何继盛身边的每个女人，江源都会主动称呼其小嫂子。

雅雯刚要开口说话。何继盛抢先回答了："她就是玩儿，刷刷视频，看看剧，至多斗个地主，打打掼蛋，还有就是到什么直播间买买买，电脑在她手里就是一台游戏机，加上一辆购物车。"

雅雯瞪了何继盛一眼，说："你就损我吧，我从小就上网，会的多着呢！"

何继盛的手在雅雯白皙的大腿上轻轻地捏了一把，说："从小上网也是白费，浪费了网络资源。你啊，就像个小孩儿。反正你也喜欢上网，要不给你报个网课，考个证？"

雅雯这才醒悟，掉转话头，说："得，可饶了我吧。不跟你们说了，女人的乐趣你们男人根本不懂！"

何继盛和江源同时哈哈大笑。江源说："男人不用懂女人的乐趣，懂得怎么给女人送去乐趣就行了。"

清凌的天空阴沉着，云层越来越低，好像要压向大地。沉闷了很久，突然云层中窜出了一道道的闪电，将天空划得四分五裂，一阵阵震耳的雷声轰隆隆地滚过、炸响。先是零零星星的雨点儿，接着很快汇聚成漫天水线，倾斜着从天空射下。街上毫无准备的行人纷纷跑向路边的店铺，躲闪着不期而至的大雨。

雨中，冯皓东的车停在了清凌市委大楼的停车场，他是专程来送苏小糖的。

昨天，苏小糖在网络上看到了《形象工程害死人》的文章，文章里的一些观点与她的想法不谋而合，行文风格也与她极为相似。她猜文章一定是冯皓东写的。除了崔明，冯皓东是最了解她文风的人，也只有他才能把自己的文笔模仿得那么像。

她拿起手机打给了他："干吗呢？"

第八章

冯皓东说:"我现在有事儿,一会儿跟你说。"

电话里传来了嘟嘟声。苏小糖挺得直溜溜的脊背打了个弯,无可奈何地抿了抿嘴角。

冯皓东没有食言,二十分钟后,苏小糖听到了钥匙开门的声音。她跑到门口,正是她盼着的人。她三步并作两步跑上前,扑上去搂住冯皓东的脖子,问:"怎么回来得这么早?"

冯皓东拽下她的胳膊说:"不回来怕你又惹事!"

苏小糖争辩:"我在家里待着能惹什么事?你胡乱给我定罪名。"

冯皓东说:"在家你也没闲着,现在网上都传遍了,《形象工程害死人》是不是你写的?"

苏小糖瞪大眼睛,说:"怎么是我?我还以为是你写的呢!"

冯皓东问:"我要是写了,还能不告诉你?你跟我讲真话,这条新闻是不是你写的?"

苏小糖张了张嘴,把话又压了下去,一拧身,回了卧室,坐在了床上。

冯皓东忙跟了过去,拉住苏小糖,说:"不是就不是,干吗生气呢?还不吱声了,怎么像个小孩儿呢?"

苏小糖又是一拧身,拿后背对着冯皓东。

冯皓东硬生生地扳过她的身子,捧起她的脸,说:"看这张小脸,快拉成长白山了。"

苏小糖抡起小拳头,连着打了冯皓东几下,歪着头靠在他的肩膀上,过了几分钟,猛地起身,坐到电脑前,在键盘上敲出"形象工程害死人"几个字,点开网页,仔细地读起来,一边读一边嘟囔着:"能是谁写的呢?"

冯皓东坐在她身边,看着她脸上一会儿晴,一会儿阴的,问:"发现什么了?"

苏小糖一本正经地说:"刚看到这条新闻,我真以为是你写的。乍一看内容全是关于清凌形象工程的,有些细节不了解底细的人根本写不出来。不过稍加琢磨,就会发现字字句句都咬着清凌的一号人物——你们的书记大人田敬儒!如果我没猜错,这条新闻就是冲着他去的!"

冯皓东点燃了一根烟，说："才发现里面的问题吧？怪不得急急忙忙给我打电话。我是早上到报社才知道这个文章的，发现里面有问题，正想打电话问你，你的电话就进来了。当时同事在身边不方便说话，一句两句电话里又讲不清楚，所以干脆直接回来跟你面谈了。"

苏小糖问："能猜到这文章是谁写的吗？"

冯皓东说："现在外面都传疯了，说是你写的！"

苏小糖嗖地站起来，气哼哼地说："怎么会猜到我头上？我喜欢讲实话，但不喜欢编瞎话，更不会凭空给你们的敬儒书记捏造出什么罪名！"

冯皓东沉吟了片刻说："估计是有人想要陷害敬儒书记。官场上你争我夺的，谁都难免得罪人，何况他还是一把手。有人说省里安排他到清凌当书记就是来整顿官场的，跟他同时来清凌的纪委书记章鹏就是他助手。也别怪别人这样想，他到清凌之后，第一批被整顿的是那些街道的领导，然后是那些市里的官二代，再后来……总之，田书记和章书记没少得罪人，那些受处分的、免职的，还有进去的，哪一个不恨他们？而且田书记事务那么多，有些时候，得罪人了，他自己都未必知道。不过，能费这么多心思对付人，招数又这么恶心的，估计也没几个人……"

苏小糖突然问："会不会是……"

两人彼此对视了一眼，同时脱口而出："何继盛！"

苏小糖瞪大了眼睛，肯定地说："一定是何继盛，只有他会这么做！我给他做专访时，你就提醒我，他和田敬儒之间有矛盾，而且现在越发激化了。如果田敬儒怎么样了，第一个高兴得拍巴掌的人肯定是他！他可真是个小人啊！"

冯皓东犹豫了一下，说："他们的关系是不像表面上那样和睦，但何继盛不会做出这么低级的事吧？敬儒书记根本不是网上说的那种人！真要说官商勾结，何继盛得排在清凌市的头一位，而且是吃肉不吐骨头的那种。退一万步讲，即使敬儒书记真有什么见不得光的事，自然有党纪国法处置。责任追究下来，作为政府的一把手，何继盛对这些事情能没责任吗？何况这里面还牵扯着利华江源。江源手里握着他的把柄，一旦利益受到损害，江源绝对不会善罢甘休！如果这事真是何继盛干的，他这招棋走得实在是……愚蠢至极！"

苏小糖说："很多蠢事都是自以为聪明的人干的，笨人只会脚踏实地，自作聪明的人才想走捷径。不信你看看那些反腐警示片，里面的主角哪一个不是自视高明？"

冯皓东捏了捏她的脸，笑着说："哟，小糖成哲学家了嘛！不过你说得也有一定道理，要不然，也不会出现那么多政治骗子了。能当上领导的哪个傻？还不是被一些政治骗子搞得团团转。"

苏小糖说："大哥咱别闹行不！我是标准的哲学渣渣，那么深奥的学科，我也不懂。你说，会不会是田敬儒得罪的那些人干的？他不是叫'铁腕书记'吗？比如你说的那些街道主任和局长们、市级官二代们，会不会是他们做的？他们心里一定恨死田敬儒了。"

冯皓东说："他们恨敬儒书记不假，可他们做这事的可能性不大。主要是那些人不可能了解到详细内情，他们毕竟不是市里的主要领导，那些人里最高级别的也就是个处级干部。利华纸业是当年清凌最大的招商引资项目，新闻里讲到的一些内容，即便是市委常委，也未必掌握这么多的细节。包括敬儒书记都不一定全面掌握，毕竟利华是上任书记在时引进清凌的。细节是魔鬼啊！"

苏小糖问："有道理！那……你觉得这条新闻真像我写的？"

冯皓东说："冷不丁瞧一遍真的很像，要不外界怎么把这个'功劳'记在了你头上呢？大家都说'铁腕书记'这回碰到敌手了。"

苏小糖拿起电脑桌上的一块巧克力，使劲儿地嚼了起来，在屋子里来来回回地转了几圈，说："我可比窦娥还冤了！窦娥还有六月飞雪证明她的清白呢，我这让人家连恐吓带追杀的，就差没撵回老家了。"她又拿起一块巧克力，说，"不能平白无故地替人当了冤死鬼，我要去找你的敬儒书记，我得告诉他，这事不是我做的！"

冯皓东笑着说："我真拿你没办法，一根筋，一条道跑到黑！"

苏小糖说："清者自清，我最恨别人诬陷我了！是我做的我不赖账，不是我做的事硬赖我身上也不行！"

冯皓东说："好好，我的小姑奶奶，容我想想。真要去找也得按着套路来，按照规矩办，你可不能直接冲到书记办公室。"

苏小糖说："放心吧，该有的规矩咱不差事。再说了，我冲得进去吗？市委书记的办公室是谁想进就进的？"

冯皓东说："还行，不是傻白甜。"

苏小糖说："我先去见曹跃斌，让曹大部长通报，这总行了吧？唉，见个市委书记还要一层一层地通报，比'皇上大便'还威风！"

"皇上大便？"

"好屎嘛！"

冯皓东哈哈一笑，说："看来你还没被气短路，还有兴致谈古论今呢。不过，一个小姑娘家，张口就是屎尿屁可不是什么好习惯。"

苏小糖说："批评得有道理！我坚决改正，下不为例！"

冯皓东说："行啦，咱们别研究这个了，民以食为天，咱们还是研究中午吃啥吧。"

这天一早，冯皓东便开着车，顶风冒雨地把苏小糖带到了市委楼前的停车场。他在车里一再叮嘱她："稳住神，见不到敬儒书记什么都别说，态度真诚点儿，脾气别太冲了。我在这儿等你。"

苏小糖歪过头，在冯皓东的脸上吻了一下，说："放心吧，我可是让清凌市领导们头疼的'小刺猬'！"打开车门，她的一只脚刚迈出去，冯皓东紧握了一下她的手。苏小糖心里一动，不敢再回头，急忙下了车，撑着印有卡通人物的塑料雨伞，一溜儿小跑进了市委办公楼。

2

一连几天，曹跃斌都无心打理办公室内的花花草草，满脑子全是网络上删之不尽、除之不绝的负面新闻。最初，他以为热搜删除了，应该不会

第八章

再有什么大问题。可铺天盖地的网络新闻却像雨后树林中生命力旺盛的蘑菇，一个接着一个地冒了出来，根本不给人喘息的机会。这些负面新闻迅速成了清凌街头巷尾的热议话题，人们纷纷猜测新闻的真实性、会带来什么样的后果、清凌的官场是否会发生"地震"……

下属们低着头哈着腰向曹跃斌汇报情况的进展，他的心跟着跌进了冰窖。曹跃斌清楚，不管这些新闻是谁写的，是谁发到网络上去的，又是谁散布开、传播成热点的，总之，发生这些事他负有第一责任，新闻宣传上出现这样重大的失误，这就是他的失职。

行走官场多年，曹跃斌对官员之间不见硝烟的钩心斗角早已熟视无睹，有人的地方就有江湖。他一直小心翼翼地周旋在田敬儒和何继盛之间，正因如此，他对两人的脾气秉性，看得比别人更真切、更透彻。

人的心里都有一杆秤，称自己的时候少，称他人的时候多。在曹跃斌的"良心秤"上，田敬儒的分量远远高于何继盛。这不仅仅因为田敬儒处于清凌第一首长的位置上，还因为田敬儒的人品和官品。这让他对田敬儒存有一份敬畏之心，这份敬畏又使他面对接连出现的负面新闻时，隐隐有了山雨欲来风满楼的不安。他甚至常常出现一种幻觉：网络上的新闻表面上看只是针对敬儒书记，但弄不好便会成为一个导火索，在清凌燃起熊熊大火，整个清凌的官员们都有可能被拉进火海，一股脑儿地推进太上老君的炼丹炉，试一试谁才是真金，谁是冒牌货，这样一试之下就可能全军覆没。不，也可能会留下几粒真金。但，那样的结果他这个小小的宣传部部长能背负得了吗？

曹跃斌一直坚信网络负面新闻的"始作俑者"是苏小糖，她已经给清凌找了那么多的麻烦，无论从哪个角度猜测，她都是第一个被怀疑的对象。偏偏"直接受害者"田敬儒坚持认为事情不是她干的，这让曹跃斌百思不得其解。敬儒书记凭什么那么肯定，难道堂堂的市委书记真就让那个小丫头给拿捏了？不可能啊，这两人接触的时间太少了，怎么推理也不符合逻辑。

就在曹跃斌思考这些事的时候，响起了敲门声。他抬头看了一眼，没作声，敲门声继续响了起来，他挺直身子，说了声"请进"。推门进来一位手拿雨伞的客人，正是让他头疼不已的苏小糖。

曹跃斌愣了一下神，脸色变得更加阴沉，瞬间又在阴沉里硬生生地挤出了笑容。他从椅子上站起来，隔着很远就伸出了右手，说："多日不见，欢迎小糖记者大驾光临清凌市委宣传部。"

苏小糖轻轻握了握曹跃斌的手，开门见山地说："部长好，我是无事不登三宝殿，来了就得给曹部长添麻烦。"

曹跃斌把苏小糖让到沙发上，一边沏茶一边笑着说："我们清凌的麻烦已经不少了，看在我们相交一场的份上，小糖记者也不能再给我找麻烦了是不是？"

苏小糖接过茶杯，两只手端着，抿了一小口，一本正经地说："这个麻烦只能添给您了，如果您怕麻烦，我就得直接去麻烦敬儒书记了，反正最后也得是跟他说。"

曹跃斌头皮开始发麻，心说怎么白日见鬼，偏偏碰上了这么个"小刺猬"！他迟疑片刻，转移话题，问："有些日子没见着小糖记者了，回京都了？"

苏小糖自嘲地一笑，说："按理应该回去，我都快被封杀了，早就应该被打回老家了。不过，我还真就没回去，一直待在清凌。清凌这地方好，我舍不得走啊！"

曹跃斌说："那就多待些日子，当旅游了。"心里却在说，你可快点儿土豆搬家——滚蛋吧！

苏小糖看了曹跃斌一眼，听明白了他话里隐含的意思。显然前些天崔明在电话里通知她暂时停止关于清凌的一切采访调查的事，应该得益于眼前这位宣传部长的精心运作。她想质问一下，话到了嘴边又打了个滚儿，折回肚子里，转而笑道："曹部长说得对，清凌有我的老乡和朋友嘛，比如说敬儒书记，您说对吗？"

曹跃斌一脸苦笑，说："我最最敬爱的小糖记者，就算我求您了，别再找敬儒书记了，行吗？当着真人不说假话，最近网络上关于清凌的新闻全指向敬儒书记，想必您都知道吧？这已经够我们敬儒书记受的了，您就高抬贵手，得饶人处且饶人吧！"

苏小糖听出了弦外之音，说："既然您提起这事，我就不拐弯了，我正是为了那些网络新闻才请您联系敬儒书记的。不过，曹部长，'高抬贵手'这话还得请您收回去，小糖实在是承受不起。"

曹跃斌不悦地说："有什么话，你就跟我说吧，我一定一字不差地转告敬儒书记。"

苏小糖说："对不起，有些话只能当着敬儒书记的面说。如果您担心我与敬儒书记会发生什么不愉快，您也可以在场。"

曹跃斌说："既然我能在场，现在说不是一样吗？我肯定把您的意思一字不落地转达给敬儒书记。"

这时曹跃斌办公室的电话铃响了起来，他看了一眼电话号码，迅速地拿起了听筒，又看了一眼苏小糖，眼神有些微妙，说："敬儒书记，您好。"

苏小糖得意地一笑，田敬儒的电话打得真是时候，不早不晚，正好！

曹跃斌对着电话说："那件事正在处理……现在过去？"

苏小糖走到他身边，故意大声说："曹部长，赶得早不如赶得巧，麻烦您现在转告敬儒书记，我有急事要面见他！"

曹跃斌的鼻子都快气歪了，不知如何是好。电话另一头的田敬儒听到了这边的对话，问了一句。曹跃斌支吾地说："是《环境时报》的小糖记者……她说有话要跟您面谈……她说一定要见了您才说……好，我们这就过去。"

苏小糖脸上立刻挤满了笑容，她听出田敬儒是同意见她了。

曹跃斌放下电话，小声嘟囔："什么人什么命，一物降一物。"

苏小糖装作没听见，一脸笑容地说："曹部长，谢谢您了！"

曹跃斌气得要疯了，没好气地说："那咱们现在过去吧，敬儒书记正好在办公室。"

两人一前一后走进了田敬儒的办公室。

见到田敬儒的第一眼，苏小糖心里不禁微微一颤，接着又狠狠地疼了

211

一下。与前两次见面相比，田敬儒的面容明显憔悴了，脸色发暗，眼圈发黑，两腮微微下陷，鬓角处的白色发根闪着银光，只有那双眼睛还像之前一样神采奕奕。

田敬儒热情地说："小糖、小老乡，又见面了！"

这句亲切的问候听得苏小糖愈发觉得田敬儒真是一位可亲可敬的长者。按她来之前与冯皓东预想的，田敬儒不一定会接见她，即使见了，也不会给她好脸色，没想到事实却截然相反。她愣了下神，说："敬儒书记，您还好吧？"

田敬儒说："小糖想听真话还是假话？如果说假话，一切如常。"

苏小糖问："那真话呢？"

田敬儒反问："小糖说呢？"

苏小糖说："如果我没猜错，您一定看到了网上关于清凌的新闻，如果看到了，您的心情……或许您还会认为那些新闻是我写的，对吗？"

田敬儒笑眯眯地看着她。

曹跃斌待在一旁紧张地捏了两手的冷汗，生怕苏小糖不管不顾地乱放炮，两人一言不合发生不愉快，于是打岔说："小糖记者，你有什么话快说吧，敬儒书记还有很多工作要处理。"

苏小糖看着田敬儒，真诚地说："那我就开门见山了。敬儒书记，我来找您就是为了网络上的新闻。我不是来为自己辩解，但我必须当面跟您澄清一个事实——那些新闻不是我写的！我不敢说自己是什么正人君子，但我一直坚持自己的职业操守，绝对不会匿名把一些不实的报道散布到网络上，也不会搞人身攻击，请您相信我！"

曹跃斌这才长长地出了一口气，悬到嗓子眼儿的那颗心回到了胸腔里。

田敬儒一笑，注视着苏小糖，说："我相信不是你写的，从开始到现在一直相信。"

苏小糖眼神中流露出了诧异，说："您那么相信我？"

田敬儒点点头说："我相信！"

苏小糖有点儿哽咽地说："谢谢您的相信！敬儒书记，我也不清楚这

·第八章·

条新闻是谁写的,但想提醒您一下……不,好像用不着我提醒,您应该知道,官场比战场更残酷!那不是新闻,是人身攻击,那是……您比我更懂。"她本想说,那是刺向您的匕首。

田敬儒的心里热乎乎的,表面上却依然平静,说:"谢谢小糖的提醒。"

苏小糖说:"那我告辞了,您多保重!"

田敬儒真诚地挽留道:"多坐一会儿吧,我非常愿意跟你这小老乡多聊聊。"

苏小糖略带调侃地说:"我也愿意跟您这老老乡聊啊,可是曹部长不是说您还有很多工作要处理吗?以后有时间再聊吧。"

田敬儒目光投向曹跃斌。

曹跃斌当时真想抽自己一个嘴巴。

送走了苏小糖,田敬儒站在窗前,一直凝望着市委大楼的正门处,直到看到了那柄带着卡通图案的小伞钻进一辆车里,他才将目光转移到灰蒙蒙的天空。

风越来越大了,吹得办公室的窗户发出刺耳的声响,风从窗缝挤了进来,田敬儒不由自主地打了个激灵。

天色越来越暗了。

冯皓东每次从长托幼儿园接出女儿冯可儿,都是直接送她去奶奶家,然后再尽可能地陪着孩子多玩一会儿。今天因为惦记着苏小糖,他就跟孩子商量:"可儿,爸爸还有个采访,不能陪可儿了。可儿在奶奶家乖乖地,好不好?"

乖巧的可儿一反常态,拽着冯皓东的衣襟,奶声奶气地说:"爸爸,你可不可以带可儿回家呀?可儿好久没回家了,想让爸爸搂着睡一晚!"她的大眼睛里亮晶晶的,像是含着一汪水。

冯皓东蹲下身子,抱起可儿,说:"那可儿今晚就跟爸爸睡。"

可儿的脸上露出了两个深深的小酒窝儿,小手捧住冯皓东的脸,亲了一口,说:"爸爸的胡子扎人,好疼啊!"

213

冯皓东故意用下巴在可儿的脸上蹭来蹭去，逗得可儿不住地喊着："坏爸爸！坏爸爸！"

奶奶听到孩子的叫声，急忙从厨房出来，对着冯皓东的后背假装使劲地打着，嘴里念叨着："让你这个坏爸爸欺负我们可儿，看我怎么打你！"

可儿却不让了，使劲喊："坏奶奶，不许打爸爸！"

奶奶停住手，指着可儿，嗔怪道："哟，你个小白眼狼儿，忘恩负义！我这好人是当不得了，谁的孩子跟谁亲，我是白疼你这个小东西了！"

可儿忙哄着说："好奶奶别生气，明天可儿给你跳舞！"

奶奶开心地笑了。

冯皓东说："妈，今天我带可儿回家住，明天如果她想回来，我再送过来。"

奶奶说："也行……你们爷俩吃完饭再走吧，饭菜马上就出锅了。"

冯皓东说："我带可儿去吃肯德基，有些日子没带她去了。"

可儿高兴地在冯皓东的脸上连亲了几口，说："爸爸真好，爸爸真好！"

奶奶轻轻地戳了一下可儿的小屁股，说："就长了一张巧嘴！你们走吧，我可不留了，我的红烧排骨还不如那些'夹菜面包'了？你们不吃，我和爷爷就把排骨全吃光了，一口都不给你这个小东西留，使劲儿馋你！"

可儿晃着小脑瓜儿，说："我不馋，奶奶才是大馋猫，羞！羞！"

父女俩嘻嘻哈哈地去了肯德基。陪可儿吃完后，冯皓东又打包了一份带回家。打开房门，可儿蹦蹦跳跳地进了屋，看到了正坐在客厅沙发上的苏小糖，一下子像个木偶似的不动了，只有大眼睛不停地眨呀眨的。

苏小糖也是一愣，紧张地从沙发上站了起来。

冯皓东一边换拖鞋，一边说："可儿，叫阿姨呀！"

可儿噘着小嘴，仇视地瞪了苏小糖几秒，一扭身跑进房间，又用力地关上了门。

苏小糖看看冯皓东，又看看可儿紧紧关闭的屋门，站也不是，坐也不是。

冯皓东笑呵呵地说："愣着干吗？还不接过去，喏，给你买的肯德基，趁热吃。"

· 第八章 ·

苏小糖接过去放在茶几上，还是不作声。

冯皓东伸出手，在她眼前晃了晃，说："小妖精，想什么呢？"

苏小糖想问他带可儿回来怎么不打个招呼，一想这是他的家，自己有什么资格问？于是继续闷着不作声。

冯皓东看明白了她的心思，把汉堡塞进她手里，说："可儿有些日子没回来了，吵着要回家，我就带她回来了……还想什么呢？趁热吃呀，给你带回来的这份和可儿的一样，我又多了个女儿喽，一会儿让可儿管你叫姐姐吧！"

苏小糖一乐，轻轻地捶打着冯皓东，说："胡说八道！"这才吃起了汉堡，"你过去看看可儿吧。她怎么没声了呢？是不是讨厌我，不想看到我？要不我去外面住一晚？"

冯皓东说："你这才是胡说八道呢。可儿讨厌你干吗呀？她肯定是在摆弄她的芭比娃娃呢。现在的小孩儿，拿着娃娃当姐妹了，她就喜欢给芭比娃娃讲故事。"他起身推开可儿的房门，可儿果然抱着芭比娃娃在自言自语。

可儿回头看了冯皓东一眼，一本正经地说："爸爸，请你关上门，妹妹想我了，我们在说悄悄话呢，你不要打扰我们！"

冯皓东一笑，说："好，好，你们说。"随手带上了门，坐回到苏小糖身边。

可儿的确在与芭比娃娃说话，只是这次说话的内容与往日不同。可儿说："妹妹，你想我没？我可想你了！我在幼儿园里又学新儿歌了，很好听的。我给你唱呀……在小小的花园里面，挖呀挖呀挖，种小小的种子，开小小的花。在大大的花园里面，挖呀挖呀挖，种大大的种子，开大大的花。在特别大的花园里面，挖呀挖呀挖……我不唱了，不想唱了。妹妹，你在家里怎么不帮着看住爸爸呀？家里来的阿姨你看到没？那一定是爸爸找来的新妈妈。爸爸对着她一个劲儿地笑，笑得可开心了……可儿不喜欢新妈妈，可儿喜欢自己的妈妈……"可儿的眼泪大滴大滴地落在了芭比娃娃的身上。

215

可儿是聪明的孩子，哭了一会儿，她悄悄地擦干了眼泪，走出了房间，坐到了小糖对面的沙发上。

冯皓东端着茶杯从厨房出来，看见苏小糖和可儿的严肃表情不禁有些发笑。他坐在两人中间的三人沙发上，问："可儿，今天的肯德基好吃吗？改天让阿姨请可儿去京都吃好吗？"

可儿说："好！那么，阿姨叫什么名字呀？"

冯皓东说："阿姨叫苏小糖。"

可儿"哦"了一声，说："爸爸，阿姨不会说话吗？怎么她的问题要爸爸来回答呢？"

苏小糖的脸一下热了，心想这孩子是个小人精。

冯皓东脸一绷说："可儿没礼貌，不是好孩子。"

可儿眼睛一红，小身子一拧从沙发上下来，跑向自己的房间，跑到门口时，回过头对冯皓东说了一句："你是一个坏爸爸！"

3

如果说可儿的到来使苏小糖觉得尴尬，徐子萌的突然来访则使冯皓东陷入了左右为难的境地。

可儿回家的当天晚上，徐子萌拎着最新款的芭比娃娃和一大袋小食品、一大袋子水果出现在了冯皓东家里。已经三十六岁的徐子萌身材凹凸有致，洋溢着成熟女人的味道。她的脸上画着精致的妆容，唇红齿白，像是一只正在开屏的孔雀，一进门就把穿着家居服、素面朝天的苏小糖衬得黯淡无光。

徐子萌神情自若地换上拖鞋，跟冯皓东打着招呼，说："我给妈打电话说过去看可儿，妈说可儿跟你回家了……哟，有朋友在呀？皓东，快介绍一下！"

冯皓东听徐子萌如此亲热地称呼自己和母亲，觉得十分别扭。当初两

第八章

人在一起时，徐子萌也没这么亲热过。女人真是奇怪的动物，她这样做，显然是故意在苏小糖面前作戏。令他更感觉奇怪的是，为什么会这么巧，可儿刚到家没一会儿她就赶过来了？他迟疑了一下，不自然地指了指苏小糖，说："苏小糖……我女朋友！"接着又向苏小糖介绍徐子萌，"徐子萌，可儿的妈妈。"

苏小糖诧异中带着羞涩，说："您好。"

徐子萌盯着苏小糖，说："皓东这人说话就是语无伦次，他忘了跟你介绍最重要的，我除了是可儿的妈，还是与皓东共同生活了十来年的妻子！"她环视了一下房间，"我跟这房子是真有感情，住了那么多年想忘都忘不掉。房子也好，东西也罢，要是让谁住过，让谁碰过，就会沾上谁的气息，不管过了多久，气味、脾气、习性，都能刻在那些用过的东西上，就像一部老电影，一点一滴的过往、酸甜苦辣的滋味，都能记录得清清楚楚……我说得对不，可儿她爸？这个家里到处都是我的影子吧？"

冯皓东尴尬地笑笑，略带讥讽地说："徐子萌，你在那儿写哲理散文呢？"

徐子萌当时就瞪起了眼睛，想要发脾气，不过很快又压了下去，对着苏小糖说："皓东这人嘴甜，他以前总是说我秀外慧中。女人就是傻，两句好话就让他哄到手了。"

冯皓东气得七窍生烟，又不希望在苏小糖面前引发一场大战。他用眼角余光扫了扫苏小糖，紧紧地闭上了嘴巴。

苏小糖低着头，盯着拖鞋上来回晃动着耳朵的米老鼠，不看徐子萌，也不看冯皓东。她只觉得非常尴尬，有种想要出逃的冲动。

听到徐子萌的声音，刚才睡着的可儿醒了过来，像一只小燕子似的从自己的卧室飞出来，快活地扑进了徐子萌的怀里，喊着："妈咪呀，我好想你！"

徐子萌的眼睛一下子变得亮晶晶的，她抱起可儿，坐在沙发上，对着可儿的脸颊左右开弓，使劲儿地亲着，说："我的小宝贝儿，小心肝儿，想死妈咪了！快来看妈咪给你带什么好东西了。"她把芭比娃娃和好吃的东西一股脑儿地倒在沙发上，"看看，有你最喜欢的娃娃，还有好多的好吃的，薯片、巧克力、夹心软糖、各种水果……"

可儿搂着她的脖子，使劲儿地亲着，说："妈咪，你真好！"大眼睛不时地瞄瞄冯皓东，又瞅瞅苏小糖，流露出一丝得意的神情。

苏小糖看着亲热的母女俩和站在一边默不作声的冯皓东，鼻子一酸，泪水眼看就要往外淌，她忙转过身，走向卧室。

徐子萌看着苏小糖的背影，说："皓东，你的品位越来越差了，瞧你这件家居服，老气横秋的，穿上像个小老头儿！"

正要关门的苏小糖听到这话，心里更加不痛快。冯皓东和她身上的家居服是她选的情侣装，冯皓东试穿的时候格外开心，还跟她讲，衣服选得既大方又舒服，就是他心里想要的样子和料子，现在却被徐子萌贬得一塌糊涂。她回过头看似不经意地瞧了冯皓东一眼，"咣"的一声把门关上了。

冯皓东注意到了苏小糖的目光，他拽了拽衣襟，说："像老头儿吗？我怎么没那感觉呢？我倒觉得这衣服穿着很舒服。家居服是穿在家里的，又不是给别人看的，舒服不舒服只有自己知道，是好是赖自己说了算。"

徐子萌说："怕是好赖也不由你做主！"

冯皓东说："谁做主也不关你的事了！"

徐子萌嗓音提高了八度，说："冯皓东，你……"说了一半，她又把声音压下了下去，"算了，我今天是来看可儿的，不是跟你吵架来的，也没有必要再跟你吵什么了！"

冯皓东说："那最好！"

两人又不作声了，房间里一片寂静。

可儿看了看爸爸，又看了看妈妈，突然哇的一声哭了。

冯皓东和徐子萌一起凑到可儿身边，紧张地问："可儿怎么了？哪儿不舒服了？"

可儿抽抽搭搭地说："可儿不要爸爸妈妈吵架，不要爸爸妈妈分开，不要臭女人待在家里！"

冯皓东的两道浓眉立刻拧到了一起，压低了声音，说："可儿不许没

第八章

礼貌，小糖阿姨听见会伤心的！"

徐子萌瞄着卧室的门，说："你跟孩子凶什么！别人伤你心疼，可儿伤心你就不心疼了？难怪人家说，有了后妈就有后爹！"

冯皓东眼睛一瞪，说："徐子萌，请你在孩子面前说话注意点儿，这里已经不是你的家了！"

徐子萌一怔，眼泪涌了出来，说："冯皓东，你不用跟我来这套，要不是为了可儿，你请我，我都不过来！"她转过头，对着可儿说，"宝贝儿，今晚跟妈妈去姥姥家住一晚好吗？"

可儿一下子没了主意，转过头怯怯地看着冯皓东，吞吞吐吐地问："那……那爸爸还让我回家吗？"

徐子萌说："当然让呀！"她蹲下身子，盯着可儿的眼睛，"可儿，你记着妈咪的话，这个世界上，只有妈咪是最疼你的！"说完拽起可儿就往门口走。

可儿挣扎了一下，问冯皓东："爸爸，我可以去吗？"眼神中写满了期盼。

冯皓东叹了口气，说："去吧，去吧……等等，我给可儿找件厚衣裳，夜里凉。"心里在说，还觍着脸说喜欢可儿，离婚时坚决不要孩子的就是你这个当妈妈的。

徐子萌和可儿娘俩一起走了，冯皓东这才进了卧室。

苏小糖正坐在电脑桌前用微信聊天，冯皓东故意凑过去，问："跟谁聊天呢？"

苏小糖假装没听到他的话，继续噼里啪啦地在键盘上敲着。

冯皓东探着脖子看了几眼，跟苏小糖聊天的人是崔明，正在询问她在清凌的情况。站了一会儿，见苏小糖还没有搭理他的意思，冯皓东觉得没趣，折回床上，靠在床头，随意抓过本书读了起来。

只读了几页书，冯皓东突然想起应该告诉老妈，徐子萌明天会把可儿送回去。因为到家里时刚给老妈打过电话，他拿起床头电话，按下了重拨键，小小的显示屏上却闪出了徐子萌的手机号，手机铃响了一声，他急忙

219

沧滦

挂断了。

冯皓东坐在那儿对着电话愣了会儿神，终于想明白了为什么可儿前脚到家，徐子萌后脚就跟过来了。时代淘汰了很多曾经的稀有之物，现在没有几户人家会保留固定电话了，除非家里有老人或孩子的。他家里的固定电话也是为了可儿才保留的，现在一下子明白了，一定是可儿在自己房间里悄悄地用分机给徐子萌打了电话。孩子的心事也挺重啊，小小的年纪就这么有主意。看来，一场失败的婚姻，最受伤的永远是孩子。按照可儿的性格，应该跟有着严重孩子气的苏小糖特别合得来。可儿之所以对苏小糖怀有那么大的敌意，完全是因为她的小脑袋里认定了苏小糖是父母婚姻中间出现的"坏蛋"。已经离婚这么久了，虽然法院的宣判是可儿与父亲共同生活，但实际上可儿却是待在长托幼儿园的时候多，周六、周日也是待在奶奶身边。自己这个做父亲的是不是过于忽视可儿了？单亲家庭的孩子应该怎么教育？……苏小糖好像特别生气，她生气是为了可儿还是为了徐子萌？如果以后能够与她建立家庭，她是否愿意接受可儿呢……就这样想来想去，冯皓东靠在床头，不知不觉地睡着了，响起了轻微的鼾声。

苏小糖向崔明汇报完在清凌的各种情况，回头看到冯皓东倚着床头睡着了，小声嘟囔了一句："大笨蛋，睡觉也不知道盖被子。"起身给他盖好了被子，她重新坐回到电脑前，打开名叫"时光记忆"的文件夹，写下了内心深处的感受。

NO.4 心情指数：★★★☆☆

已经有些日子没有记日记了。最近真的是各种滋味在心头，好像命运中的许多变数都汇聚在了清凌这座小小的城市里。

没想到会在这座城市遇到冯皓东这样的男人。也许是情人眼里出西施吧，除了烟瘾太重，我真的挑不出他有什么缺点，我真的好讨厌香烟啊，烟味好臭啊。他很博学，各方面的知识都有所涉猎；他很包容，接受我的坏脾气和任性；他很睿智，许多事情分析得特别透彻；他很细心，总能体察到我情绪上的一点点变化。最重要的是他很心疼我，让我觉得自己就像

· 第八章·

是一个被人宠爱着的小孩子，可以在他面前尽情地撒娇，完全地放松。我迷恋这种感觉，就像有了毒瘾，欲罢不能。可是说不出为什么，我的心里又有种隐隐的不安，也许是因为他与前妻之间的亲热，让我觉得自己像个破坏他家庭的第三者，是个多余的人。现在他正沉沉地睡着，我真想学会读心术，读一读他的心里究竟有几分爱我、几分在意我。还有可儿，她好像特别讨厌我。其实我蛮喜欢这个小朋友，她像小天使一样可爱。

夜已经深了，我自己在这里傻里傻气地想着这些，写下这些，不知道老妈、老爸会怎么看呢？即便我跟冯皓东真到了谈婚论嫁的程度，老妈会同意我嫁给一个年龄相差近一轮的单亲爸爸吗？

没想到田敬儒书记那么信任我，坚定地相信网络上关于清凌的负面新闻不是我写的。其实他完全有理由怀疑我，更有理由恨我。可是他却没有，他是在用心地看人、品人，才会把人看到骨子里。可是看着网络上铺天盖地的负面新闻，我真有些替他担心。凭直觉，我认为那些新闻是有人故意放到网上去的，放上去的目的就是为了对付敬儒书记。如果负面新闻继续疯传下去，中纪委、省纪委和相关部门一定会来做调查。如果……敬儒书记经得起组织的检验吗？能够平安无事吗？说不清楚为什么我会这样地惦记他，难道仅仅因为我们是老乡，还是因为我敬佩他为人的正直、善良？

前几天去看董文英时，提到了田敬儒，董文英说，"田敬儒书记是个好人"。她还指着水果和牛奶，悄悄告诉我："都是田书记让人悄悄送来的，那个心理科的李主任也是田书记的人，可关照我了。要是没有田书记，李主任也不会帮助让我见你了。"这话听得我一愣，之前一直以为李主任暗中帮助我们见到董文英，是因为跟冯皓东是朋友的原因，了解事件真相，原来背后还有田敬儒书记的帮助。可是，田书记为什么要这样帮助董文英呢？当然，也是在帮助我。他的出发点是什么？难道是想借着我们解开谜团？毕竟他是市委书记，很多事不方便亲自出面，但他还有秘书和下属呀。除非他不想让其他人知道，或者说，他不相信清凌政界的某些人。

董文英说，她没有精神病，是利华的江源把她"制造"成了精神病，那些诊断报告等材料都是伪造的。这事肯定是与公安局有关系，要不然平

沧浪

白无故的为什么要做鉴定呢？按照她的说法，她儿子的案子当年就是有公安局的人徇私枉法了。董文英说，她如果没有精神病，就要对纵火案负责任，可能得坐牢。但她说："只要能够出庭作证，将利华纸业的盖子揭开，为儿子报仇，我就算坐牢也心甘情愿。"她说请我帮她联系重新做鉴定。冯皓东答应我，会跟我一起帮助董文英揭开真相。这事必须抓紧了。只是那位心理科的李主任说，再去看董文英可能不太容易了。他一定是有所指吧，估计是某些人有所察觉了，他受到了一些来自上面的压力，比如院长之类的。之前我想见董文英的申请不就是被院长拒绝了吗？继续坚持吧，总之非常感谢李主任的帮助。当然，还有暗暗帮助我的田书记。

很意外，今天破天荒收到了敬儒书记的短消息：报道真相、追寻真理，是记者职责所在。田敬儒。

一个心里装着真理、装着正义、装着百姓冷暖的市委书记会是个坏官吗？好与坏又怎么划分呢？有时想想，我的担心可能是多余的，官场之上经历了这么多，他应该早就炼就了金刚不坏之身，能够从容地面对这些负面新闻吧。还是为他送上祝福吧，毕竟从某种角度来说，他还能算得上是为民办事的好官，能打70分以上了。

敬儒书记是怎么知道我手机号码的呢？我们也没留过手机号码呀？难道是曹大部长？懒得去想了，市委书记要想知道一个小记者的手机号码，简直太容易了！

突然想到，董文英重新做精神鉴定的事，以我和冯皓东的"本事"，恐怕会困难重重。可不可以请敬儒书记伸出援手呢？

没想到崔总会那样地支持我。看来，对于清凌的新闻，他是不甘心就这样轻轻放下啊！要不然他一定又会催着我回京都了。想想自己真是幸运，能遇到这样的好领导。

不知道老妈、老爸最近好不好，抽时间一定要和老妈聊聊天。还有小粒，他说要来看我，怎么向他介绍冯皓东呢？这家伙会不会在老妈面前出卖我？估计他不敢，要不然，我这就使出"巫术"收拾他！

晚安清凌，晚安自己。

· 第八章 ·

4

江源又一次出现在田敬儒的办公室。

这些天，江源被负面新闻搞得焦头烂额，他没想到田敬儒会在此时主动"召见"自己，放下电话，没用二十分钟，他就赶到了田敬儒的办公室，堪称火箭速度。

一路上，江源的脑袋里不停地思考着如何把田敬儒拉到自己的战线上。在他看来，在共同利益的驱动下何继盛绝对会与自己保持战略上的同盟关系，干股可不是白拿的。说句难听的，两人是拴在一根绳上的两只蚂蚱，这只死了，另一只也难以保全。换个角度想，利华纸业要是出了问题，何继盛也撇不清，仅凭这一点，他仍然信心十足地认为，何继盛在这场由负面新闻引发的风暴中，一定会坚定不移地站在自己这一边。而田敬儒能否像何继盛那样，成为他们这条线上的又一只重量级蚂蚱，他没有把握，毕竟田敬儒到清凌这一年与他的交往完全是工作关系。

负面新闻的出现对利华纸业来说会有多大危害，会造成多大的影响，江源没有想得更深更远。在他的思维中，任何事情都是利弊参半，包括负面新闻，关键是如何化负为正，化不利为有利，化劣势为优势。他想，如果能够因此将田敬儒和利华纸业紧紧地"捆绑"在一起，利华能得到市委书记、市长的共同支持，那么利华完全有希望走出眼前的困境，重现过去的辉煌。

走到田敬儒的办公室门口，江源习惯性地推了推眼镜，本来就有些向后挺的腰杆儿更加向后，远远看去，像是田野里长年被风吹得倒向一侧的歪脖子树。他抬手敲了敲门，听到一声"请进"，才轻轻地推开门。

田敬儒见他进来，放下了正在审阅的文件，站起身，说："江董来了，快请坐。"一边让着江源，一边要亲自倒茶。

江源受宠若惊，忙拦着，说："敬儒书记，可不敢让您给我倒茶，这不是折我的寿吗？这可不行！"

田敬儒打趣地说："我是公仆，你是人民，公仆给人民倒点茶还不行？"

江源抢过田敬儒手里的茶叶罐，说："不行，绝对不行，百分百不行！"

恰好古凡这时进来送文件，忙接过了茶叶罐。

田敬儒就势放下，接过文件，坐在了另一个沙发上，看了起来。

古凡为江源和田敬儒倒好了茶，关上门出去了。

田敬儒这才放下手里的文件，笑呵呵地对江源说："我想着给你倒杯茶，算是表示歉意，你还不给机会了。"

江源一脸的诚惶诚恐，说："敬儒书记，您饶了我吧，您再这样说，我就得找个地缝儿钻进去了。"

田敬儒说："咱们别为了一杯茶再争论了。今天把你请来，主要是想谈谈网上的那些新闻。估计你也看了吧？说起来，这些新闻都是冲着我的，拐来拐去就拐到了利华纸业，真是抱歉！"

江源说："敬儒书记，您这么说让我心里难受啊！那些新闻我也看见了，纯粹是胡说八道，也不知道是哪个记者吃了疯狗药，逮着谁咬谁！要说这条新闻的真伪，我最有说话权！我还不清楚您？您可没拿过我利华一分钱，没吃过我利华一顿饭，那些疯狗实在是太冤枉您了！天地良心，谁要是说您搞什么官商勾结简直应该诛九族、挨千刀！"

田敬儒摆摆手，说："言重了。冤不冤的我倒不怕，就算上面查下来，我也坦然接受组织的审查。可是我怕因此耽误了利华的良性发展，更怕影响了全市的经济增长。今年不管对于清凌，还是对于利华纸业，都是多事之秋。利华几次出现停产事故，原因是多方面的，造成了一定的经济损失，你心里的难受，不用说我也清楚，也理解。企业环保做得好，生产搞得好，利税才能上去，才能促进经济发展；企业停产，等于是把白花花的银子装进了别人的口袋，江董你着急，我也是一样的心情。因为环境保护没做好导致停产，实在是因小失大、得不偿失啊！企业要良性发展，必须跟中央要求保持一致。"

第八章

江源顿时忘记了田敬儒下令利华纸业停产整顿的"故事",激动地握住田敬儒的手,抽了下鼻子,说:"那是,那是!敬儒书记,还是您理解我的心情啊!"

田敬儒用另一只手拍了拍江源的手背,说:"商场竞争激烈,官场上也是一样。这两天我就琢磨,这话还真有道理。只是有些人为达目的不择手段,害得利华也跟着倒霉!"

江源觉得田敬儒似乎话里有话,问:"敬儒书记,您的意思是?"

田敬儒一笑,说:"我就是随便说说,江董不用放在心上。"

江源说:"是,是!"心里却把田敬儒的这句话和前些天何继盛的那些"计谋"对上了号。转念他又否定了自己——纯粹是胡乱猜想,何继盛跟利华息息相关,怎么可能那么干呢?那么聪明的人会办出这么糊涂的事?不可能,绝对不可能!

田敬儒看出江源在走神,轻咳了一声,说:"曹部长已经安排人去调查这条新闻了,有了消息,一定转告江董。"

江源说:"您这一说倒是提醒我了,回去我也安排人查一查。"

田敬儒说:"那好,我们双管齐下。捅出了这么大的马蜂窝,对方是谁,咱们总得心里有数,你说对吧?"

江源说:"对对!您大人有大量,要是我查出来了,不把他收拾得哭爹喊娘,我就不姓江了!"

田敬儒未置可否,淡然一笑。

两人又说了一会儿最近企业的情况,江源起身向田敬儒告辞。

江源前脚刚离开,他去了市委书记办公室的事情,后脚就传到了何继盛的耳朵里。何继盛在心里骂道:江源啊江源,你真是一条喂不熟的白眼狼!要是没有我给你撑腰,为你谋划,你的利华能在清凌立住脚?你倒好,嘴上说着跟我一条心,背地里却屁颠屁颠地老往姓田的那儿跑。难怪白居易在《琵琶行》里写商人重利,古人真是一点儿都没说错,商人就是唯利是图。你不就是看田敬儒是市委书记,清凌一把手吗?你就没想想,姓田

225

的会跟你一条心？退一万步说，就算姓田的跟你一条心又如何？今时不同往日，按照网络新闻炒作的速度和影响力，恐怕那棵"甜菜帮子"自身都难保了，这时候他还顾得了你？所谓识时务者为俊杰，认清形势或潮流的人才能做得成大事。看来，利华活该是要搅进去，事情发展到现在的程度也怪不得我了。你以为你有了把柄我就怕你了？你就忘记了"翻手为云，覆手为雨"那句话？我既然能把利华捧成清凌的龙头企业，我也能让你什么都不是！

何继盛的牙齿咬得咔咔作响，仿佛在啃咬着田敬儒和江源。

他的手机消息提示音恰在此时响起。看完微信内容，他的脸上现出了一丝笑意。

清早，苏小糖正依偎在冯皓东的怀里睡着，手机铃声哇里哇啦地响了，她眯着眼睛看了一眼，懒洋洋地接通了电话："喂……"

电话里传出了米岚的声音："小糖，我在清凌火车站，你过来接我一下吧，我有点儿分不清东南西北了。"

苏小糖眼睛一下子瞪大了，她嗖地从被窝里坐起来，提高了声音说："老妈，我没听错吧？您在清凌？"

米岚说："错什么？我就是在清凌火车站，你快点儿过来接我吧！"

苏小糖说："您来怎么没提前打个招呼啊？！"

米岚说："我见闺女又不是见皇上，还得预约？还得请示汇报？"

苏小糖说："妈！我这不是担心您嘛！您等着，我这就过去接您。"

放下电话，苏小糖对扑到她身上乱拱的冯皓东说："别闹了，我老妈来清凌了，一个人在火车站呢，跟我过去接一下。"

冯皓东说："别开玩笑！查一查今天是愚人节不？"说着脑袋钻进了苏小糖宽松的睡衣里。

苏小糖被他弄得哇哇乱叫，一边求饶一边说："不是开玩笑，我老妈真来了，她老人家可不关心什么愚人节！"

冯皓东钻出来，一本正经地说："岳母大人驾到，小生这就前去迎接。"

第八章

请问娘子，是清水扫尘，还是红毡铺地？"

苏小糖捶打了他几下，说："告诉你别闹了，你还闹，快点起床吧！我老妈怎么突然来清凌了？是有什么事呢？她提前也没打个招呼啊！"

冯皓东一边穿衣服，一边安慰她："不会有什么事，就是时间久没见闺女想了呗！本来很简单的事情，非要想复杂了，你也不怕累。"

苏小糖哼了一声，说："我老妈可没那么单纯，她做事一定有原因。"

真让苏小糖说对了，米岚这次到清凌确实事出有因，这个因是在她与苏小糖通过微信视频聊天时种下的。米岚惊喜地发现，苏小糖身后有时会出现一个小伙子来来回回地走动，不时地给苏小糖递过一个水果，拿来一杯水。她喜形于色，跟苏忠民商量，无论如何都要到清凌来把把关，看女儿到底找了个什么样的男朋友，如果觉得合适赶紧就把婚事定下来，也算是了结了一个心病。她还猜测，苏小糖坚持要来清凌，没准儿是早就认识了对方，只是瞒着家里人。苏忠民看出了她的心意，劝她别乱猜，干脆过去看看，不就放心了？这才有了她的清凌之行。

在火车站看到冯皓东的第一眼，米岚心里就说了一个"赞"字。女儿的眼光真是不错，这个小伙子除了看上去年纪比苏小糖大了些，长相体貌、言谈举止都是做女婿的上等人选。她本来有一肚子的话要问冯皓东，想到刚刚见面，便硬生生地憋了回去，眼睛却不住地瞧向他，心里喜欢起了这个未来的女婿。

三人离开火车站，一起吃过早餐，冯皓东在清凌宾馆安排好了米岚的住宿，才彬彬有礼地说："阿姨，我还有个采访，先告辞了。"

送走冯皓东，关上门，米岚说："小糖，本来妈妈是想让你找个京都本地人的。毕竟户口是大问题，房子也是大问题。不过，这个小伙子不错，成熟稳重，处事大方得体，就是面相老成点，得比你大五六岁吧？他父母做什么的？他哪个大学毕业的？家里能不能同意他将来去京都发展？家里经济条件怎么样？……"

苏小糖说："打住！老妈，您查户口呀？我跟他就是普通朋友，没您想得那么复杂。"

米岚剜了她一眼，说："普通朋友穿睡衣在你眼前晃？你当你老妈傻呀？我是过来人，这还能看不明白？"

苏小糖急得脸都红了，说："您别乱点鸳鸯谱了！这不是公寓改造，临时在他那儿借住几天吗？男女合租房子又不是什么新鲜事儿，您医院里年轻医生护士这事少吗？您科里不就有现成的例子嘛！您瞧您，想哪儿去了？"

米岚说："别在那儿打岔，什么叫男女合租？你以为我真是七老八十，什么都不懂了？"

苏小糖撇撇嘴没吱声。

米岚又说："这小伙子真是不错，他……"

苏小糖没等她把话说完，就走进了洗手间，喊："老妈……水很热呀，我洗个澡，你看看电视玩玩手机，待会儿我再陪您到处转转。清凌好得很，和世外桃源差不多。"

米岚无可奈何地摇摇头，打开了电视。

苏小糖洗完澡，用浴巾擦着头发，看到电视里正在播放广告，说："这破广告有什么好看的？调台……哎，就看这台，正好是《清凌新闻》。妈，中间特儒雅这位，就是清凌市委书记田敬儒。这人特好，我采访过他。"

看到电视里笑容满面的田敬儒，米岚怔住了。

苏小糖低着头继续擦头发，接着说："这位敬儒书记是有名的'铁腕书记'，收拾过不少腐败分子。别人都以为他可怕，其实一点儿都不。我看他呀，就像是自己家可亲可敬的长辈。"她抬起头，看到米岚呆呆的样子，"妈，怎么了？想什么呢？"

米岚这才回过神来，不自然地笑了笑，说："我在想那个小伙子呢。你跟妈老实说，你们两个怎么样了？他将来能跟你去京都不？这是事情的关键，我和你爸可舍不得你到清凌，这个小地方能有什么发展？另外，将来买房子，他父母能支持一些不？户口的问题也不容易解决……小粒吵着要到英国留学，要是你也不在身边，我和你爸……"说着米岚的眼圈红了。

苏小糖噘起小嘴，摇着她的胳膊，说："妈，您又来了，咱不说冯皓

第八章

东了行吗？我一辈子都不嫁了，一直陪着你和老爸，好不？我给您讲我怎么认识敬儒书记的，可有趣了！"

米岚打断她的话，表情严肃，带着一脸的愠气，说："我不想听什么当官的，田敬儒就是当了皇上与咱们有什么关系？他是他，我们是我们。我就跟你谈冯皓东，我到清凌就是为了看看他，给你把把关。要不然你爸腿还没完全好，家里也离不开人，医院里还那么忙，我能大老远跑这儿来？小糖，你年纪不小了，一定要尽快解决个人问题。冯皓东这个小伙子真的不错，要是他能去京都发展，将来房子他家里也能支持一下，你可不要错过了！我警告你，不要以为自己总这么年轻，更不要以为前面有多少人等着你。我告诉你，人这一辈子，有些事错过了，根本没有回头的机会！"

苏小糖说："老妈，您饶了我吧！"

米岚说："我饶你，岁月可不饶你，时间就是个小偷，把你的光阴一把把地偷走了，再把皱纹一道道地给你钉死在脸上，等你知道了它的厉害，你也就老了。到时你青春不再，怕是得找个二婚的了！说不定还有了孩子，让你结婚就当妈！那你可就有苦头吃喽，一辈子也吃不完！"

苏小糖听着米岚的语气，心里咯噔一下，像是压了块石头。

米岚没有按照原定计划多待几天，不管苏小糖和冯皓东怎么挽留，她只住了一晚就坚持返回了京都。走之前，她不住地叮嘱苏小糖要尽快调回京都，还拜托冯皓东照顾好苏小糖，并邀请他到京都玩儿。

苏小糖一会儿挠挠头发，一会儿跺跺脚，一个劲儿使眼色，催促着："老妈，再不进站检票，一会儿就晚了，动车可不等人！"

米岚这才进去站里，进去了还是三步一回头地望向女儿。

隔着车窗，米岚望着陌生的小城清凌，滚烫的泪水漫过眼眶，大滴大滴地滑落……

229

·第九章·

1

苏小糖的心情在起起伏伏中折腾着，一会儿一个好消息，一会儿一个坏消息。

好消息来自市精神病院心理科李主任，他兴奋地告诉她和冯皓东："董文英重新鉴定的结果出来了——她没有精神病！"还意有所指地说，"你们等着看吧，董文英没病，有些人该'病'了。"

两人的第一反应是惊讶，第二个反应是太好了。为了董文英的事，苏小糖和冯皓东尽心竭力，想了很多办法，冯皓东还动用了他能动用的全部关系，过程不必说了，结果都只有两个字——失败。无奈之下，苏小糖打电话给田敬儒，把之前自己去见董文英的经过说给他听，请他给予援助。田敬儒在电话里只说了一句："小糖记者，不要再去见董文英了，你要注意自己的安全，要相信真相终究是会浮出水面的。"就挂了电话。

苏小糖放下电话后愣了半天，田敬儒这句话好像什么都没答应，又好像答应了些什么。她心里一直七上八下的，不料几天后李主任就给他们带来了好消息。这一刻，两人又一次相信了正义的力量。后来冯皓东打听到，原来田敬儒一直都在关注着董文英的案子，在接到苏小糖的求援电话前，

第九章

就通过吴威的密查搞清楚了董文英"精神病鉴定"的前因后果,更指示纪委书记章鹏对涉及此事的相关人员展开了调查,还安排重新对董文英进行司法鉴定。

坏消息是苏小粒受米岚"指派"来到了清凌。

苏小糖的第一反应是:"潜伏者来了!"

冯皓东却不以为意,笑着说:"策反他!"

苏小糖说:"你啊,一肚子阴谋诡计。"

冯皓东笑嘻嘻地说:"此乃良计也!"

今年二十岁的苏小粒是一名大三在校学生,阳光帅气。平时姐弟俩的感情特别好,好得可以说是不分你我,但又各种撕扯,互相"折磨"。用米岚的话说,"一对儿没正形",大的不尊,小的不敬。苏小粒调侃地称呼苏小糖为"巫婆",有所求时,又变成了"神仙姐姐、美女姐姐"。苏小糖则经常收拾这个弟弟,"小屁孩儿、小跟班儿"叫个不停。从小到大,只要一言不合,姐弟俩还会动手,打成一团不分敌我。别看苏小粒高高大大的,可是在矮他一头的苏小糖面前,却是妥妥的手下败将。苏小糖将血脉压制发挥到了极致,绝对不给苏小粒任何反击的机会。

姐弟俩一见面,跟冯皓东打过招呼,苏小粒就把胳膊搭在了苏小糖的肩膀上,悄悄地说:"'巫婆',老实交代,施了什么法术,把这么优质的老小伙骗到手了?"

苏小糖立刻用拳头回击他一下,说:"本大小姐的追求者够一个加强排了,我是看他实在太可怜了,动了恻隐之心,才把他收到麾下的。"

苏小粒连着哼哼几声,说:"又一个倒霉蛋从此落入了'巫婆'的魔爪喽……对了姐,你答应送我的限量版手办在哪儿呢?速速拿来!"一只大手伸到了苏小糖眼前,手心向上一张一合。

苏小糖拍了一下他的手,说:"苏小粒,您大驾光临清凌是为了看我,还是为了限量版手办?你这个无情无义的家伙!"

苏小粒嘿嘿一乐,说:"我是二者兼顾,以'巫婆'为主、手办为辅嘛!像我这样的绝世大聪明,当然要一心二用、一举两得。"

苏小糖说:"去去去,跟我还一套套的,哪儿学的?一天天就知道贫嘴,正经话都不会说了。东西早就买好了,不过放在原来住的地方,暂时还是先别回去取了,太危险。"

苏小粒早就知道了发生在苏小糖身上的一些事,心里明白如果贸然回去确实有点冒险。可为了向往已久的限量版手办,他还是一副满不在乎的神情,说:"怕什么呀?你老弟我亲自去取!大白天的,他们还敢行凶不成?别忘了,现在可是法治社会!"

苏小糖刚开始坚决反对,后来一想,小粒说得也有道理,那些人再怎么胆大妄为,也不至于无法无天吧?何况,自从那晚惊吓过后,她在冯皓东的陪伴下只回过一次原来的住处,急匆匆地拿了笔记本电脑和常用衣服就跑出来了,她也想再回去一次,拿些常用的东西,却始终是怕这怕那未能成行。按常理分析,自己和冯皓东、苏小粒一起回去,人多力量大,安全应该有保障。再说了,经过这么久,那些人还会傻乎乎地守着个空房子,来个守株待兔吗?于是,她便去跟冯皓东商量。

冯皓东听完两人的提议,脑袋摇成了拨浪鼓,在他看来,这显然是一种风险指数极高的行为,他更觉得苏小糖姐弟俩太过孩子气,想什么是什么,做事不能周全考虑。最主要的是,姐弟俩不是清凌本地人,还没见识过什么是"天高皇帝远",他可是亲身经历过。他不能让姐弟俩置于险地,态度坚决地反问:"万一遇到坏人怎么办?万一出点什么事怎么办?"接着又给姐弟俩讲了一番大道理。

苏小糖越听嘴巴噘得越高,眼睛一个劲儿往脚面上溜。

苏小粒不时地给苏小糖使眼色,见她只看脚面根本不瞧自己,又像小孩一样拽拽她的衣袖,示意她再跟冯皓东说说情。

苏小糖抬起头,软磨硬泡地说:"咱们去去就回嘛,大白天的,咱们三个人呢,能出什么事?再说了,清凌市正在创建平安城市,如果连这点最起码的安全都没有保障,还能谈什么创建平安城市啊?"

冯皓东叹了口气,无可奈何地说:"我是犟不过您这个小姑奶奶了。"最终他还是开车带着姐弟俩回到了原来的住所。

第九章

三人说着话上了楼，在门外听了会儿，里面没有任何声音，这才把悬着的心放下了。

苏小粒示意姐姐快开门。苏小糖瞥了他一眼，眼神里的意思是——真是性子急！她插进钥匙时，心里突然觉得有些不安，她回头看了一眼冯皓东，问："不会有什么危险吧？"

冯皓东一笑，说："要不咱回去？"

苏小糖瞪了冯皓东一眼，说："您老人家就不能安慰我一下吗？"

冯皓东说："不让来非要来，既来之则安之吧。"

穿着运动装的苏小粒拉开苏小糖，抢先打开门，说："瞧'巫婆'这小胆儿，还是看我这个急先锋怎么降妖……"说着话第一个冲了进去。

"妖"字话音没落，苏小粒"妈呀"一声，连连后退几步，靠在了苏小糖的身上。

自从网络上出现了《形象工程害死人》这种负面新闻，本来已经让人撤回来的江源又通知手下，继续对苏小糖的住所严防死守，管他是红是黑，一定要见着点颜色，最起码要给苏小糖一个下马威。这些手下也真是有本事，配了一套苏小糖寓所的钥匙，安排了两个人长期驻扎，准备等苏小糖回到家，来个"关门打狗"。

毕竟是做贼心虚，听到钥匙孔里传出的声音，住在里面的两个人惊慌失措。一个人顺手拿起了放在床头柜上的水果刀，另一个拿起了木棒，两人蹑手蹑脚地守在门口，一左一右地守候着。苏小粒刚进门，刀子、木棒立刻上前"伺候"，苏小粒的话才说了一半，刀子就已经扎了进去。

苏小粒看到自己身上流出了血，刚才的勇气一下子全泄了，一边向外推着苏小糖，一边带着哭腔喊："姐……快跑……他们有刀子！"

冯皓东立刻把苏小糖、苏小粒拽到身后，冲到了最前面。

两个人见真的捅着人了，也是一愣，色厉内荏地挥舞着手里的利器，说："你们再过来……再过来我就不客气了！"

冯皓东骂道："你们太狠了！"

苏小糖全身哆嗦，一手扶着苏小粒，一手掏出手机准备报警。

233

拿着刀子的那个人使劲地舞着刀，在空中画出了几个闪光的圆圈，他发现苏小糖在按手机，喊道："不许报警！把手机给我放下！要不，我把你们全弄死了！"

苏小糖立刻把手机收了起来。

苏小粒的脸色十分苍白，脸庞因为疼痛有些变形，身子一点点地往下缩，血不停地向外涌着。

冯皓东看出对方想要逃，他也不想与对方纠缠下去，便顺着对方的脚步，一点点地移动。

几个人对峙着从门口转移到了客厅。冯皓东像老母鸡护小鸡一样，把姐弟俩护在身后。

果然，两个行凶者抓住机会，迅速地向门外跑去。

冯皓东这才拿起手机，拨打了120和110。

救护车一路呼啸着驶进小区，带走了全身血迹的苏小粒。

坐在救护车里，苏小糖鼻涕眼泪淌了一脸，她紧紧地拉着苏小粒的手，不住地说："小屁孩儿，你疼吗？都怪我，都是我不好……你一定要挺住啊！"

躺在担架上的苏小粒脸色苍白，努力地向上牵了牵嘴角，说："'巫婆'……别哭……千万别把这事告诉老妈老爸……"他紧闭双眼，眉头紧蹙。

冯皓东抱着苏小糖的肩膀轻轻地安抚着。苏小糖把头靠在他身上，泪水在脸上肆意蔓延。

不幸中之万幸，苏小粒的内脏没有受伤，按医生的说法，如果刀子再深入一毫米，就会刺穿肺部。得知这个检查结果，苏小糖的眼泪再一次汹涌如涛，鼻涕眼泪蹭了冯皓东一身。

手术进行得非常顺利。

几天后，苏小粒恢复了昔日的活泼。躺在病床上，他也不肯老实，一会儿让苏小糖为他按摩头部，一会儿让苏小糖给他读小说，一会儿又说想喝皮蛋瘦肉粥。

苏小糖知道他是故意气人，一个劲儿地向他吐舌头。

· 第九章 ·

苏小粒说:"现在我是病号,你得好好地服侍我!"

苏小糖说:"一会儿给您请个老妈子吧,没见过您这样难伺候的主儿!"

苏小粒说:"别请老妈子啊,要请也得请个年轻漂亮的,至少要在你之上吧。最好是个外国妞儿,金发碧眼那种,我直接培养一下感情,以后可以请你和皓东哥去外国旅游!不过,苦了皓东哥了,得活活地被'巫婆'折磨疯了啊!"

苏小糖举起手要打他,拳头在空中晃了晃又放了下来。

姐弟之间的打闹逗得冯皓东哈哈大笑。

这时苏小糖手机上的小猫儿随着音乐不停地扭动起来。她瞧了一眼号码,向冯皓东、苏小粒使了个眼色,说:"别吱声,老妈的电话!"

冯皓东收起了笑容。

苏小粒说:"'巫婆',千万别跟老妈说我受伤了,要不她一准儿得跑清凌来!"

苏小糖点了点头,按下接听键,说:"老妈!"

米岚问:"你在哪儿呢?"

苏小糖转动了下眼睛,说:"在家呢。"

米岚问:"皓东和小粒呢?"

苏小糖听到母亲这么亲切地称呼冯皓东,脸腾地热了,说:"他们都在我旁边,正下棋呢。"

米岚说:"那就好。小粒也待了好几天了,让他回京都吧,老在你那儿待着影响你工作,生活上也不方便,别让他在那儿碍手碍脚了。"

苏小糖瞟了一眼苏小粒,说:"妈,瞧您说的,他能碍什么手脚?难得他到清凌来,多玩几天再回去呗,他又不是小孩儿了,您就别担心了。"

母女俩正在电话里聊着,一位护士走进了病房,说:"苏小粒,该换药了!"

米岚大惊,在电话里提高了嗓门,问:"小糖,小粒怎么了?换什么药?你们在哪儿呢?"

苏小糖支吾地说:"小粒……他感冒了!"

米岚说:"感冒?我是医生,你别在那儿跟我打马虎眼!你把电话给皓东!"

苏小糖一脸无奈地把电话放到冯皓东手里,说:"我老妈现在根本不相信我跟她说的话了,得,劳驾您了!"

冯皓东接过电话,皱着眉头,把情况简单地说了。

当天,米岚坐火车再抵清凌。

2

地方电视台的新闻标准是:哪里有领导,哪里就有新闻;哪里的领导越大,哪里的新闻价值就越高。地方新闻往往也成为地方官场变化的晴雨表:如果某位领导在新闻里频繁出现、事务繁忙,可以想象此人必然是受到重视、掌握实权的官员;如果一位领导很少在电视里露面,所处位置必然是个"闲职";平时经常出现的领导突然不见踪影,可能是外出考察学习去了,如果消失时间过久,也可能是被纪委调查了;以前不常出现的领导开始频繁出现了,可能是被提拔的先兆……老百姓常常会根据电视新闻里领导出现的频率、镜头时间的长短来分析当地政坛上正在发生的或即将发生的变化。

清凌的百姓们敏感地发现,《清凌新闻》连续几天都没有关于田敬儒的报道了,而何继盛则频繁地出现在了民众的视线里。《清凌新闻》中的何继盛或在会见外商,或在检查交通运输,或在听取义务教育汇报,或在出席某活动启动仪式,忙得不亦乐乎。

各种流言、猜测不胫而走——

"田敬儒要到省里任副省长了!"

"田敬儒出事了,官商勾结,中纪委、省纪委正在调查,弄不好要被'双规'!"

"何继盛马上就要接任市委书记了!"

第九章

"清凌政坛要进行一场大变革，书记、市长一锅端。"

…………

百姓的猜测并非空穴来风。除了网络上的负面新闻，正在进行时的一系列事件也在昭示着风暴的来临。

包括原市人大常委会主任、政协主席等多位已经退休的市级老领导被省纪委调查组找去"协助调查"，至于调查的内容，老领导们全部口风紧锁，闭口不谈。

市纪委章鹏这边的动作与省纪委同步进行。柳映青、任洪功等多位市直单位主要领导、县市区部分主要领导，甚至一些已经退休多年的县处级干部，接连被市纪委的调查组带走"协助调查"。

清凌的官员们面面相觑，大家都在观望，都在谋算。其中，有的人幸灾乐祸，有的人诚惶诚恐，有的人寝食难安，有的人隔岸观火。更多的人是在琢磨："协助调查"的内容是什么？主角是谁？下一个被带走的人会是谁？……

对于省、市纪委的"联动协作"，作为市委书记的田敬儒是有充分准备的，说得更直白些，一年前组织上安排他到清凌任职市委书记时，这便是他的任务之一。可当布局多时的大网真正收起时，他的心里还是涌起万般滋味。是的，他为那些"被调查者"感到惋惜和痛心。那些人也曾心怀壮志，也曾经在清凌付出青春和血汗。如果……可惜人生路上没有如果，只有结果和后果！

田敬儒望向窗外，此时的清凌，映入眼帘的是铺天盖地的绿色，浓郁得化不开，如同一张巨大的画卷，张扬着生命的活力。他盼望着，从此以后的清凌改天换地，重焕生机，政通人和。

电话响了起来，田敬儒探头一看，是省委副书记严义的办公室号码，他立刻拿起了听筒："严书记，您好！"

严义低沉着声音，说："敬儒，你现在说话方便吗？"

田敬儒精神一凛，有了一种异于往日的感觉，他回答道："严书记，就我一个人在办公室。"

严义轻咳一声，说："那我就开门见山了。调查出的一些情况比预想的要严重，清凌恐怕是要来一场大地震了……我提醒你做好心理准备。"

田敬儒吐出一口气，稳定了一下情绪，说："是我政治敏锐性不强，政治鉴别力不够，处理不及时，才会造成这么严重的后果。让您操心了！"

严义说："现在不是检讨的时候，问题确实严重，牵扯面也比较大，不过，施书记和我都相信你。作为市委一把手，希望你能继续做好接下来的工作，更要顶住各方面的压力。"

办公室里的温度非常适宜，田敬儒的额头上却沁满了细密的汗珠，他说："明白！我向您保证，我绝对没有任何问题，对得起党和人民的信任。"

严义在电话里叹了口气，说："你跟我保证什么？组织上相信你！我提前给你打个招呼，这些天你暂时不要离开清凌，更不要有任何动作。如果有什么新情况、新变化，你随时告诉我。市里有些事可以放心交给章鹏处理。随时保持联系！"

田敬儒心里一沉，说："我一定按您的指示办！"

严义说："你还要注意一下……就说到这儿吧。"

田敬儒说了一声"好的"，电话另一头已经传来了嘟嘟声。他坐下来，太阳穴一蹦一蹦地跳。严义很少主动给他打电话，即使打了，也从未有过这样严肃的语气。仅从对方与往日截然不同的语气上，他已经感到了"协助调查"结果的严重性。这类事件的起初往往只是调查，最终却会牵扯出一批人、一系列事件，像推倒了多米诺骨牌一样。严义书记提示自己有什么新动向随时汇报，难道还会出现新情况？

清凌的天气好像也随着田敬儒的心情发生了变化，原本晴朗的天空，突然间阴云密布，豆粒大的雨点噼里啪啦地打在了窗玻璃上，很快织成了一层雨帘，模糊了他向外观瞧的视线。

对于同何继盛之间存在的分歧，田敬儒早就心知肚明。尽管两人之间有矛盾、有问题，但只是隐隐地含着、裹着，保持着市委、市政府表面上的统一和谐。田敬儒公道地认为，何继盛有值得欣赏的一面，工作上有能力，有思路，但也有着不可忽视的弱点。

第九章

田敬儒到清凌就任的第一天就看出了何继盛的轻狂和自大，行事风格非常强硬，最致命的是何继盛喜欢拉帮结派，不但在官场拉帮派，还与江源等一些商人交往过密、牵扯不清，而这恰恰是作为政府一把手最应回避的事情，"亲商"更要"清商"。对此，田敬儒曾经给过何继盛一些提示和暗示，强调理清政府与市场的关系，形成"亲、清"型政商关系。显然何继盛根本没有理会那些话的真正意义，反而当成了耳边风，或者看成了他这个市委书记在挑刺儿、找碴儿，内心产生了强烈的不满。

出自真心，田敬儒不希望与何继盛产生任何摩擦，或者说，即使有什么不愉快，最好也能大事化小，小事化了。他深知一个团结和谐的班子才是干事业、谋发展的基础。他更清楚前任清凌市委书记与何继盛之间的关系紧张，造成了明争暗斗的内讧局面，在一定程度上影响了清凌的发展。所以，他到清凌任市委书记之后，非常注意市委与市政府之间各种关系的处理，力求和谐。可以说，如果不是原则性的问题，他基本上会给足何继盛面子，采纳他的意见和建议，力求维持两人的步调一致，这样的配合也受到了省委施书记的称赞。然而，随着时间的推移，随着共同经历、处理的事件增多，两人之间出现的问题也日益增多，矛盾日益增大，渐渐由桌子底下转移到了桌面上，针锋相对有之，互不相让有之，消极应付有之，致使很多下级干部乃至像曹跃斌等一批市委常委和副市级领导，在市委、市政府两位一把手之间不得不小心翼翼地周旋。田敬儒担心继续下去会再现前任市委书记与何继盛之间那样公开的内讧，最终两败俱伤，更担心会因此影响到清凌的整体发展。严义书记在电话里的提示，使他感觉到省纪委的调查里面似乎隐藏着更深层次的内容。其实当时他想再问一句，掂量了一下还是把到嘴边的话又咽了回去。省纪委书记能在这个时候对自己说这么多，已经是非常信任了。至于调查事件背后还有什么别的内容，就只能凭个人的政治敏锐性了。而且他从严义书记的话里听得出来，现在事态的发展，已经超出了他这个市委书记可把控的范围了。他推测可能涉及更广范围、更高层面。

就在这时，敲门声响了起来，田敬儒皱了一下眉，说："请进。"

曹跃斌进来了，手里拿着一沓材料，径直走到田敬儒的对面，瞧了瞧他的脸色，说："敬儒书记，您是不是有事？要不我待会儿再向您汇报吧。"说着转身要走。

田敬儒说："我没事，你坐下说吧。又出什么事了吗？"

曹跃斌脸上挤出笑容，说："没、没出什么事，是苏小糖的情况调查出来了，不但她的个人情况一目了然，她家人的情况也非常详细。没想到苏小糖的母亲居然和您毕业于同一所高中，好像还跟您同一届，说不定还是您的同窗好友呢。"

田敬儒接过材料翻看着，说："会这么巧？苏小糖的母亲叫什么名字？"

曹跃斌说："好像跟香港的一个老牌明星的名字差不多，米雪？不对……米岚，对，就叫米岚。"

田敬儒听到这个名字，心脏猛地跳动了几下，胸口隐隐作痛，像是多年前已经结痂的伤口突然被人撕裂，汩汩地流出了滚烫的液体。他低下头，仔细地翻看着苏小糖的资料。没错，一点都没错！苏小糖父母栏里清楚地写着：父亲苏忠民，母亲米岚。

米岚？米岚！真的是米岚？是正巧同名……不，不可能，跟我同一届的同学中只有她一个人叫米岚，而且后来听说她确实嫁给了她那位姓苏的邻居大哥……世界会这么小？宿命中的定数？早已安排的孽缘？田敬儒眼眶里一阵酸涩，眼前先是现出了一片黑色，接着又闪出无数颗星星……他靠在椅子上，紧闭起双目，一言不发。

曹跃斌看到田敬儒神色异常，也跟着紧张起来，向前挪了挪屁股，轻声地问："敬儒书记，您没事吧？"

田敬儒依旧闭着眼睛，对曹跃斌摆了摆手。

曹跃斌的大脑飞速地运转起来：田敬儒为什么会有这样的变化？因为苏小糖的资料？因为清凌接连发生的情况？还是身体操劳过度……他又问："敬儒书记，您是不是不舒服了？要不，我陪您到医院检查一下，或者通知人民医院的院长安排医生过来检查一下……"

没等他说完，田敬儒睁开了眼睛，轻声说："没事，只是突然有些头晕，这几天血压有点高，不用担心。跃斌，苏小糖的资料就放这儿，你先回去吧。各方面的情况都盯紧点儿，有情况随时联系我。"

曹跃斌迟疑着站起身，说："那……我先回去了，有情况再向您汇报。"

田敬儒点点头，没作声，继续翻看苏小糖的资料。苏小糖今年二十八岁，那么，按照推算，她出生那年是……她在京都出生长大，张嘴却说"知不道"……还有那双同米岚一模一样的亮晶晶的大眼睛、倔强的小脾气、得理不饶人的嘴巴、略带冲动冒失的性格……所有这一切，不停地在他的脑海里闪现着，同时穿插的还有二十多年前的一幕幕片段……

3

曹跃斌已经走到门口了，田敬儒喊了声："跃斌，你等等。"曹跃斌急忙来了个向后转，折回田敬儒的身边。

田敬儒问："苏小糖还在清凌吗？"

曹跃斌说："是的，还在。"

田敬儒问："知道她住在哪儿吗？"

曹跃斌说："好像……可能……"

田敬儒眉头一皱，说："你别吞吞吐吐地，这有什么不能说的？"

曹跃斌一笑，说："小道消息说，她和咱们市报的记者冯皓东住在一起，具体的地方，我还真不清楚。"

田敬儒说："冯皓东？啊，想起来了，就是号称'冯首席'的那个小伙子吧？他好像不是首席记者吧，倒得了这个称号，一定是有故事吧？"

曹跃斌说："是，就是他，您记性真好。故事好像是有，但也是很久以前了，具体情况我了解一下再向您汇报。"他说的是实情，曹跃斌到清凌工作的时间确实比田敬儒要长，但也不过早了两三年，所以关于冯皓东的情况，他是真的不了解。

田敬儒说："故事不用了解。我读过这位冯记者的文章，确实写得好，所以才会印象深刻。最近又有人给苏小糖发什么恐吓信息没有？"

曹跃斌说："这个没听说，不过……"

田敬儒不悦地说："你就直说嘛，不要老是支支吾吾地，苏小糖是一个驻地记者，又不是神仙妖怪，怎么一提到她，你就这样紧张呢？"

曹跃斌心说，我紧张的不是她，是你对她的"关心"，嘴上却说："苏小糖的弟弟来清凌探亲，好像被人刺伤了，住进了医院。"

田敬儒一下子站起来说："出了这么大的事，你怎么才汇报？我跟你说过多少次了，关于苏小糖的事，要及时向我汇报，我说的话都成耳旁风了？"

曹跃斌没想到田敬儒的反应会这样激烈，心想你也没说过这话啊，而且受伤的是苏小糖的弟弟，又不是苏小糖。今天书记大人是怎么了？怎么看都觉得反常。他不敢迟疑，说："我也是才知道这消息的，看您情绪不大好，就没敢说。"

田敬儒这才意识到自己的状态是有些不对头，他平息了一下，说："不要解释了。人怎么样了？伤到哪儿了？在哪家医院？"

曹跃斌说："在市人民医院，伤得不重。现在公安部门正在调查事件的起因，好像是两个小混混干的。"

田敬儒哼了一声，说："咱们清凌的对外形象就坏在这些小混混身上了，到清凌探亲的客人都能发生这样的事，还有什么是不能发生的？清凌就是这样创建平安城市的？清凌的公安机关就是这样保障人民的生命财产安全的？你通知吴威，马上给我查出凶手，抓住了严惩不贷！"

曹跃斌不敢怠慢，急忙掏出手机拨出了电话："吴市长，我是曹跃斌！"

吴威在电话里说："曹部长，您好！"

曹跃斌把苏小糖的弟弟被刺一事讲了一遍，说："这件事不是一般的案件，它直接影响到清凌的对外形象，请吴市长立刻安排警力，一定要尽快抓住凶手！"

吴威说："这段时间是案件高发期，警力明显不足，这件案子下面的人正在调查，一有结果我马上向您汇报。"

曹跃斌用眼角余光看了一眼田敬儒低沉的脸色，对着手机说："吴市长，创建平安清凌是咱们清凌招商引资中重要的一张牌，这张牌出得好坏，就看你吴市长的本事了。一个来清凌探亲的客人，人身安全都没有保障，如果是投资者来了呢？人家指着清凌公安局的牌子问，平安在哪里？安全又在哪里？这样的软环境怎么吸引外商？怎么让老百姓安居乐业？我们宣传部门怎么回答啊？事关驻清凌重量级媒体的记者，这事不但我们宣传部门关心，外面媒体的记者们都非常关心案件的进展情况。这事要是让他们报出去，我宣传部门就是忙翻天了，也处理不了。"

田敬儒的脸色略微有所缓和，他目光专注地看着曹跃斌。

电话另一头传来了吴威的声音："请曹部长放心，我向您保证，二十四小时内一定查出凶手！"

曹跃斌说："不光是凶手，背后的人也要查出来。"

吴市长说："明白！"

曹跃斌松了口气，挂断手机，征询地看着田敬儒。

田敬儒点点头，说："不错，说得很好！有理有节，有力有威，而且只字没提我对这件事的意见。"

曹跃斌一下子紧张起来，说："敬儒书记，我不能提您啊！您的麻烦够多的了。我是想，凡是我能负得起的责任，尽量不往您这儿推。"

田敬儒哭笑不得地摇摇头，说："你以为我在批评你吗？我也是诚心诚意地赞扬你呀！市委常委是市委的核心领导成员，就应该这样敢于负责任，不要什么事都往一把手身上推。可是我们有些常委，对外胡乱拍胸脯，对内一推了之。和那些人相比，你做得很好嘛，紧张什么呀？"

曹跃斌惭愧地笑笑，说："习惯了。"

田敬儒苦笑着摆摆手，说："这不怪你，包括那些不敢或不肯负责任的人，也不能怪他们。这是一种通病，也不是你我所能解决的问题，必须要在整个体制上来一场刮骨疗毒般的改革！"

"深刻！敬儒书记，您认识问题太深刻了！"曹跃斌发自肺腑地说。

"行啦，别捧了，再捧我也紧张了。"田敬儒笑道，"刚才你在电话里已经把狠话放出去了，接下来就看落实得怎么样了。"

"您放心，敬儒书记，"曹跃斌拍拍胸脯说，"敬儒书记，要没别的事，我回去了？"

田敬儒伸出手与曹跃斌握了握："跃斌，辛苦你了！"

曹跃斌说："应该的！"

曹跃斌再一次告辞。就在他拉开田敬儒办公室的门时，与一个正要推门而入的知性中年女人差点儿撞个满怀。中年女人一边推门，一边与古凡争辩着，意思是一定要见到敬儒书记。古凡则说："抱歉，您没预约。敬儒书记在工作，真没时间！"女人则说，"约了，肯定是他忘记告诉你了，要不然我怎么进得来这个楼？"一时间，古凡也有些懵了。是啊，她怎么进来的呢？

曹跃斌忙说了声"对不起"，与那女人擦肩而过走出去。踏在走廊的地板上，曹跃斌听到身后传来了田敬儒的声音，示意古凡让女人进去。他心里咯噔一下，觉得刚才那个女人的眉眼似曾相识，好像在哪里见过。

在哪儿见过呢？

生活永远比戏剧精彩，生活也远比小说复杂。曹跃斌如果再次回到田敬儒的办公室，就会看到，里面上演的是电视剧和小说里才会出现的景象。

曹跃斌更不知道，刚刚与他通话的吴威这些天经历的"心里咯噔"是一下连一下，气愤加痛心，血压已经到了降压药都控制不住的程度。

组织部门将市刑侦支队支队长梁栋同志列为市公安局副局长的考察人选，副市长、公安局局长吴威在关键时刻明确提出了异议。组织上考察干部时有人提出异议虽然不多，但也是正常情况，可这一次却在清凌市公安局却引发了不小的震动。

公安局里很多人或多或少都知道，吴威任副市长、公安局局长后一直是有意对梁栋进行培养，而且梁栋确实率刑警队破过不少大案，立功不少，提拔也在情理之中。还有小道消息说，梁栋得到组织上提名主要是有何继

第九章

盛市长的力量加持。这种情况下，吴威突然转向掉头，对自己一直重点培养，又是何市长支持的人选提出异议，便颇耐人寻味了。

公安局的同志们却不知道，纪委书记章鹏早已经接到了对梁栋的举报线索，并就调查情况亲自找了吴威谈话。他们更不知道，在对董文英事件的调查中，梁栋全程参与伪造董文英精神病的司法鉴定等情况已经被吴威掌握。

利华纸业的生产果然因为负面新闻的报道再次被叫停，与以往不同，这次的叫停不是单纯的停产整顿，而是省内多部门联合下发的"勒令关停"。这样的"叫停"意味着利华纸业将彻底结束其在清凌的历史，结束其日进斗金的辉煌。

江源的心情自从收到"关停令"的那一刻起，便一直阴郁着。除了进入办公室那间无人知晓的密室享受片刻的快慰，生活里的很多事，他都提不起兴致，哪怕是那些或可爱或漂亮或妩媚或妖娆的女人在他面前表现出种种娇态，他也熟视无睹，仿佛进入了清心寡欲、超然物外的道家境界。

事实上，江源的心里充满了愤怒和痛苦，并把这所有的愤怒、所有的痛苦，以及利华纸业的灭顶之灾，全部记在了苏小糖的账上。按他分析得出的结论，网络负面新闻的作者就是苏小糖。试问在清凌，谁敢在江源的头上动土？谁敢对利华纸业不利？难道不想活命了？只有这个不知深浅、不知轻重、不知天高地厚的小记者才敢冒天下之大不韪，一而再、再而三地给利华找麻烦。现在媒体里还能有这号人物，也算是开了眼界了。新闻系出来的人，不知道哪些能报道、哪些不能报道吗？心里没点数吗？她就是无良记者！利华有好事、有成绩她不来；利华出了事，她就来添乱。唯恐事情不能炒大，唯恐天下不乱！国外天天有乱七八糟的事，这爆炸、那战争的，怎么不见她去采访报道呢？她就是刻意来抹黑利华、抹黑清凌，其心可诛！对于这个来自京都、与他素未谋面的小记者，江源恨不能将她碎尸万段、挫骨扬灰以解怨恨。他最盼望的就是能将她抓住，折磨得求生不得、求死不能，那才算畅快！为了得到这种报复的快感，他费了不少心思，想了不少计策。苏小糖终于露了面，偏偏手下的兄弟"不争气"，一刀扎中了她弟弟。接到报警，公安机关第一家就查到了利华纸业，幸亏他得到线索，预先安排扎人的兄弟跑路，才算暂时躲过一劫。没抓着狐狸反惹一身骚，江源气急败坏地骂手下一个个都是不中用的东西，一群酒囊饭袋。

骂完了，冷静下来，江源忽然想：这个苏小糖只是个人行为吗？当然，听说那个叫"冯首席"的市报记者在帮她，但就这两个小小的记者，也敢来捋自己的虎须？那个冯皓东这些年来不是尝试过吗？结果怎么样？还不是被自己略施手段，就像孙猴子被压在五行山下一样动弹不得？他老实了好一阵子，现在又蠢蠢欲动，帮着苏小糖来对付自己，难说不是后面有了什么人在撑腰。这个"背后的人"才是自己要全神戒备，打起精神来应付的人！

一个人在密室里思忖良久，江源下达了两条指令。

一条指令发给自己的黑道兄弟们："必须给我弄死这个苏小糖，还有那个冯皓东！不计代价！绝对不能留活口！"

另一条发给利华的心腹手下："去找专业人士，不论花多少钱，采取什么技术手段，调查出网络负面新闻的来源，重点是揪出来背后搞我的是哪个王八蛋！"

真相总会浮出水面。

当科学的分析和依靠技术得来的调查结果摆在江源面前时，他很是愕然。如果不是亲耳所听、亲眼所见，他无论如何也想不到，从那篇《形象工程害死人》开始，一系列网络负面新闻的始作俑者居然是那个长着漂亮脸蛋儿、装着一肚子"草籽儿"的雅雯，而且利用的应该是他奉送的那部白色手机和白色笔记本电脑。

江源清楚，以雅雯的胆量，她绝对不敢同自己作对，即使她的姐夫任洪功也不敢如此胆大妄为。在自己面前，他们不过是摇尾乞怜的哈巴狗。显然，背后的主谋只能是一个人——何继盛！也许何继盛最初让雅雯这样做的目的，就像与自己商量时一样，只是为了对付田敬儒。显然这些新闻

· 第九章 ·

确实达到了何继盛最初的设想，不但给田敬儒造成了巨大的舆论压力，而且引起了上层领导的高度关注。不过，无论用多么笨的脑袋分析，何继盛都应该想到，这样的负面新闻，必然会使利华纸业同时受到牵连！难道何继盛会蠢到看不出利华的利益会因此受损？或者说，何继盛早就想到了，只是为了取得仕途上的胜利不惜以利华纸业作为代价？……是啊，因为没有当上市委书记，何继盛早就疯癫了！他对权力上瘾了，上头了，无药可救了……江源被自己的分析吓了一跳，他晃了晃脑袋，不相信似的揉了揉眼睛，又点点头，觉得自己的猜想和分析一定没有错，赤裸裸的现实就摆在面前，不容人去置疑。

江源在心里一遍遍地说：何继盛啊何继盛，你实在是太可恶！太阴险！太让人难以忍受了！

刚刚平静不久的江源，再度变成了一只被激怒的狮子，暴跳如雷，张牙舞爪，在豪华阔绰的办公室里东南西北地来回乱窜。过了很长时间，他终于安静地坐下了，却像是失了水的秧苗，打不起精神，蜷缩在宽大的"龙椅"里。只是一会儿的工夫，他又站起来，抓起办公桌上的物品，以天女散花的势头袭向几位战战兢兢、垂手而立的下属。几个人躲闪不及，这个被烟灰缸砸到了脑袋，那个被电话削到了肩膀，另一个则更加倒霉，原本摆放在办公桌上的地球仪像铅球一样正中胸口，那人连连倒退几步，晃了几晃，被别人扶住，才算是没有倒下。

江源先是歇斯底里地哈哈大笑几声，接着破口大骂："真是天大的笑话！花着老子的钱，拿着老子的股份，用着老子的电脑，开着老子的跑车，居然敢坏老子的大事！还有没有天理了？姓何的，你不给我面子，我还非得拿你当爷爷供着？既然你拿我当垫背的，我就把你拉下马！大不了来个鱼死网破，玉石俱焚！"

几个下属你看看我，我看看你，谁都没敢作声，进也不是退也不是，如同穿上羽绒服，裹着大棉被，被人扔进了正午时分的撒哈拉大沙漠，恨不能立刻钻进冰柜，找到哪怕片刻的清凉。

江源剜了他们几眼，心里鄙视到了极点，脱口骂道："滚！都给老子

滚滚

滚，能滚多远滚多远！"

几个人早就想出去，听江源让滚，顿时如蒙大赦，连跑带颠地出去了。

大门紧紧地关上了，轩敞豪华的办公室死一样的寂静，空气中弥漫着一股子江源从来没有嗅到过的腐臭之气。他重重地靠在了"龙椅"里，一颗心不断地往下沉，既忧心利华纸业暗淡的明天，更悔恨当初自己的有眼无珠、引狼入室。

回想自己创业的一步步，再到清凌发展后的一步步，一路走来真不容易啊！别人只看到利华的风光，可谁清楚作为董事长他江源有多难呢？

不错，利华确实是前任市委书记引进的。按理说应该顺风顺水，可何大市长偏偏要当拦路虎，各种设置障碍，总之就是三个字：不同意。

就连前任书记也示意江源做做何继盛的工作："至少政府那边不要坚决反对嘛！"

江源于是低头做小，可无论他怎么做，何大市长就是不给一分面子。请吃饭不到，礼物不收，银行卡送出去再给送回来了。无奈之下，他开始另辟蹊径，费了很多周折才搞清楚何继盛背后的靠山是常务副省长孔荣天。

事情这就好办了。孔荣天可是他江源的大贵人，自己能在本省商界混得风生水起，可离不开他老人家的大力支持。当然，他江源也是知恩图报的人，对孔荣天多有回馈，二人私底下的关系越发密切。

江源找到孔荣天把事情一说，孔荣天笑道："继盛是我提拔起来的人，我了解他。他这个人哪，心高气傲，一般的人想贴他可不容易。你这个项目，是市委书记引进的，和他半毛钱关系都没有，他又跟书记不和，正好借你的利华来跟书记唱反调，以显示他代表的是清凌广大干群，维护的是清凌的长远利益，敢于对一把手说不，怎么可能接受你的'好意'？"

江源苦着脸说："如今中央对环境保护越来越重视，污染较大的造纸企业从人口密集的中心城市向偏远地方迁移也是大势所趋，但也给这些不发达的偏远地区带来了发展经济、增加税收的好机会，本来是个双赢的好事嘛，何大市长也不能因为和书记的矛盾，不发展地方经济嘛！"

孔荣天说："经济要发展，环境也要保护。谁说造纸企业一定就是污染企业？清凌给了你优惠的招商政策，你也要把环保工作做好。要引进全套排污设备，并发挥好它们的作用。这样我才好跟继盛讲话嘛！"

江源嘴里应着："是是是，孔省长您说得非常对！我们利华一定会把环保工作做好，不让您老人家和清凌的领导操心。"心里却想：这排污设备如果真要天天开着，是多大一笔费用？现在造纸成本逐年增高，纸价却迟迟起不来，利润空间越来越小，我江源要没饭吃了，哪还有钱给你们这些官老爷上贡？这话当然不能说出口，他笑着又说："孔省长还是出个面，帮我约何市长一起吃个饭，您的面子他不敢不给。"

何继盛果然很给面子，不但赶到省城来赴江源的饭局，席上二人还很快就称兄道弟起来，江源比何继盛小，大哥大哥的叫得亲热。饭后送走孔荣天，江源请何大哥另外再搞搞"活动"，何继盛稍做推托，也就答应了下来。江源在这方面是老手，活动安排得"有声有色"，令何大哥十分惬意。高兴之余，江源再奉上数额比上次又翻了一倍的银行卡，何继盛便不十分推拒，只说："都是自己人，没必要这么客气。"江源心里想：你小子别装。不是自己人你不肯接受我的"客气"我理解，那是怕出事；现在成了自己人，我要更懂"客气"才对，要不你岂会真把我当自己人？嘴里却说："大哥这话说的！正因为是自己人，我才敢向大哥表示一下兄弟的心意。大哥要是不收，岂不冷了兄弟的心？大哥你放心，荣天省长是了解我的，最讲义气，也是最懂知恩图报的。利华去了清凌，我知道真正的靠山是大哥您，您就看我江源怎么做人就行了！"

4

自那以后，何继盛不但不再反对引进利华，反而一再强调政府要服从党委的领导，坚决拥护书记的决策并不打折扣地执行。利华项目在常委会上全票通过，顺利引进清凌。

但江源没想到，何继盛性格非常强势，胃口也不是一般地大。江源给出了大量的暗股，还忍气吞声、小心翼翼地伺候着他。那时他才意识到，再牛的企业家在权力面前也是个孙子。当然，何继盛回报给他的也很多。正因如此，曾几何时，江源胸有成竹地认为，求财求利的共同目标已经将自己的命运和何继盛的命运紧紧地捆绑在了一起。为此，他出钱出力心甘情愿，他就是何继盛的提款机、私人银行，可以二十四小时随时支取；他就是何继盛的马仔、跟班、勤务员，可以随传随到，有事必应。当然，他的"私人时间"除外。他从利益的角度出发，全力地维护着何大市长的地位，满足着何大市长的需求。他真心盼望何大市长能够更上层楼，为实现自己利益的更大化积累政治资本。

但是，他江源心里再怎么盼望何继盛升官，再怎么不计代价，也不能眼睁睁地看着自己辛苦打拼创造的利华成为他何继盛官场斗争的牺牲品吧？谁是谁的亲娘老子吗，能无底线地纵容对方？

江源感叹，都说商人利益至上，官场恐怕更胜一筹，不但人心险恶，做事更是不择手段，关键时候，哪怕是同一个战壕里的兄弟，也会毫不留情地在背后打黑枪。利华纸业不就是他何继盛在官场斗争的砝码吗？何继盛啊何继盛，自作孽不可活啊！实在是对不住了，既然你无情，就不要怪我无义了。他从办公桌最下面的抽屉里取出一个盒子，拿出其中的一个U盘，塞进了电脑里。

很快，不堪入目的画面出现在了电脑屏幕上：全身一丝不挂的何继盛和雅雯正在豪华包间的那张宽大软床上颠鸾倒凤……

对着电脑屏幕，江源的脸上显出了诡异瘆人的笑容。

苏小糖曾经非常喜欢听一首名为《一个人的行李》的歌曲，这首歌曾经是苏小糖结束与贺翔五年之恋后的痛苦慰藉。她像歌中所唱的那样，"反正天若真的塌下来，我自己扛""反正每一条未知的路，都有未来"，于是带着"一个人的行李""一个人的感情"，孤身一人来到了清凌。可本想"一个人透透气"的她，没想到会卷入到"利华污染事件"当中，甚至卷入到清凌官场的博弈当中。清凌这股强大的"旋涡"，压得她透不过

· 第九章 ·

气来，连弟弟也被她牵连而受伤。幸亏她遇到了冯皓东，他成了她的爱人、战友、保护神。

然而，就在米岚到达清凌的当天，苏小糖在电子邮箱里又看到了那个已经很久没有联系，甚至以为已经忘记的名字——贺翔。看到这个名字，她的心里微微地动了一下，就像接到分手信时一样，电脑屏幕上的鼠标箭头来来回回地画着圈。

终于，在电子邮箱音乐盒中《一个人的行李》的歌声里，她点开了邮件，一张"爱情许愿树"的信纸映入了眼帘。

酥糖：

你还好吗？

当你收到我这封信的时候，一定特别意外吧？说真话，我是鼓足了一百二十分的勇气才给你写这封信的，只是期待你的原谅。

或许你不会相信我写下的这些话，会以为我在说谎，或者还会怀疑我的人格，但请坚持看下去，好吗？因为这里面的每一个字都饱含着我最真诚的歉意。

给你讲讲我的经历，好吗？我到加拿大不久，就和那个女孩分手了。分手的原因很简单，我们都发现彼此并不适合，对我来说，她太新潮，而对她来说，我则是个古董。不同的人生观、价值观，不同的人生理念，使我和她的所谓爱情只坚持了不到半年的时间。分手后，她转道去了美国。我则在思念中煎熬着，夜以继日地回忆着曾经与你共同度过的美好时光。

独在异乡，我总在思考，人为什么总要在失去之后才知道应该珍惜？在温哥华的日日夜夜，无论是面对白天清澈的蓝天，还是面对夜晚璀璨的灯光，我眼里出现的，总是我们在一起时的画面；脑海里回放的，总是在京都时的一个个片段。我清楚地记得，雪夜里，我们走在长安街上，唱着圣诞歌；春风中，我们共同欣赏故宫的金色琉璃瓦和彩画，感受红墙碧瓦浓缩的中国历史；暖阳下，我们走进颐和园，体会皇家园林的魅力，阅读岁月的沧桑；秋风瑟瑟，你我携手登上香山，枫叶红艳似火；我们走过不

251

沧沫

同的高校，一起在国博感受历史，一起在国图畅游知识的海洋……所有这一切，都记录着我们五年间一千八百多个日子的爱情。每每想起，既让我心动、心痛，又让我后悔不已。这样的感觉，你能理解吗？

小糖，告诉我，一切还可以挽回吗？当我回头的时候，你还能接纳我这个迷途知返的混账吗？你还能够再给我一次机会吗？

很爱很爱你，所以愿意为你改变，为你回头。

静候你的回信！

还可以轻轻地吻你吗？

你的"骆驼翔子"

看完信，苏小糖说不清楚心里是难过，是委屈还是欢喜。她闭上眼睛，泪水溢出眼眶，缓缓地流下。她趴在电脑前，身子因为饮泣而一下又一下地抖动着，直到一件有着烟草味道的外衣披在了她肩头。

冯皓东站在她身后，面带微笑："怎么哭了？还在为小粒的事自责？"

苏小糖心里一惊，她抬起头，看到电脑显示屏上的屏保不时地变换着自己的相片，才放下了心，庆幸冯皓东没有看到那封信。她合上笔记本电脑，抱住冯皓东的腰，脸紧贴在他的腹部上，说："我是不是个倒霉蛋？我觉得不好的事总会在我身上发生，而且我总会带给别人坏运气。小粒因为我受伤，你跟着我操心，老妈也跟着我上火……"

冯皓东抚摸着苏小糖披散的长发，说："傻丫头，这事怎么能怪你呢？人家成心要对付咱们，咱们防不胜防啊！如果这次不是小粒受伤，躺在病床上的那个人就会是你，也可能是我。至于我和阿姨操心上火，那是因为我们爱你，我们牵挂你。"他抬起苏小糖的下巴，在她的嘴唇上轻轻地吻了一下，"以后不许你胡思乱想，不许你把不好的事揽到自己身上！你不知道，你就是我的开心果，有了你，我才觉得这个家像个家了，有温暖了，有人气儿了。以前我特别讨厌回家，除了睡觉，我根本不回来。现在不同了，只要有一点时间，我都愿意跑回来，因为家里有个大馋猫等着我回来做好吃的呢。"

第九章

苏小糖一下子从冯皓东的怀里挣脱出来,捶打着他,说:"你怎么这样呢,非得说人家是大馋猫啊?我不就是比较懂得欣赏美食吗!"

冯皓东说:"我这还是嘴下留德了呢,如果全面总结一下,你可不光馋,而且还挺赖皮,老是拿着不是当道理,嘴巴不饶人。"

苏小糖立马站了起来,说:"冯皓东,你要是再这样讲,我可生气了!"

冯皓东笑嘻嘻地说:"好,这样才是活色生香的苏小糖呢,任性又赖皮!不过,你可别生气,气大伤身啊!"

苏小糖抡起拳头打了过去。

冯皓东抓住她的拳头,说:"别闹了,我还想跟你说件事呢。你发现了吗?阿姨好像有点儿不对劲。"

苏小糖说:"小粒受伤了,她心疼得要命,肯定不能和平时一样。"

冯皓东说:"我指的不是这事,阿姨跟我聊家常,问得最多的居然是敬儒书记,而且今天还让我开车送她去了一趟市委。"

苏小糖瞪大了眼睛,她的好奇心达到了顶峰。按道理,老妈这事应该跟她商量,而不是跟冯皓东讲啊,她可是老妈的宝贝女儿啊。她问:"去市委?我妈去市委干什么?她不会是把小粒受伤的事赖到田敬儒身上了吧?不会是去上访了吧?你怎么不早说啊?!"

冯皓东说:"我这不正跟你说吗?阿姨不让我跟你讲的。当时我就觉得怪怪的,去的时候,阿姨一直绷着脸,一言不发。难道真像你说的去上访了?……不能啊,也不像啊……对了,小糖,敬儒书记也是京都人,他和阿姨不会认识吧?"

苏小糖脑子里嗡的一声,米岚上次来清凌,在电视里看到田敬儒时呆呆的一幕瞬间在脑子里回放,自己的血液化验结果、追问身世时母亲的闪烁其词,各种情景像是彩票幸运小球一样,蹦上蹦下。一种从没有过的设想瞬间出现在她的脑海里,她晃了晃脑袋,想要甩掉这种想法,安慰自己:不可能,绝对不可能!世界上每天确实都有各种各样不可能的事情发生,但这种事发生在自己身上的可能性是零,不,是负数!

冯皓东说:"坏了。阿姨肯定进不去楼里,市委大楼的保安可负责了,

253

管理非常严格。我当时着急，送完阿姨就开车回报社了。"

苏小糖说："进不去？你可太小看我妈了。我妈有办法着呢！比如她说是来送文件的之类。再说了，她可是主任医师，还是京都的顶尖医院，拿出工作证，说是领导请来的专家，保安能不让进？"

曹跃斌离开田敬儒办公室时看到的那个女人，正是苏小糖的母亲——米岚。

面对推门而入的米岚，田敬儒怔住了。只看了第一眼，他便认出了，眼前的人正是二十多年未曾谋面，却一直不曾忘记的那个女人！尽管岁月在她的发间留下了痕迹，时光在她的眼角留下了印记，身材也变得略微有些圆润，但那清澈的眼神没有变，略微上翘的嘴角没有变，脸颊浅浅的酒窝没有变，还有那姿态、气质、神情……全没有变。他向前快走几步，双手紧紧握住了米岚的手，颤抖着声音说："小岚……"两个字刚刚吐出，鼻子阵阵酸涩，喉咙里就像卡住了一根刺，一根记忆的刺，他再也说不出第三个字。

米岚的眼泪瞬间充盈了眼眶，她的眼睛注视着……不，是她的心灵在注视着面前这个自己曾经用整个生命热爱过的男人。岁月有痕，他的眼角有了细碎的皱纹，脸上的皮肤没有了以前的紧致，腰间有了赘肉，腹部微微隆起，唯一没有改变的是他依然挺拔的腰身。眼前的男人，就是当年让自己奋不顾身的男人，让自己爱了二十多年、恨了二十多年、想了二十多年的男人……她的泪水再也控制不住，两条泛滥的泪河在脸上肆意地流淌着。

二十多年前，京都的一所高中，上午最后一节课的铃声响过，同学们嘻嘻哈哈地跑出教室，奔向食堂吃饭。要好的同学喊了声："敬儒，走！吃饭去！"瘦高清秀的田敬儒抬头一笑，说："你们先去吧，我把这道题做完，一会儿再去。"有人拍了下他的肩膀，说："你也太刻苦了，全校的第一每次都是你，你就不能放松一下，让我们也尝尝第一的滋味？"田

· 第九章 ·

敬儒略显羞涩地一笑，低下头，继续做题。窗外，一个梳着麻花辫的女同学深深地看了田敬儒几眼，转身离开了。

教室里很快变得静悄悄了，田敬儒轻手轻脚地把教室门关好，回到座位上，拿出手工缝制的蓝布包，解开系在上面的红绳，从里面取出了一个铝制饭盒，掀开盒盖，里面一大半放着玉米馇子饭，另一边是切得细细的咸菜条。他又向教室外看了看，四下无人，这才狼吞虎咽地吃了起来。饭盒眼见着露了底，上面突然多出了两个白面馒头。他抬起头，看到面前站着的正是班里的文艺委员——米岚。他的脸腾地热了，嗖地站起来，说："我……"

米岚看着他窘迫的样子，嘿嘿地笑，说："我什么啊？我打多了，吃不了，扔了怪可惜的，就给你拿过来了，你不会是嫌弃吧？"

田敬儒说："我……不是那意思。我……我……"

米岚说："别喔喔喔的了，一会儿成大白鹅了！又没人让你曲项向天歌，赶紧吃了您哪！"

田敬儒不好意思地笑了，拿起冒着热气的馒头，大口地吃了起来。馒头进了肚子，心里也跟着变得暖融融的了。

自此以后，米岚经常逼着田敬儒吃她"剩下"的馒头、包子和米饭，偶尔还有一颗奢侈的鸡蛋。两颗年轻的心也在清苦的日子里贴得越来越近。

就是在那时，米岚对田敬儒挂在嘴边上的冀东话"知不道"由嘲笑而感兴趣，由感兴趣而模仿，不经意地变成了她自己的口头禅。

大学毕业参加工作，田敬儒得到了领导严义的赏识。一天，严义将他叫到了办公室，先是说了一会儿工作上的事，接着问他："小田，有女朋友了吗？男大当婚啊！"

田敬儒支支吾吾地说："以事业为重，个人问题以后再说，不急。"

严义说："你是不急，但要想一想父母的心情嘛，哪个做父母的不希望自己的孩子成家立业，早点抱孙子？"

田敬儒的脸更热了，觉得红血丝正沿着毛孔往外涌。

严义接着说："你看你，脸红什么？这有什么不好意思的？我朋友有

255

个女儿，在我身边长大，知根知底，要不这样，明天晚上你来我家，我介绍你们认识一下？"

田敬儒说："其实，我……我……"他想说自己有女朋友了，谢谢领导的好意，可话还没出口，严义又说："男子汉大丈夫，平时工作起来像一阵风儿，怎么提起这事儿就变得扭扭捏捏的？就这么定了，明天晚上到我家吃饭，不见不散！"

田敬儒不好再拒绝，只得点头答应了。

第二天，田敬儒揣着一颗七上八下的心到了严义家。

刚进门，严义就把一个清秀的姑娘推到了他面前："小田，这是沈放，沈阳的沈，解放的放。来，握个手！"

沈放落落大方地伸出了手。

一切并没有像田敬儒想象的那样紧张，严义、严义夫人、田敬儒和沈放随意地聊着家常。轻松的气氛甚至让他觉得和沈放像是相识多年的朋友，减少了许多拘束和紧张。

饭后，严义提议叫沈放送送田敬儒。

两人以一步远的距离并肩走在路上，有一言没一语地说着话。更多的时候，是田敬儒说，沈放听。田敬儒问她的父母怎么没来。沈放答父母正好都出差了，还简单地介绍了一下自己的家庭情况。这时，田敬儒才明白了沈放的成熟大气应该得益于干部家庭的教育，得益于父母的熏陶影响。不自觉，他在心里拿沈放和米岚做比较：沈放年纪比米岚小，给人的感觉却比米岚成熟；沈放外表秀气，却远不及米岚漂亮；沈放给人的感觉像个大姐，米岚则像个可爱的孩子……想了一会儿，他觉得自己实在是有失礼貌，明明把沈放只当作普通朋友，却做出了这样的比较，实在是有些不应该，于是转而和沈放谈起了历史、政治和经济。

那时，他对沈放真没有怦然心动的感觉。如果非要说有感觉，也是欣赏的感觉，觉得沈放知识面广，视野开阔，格局大。两人聊得来，兴趣相投，比如说可以一起聊政治和经济，这两个话题是米岚最不喜欢的。由此可知，两人是可以做好朋友的。

· 第九章 ·

　　不知不觉，竟然走到了田敬儒的宿舍楼下，两人彼此对视，不禁哈哈大笑起来。沈放说："这一送还送到终点站了。"

　　田敬儒说："可不是吗，边说话边走路，感觉不到路远了。"他突然觉得好像有人在盯着自己，他向四周一瞧，果然，怒气冲冲的米岚正站在一边直勾勾地盯着他。米岚是个喜怒哀乐都写在脸上的人，不用琢磨也知道，她一定是打翻了醋瓶子……不对，应该是打翻了大醋缸。

　　果然，米岚走到田敬儒面前，气哼哼地把手里握着的两个苹果塞进了他的手里。

　　田敬儒尴尬地接了过来，介绍道："米岚，这是沈放。"

　　沈放客气地说了声"您好"，伸出了右手。

　　米岚轻轻地点了下头，握了一下手，接着狠狠地瞪了田敬儒一眼，说了句："我还有事，告辞了。"转身就走了。

　　田敬儒想过去解释一下，看了身边的沈放一眼，又觉得不好意思。

　　沈放一笑，说："这是你朋友吧，小妹妹长得真好看，有灵气儿。"

　　田敬儒把一只苹果塞给了沈放，说："你才是妹妹，她是……我同学，和我同岁。"

　　沈放逗田敬儒，说："哦，同学……苹果应该是你们俩一人一个吧，要是我吃了不太好，你还是留着吧。"说着把苹果塞回了田敬儒的手里。

　　田敬儒说："一个苹果而已，吃吧。"说着自己吭哧咬了一口，将另一个重新塞给了沈放。

　　两人一边说话，一边吃着苹果。田敬儒把沈放送回了家。

257

· 第 十 章 ·

1

田敬儒没想到米岚根本没走远，就在不远处咬牙切齿地盯着他呢，看到他跟沈放边吃苹果边聊天，气得七窍生烟，全身发抖。等到田敬儒和沈放分开了，她跑到田敬儒面前吵了起来。米岚指责田敬儒有了女朋友，还要去相亲；田敬儒说自己只是应付一下，毕竟是领导介绍的，他心里的爱人只有米岚。米岚说把苹果都给人家吃了，还说只是应付；田敬儒说只不过是一个苹果，就算是普通朋友吃个苹果也不算什么，做人怎么这么小气呢。米岚说男人真虚伪，总想三妻四妾，恨不得天下的女人全爱慕自己；田敬儒说女人真小气，动不动就吃醋，胡思乱想……两人你一言我一语，越吵越激烈，谁也不肯让步。

两人都是性格要强的人，吵完后冷战了好一段时间。田敬儒虽然勉强哄得米岚跟他和好，但并不觉得自己有什么错，只是米岚爱耍小孩脾气罢了。但这根猜疑的刺却扎在了米岚的心里，并且生了根。一旦田敬儒这边有点风吹草动，这根刺就让她疼一下，让她忍不住又要跟田敬儒吵，田敬儒更是火大，觉得她就是在无事生非，懒得再跟她解释，二人的矛盾也因此不断升级。吵到最后，两个人都觉得无话可说了。两个曾经相爱的人，

第十章

曾经轰轰烈烈，曾经千回百转，曾经柔肠寸断……到了最后，竟然变成了咫尺之隔却是天涯，但彼此的习惯却深深地烙在了生命里。

多年后，年幼的苏小糖一听到母亲说"知不道"，就在一边咯咯地乐，顽皮地模仿，久而久之，"知不道"也成了她的口头语。不管谁问什么事，只要她不清楚，便会马上脱口而出："知不道！"

多年以来，每当米岚听到苏小糖说出"知不道"，都会为之一颤，随后陷入久久的沉默。

苏小糖在一边偷偷地笑，她哪里知道，这三个字触到了母亲心底最深的痛处！

或许，冥冥之中早有定数，人与人，人与物，不管相隔多久，不管相距多远，只要情缘在，终会相遇、相逢。

"知不道"，这最简单的三个汉字，就是田敬儒与苏小糖之间的定数，更是田敬儒与米岚之间的定数，二十多年没有见面的两个人，却在距离京都千里之遥的清凌重逢了。

两个人呆呆地相互凝视着，办公室里安静得听得清彼此的呼吸声。好像过了几分钟，又像是过了几个世纪，两人的目光终于在纠缠中分开了。

米岚回过神，抽出了自己的双手。

田敬儒像是傻了一样，怔怔地又叫了一声："小岚！"

米岚抽了抽鼻子，咬了下嘴唇，抬手擦擦眼泪，盯着田敬儒，质问道："田敬儒，你对我的伤害还不够吗？你为什么还要伤害我的儿子？这么多年了，你为什么一而再、再而三地欺负我？"

田敬儒愣了一下，问："伤害你的儿子？你是说……苏小糖的弟弟？"

米岚擦了把眼泪，说："你……你知道小糖？"

田敬儒点点头，说："我认识苏小糖。她采访过我，一个非常优秀的新闻记者。她是京都人，难道她就是你的……"

米岚说："没错！苏小糖是我女儿，苏小粒是我儿子。这回你能明白了吧？小粒到清凌看小糖，让人拿刀子给扎了，现在人还在医院躺着呢！"到达清凌之后，她的眼睛被泪水泡得红肿了起来，"你们清凌的公安部门

沧浪

一天推着一天，到现在真正的凶手也没抓着。请问，您这市委书记是怎么为百姓做主的？还什么人民公仆呢，老百姓的人身安全都不能保障，我劝你还是别当这个市委书记了，干脆辞职回家哄孩子得了！"她的话越说越刺耳，越说越扎心，她把一肚子的怨气全撒到田敬儒的身上了。

田敬儒面色凝重，说："小岚，你先坐下，消消气，听我慢慢说。"他把米岚按在了沙发上，自己坐在她右侧的位置，"这件事我也是后来知道的，我们已经通知了公安局局长吴威同志，一定查出凶手和背后的主谋！"

米岚这才放松地长出了一口气，心里的气消了一些，眼泪还在吧嗒吧嗒地往下掉。

田敬儒拿出几张纸巾塞到她手里，轻声地叫："小岚……"

米岚擦了擦脸上的泪水，轻声地哭泣着。

田敬儒加重了语气，又叫了声："小岚！"

米岚抬起头，说："我也是刚知道小糖把清凌的事接二连三地捅到了报上，你跟我讲实话，是不是因为这事才有人要报复她？是不是因为这事小粒才会受伤？如果这次不是小粒护着，受伤的一定会是小糖，对不对？他们都是我身上掉下来的肉啊，要是出了意外，有个三长两短，你叫我这个当妈妈的怎么活啊！田敬儒，你的心咋那么狠呢？！"

田敬儒说："我怎么可能做出这样的事呢！小岚，事情的真相要等到调查结果出来才能下结论，咱们不能凭空猜想、判断。我要对小粒负责，也要对别人负责，不能放过坏人，但也不能冤枉好人。"

米岚说："你总是一堆理由，当年我说不过你，现在还是说不过你。你就是我命里的克星，是吗？你就不想让我过得好些，是吗？我要是被你气死了，你就开心了，是吗？"

田敬儒说："小岚，你冷静点！请你相信我，我向你保证，一定尽快调查出真凶，给小粒一个交代，给你一个交代，好吗？"

米岚说："我不是向你要什么交代，我是心疼孩子们，我是不忍心看你跟小糖……敬儒，我跟你讲，你要记住了，不管小糖做过什么，哪怕是做了对你不利的事，你也不能伤害她，更不能让别人伤害她。你必须保护

第十章

好她，要不然，你会后悔一辈子的！"

田敬儒心里突然疼了一下，一方面是听到米岚称他"敬儒"，另一方面是脑海中莫名地浮现出了同米岚分手时，她时常呕吐不止的情景。他记得当年每次看到米岚难受，自己都会急忙跟过去追问："怎么了？"她总是羞涩地一拧身，来一句："知不道！"当时还以为她是因为吃错了东西，难道那时米岚已经……自己怎么这么糊涂啊？！只想着跟人家快活，就没想到……难怪当年看到沈放时，她会那样激动，那样不可理喻，那样疯狂地打骂自己。现在想一想，那时小岚受了多大的委屈啊！自己却一点儿也不肯谦让，两人一味地拧着、犟着，谁也不肯说一句软话，直到闹得不可开交，决然分手。同时映在田敬儒脑海里的还有苏小糖在火场上的那句"知不道"、灵动的大眼睛、倔强的小脾气、直爽刚正的性格。两种影像、两种声音，不断地重叠，来回地移动，又重合，直至渐渐地清晰。他的内心激动起来，仿佛血液的流动也因此加快了。他盯住米岚，急切地问："小岚，跟我说实话，小糖……她是不是我女儿？"

米岚向后缩了缩，躲闪着田敬儒探询的目光，说："你别胡思乱想，小糖姓苏，她的父亲是苏忠民，户口簿上写得明明白白！"

田敬儒抓着米岚的胳膊，说："户口簿上写什么我不管，我要知道的是她身上流着的是不是我的血？她是不是我的亲生女儿？小岚，你抬起头来看着我的眼睛，告诉我，小糖是不是我的女儿？"

米岚先是躲闪他的眼神，片刻又抬起头，紧紧盯住他的眼睛，质问："你凭什么这么问我？你这样问，对我不公平，对苏忠民更不公平！当年——"她停顿了一下，"算了，我们没必要谈过去。我今天来就是希望你不要因为小糖写过什么，或者做过什么就对她打击报复，更不要找什么黑社会对她进行人身伤害！要不然，我绝对饶不了你！你伤害我，我可以放下，你要是敢伤害我的儿女，我就跟你拼命了！……好了，我要走了！"她不敢再待下去，起身向外走。她怕自己在田敬儒面前会完全溃败，更怕自己的回忆和后悔。

二十多年来，她时常回想，如果当年能够退让一步，不是针锋相对，

滚滚

不是天天吵、天天闹、天天作妖，人生会不会改写？田敬儒跟沈放最终的结合，有一半原因是当年自己闹得太狠太凶，硬把他推到了沈放身边。每当这个念头袭来，她又会责怪自己，当年能遇到苏忠民那样的好人是一辈子的幸福，他是自己的恩人，更是小糖的恩人。她不厌其烦地提醒自己，要珍惜眼前人，过好眼前的日子。

田敬儒顾不得这是在办公室，快走两步，从背后一把将她紧紧地抱住。说："小岚，你先别走，听我说好吗？我从来没有报复过小糖。你应该了解我，相信我！何况……何况她是我的女儿！小岚，我们二十多年没有见面了，难道就不能多待一会儿吗？"

米岚因那拥抱而觉得后背发烫，二十多年前，身后这个男人就这样一次次地拥抱过她，而今重新陷入这个怀抱，却是物是人非，往事如烟。她泪如雨下，身子发抖。

田敬儒抱得更紧了，接着说："我知道当年是我对不住你，但我真不知道你怀孕了，如果知道真相，无论你怎么吵闹、打骂，我都不会离开你的。如果知道真相，我会守在你身边，和你还有小糖，一家人其乐融融，那该多好啊！"

米岚硬生生地挣开了他的怀抱，转过头说："田敬儒，你不要胡思乱想了，我不希望你打扰我和小糖的生活。在小糖的心里，苏忠民就是她的亲生父亲。二十多年来，是苏忠民承担着一个父亲的责任，是苏忠民每天接送小糖上学放学，是苏忠民供小糖吃穿供她读书求学，是苏忠民给小糖遮风挡雨，是苏忠民给了小糖一个健全完整的家！你什么时候尽过一个做父亲的义务？现在小糖长大了，你居然说出这样的话，世界上有这样的道理吗？没有付出只想得到，凭什么啊？何况，你也有自己的妻子儿女。请你尊重别人，更要尊重你自己的家人！"她越说越激动，越说声音越大，越说泪水越是往外涌。

田敬儒走到门口，把门反锁上，面对着激动的米岚，压低声音说："小岚，你别激动。听我说，我非常感谢这么多年苏大哥对你的照顾，对小糖的养育之恩。可是……你知道我心里的难过吗？你知道我这么多年是怎么过来的吗？我每天拼命地工作，直到筋疲力尽才休息，就是为了忘记那些曾经！"他叹了口气，"小岚，上天已经惩罚我了，我和沈放……一直没有孩子。这么多年了，每当看到别人抱着孩子，我都想过去抱一抱。每当听到别人的孩子一声声地叫爸爸，我都心如刀绞。这么多年我承受了多大的心理压力，你能明白吗？你能理解吗？"

米岚愣住了，她没想到田敬儒竟然没有孩子。她太清楚了，田敬儒一直非常喜欢孩子。对于这样在乎孩子的男人来说，即使他事业再成功，人生再辉煌，如果没有自己的孩子，那么他的人生一定也会有遗憾吧。在这个缺憾面前，所有的成功、辉煌和灿烂都会黯然失色。一时间，她竟然不知道该说些什么才好，所有的怨恨都在这个缺憾面前变得无力了。

田敬儒并未说谎，他与沈放结婚多年始终没有子嗣，一年又一年地拖下来，成了夫妻俩的心病。经过全面的检查，结果出来了，原因出在沈放身上。沈放是个通情达理的女人，觉得对不住田敬儒，主动提出离婚，被他拒绝了。时间久了，沈放话里话外暗示他可以与别的女人生个孩子抱回来，算作收养。田敬儒还是摇头，抱着比他小六岁的沈放说："我就拿你当孩子吧。"沈放听他这样说，眼泪淌了一脸。

田敬儒之所以这样做，一是怕对仕途有影响，二也怕伤害了善良的沈放。虽然他心里一直爱着的女人是米岚，但相处久了，却被沈放的善良深深打动了。中国妇女的传统美德在沈放身上得到了淋漓尽致的体现，她出得厅堂，入得厨房，更兼上孝下慈。而且这么多年，无论他在京都工作，还是去到不同的省市地区，沈放一直陪伴在他的身边，把他生活中的方方面面照顾得十分妥帖。面对这个善良的女人，爱他超过爱自己的女人，他把没有子女的痛苦默默地放在心里，只是遗憾却始终挥之不去。

此时，田敬儒突然知道在这个世界上，自己竟然还有一个二十几岁的女儿，而且这个女儿就在身边，内心的激动无以言表。他拉住米岚的手，急切地追问："小岚，我和小糖能不能相认？我能不能告诉她，我是她的亲生父亲？"

米岚质问他："田敬儒，你想得太简单了。即使我同意了，你怎么面对小糖，面对苏忠民，面对沈放，面对社会的舆论？你替小糖想过没有？她怎么面对这个事实？怎么承受心理上的压力？"

田敬儒低下头，不知如何作答，隔了一会儿，他又小声问："那……那如果认小糖做干女儿，可以吗？这样做既可以与小糖相认，又能不让她和苏大哥为难，行吗？"

米岚沉默了一会儿，说："这件事……还是算了，我会劝小糖尽快回京都，你就当一切都没发生过，就当你从来不认识小糖，就当世界上没有她这个女儿，二十多年你不是都这么过来了吗？"

田敬儒急得不知所措，说："小岚，我怎么能当作什么都知不道？！我做不到！我真的做不到！小岚，这是上天对我的惩罚，是你对我的惩罚，是吗？"

米岚没有回答，也没有再听下去，转身拉开门，离开了田敬儒的办公室。

这一次，田敬儒没有再阻拦，甚至没有去看那个渐行渐远的背影。他的头沉沉地低垂着，脑子里一团混乱，他心里只有一个念头：怎么才能与女儿小糖相认？

隔了一会儿，像是突然想起什么，他急切地站起来，走到窗前，向外凝望。不早不晚，恰好看到米岚从市委办公楼里走出去，挺着直直的脊背。米岚、苏小糖的背影如此相似。泪水沿着他的脸庞成串落下，二十几年的压抑，在这个瞬间得到了释放。他泪眼蒙眬地看着米岚的身影，直到那个身影进入了车内，直到那辆车消失在满街的车水马龙当中。

手机的消息铃声突然响起来，田敬儒看到了一个陌生的号码，上面写着：你试探一下小糖的想法吧。慢慢来，希望你们不要彼此伤害了！

2

官场行事，如同战场用兵，瞬息万变，稍有闪失就可能全军溃败。这样的道理似乎官场上无人不懂，而真正动作起来，人们却容易将其抛诸脑

第十章

后,只看得到眼前的利益。

何继盛认为自己会成为最后的胜利者,他的心里充斥着对权力的狂热渴望,因此小视了负面新闻对利华纸业的冲击。他想不到利益同盟者江源关键时刻对他的出卖,更想不到昔时的温柔乡里竟然暗藏玄机,把每个销魂之夜都"记录在案"。

江源认为自己会给何继盛一个有力的打击,但他忽略了何继盛的"隐形"能量。因此他想不到,那封附有 U 盘的检举信,竟然被直接摆到了何继盛的办公桌上。

同样的过于自信和不信任,使建立在利益之上的友谊脆弱得如同历经千百年风雨腐蚀的城墙,轻轻碰触便会倾塌,甚至使原来的盟友成为敌人,互相践踏,互相残杀。

接过仿佛重若千斤的信封,何继盛的手哆嗦了,他的身体随着心跳加速也颤抖不止。从政多年,他曾经接到过很多检举下属官员的信件,因为事不关己,所有的信件他都是看过了,处理了,放下了,忘记了。可手里这个信封内装着的,是足以置他于绝境的证据,因为事关身家性命,所以变得格外沉重。

何继盛一个人坐在办公桌前,逐字逐句仔细地看完了信的内容,再从电脑屏幕上"欣赏"过自己的"本色"表演,吓得出了一身冷汗。他靠在已经坐了几年的市长座椅上,几近虚脱。

毫无疑问,这封信是江源的"杰作",整个清凌市,只有他对这些幕后的真相了如指掌,也只有他能在包间里偷装摄像头。如果省纪委书记严义看到这封信会如何处置?肯定是一窝端地报告给施书记,通报给省委各常委领导。结局会是什么,用不着过多地想象,孔省长也保不住自己。说不定此刻自己已经蹲在深牢大狱,面对着四面冷墙、一扇铁窗,手上脚上戴着沉重的锁链了。自己的家人、族人都会永远地抬不起头,他的名字也会从族谱上划去……

何继盛面朝天花板,冷笑几声,感叹道:"是天不绝我何继盛,时也、运也、造化也!江源,你的心也太狠了!你是想置我于死地啊!"猛地,他像上足了发条，精神抖擞地坐直了身子，开始琢磨江源手里会不会还有原始的录像资料，那些利华干股的资料都在哪里？如果这些东西在江源手里，迟早还要出事，只有那些东西永远地消失了，那些事才能永远地不被人所知，才能求得彻底的平安。怎么才能让那些东西在世界上永远地消失呢？他反复地想，想破脑袋也没有好办法，他整个人像泄了劲儿，个头跟着矮了下去。

脑海里一个声音突然对他说："让江源消失！"

他被这个声音吓了一跳，身体不由自主地颤抖了一下。声音来自哪儿？他四处张望，办公室内空空如也。

他闭上眼睛，又听到一声："让江源消失！"

这一次，他听清楚了，声音来自他的内心深处！自己竟然是这么狠的人吗？不，不是，自己一向是嘴硬心软，要不然不会对雅雯那些女人有求必应。自己不是还资助着两名贫困小学生吗？向地震灾区捐款，在与其他官员一起走完"过场"，自己不是悄悄又寄去了两万块钱吗？自己不是给流浪动物救助组织捐过钱吗？自己是一个多么有爱心的人啊，爱这世间的一切，好的坏的，或人类或禽兽……难道这些只是为了完成心灵的救赎？

何继盛不安地自问：还有没有别的办法？还有没有商量和挽救的余地？毕竟，江源和自己有着切身的利益关系。有时想想，江源也算是个懂得知恩图报的人。最关键……江源心狠手辣，是个死活不顾的角色，如果真的撕破脸，鹿死谁手还是未知数。

矛盾之中，何继盛的专属手机号码响了，一瞧见雅雯的号码，他立刻有些不耐烦。这个女人，倒是长了一张漂亮脸蛋，练了一身过硬的床上工夫，标准的狐媚子，但一点儿也不知道遵守情人的规矩，心烦的时候还一个劲儿地打扰他，跟着凑热闹，真是讨人嫌。他索性把手机扔在了办公桌上。手机铃声响了一会儿，果然安静了下来。过了几分钟，办公室的电话又响了起来，何继盛一瞧，还是雅雯的号码，心里有些不安了。从认识到现在，雅雯从来没往他的办公室打过电话，听话地只打专属手机号码。虽然他欣赏的是她的年轻美貌，但毕竟有过鱼水之欢，牵挂还是有一些的。

第十章

电话铃一声紧似一声地响着,他紧张起来。

江源既然想置他何继盛于死地,可见已经掌握了网络负面新闻的真相,应该查到了负面新闻是雅雯上传到网上的。按照江源的性格,会不会对雅雯下手?难道这是雅雯的求救电话?他接连做了几次深呼吸,鼓足勇气拿起了听筒。

何继盛故作平静地说:"喂,您好!"

电话的另一端传来了一个男子阴阳怪气的声音:"到底是大市长,接电话这么客气,真是有礼貌、有水平、有形象!"

何继盛压住心头的火气,问:"您是哪位,请问有什么事吗?"

男子说:"没什么正事,就是想请市长大人听听雅雯小美女的声音……"

听筒里立刻传出了雅雯的惨叫、呼救和咒骂:"救命啊!你们全是畜生、混蛋……啊!妈呀,放开我……"电话里还夹杂着几个男人暧昧放荡的笑声。

男子怪笑着说:"何大市长听到了吗?市长的女人今天咱们几个兄弟也享受享受……哈哈哈!"

何继盛怕被人录音,不敢多说,啪的摔了电话。

这一刻,何继盛心里的愤怒被全部点燃了。很明显,江源摆出了鱼死网破的架势。

如果说先前何继盛还有所顾忌,还幻想同江源"推心置腹"地谈一谈。现在他已经清醒地认识到,两人之间已经由战略同盟演变成了水火不容,也就是说,不是你死,就是我活。事已至此,别无他途。

俗语说,打蛇打七寸。江源的"七寸"在哪里,恐怕没有人比何继盛更了解了。他没再犹豫,拿起电话按下一串号码。

很快,清凌市公安局刑侦支队支队长梁栋气喘吁吁地跑进了何继盛的办公室。梁队长推开门,被何继盛阴沉的脸吓了一跳,问:"市长,怎么了,脸色这么难看?"

何继盛弹了弹衣服,面无表情地说:"被疯狗咬了一口!"

梁栋愣了一下,问:"疯狗?"很快他就反应过来了,"那颗'甜菜帮子'又惹你生气了？"

何继盛哼了一声："他？他现在是自顾不暇了！"

梁栋小心地问："那是？"

何继盛突然掉转话题，问："最近咱们市的治安形势有恶化趋势。我听说田敬儒亲自指示吴威，要公安局立即展开专项整治行动。怎么样，有什么重大战果吗？"

梁栋说："抓了几个小崽子，都是二十多岁，学吸毒，不走正道儿，全是家里有钱烧的！"

何继盛问："没什么大动作？"

梁栋一笑，说："市长大人，大的轻易不敢动，涉及面太大。不说别人，就说利华的江源吧，明面上是明星企业家，背地里犯的事还能少了？不过，看在你的面子上，我也不能动啊！"

何继盛瞪起眼睛，表情严肃，说："这是看谁面子的事吗？不管是谁触犯了国家法律，都应该一视同仁，不能因为他是企业家就姑息迁就！何况我听说他还吸毒，毒品是万恶之源，你不知道吗？"

梁栋抬手狠狠地揉了几下耳朵，像是不相信自己的听力，一张嘴像金鱼似的张开合上，合上张开，好一会儿才吞吞吐吐地说："市长的意思是……收拾江源？"

何继盛未置可否，忽然转了话题："小梁，你当上这个市局刑侦支队队长有三年了吧？"

梁栋啊了一声，点点头，感激地说："是市长您厚爱有加，力排众议，我才能坐上这个位置的。从此小梁我就是市长您的人，您指哪儿我打哪儿！"

何继盛一笑，说："你要是块烂泥，我想把你扶上墙也不行啊！你们公安局这次要提一个副局长，组织上把你也列为了考察人选之一，怎么样，自己有没有信心？"

领导问你有没有信心，那就是他对你有"信心"。梁栋眼睛一亮，忙说："报告市长，我有信心！可是……"他语气低沉下来，说，"我的资历还浅，这几年在您老的关照下进步已经够快的了，不少人对我可眼红着呢！这一次竞争对手又多，而且分量都很足，吴威局长也不太支持我，我听说……一把局长不支持，我这……"

何继盛打断他说："吴威不支持你，我支持你嘛！"

梁栋大喜过望，躬身说："是是是，谢谢市长，感恩市长。市长大人您简直是我的再生父母！有您的支持，我怎敢不自信？其他人都不在话下！我……我真不知道该怎么感谢您！请市长大人放心，今后您就看我的……"

何继盛摆摆手，说："好了好了，组织培养，个人表现，只要你好好干，组织自然不会亏待你。"

梁栋鸡啄米一样点头，又连说："是是是。"他心里想：组织只是个空泛的名词，而何市长却是实实在在的，而且就坐在自己面前。这个时候，组织就具象化成了何市长。他说只要你好好干，组织就不会亏待你，其实就是说只要你好好跟着他干，他就不会亏待你。至于怎么才叫"好好干"，那就是另一门学问了。

梁栋正琢磨着，何继盛又转了话题，说："我听说江源至少有十年的毒龄。现在很多吸毒者都是以贩养吸，他会不会也是这种情况？"

梁栋一愣，说："按说以他的财力应该不至于吧？"

何继盛哼了下鼻子，说："按说？按说他还不应该像只疯狗一样到处咬呢！"

梁栋的小眼睛睁得牛卵大，吃惊地说："您的意思……江源竟然敢咬市长您？"

何继盛却不回答，说："像江源这种毒瘤，给清凌造成了多大的危害，你这个当刑警队长的最清楚。"他话锋忽然一转，又不阴不阳地说，"我知道，江源把你当哥们儿，平时也没少给你好处。你呢，也很帮他的忙。那个董文英的精神病鉴定，就是你在后面帮忙操办的吧？还有她儿子的死亡定性，也是你暗中做了手脚吧？"

梁栋脸上的表情像是要哭了一样，说："市长，您跟我别说拐弯抹角的话，我这脑子反应慢，跟不上你的'脚步'啊！"

何继盛瞪了他一眼，说："我还怎么明说？扫黑除恶，不是你这个当警察的职责吗？江源只要还在一天，多少人就会为他所害，也包括你！我要是被他咬死了，你以为你会安全吗？你以为田敬儒、章鹏、吴威他们会放过你吗？"

梁栋额头上渗出细密的汗珠，嘴里说着"是是是"，心里想：这个江源，不知道怎么得罪市长大人了？他俩平时不是好得跟穿一条裤子似的吗？这一官一商搭伙求财，不知捞了多少，如今这是要反目成仇了？因为啥呢？分赃不均？……他不想也不敢去深究这些，但市长要收拾江源，到底怎么收拾，收拾到什么程度，这却是他想知道的。他说："市长您说得对，像江源这样的人就是欠收拾！您说吧，需要我给他一个啥教训，我一定结结实实地办到！"

何继盛说："打蛇打七寸！要是不斩草除根，就会春风吹又生！"

梁栋心中一寒，吞咽了一下口水，说："我明白了！不过……"

何继盛说："又怎么了？"

梁栋犹豫着说："要将江源和他的整个黑恶势力连根拔起，并不是一件容易的事，需要做大量的调查取证工作……这个得向吴威局长报告，调动局里的力量……"

何继盛瞪了他一眼，说："我刚才的话白说了？打蛇打七寸，谁让你去搞什么大阵仗了？你只要把江源给我搞掉就行了！"

梁栋说："可……就算现在抓了江源，调查、审讯、起诉，这也是个很长的过程，他也未必会被判死刑。"

何继盛简直要被气炸肺了，压低了声音吼道："他总是随身带枪你不知道吗？持枪拒捕也好，自杀也好，具体怎么办，还要我教你吗？"

见梁栋低着头不说话，何继盛缓和了语气："别担心，就算天塌下来不是还有我吗？小梁，你可要想清楚了，是跟着我还是跟着江源？我不倒，你的前途一片光明；我倒了，江源在清凌难道还混得下去？他还能给你什么？"

第十章

梁栋咬了咬牙，说："明白了！您就等着听我的好消息吧！"

利华纸业的白天静悄悄的，平日喧嚣的厂区寂静无人。晚上却是机器声轰鸣，车来人往，一派繁忙。

这是江源的本事，在他眼里，什么停产整顿，什么彻底关停，都不过是轻轻吹过的一阵风。上有政策，下有对策，白天机器关停，晚上继续生产，其奈我何？

得意的时候，却有人不识趣地向他汇报了最新消息：董文英重新做了鉴定，确定没有精神病。明天家属就要把她接回家了！

江源简直要原地爆炸了，他再疯癫也清楚，董文英这个鉴定意味着什么。他精心设计让董文英成为精神病人，那样之前引来众多媒体的利华纵火案真正动因，便可以被"精神病"的胡乱行为遮盖住。可现在，他精心的布局失败了。他厉声问："谁干的？"

手下怯怯懦懦地答："鉴定机构的人。"

江源厉声问："我问背后的人！"

手下仍旧怯怯懦懦地答："不知道……精神病院院长那边力量咱们没少下，但只调查出是一个心理科主任，姓李的，带着苏小糖和冯……冯皓东，偷偷见过几次董文英。"

江源的咒骂、咆哮再度响起："一个个拿了老子的钱，不干老子的事！董文英、苏小糖和冯什么东，通通给我弄死！我这是最后一次说，他们一个都不许留！毁灭吧，要死大家一起死吧！"

接到最新指示，几个手下闻令而动，刚走到门口，又听到江源从牙缝里挤出了一句："不计代价，必须让他们死！想弄死老子，老子就拿他们垫背！"

按照江源的指示，他手下的小兄弟们把雅雯带到了他的办公室，准确地说是拖拽到了他的办公室。

已经被几个彪形大汉折磨得面色蜡黄的雅雯，衣衫不整地出现在江源面前。看到他一脸的杀气，雅雯当即就跪下了，爬到他面前，哭哭啼啼地说："江董，江哥……不，江爸爸，江祖宗，您饶了我吧！网上那些东西不是我愿意发的，是何继盛逼着我干的！都是那个混蛋，他花着你的钱，吃着你的饭，住着你的房，睡着你的床，他是个忘恩负义的王八蛋、白眼狼！"

江源叼着烟，用一根手指抬起雅雯那张依然漂亮的脸，啧啧有声，说："哎哟哟！……骂得可真好听，一会儿把这些录音让何继盛听听！"他抬头看了看那些手下，又低头瞧了瞧雅雯，"你们这帮狗崽子真狠，瞧瞧把这个小美人弄成什么样了？也不知道怜香惜玉。告诉哥，疼不？"

雅雯眼里含泪，抽抽搭搭，说："疼……不、不疼！"

江源做出一脸的心疼状，问："不疼啊，那是享受喽？我再问一遍，你到底是疼还是不疼啊？"

雅雯声音颤抖地说："疼……"

江源说："疼啊？这话说得让人听了更心疼。我最看不得美人受罪。当初我和何继盛同时看上你了，可是你偏偏跟了他，就因为他是市长，因为有人鞍前马后地伺候着，是不？其实，你不知道啊，我比他更疼人！"最后一个字从他牙缝里挤出来后，他抬起一脚，狠狠地踹向了雅雯的肚子。

雅雯哪里还禁得起这一脚，连续退后，趴在地上，不作声了。

江源招呼手下："把她给我抬过来！"手下把雅雯拉了过来，这一次，她不再喊什么江董、江哥、江爸爸、江祖宗，她只是捂着肚子，低着头缩成一团。

江源蹲下身，捋顺着雅雯的头发，抽出衣袋里精致的手帕，轻轻地擦着她额头上的冷汗，轻声地说："雅雯，告诉哥，疼不？看你的小样子，哥心疼啊！哥下手太重了，对不起。"

雅雯哼了一声，头垂得更低了，身子缩得更紧了，像是寒风中一只瑟瑟发抖，等待宰割的小猫儿。

江源突然淌下了鼻涕，打了个哈欠，他晃了晃脑袋，睁大眼睛，抓住雅雯的头发，盯着她的眼睛，狠狠地问："我问你呢，疼不？你傻了？哑巴了啊？"

雅雯抬起头，眼睛像要喷出火似的盯着江源，冷笑着说："不疼！"说着猛地扑向他，一口叼住他那没有几丝肉的腮帮子。

江源"嗷"的一嗓子，使劲地拽着雅雯的头发。

雅雯咬得更用力，全身都跟着使劲儿，同时两手的指甲也掐进了江源的皮肉里。

众人终于把雅雯拽了下来，江源脸上的肉已经被她硬生生地咬开了。她满嘴是血，哈哈大笑，说："江源，你不是人，你变态，你不得好死！"

江源抓起手帕，捂住脸，咬着牙说："给我往死里弄！"

3

往日正经的利华纸业有限公司董事长办公室成了人间地狱。雅雯撕心裂肺地号叫咒骂……

江源耳边却响起了蚊蚁萦绕的振翅之声，"嗡嗡嗡……嗡嗡嗡……"由小变大，最终变为了巨大的轰鸣声。他觉得身体开始发冷，不由自主地抽动着，一种难耐的奇痒沿着毛孔钻进骨髓。他晃动着脑袋，招呼两个手下："快，回酒店。"

他想要得到更加疯狂的发泄和释放。

手下见他脸上淌着血，说："江董，要不咱先去医院？"

江源骂道："你是老板还是我是老板？！"

手下不敢再作声，扶他走出了办公室。在关上门的时候，他又交代手下一句话："去，再告诉他们一遍，给老子弄死那个苏小糖，弄死董文英，弄死他们所有人！"

车子很快驶入了江滨酒店。他一个人进入密室，里面摆放着各种可以供他进入仙境的器具。江源急不可待地扑了过去……很快，陶醉的神情出现在他的脸上。眼神迷离的他，随着强劲的音乐疯狂地摇动起身躯。

密室内，幽暗的灯光不停闪烁，人影晃动，仿若幽灵乱舞。

不知过了多久，手机忽然响起，他看了一眼，接起了电话，说："梁哥啊……我？我在酒店呢……什么？行，那你来我这儿吧……没事儿，你走上次那个门，不会有人看到的。"

仲秋时节，空气中有了丝丝凉意。天刚放亮，微冷的清晨中渐渐苏醒的城市灵动而又清爽。清凌的街巷间响起了沙沙的扫地声，不时还会传来豆腐脑儿之类的吆喝声。路上的车辆多起来，渐渐地，汹涌的人声、车声、建筑工地的机械声此起彼伏，闯入城市的每个角落，像个不安分子，四处乱窜。

在清凌江边，与别处的平和安详不同，这里的热闹充斥着空气的恶臭、人们的唾骂和悲天悯人的感慨。

利华纸业污水处理设备"再度失灵"，巨大的"水污染团"从排污口喷涌而出，浩浩荡荡地向清凌下游流去。水污染以迅雷不及掩耳的势头蔓延，清凌市百姓饮水安全告急。从大超市到小商店，各种饮用水、饮料甚至啤酒等全部脱销，并且出现了哄抢的情况。就连电商在本地供货渠道的饮用水也显示告罄，一些百姓干脆坐在市委、市政府的大院门口打听着最新消息。全市应急措施受到历史上最为严峻的考验。

从凌晨三点半接到消息，到上午九点多钟，田敬儒、何继盛一直忙碌在第一线，全市各相关部门也都联合上阵了。

全国重要媒体的记者闻讯纷至沓来，犀利地质问：一家关停的企业为何会造成如此巨大的污染事件？市委、市政府如何看待这个问题？老百姓的利益受到了怎样的侵害？还需要多长时间能解决老百姓的饮水安全问题？……曹跃斌被围在记者们中间，如同困兽，口干舌燥地解释着，不停地说着好话，使出浑身解数，试图控制住同水污染一样有着强劲蔓延势头的各路"新闻"。

曹跃斌注意到，这些身影里少了苏小糖。他不知道，此时苏小糖正守在清凌市人民医院ICU病房外。

· 第十章 ·

就在人们奔忙慌乱的时候,几个神情严肃的人出现在了现场,他们把目光定格在了何继盛身上。几个人轻声耳语之后,穿过人群,不急不缓地走向何继盛。在经过田敬儒身边时,他们看似不经意地对他点了点头。

田敬儒注意到了这几个人,觉得他们有些面熟。他想到了刚刚跟严义书记的通话,明白是怎么回事。他只是没想到会这样快。

省纪委的人逐渐接近何继盛,如同猎人在接近猎物……

几个人走到何继盛身边,轻声地说了些什么,何继盛好像格外客气,卖力地点着头。几分钟后,何继盛没同任何人打招呼,夹在那几个人中间,像是赶往什么地方去开会似的,上了一辆中巴车。临上车前,何继盛像以往一样,轻轻地拍了拍西装上的灰尘,掏出随身携带的小木梳,梳理了一下头发。

田敬儒的目光一直追随着何继盛的身影,那一连串的习惯性动作,看得田敬儒眼圈发红,鼻子发酸。直到何继盛进入中巴车,直到中巴车越行越远消失在视线中,田敬儒还在凝望着。

秋天的风总是格外凉爽,带着一股萧瑟的气息,吹在身上令人感慨万千。田敬儒站在江边,身子渐渐地透出了寒意。他的脸上显出了一副戚容,心里一阵阵地发涩。凭经验、凭直觉,他完全猜到了何继盛的去处是哪里,甚至猜想出了何继盛的结局。其实他在清凌工作半年之后,就已经从何继盛的所作所为中,推算到何继盛迟早会有这样的一天。可当这一刻到来的时候,他的心里却没有胜利的喜悦,反而有一种酸楚。他说不清楚是为了何继盛的结局,还是为了自己在清凌的遭遇,只是越想心里越觉得五味杂陈。

就在这时,副市长兼公安局局长吴威走到田敬儒身旁。

吴威低声说:"敬儒书记,江源死了!"

田敬儒神情一凛,连着眨了眨眼睛,倒吸了一口气。从污染事故发生到现在,他一直在让人找江源,可对方的手机始终是关机状态。他对江源的关机状态做过猜想,却没想到结果是……他不相信似的问:"江源死了?"

吴威说:"是,死了,死在他江滨酒店的密室里。我们找到了他的心

275

腹手下，获知了他隐藏的那个密室，可惜晚到了一步。从现场的初步勘察来看，似乎是自杀，经技术科的人检验，他在自杀前吸食了大量高纯度毒品。不过……"他顿了一下，又说，"以我的经验，江源自杀还存在着一些疑点。书记您放心，我会反复核实勘察结果，必要的话，我会亲自带人再做二次勘察。"

田敬儒点点头，他相信吴威这个老公安，一定会给他交出一份满意的答卷。

吴威又说："董文英也死了！"

田敬儒不相信似的看向吴威。吴威叹息一声，说："今天凌晨死的。市精神病院方面说是心梗。"

田敬儒仰了仰头，眼前忽然冒出了许多星星，他赶紧闭住眼，星星消失了，再次睁开眼，眼前的天和眼前的水变成了一色，黑黢黢，阴沉沉，一味地向下压着，两头向中间挤着，挤得人喘不上气，胸口也像压上了一块巨石，像要把心脏给挤炸了。

好半天，他才从牙缝里挤出了一个字："查！"接下来他像是忽然想到了什么，不安地看着吴威。吴威会意，忙说："苏小糖没事。可为了救她，冯皓东受了重伤，现在正在市人民医院的ICU病房里急救。我已经给人民医院的院长打了电话，让他们不惜一切代价，一定要把冯皓东抢救过来。两个行凶者已经被我们锁定位置，他们逃不了。江源手下那些恶行累累的马仔，一部分已被我们拘捕，剩下几个漏网之鱼，也在追逃当中了。"

田敬儒长长地吐了一口气，说："老吴，看来我们对这些人的凶残和胆大妄为还是低估了。没有保护好董文英，没有保护好冯皓东，我很内疚。你们公安部门的同志一定要尽快办案，把犯罪分子绳之以法，还要配合纪委的同志，揪出他们背后的保护伞，把案子办实！清凌的天，再不能被他们遮挡！清凌的水，也再不能被他们污染！"

吴威神情肃穆地答道："是！"

当天晚上，《清凌新闻》的收视率达到了历史最高。《清凌江遭遇严重污染》成为头条新闻，新闻中却始终没有出现清凌市政府的第一责任

第十章

人——何继盛。《利华纸业董事长吸毒后自杀》成为最后一条本地新闻，新闻内容就是新闻标题，由主持人口播了这条《清凌新闻》历史上最短的新闻消息。

而何继盛被"双规"、雅雯的死亡则在几天后成为清凌街头巷尾热议的话题，接着又成了轰动全国的网络热搜新闻。

就在何继盛被带走的当天，田敬儒也接受了省纪委的调查。清凌市的各级干部更是走马灯似的纷纷接受"调查"。

几天后，市纪委书记章鹏将省纪委对田敬儒在清凌任职一年多时间涉及的资金、人事任命等各方面的调查结果送到了田敬儒的办公室。

一向寡言的章鹏在田敬儒面前，只说了一句话："清者自清，浊者自浊，苍天有眼啊！"调查结果显示，田敬儒在清凌任职的一年多时间里，为官清正廉洁，无论是资金使用、人事任命或是其他问题上都不存在任何问题。

田敬儒突然想起了一句：笑到最后才是真正的赢家！他自问，官场上有笑到最后的人吗？谁能成为官场上最后的赢家？所谓铁打的衙门流水的官，衙门内的官如同一江春水，大江东去浪淘沙。能在有限的时间内做一名清官，不贪不腐不淫，能为老百姓做点实事，这就是好官了。初入仕途，田敬儒曾对自己说：衙门里做一回，要雁过留声、人过留名。人在衙门一身正气，离开衙门两袖清风，做流水的青天，别做流脓的疖肿。他又想起了某省一处保存完整的古代县衙门上的一副对联，其理应成为所有官员的座右铭：

得一官不荣，失一官不辱，勿说一官无用，地方全靠一官；
吃百姓之饭，穿百姓之衣，莫道百姓可欺，自己也是百姓。

"地方全靠一官"，仅仅六个字，却道出了百姓的希望和重托。

沧浪

若干天后，吴威和章鹏一起来到田敬儒办公室，向他汇报了江源一案的侦办结果。

江源死亡的幕后主使——何继盛。公安局刑侦支队支队长梁栋交代了其受何继盛指使，对江源实施"枪决"的经过。

吴威的感觉是对的，他很快在江源"自杀"现场发现了有人伪造现场的蛛丝马迹。虽然伪造者是个高手，但是"凡经过必留下痕迹"，只要心中有了疑问，再完美的伪装都瞒不过吴威这种技术高超、经验丰富的老公安的眼睛。特别是其中的一些手法，让他感觉莫名的熟悉。

经过缜密的分析和侦查，疑点最终落在了梁栋身上。他不愿意相信，但事实俱在，证据确凿，他又不能不信。当章鹏向他通报了纪委调查到的关于梁栋长期收受江源贿赂的情况时，吴威再往回倒查，梁栋在董文英之子死亡、董文英纵火等案件中的所作所为也一一露出水面。真相已经很清楚了，梁栋早已是何继盛这个利益集团中的一员，也是江源这个黑商的保护伞之一。当何继盛与江源发生内讧时，梁栋又充当了何继盛的"白手套"，帮他解决掉了江源。

想到这个曾经主动请战用自己换人质、与犯罪嫌疑人拼死相搏的人民警察，想到这个屡破大案、受到公安系统多次表彰的刑警队长，如今却变成了何继盛的一只利爪、一条走狗，吴威痛心疾首。他亲自部署了对梁栋的抓捕行动。

梁栋身上的警服如今变成了囚服。他曾经是父母妻儿的骄傲，以后却只能是父母妻儿的耻辱。

说起来，梁栋算是吴威带出来的徒弟。当年吴威还在下面派出所担任分管刑事案件的副所长时，梁栋刚刚以优异成绩从警校毕业，分到了他们所。一开始梁栋干的是社区方面的工作，但这小子脑子好使，人也积极，"狗拿耗子"协助吴威办了几件案子，让吴威很是欣赏，干脆把他要了过来，成为自己的直接下属。这之后，从派出所到分局，再到市局，直到吴威坐上清凌市副市长兼市公安局局长的宝座，梁栋大多数时间都在他的手下工作，他对梁栋也多有培养和提拔。梁栋也很争气，获奖评优总少不了

· 第十章 ·

他，一步步当上了市局刑侦支队的副支队长。

三年多前，梁栋在竞争支队长一职时，原本信心满满，不料却没有得到吴威的支持。梁栋不理解，也曾找吴威谈过心，吴威却指责他近些年与江源走得太近，醉心于名利争夺，对工作却越来越不上心，这样下去早晚会出事。梁栋对吴威的指责不以为然，当面唯唯诺诺，背过脸仍自行其是。他通过江源搭上了何继盛的线，终于得偿所愿当上了支队长。从此之后，他对吴威表面上虽然仍是客气尊重，其实心里已经隔了万重山。

这一次竞争副局长一职，梁栋知道吴威同样不会支持他，只有更紧地抱住何继盛的大腿才有希望。他也知道，何继盛与江源一旦发生内讧，两个人就是不死不休。他当然希望死的是江源。江源死了，想寻求何继盛和他"保护"的黑商还会有；可何继盛完蛋了，那他也会跟着完蛋，在权力这根链条上，向来是一荣俱荣、一损俱损。

至于江源举报何继盛的材料，他送出了多份，主要是送到中纪委、省纪委。当然，实名举报者并非江源本人，而是他早就物色好的"白手套"。举报的事证也与利华无关。本来嘛，跟何继盛有利益交换的人又何止他江源一个，他要成心整举报材料，那不是一整一大堆？中纪委、省纪委接到材料后高度重视。加之省纪委在此之前已经对何继盛进行了密查，掌握了其违纪违法的线索和证据，由此，何继盛被带走"双规"，正式成为省纪委的调查对象，并迅速处置。同属于他这个利益集团里的人，在省纪委和市纪委的联动调查中也纷纷落马。

真相很快变为了清凌市街头巷尾老百姓的谈资，并且以飓风级的速度在全国蔓延。

4

贺翔的道歉信接踵而至，一副不把苏小糖劝得回心转意誓不罢休的势头。前几封信，苏小糖还有些动心，每次都会耐住性子，认真地读完明知是谎话连篇的信件。到了后来，她越看越明白，贺翔把移情别恋说得像是受人蛊惑。明明就是个花心男，却偏要把自己描述得情比金坚。她看得要呕吐了，没有一丝犹豫，直接把贺翔的全部联系方式都拉黑了。

拉黑之后，她觉得好轻松啊。她突然意识到，这辈子，她都不想再看到这个人，听到这个人的任何消息了。她也为自己的做法和想法感到惊讶，当年是多么相爱的两个人，说散就散了，散了之后竟然连个普通朋友都没的做，是因为看得太透彻了吗？

是的，贺翔在苏小糖的人生里被彻底格式化了。

苏小糖一直守在人民医院 ICU 病房外。

这几天清凌发生的一切，从手机接连不断的推送里，送到了苏小糖的眼睛里、她的脑子里。想了想，她对身边的苏小粒说："你守在这儿，我先出去一下。如果他醒了，你第一时间给我打电话。"

苏小粒以为她终于肯休息了，忙点头："去吧，赶紧补一觉！"

苏小糖点头，离开了医院。

没一会儿，她身影出现在田敬儒的办公室。

看到推门而入的苏小糖，田敬儒弹簧似的站了起来，热情地迎过去，握住苏小糖的手，用力地摇了摇。

苏小糖握着田敬儒的大手，心里没有了以前的平静，却又故作平常地说："敬儒书记，我又来打扰您了。"

田敬儒说："小糖客气了，快请坐！……你的脸色不太好，是不是有什么事？"他的眼神里尽是关切。

苏小糖顺从地坐下，并没回答他的问题。因为她也同时注意到，田敬儒的脸色也不好。他好像明显瘦了，眼窝有些下陷，眼圈发黑。

田敬儒没有坐下，他半弯着腰，问："小糖，你喜欢喝茶、咖啡、可乐还是酸奶？"他取出了可乐和酸奶，一一打开，又拿出茶和咖啡分别冲泡好，摆在她面前。

苏小糖看得出来，田敬儒拿出了办公室里能有的全部饮品，那种小心

第十章

翼翼的神态令她的心顿时软了起来。她是带着一腔愤怒、一腔仇恨而来的，可是见到田敬儒的样子，她的仇恨火苗好像变小了、变弱了。她突然发现，别人眼里高大的、坚韧的敬儒书记看上去很可怜、很无助，甚至有了讨好自己的意味。

田敬儒注意到了她这个细微的动作，问："小糖，是不是冷了？我把空调重新调一下。我这人怕热，空调一直开着冷气，你身子单薄肯定受不了。"他走到空调前，耐心地调整着温度。

看着田敬儒的背影，苏小糖觉得他原来总是挺得直直的脊背有些弯了，这一弯，把她的心弄得软了。她轻咳了一声，说："敬儒书记，您别忙了，我是想跟您商量一件事。"

田敬儒微笑着问："什么事？小糖说吧，只要是我能办的，愿意为你效劳！"

苏小糖说："我是想请示……清凌的这次污染事件，我报不报？如果报，怎么报？"

田敬儒没有回答，他低下头，拿起茶杯，反复地转着圈，不小心，滚烫的茶水洒了出来，烫得他倒吸了一口凉气。

苏小糖急忙凑上前，使劲地在田敬儒烫着的地方吹着凉气，吹了几下，像是醒悟了什么，忙又缩回了身子。

田敬儒心头一热，说："我真诚地希望小糖能支持我的工作，支持清凌的发展。还请你相信，我这个市委书记对得起天，对得起地，对得起自己的良心！因为我最恨腐败无能、鱼肉百姓的贪官！面对清凌百姓，我可以说问心无愧！"

苏小糖冷笑着，激动地问："你对谁都问心无愧吗？这个世界上真就没有你对不起的人吗？"

田敬儒一下子怔住了，明白她意有所指，他低下头，眼圈慢慢红了，近乎哽咽地说："小糖，我知道你指的是什么。可是我……怎么跟你说呢……我……"

苏小糖猛地站起身，带着浓重的鼻音说："不要说了！"眼泪倏地淌

沧浪

了下来。

田敬儒的眼泪也汹涌而下。

两人泪眼相视，田敬儒向苏小糖伸出了手，叫了一声："小糖……"

苏小糖没有伸手，一扭身向门口走去，临出门，回过头来冷静地说了句："敬儒书记，对不起，污染事件我要如实报道！"说罢拂袖而去，脸上已然是一片潮湿。

深秋时节，清凌市已是秋风瑟瑟，寒意浓浓，飘飘摇摇的落叶随着阵阵渐凉的秋风，一片片、一片片轻盈地打着旋儿飘落。苏小糖看不到，此刻市委办公楼那扇窗口的后面，一双含着泪水的眼睛，正在那里深深地凝望她的身影……

米岚在《环境时报》的头条位置看到了苏小糖采写的特稿，她心里一阵闹腾，闹出了两行眼泪，也闹出了一腔无名之火，她把电话打到了苏小糖的手机上。

"苏小糖，我问你，你什么时候跟人学会火上浇油了？你……你的心怎么能这么狠呢？我不图你雪中送炭，你也不能落井下石吧！现在清凌是什么情况你知不道？市委、市政府乱成一锅粥了，你还跟着添乱，你还让田敬儒活不活了……你，你也想把他逼死了吗？他……"米岚一面说一面啜泣着，她想说，他毕竟是你的亲生父亲啊！

"妈，我……您怎么不能站在我的角度上想一想呢？"苏小糖也是一面说一面啜泣着。

"唉……事到如今，妈不能瞒着你了。你知道田敬儒是谁吗？他是你的……"

苏小糖拦住米岚说："妈，你别说了，我已经全知道了！他是……是我的亲生父亲，但我知道自己在做什么，我是一名记者，即使是始终和我们一起生活的我的父亲，我也会是同样的做法……"

米岚一声长叹，气得把手机摔在了沙发上。

过了几分钟，手机铃声响了起来。米岚猜想肯定是苏小糖的电话，她

· 第十章 ·

看也没看,按下了接听键,说:"苏小糖,我不想听你的理由。田敬儒是你的亲生父亲,你的身体里流着他的血,你这么做就是不对,父母之恩大于天……"

手机里却传来了沙哑的男中音:"小岚,我是敬儒……"

米岚的眼泪顿时淌了下来,说:"敬儒,对不起……小糖……她太任性了!她净给你添乱……"

田敬儒说:"孩子做得对!我很欣慰……小岚,你培养了一个好女儿,我应该谢谢你……是我对不住你们母女……"

两人握着手机,彼此都是泣不成声……

何继盛在交代罪行时坦白,自己最喜欢三样东西:权力、金钱和美女。这三样都能让他兴奋、满足、幸福,或者说能让他产生高潮的快感。

听到何继盛的交代后,常务副省长孔荣天在省委施书记办公室里气得直跺脚。他说自己一方面是为何继盛惋惜,更是恨自己认人不清。他想不通,当年那个意气风发,敢于担当的小何同志怎么变质得这样彻底!这样肮脏!这样腌臜!他更想不通,何继盛怎么能做到在他面前伪装得那么好?他什么时候变成了演技派的政治演员?……

就在孔荣天回到办公室不久,中纪委的工作人员走了进去。那一刻,他脸色惨白。

听到何继盛的交代,以及孔荣天被中纪委查办的消息后,田敬儒感叹不已。如果不是过于贪婪,过于好色,四十多岁坐上市长位置的何继盛,仕途之上一定有更好的发展,能有更大的空间去造福一方百姓。如果不是过于贪婪,无法无天,深陷于毒品不能自拔,年轻的江源本是一个很有头脑、很有闯劲儿,应变能力极强的企业家,可以在商场上称雄,以商兴国,担负起企业家的责任。如果不是迷恋加官晋爵走捷径,刑警队的梁栋应该是个警界精英,会成为一方百姓的正义保护神。如果不是贪图江源的钱财,精神病院院长和相关医生不会为董文英做出虚假精神鉴定,以致从被人尊敬的"天使"变成了被打入牢狱的"恶魔"。如果"小洋人"能够坚守职

283

业操守，怎么会被清除出了媒体队伍？如果能够恪尽职守，把握住底线，而不是贪得无厌，副省长孔荣天不会晚节不保。茫茫人世，渺渺苍生，有多少"如果"，就有多少遗憾！

　　田敬儒记起，陈独秀先生说：天生我才，不敢担当，就是失职！

　　田敬儒要走的路，还有很长，要担的担子还会更重。

　　苏小糖现在最盼望的，是ICU病房里的冯皓东可以快些脱离危险，快些睁开眼睛看看她，快些张开嘴巴说句话，哪怕是骂她凶她呢，她也想听到。她觉得，自己就是害了他的人。她内疚、自责，恨不能抽自己几个大嘴巴。如果让她挨上几刀，能换来他的苏醒，她也心甘情愿。

　　导致冯皓东生命垂危的最初起因是市精神病院心理科李主任的通知：董文英死了，死于心梗。

　　整个清凌市，苏小糖和冯皓东是最先得到消息的人，比田敬儒还要早。第一时间，他们就意识到，董文英的死一定不是意外，绝无可能！他们想探究真相，想在第一时间赶到市精神病院。他们告诉即将办理出院手续的苏小粒，要老老实实待在病房听医生的话，不要乱跑，他们很快就会回来。

　　可就在朗朗晴空之下，就在市人民医院的停车场，就在人流车流集中的公共场所，苏小糖和冯皓东发现有两个男人盯着他们，冯皓东感觉不对，说："赶紧上车。"

　　可他们还没来得及拉开车门，两个男人就冲了过来，拿出了尖刀，扑向了他们。

　　冯皓东推开扑向自己的男人，可他来不及再推开扑向苏小糖的男人。于是，他用身体挡住了苏小糖。只是几秒钟内，那个男人手里的刀便一刀接着一刀地扎向冯皓东。原本被推开的另一个男人，也扑了过来，把刀子扎向了他……

　　医院的保安很快赶了过来，几乎在他们到来的同时，那两个男人跑开，钻进了一辆车里，驶离了停车场。接到通知的医护人员从医院大楼里冲了出来，冲向了已经变成了"血人"的冯皓东和另一个"血人"苏小糖……

第十章

全部过程加一起，都超不过十分钟的样子。

抬上担架时，冯皓东已经失去了意识……苏小糖意识清晰，她求着："医生救救他，求求你们，救救他！"

经过检查，苏小糖只是受了一点皮外伤，身材高高大大的冯皓东把娇小的她保护周全。苏小糖知道，她才是那两个人的首要目标，要死也应该她先死，而不是冯皓东。

冯皓东伤得太重了，内脏都被扎破了。人民医院各科室的主任全部上阵，和死神"抢人"。经过十多个小时的手术后，冯皓东被推进了ICU病房。

苏小糖问医生："他什么时候能醒？"

医生答："我们只能共同期待，请不要着急，请耐心等待！"

江源死了，两名嫌疑人被抓到了，可冯皓东还能醒过来吗？

苏小糖一直守在ICU病房外，无神论的她，一遍遍地向她所知道的菩萨、上帝、各路神仙们祈祷：保佑冯皓东醒过来吧！

她的手机微信聊天置顶着冯皓东的微信，里面全是她单方面的聊天内容：

大烟囱，你快点儿醒过来吧。我好想抱抱你！

对不起。是我错了，是我害了你，如果我不来到清凌，你不认识我，你一定还好好的，每天采访，陪父母，陪女儿。

你快点醒醒，看看我啊！

你是因为生我的气，才不醒来吗？你是故意不理我吗？故意惩罚我吗？

沧凉

我好爱你啊,你快点醒过来好不好啊?

我的心好疼啊,就像被火烧了一样疼啊!

等你醒了,我去学做菜,做你爱吃的回锅肉。

冯皓东,我该怎么办啊?

我好想抱抱你啊,我唱歌给你听……

一段悠扬的歌声,声音颤抖,沾着泪花,飘飘摇摇……